外国文学专题研究

（第二版）

张玲霞　编著

清华大学出版社
北京

内容简介

本书是作者在清华大学三十多年授课基础上形成的一部教材,对西方重要的作家、作品,从思想内容、艺术特色、文学流派等方面进行分析,时间上从古希腊跨越至20世纪西方文学,其中不乏个人独特的体悟和心得。书中还尽量将"文学知识"与"文化素养"相结合,以便使学生在获得专业知识的同时能够得到美学教益,提高其艺术鉴赏能力。本书初版于2013年,反响良好。此次修订,篇幅有所扩大,增加了艾略特、普鲁斯特、劳伦斯、加缪、米兰·昆德拉等作家,内容更趋全面和完善。

版权所有,侵权必究。举报: 010-62782989, beiqinquan@tup.tsinghua.edu.cn。

图书在版编目(CIP)数据

外国文学专题研究/张玲霞编著. —2版. —北京: 清华大学出版社,2022.6(2024.8重印)
ISBN 978-7-302-60794-6

Ⅰ.①外… Ⅱ.①张… Ⅲ.①外国文学—文学研究—教材 Ⅳ.①I106

中国版本图书馆CIP数据核字(2022)第075825号

责任编辑: 马庆洲
封面设计: 常雪影
责任校对: 欧　洋
责任印制: 沈　露

出版发行: 清华大学出版社
网　　址: https://www.tup.com.cn, https://www.wqxuetang.com
地　　址: 北京清华大学学研大厦A座　　邮　编: 100084
社 总 机: 010-83470000　　邮　购: 010-62786544
投稿与读者服务: 010-62776969, c-service@tup.tsinghua.edu.cn
质量反馈: 010-62772015, zhiliang@tup.tsinghua.edu.cn

印 装 者: 涿州市般润文化传播有限公司
经　　销: 全国新华书店
开　　本: 170mm×230mm　　印　张: 18　　字　数: 308千字
版　　次: 2013年12月第1版　2022年6月第2版　印　次: 2024年8月第5次印刷
定　　价: 69.00元

产品编号: 096085-01

前　言

这部《外国文学专题研究》,是作为清华大学"985"二期的本科生教材而出版的。

外国文学研究的著作,可谓汗牛充栋。作为文理学生兼用的教材,这本书有如下几个特点:

第一,按照相沿成习的高校教学体系,这是为一个学期32个学时的容量而编写的;本书试图将文学史、文学思潮、文学原理甚至文学批评等都容纳进对主要作家的论述之中。除了古希腊文学部分以外,其他各章都是以作家及其代表作品为专题;所谓代表作,也往往只是为了论题的方便,其主要的作品也都均匀力论,比如托尔斯泰的《战争与和平》《安娜·卡列尼娜》与《复活》,不分仲伯;卡夫卡等作家的作品同样如此。

第二,这部教材,除中文系专业的学生可用,也同样适合理工科学生。清华大学从20世纪80年代开始至今,面对全校学生开设"文学素质"课程,一段时间更是将此类课程冠之为"带读课",即教学的目的是带领学生阅读文学名著;在清华大学图书馆的入口处,至今仍然设有"必读书"架。因此,在编写这部《外国文学专题研究》的时候,以"名著导读"为核心,引导学生多方面、多角度地理解作品、鉴赏作品、评判作品,而不仅仅是传授外国文学知识。

第三,授之以鱼不如授之以渔。在清华大学的课堂上,你永远不可满足于自己已有的学识,接受学生甚至是专业方面的挑战可谓家常便饭。不断地充实和改进知识结构,即便对于古代、中古文学,亦是必须。因此,本书无所谓固定成型体例,往往围绕作家作品伸展开来,有些地方可能就是兴之所至,目的是为了给学生读书提供一种路径,或是可借鉴的思维方式。

其实,在清华大学的课堂上,对教师和学生来说,教材本身有时都仅仅是某种摆设。

张玲霞

2013年10月

目　录

第一讲　古希腊文学 ··· 1
第二讲　但丁与《神曲》 ·· 35
第三讲　莎士比亚与《哈姆雷特》 ··· 44
第四讲　塞万提斯与《唐吉诃德》 ··· 69
第五讲　莫里哀与《伪君子》 ··· 76
第六讲　卢梭与《爱弥儿》 ··· 89
第七讲　歌德与《少年维特之烦恼》 ·· 99
第八讲　雨果与《悲惨世界》 ·· 108
第九讲　普希金与《叶甫盖尼·奥涅金》 ··· 117
第十讲　巴尔扎克与《高老头》 ··· 124
第十一讲　狄更斯与《双城记》 ··· 133
第十二讲　托尔斯泰与《复活》 ··· 141
第十三讲　波德莱尔与《恶之花》 ·· 159
第十四讲　T.S.艾略特与《荒原》 ·· 167
第十五讲　卡夫卡与《变形记》 ··· 172
第十六讲　普鲁斯特与《追忆似水年华》 ··· 180
第十七讲　乔伊斯与《尤利西斯》 ·· 189
第十八讲　伍尔夫与《到灯塔去》 ·· 195
第十九讲　劳伦斯与《查特莱夫人的情人》 ·· 203

第二十讲	菲茨杰拉德与《了不起的盖茨比》	210
第二十一讲	海明威与《老人与海》	217
第二十二讲	萨特与《苍蝇》	225
第二十三讲	加缪与《局外人》	236
第二十四讲	尤奈斯库与《秃头歌女》	246
第二十五讲	贝克特与《等待戈多》	251
第二十六讲	海勒与《第二十二条军规》	258
第二十七讲	加西亚·马尔克斯与《百年孤独》	267
后记		277

第一讲　古希腊文学

欧洲文学为什么要从古希腊讲起？

不论是从文化的延续还是精神的传承，古希腊文明都被认为是近代西方文明的源头，这主要是因为古希腊文明对后世的影响。古希腊文明在哲学、文学、戏剧方面都得到了重要的发展；古希腊文明中最璀璨的是古代雅典的民主制，虽然存在诸多局限性，但为后世留下了民主这个无价之宝。

古希腊文明后来被古罗马文明所代替。古罗马人继承了古希腊文明，他们征服希腊之后，对希腊文明在继承的基础上进行了改造，而且古罗马帝国的强盛，使之传遍了整个欧洲大地，对欧洲乃至世界都产生了重要的影响。今天我们所说的现代西方文明，就是由古希腊罗马文明经由中世纪的基督教而到近代的工业文明独立发展演变而成的；具体地说，就是经济上以商品经济为主，政治上拥有议会制。古希腊文明是西方文明之源，也就是西方文明的摇篮。

文学同样如此。古代各个民族的发展很不平衡，假如将其比喻成人类的童年的话，人类古代有粗野的儿童、早熟的儿童等，而古希腊无疑是最正常的儿童。马克思曾经说过，在历史上，古希腊是人类童年时代发展得最完美的地方，他们的艺术如此地富有魅力，给后人以巨大的艺术享受。他还说："一个成年人不能再变成儿童，否则就变得稚气了。但是，儿童的天真不使他感到愉快吗？"[①]

[①] 马克思：《〈政治经济学批判〉导言》，《马克思恩格斯选集》第2卷，第114页，北京：人民出版社，1972。

故此，我们从古希腊文学开始西方文学之旅。

古希腊的历史、地理和文化概况

古希腊在公元前8世纪以前处于氏族公社制时期；公元前8世纪至公元前6世纪，古希腊从原始公社逐渐进入奴隶社会，公元前5世纪至公元前4世纪，是奴隶制全盛时期，称为"古典时期"；公元前4世纪以后是衰落期。公元前4世纪中叶，古希腊被马其顿征服，公元前146年古希腊被罗马帝国灭亡。

古希腊比今天的希腊共和国要大得多，它位于巴尔干半岛南部，以希腊半岛为中心，包括东边的爱琴海诸岛和西边的爱奥尼亚群岛，以及今天土耳其西南沿海、意大利南部及西里西岛东部海岸地区，其地理位置具有这样一些特点：

山峦重叠——西北有品都斯山、东北有奥林匹斯山、中部有巴那萨斯山，太吉斯特山把全岛分割成若干小块地区。

三面环海——海岛星罗棋布，海陆交错：东有爱琴海，西有爱奥尼亚海，东北通过达达尼尔海峡进入马尔马拉海，再通过博斯普鲁斯海峡进入黑海。爱琴海岛屿总数超过480个，密布海面，特别有利于航海业的发展。

隔海与西亚、北非相望——扼欧、亚、非要冲，受到北非的古埃及和西亚文化的良好影响。

古希腊的地理环境对古希腊文明的发展产生了重大影响。小块的平原形成了希腊众多小国城邦；它们彼此较为隔绝，各自生机勃勃地发展着。土地相对贫瘠，粮食不能自给，决定了只有通过商业贸易才能维持生存与发展，用自己生产的葡萄酒和橄榄油换回粮食和其他生活用品。而对古希腊来说，这种贸易只能是海外贸易。古希腊海岸线很长，海岛密布，多良港，为工商业航海贸易提供了最为便利的条件。商业航海贸易须以平等交换为原则，商业贸易的发展要求自由的环境，以及顾及商业贸易者整体利益的政策，这一切有助于古希腊人平等观念的形成与民主政治的建立。

古希腊民族性格的形成与这独特的地理环境关系密切：古希腊无大平原造成积极向外发展的状态；内部分而治之，竞争激烈；小国寡民城邦一旦由于人口的增加而无法负荷时，古希腊人就利用曲折的海岸、天然极佳的港口到海外建立殖民地，频繁的航海贸易活动使古希腊人练就了勇于开拓、善于求索的品性，形成了充满风险的职业，也锻炼了古希腊人不畏强暴的精神，而职业的流动性又使他们见多识广,对外来文化持开放吸收的态势,同时对自由的向往格外强烈。阳光、大海、岛屿,不仅仅使希腊人爱好自然,乐观开朗,更提供给他们无穷的幻想与创造的空间。

文学发展概况

古希腊地区原有过发达的克里特文化和迈锡尼文化。公元前1100年左右,多利亚人侵入希腊半岛,征服土著,繁衍为斯巴达人;他们渡海征服了克里特半岛,摧毁原有文化,建立了今天所称的希腊文化。

古希腊文学一般分为3个时期:

公元前12世纪至公元前9世纪是荷马时期,也称为英雄时期,古希腊由氏族公社向奴隶制过渡,铁器开始使用,手工业、商业萌芽,已经处于文明的门槛了。这一时期的主要文学成就是神话和史诗。

公元前8世纪至公元前5世纪是雅典奴隶主民主制时期,主要文学成就是戏剧和文艺理论,出现了三大悲剧家,柏拉图和亚里士多德就生活在这个时期。

公元前4世纪至公元前2世纪是希腊化时期,文学成就不如前两个时期,只有新喜剧对后世有一定的影响。

由此可见,古希腊文学是奴隶社会的产物,奴隶制使得农业和手工业的分工成为可能,造就了古希腊文化的繁荣。

一、古希腊神话

神话的起源

古希腊神话最先为古罗马人借用,创造出古罗马神话;文艺复兴时期,古希腊神话为资产阶级思想家所利用,加入了适合他们的东西,使之深深地根植于欧洲文学中。19世纪起,对于古希腊神话的兴趣进一步发展,许多研究古希腊神话的学派兴起,对于神话的起源产生多种解释,诸如象征派、自然派、宗源派、人类学派、人种学派等等。有的说"神话起源于宗教仪式",有的说"神话起源于自然的象征",有的说"神话是变态的历史",还有的说"神话来自语言的类似""来自讽喻"……但似乎都没有说清神话究竟是如何起源的。

"任何神话都是用想象和借助想象以征服自然力,支配自然力,把自然力加以形象化;因而,随着这些自然力之实际上被支配,神话也就消失了。"①也就是说,神话是通过人们的想象对社会与自然形态不自觉的艺术加工,尤其面对迷惘不解的现实时,人们往往借助幻想加以说明。有一则神话说,国王忒勒斯受到神的惩罚,被浸泡在齐颈的深水中,身旁有果树,然而他低头喝水,水即退去,伸手摘果,树即回避,他永远受着饥渴的煎熬——这则神话正表现了处于社会低级状态时期的人们,遭受自然和社会折磨而迷惘无措的情绪。因而可以这么说,古希腊神话是古希腊人最初的意识活动的成果,现实是神话的土壤,瑰丽神奇的想象力、浪漫主义精神以及人本主义思想共同构建了不朽的古希腊神话。

神话内容

古希腊神话最初在口头流传,后来散见于《荷马史诗》和赫希俄德的《神谱》,我们现在所见的神话集是后人整理的。古希腊神话观念随着民族的变迁不断发生着变化。这种变化的基本特点是由自然崇拜转向人性崇拜。最早的神话自然属性强,愈往后就愈具有社会性。

古希腊神话的基本特点是人按照自己的形象创造神:神与人同形同性,既有人的体态美,也有人的七情六欲,懂得喜怒哀乐,有善恶,有计谋;神参与人的活动,具有人形、人性,甚至人的社会关系也进入神话,如暴君形象。古希腊神话中的神往往个性鲜明,没有禁欲主义因素,也很少有神秘主义色彩。神和人的基本区别在于神更强大,他们长生不死,生活闲逸快乐,随意变形,各自具有特殊本领和威力,其好恶态度对下界人类的生杀祸福起着决定性作用;相比而言,人类弱小,生命有限,有生老病死之痛,生存艰辛,因而不得不经常求助于神明,但也常常诅咒神明之恶。古希腊人崇拜神,但同时赞美人,赞美人的勇敢和进取精神;也常常批评神的骄傲、残忍、虚荣、贪婪、暴戾、固执等人类常有的性格弱点,并且认为往往正是这些性格弱点造成人生悲剧。古希腊人崇拜神,但并不赋予神明过分的崇高性,也不把神明作为道德衡量的标准,而是把他们作为人生的某种折射。就像费尔巴哈所说,神话与宗教是人性的异化。

古希腊神话分为两大类:神的故事和英雄传说。

神的故事

神的故事明显地反映了古代人类把强大的自然现象形象化的丰富想象力,它们包括:神的谱系、宇宙的产生、人类的起源,以及神的故事。

---

① 马克思:《〈政治经济学批判〉导言》,第113页。

神的谱系

宇宙最初的形态是混沌(Chaos)。混沌生了地母该亚(Gaea),接着在大地的底层塔耳塔洛斯(Tartarus)生出了黑暗厄瑞玻斯(Erevus;黑暗),在地面上生出了黑夜尼克特(Night;夜晚)。厄瑞玻斯和尼克特兄妹俩结合生下了光明(Light)和白昼(Day)。接着该亚生出了天空,即天神乌拉诺斯(Uranus),乌拉诺斯和该亚结合,成为世界的主宰。他们生下六男六女,即十二个提坦巨神(Titans)。这些巨神彼此结合,生下了日、月、黎明、星辰等许多神。乌拉诺斯是第一个统治全宇宙的天神,后来被他最小的儿子提坦神克洛诺斯推翻。乌拉诺斯和克洛诺斯是第一代和第二代天神。

提坦神克洛诺斯和他的姐妹提坦女神瑞亚结合,生下三男三女,其中最小的就是宙斯。宙斯推翻了父亲的统治后建立了以他为首的奥林匹斯山众神的统治。

古希腊神话中的十二主神

宙斯(Zeus):克洛诺斯和瑞亚之子;掌管天界,是第三任天神;以贪花好色著名。

赫拉(Hera):宙斯的姐姐和夫人,美丽的天后;婚姻的保护神,尤其是已婚女人的保护者。

波塞冬(Poseidon):宙斯的兄弟;掌管大海;脾气暴躁,贪婪。

哈得斯(Hades):宙斯的兄弟;掌管冥府,同时也是财富之神;有一顶可以隐身的帽子;残忍,可怕,但很守信。

德墨忒耳(Demeter):克洛诺斯和瑞亚之女,宙斯的姐姐;农业女神。

阿瑞斯(Ares):宙斯与赫拉之子;战争之神;粗暴而嗜血,但并非真正的勇士。

雅典娜(Athena):宙斯与墨提斯结合的产物;智慧女神和女战神;她是智慧、理智和纯洁的化身。

阿波罗(Apollo):宙斯和勒托之子,和阿耳忒弥斯是双生兄妹;太阳神;全名为福玻斯·阿波罗(Phoebus Apollo)。

阿芙罗狄蒂(Aphrodite):爱、美和欲望之神;从海中的泡沫中生出。

海尔梅斯(Hermes):宙斯和迈亚之子;众神中速度最快者,神使;盗窃者的守护神,商业之神,黄泉的引导者。

阿耳忒弥斯(Artemis):宙斯和勒托之女,与阿波罗是双生兄妹;美丽的女猎神和月神,青年人的保护神。

赫淮斯托斯(Hephaestus)：宙斯与赫拉之子，神中唯一丑陋者，但妻子却是爱与美之神阿芙罗狄蒂；火和锻造之神，为众神制造武器和铠甲；铁匠和织布工的保护神。

关于宙斯

父权制的体现者。宙斯的形象在神话中是不断变化的，他是氏族首领、奴隶主，甚至是暴君的象征。但整体来说，他是权力的象征。他统治着整个世界，被称为"众父之父""万王之王"。《伊里亚特》中称他为"全能的""无所不见的""至高的""不可战胜"的天神。

宙斯之所以成为天神，是经过一番奋斗的。他是提坦神克洛诺斯和瑞亚之子。克洛诺斯知道他将被儿子推翻，于是每生一个孩子就吞下肚子，直到宙斯出生，瑞亚用衣服包裹石头给他吞下，又将宙斯送到克里特山洞中，由两个仙女用蜂蜜和山羊乳喂养长大。后来祖母该亚又迫使克洛诺斯吐出五个儿女，宙斯联合众兄弟在奥林匹斯山与克洛诺斯决战，战争长达十年，最后还是该亚命令放出三个独眼巨神，他们每人给宙斯一样武器，分别是雷、电、霹雳，握有这些武器，宙斯把父亲打下地狱。宙斯又与兄弟波塞冬、哈得斯抓阄，三人分管天空、海洋和冥府。

取胜后的宙斯拥有无上的权力。他与众神居住在奥林匹斯山上，山高千尺，终年积雪，云雾缭绕。在青铜的宫殿中，他们享有人间的献祭，终日饮宴。阿波罗弹起竖琴，缪斯歌舞翩翩，三位时光女神守卫在侧，按时卷起覆盖天宫的云雾，直到太阳的明灯落入大海，才各自歇息。

宙斯说："在所有永生不死的神中，我是最有权力的；你们可以试一试，只要我执金索的一头，你们大家连同大地和海洋都一起拉起，一切都悬在半空。"

宙斯俯瞰世界，知道神、人的一切事情，能够预知未来。他召开众神会议，裁决、惩罚人和神。比如在特洛伊战争中，他就用雷、电、霹雳干预英雄们作战。

关于赫拉

在正统的希腊神话中，她是宙斯的正妻，这也强调了她的职能，她与宙斯分别是男性与女性因素的代表，是婚姻、生育女神。她的性格令人印象最深刻的是嫉妒，这是母系氏族社会向父系氏族社会过渡时期女性性格的反映。

传说风流成性的宙斯不断地背着他合法的妻子勾引别的女人或女神，众神之母赫拉从没有背叛过她的丈夫。在忠于爱情的同时，赫拉是一个嫉妒心极强的女人，她憎恨每一个与她丈夫有亲密关系的人，她利用她的权力和地位惩罚那些女人。赫拉的嫉妒心强到了可怕的境地，她不仅不放过自己的情敌，对于与情敌有关的事物也难以忍受。有个名叫埃葵娜的王国,因为与她争风吃醋的情敌同名,她给全岛送去可怕的瘟疫。凡间的女子安提戈涅长得很美丽,特别是她一头的卷发十分动人,以至于她兴起了与天后比美的念头。天后在盛怒之下,把她的头发变成了毒蛇,还是宙斯发善心,将她变作一只仙鹤的模样,可怜的姑娘从此只能在水中看到自己的模样了。赫拉把宙斯的情人伊俄变成母牛,又派大牛虻叮咬她,使她受尽苦难,不得不逃离希腊。赫拉还将酒神狄俄倪索斯的母亲塞墨勒烧死,孕育中的胎儿后被宙斯救出,被缝进宙斯的身体得以出生。赫拉还迫害过阿波罗的母亲勒托,不让她在大地上分娩,所以太阳神阿波罗和月神阿耳忒弥斯这对双生兄妹是生在得罗斯岛上的。传说有一次,赫拉因仇恨宙斯之子赫拉克勒斯,想把他置于死地,为此被宙斯用金链缚住双脚,挂在空中,惨遭鞭打,之后她才不那么霸道了。

关于雅典娜

这是一个发展的形象,最初是许多地方的主神,后来她性格中的伶俐智慧一面更为突出。她是雅典城的保护神,被看作文学、艺术和科学中希腊天才的代表。

关于她的出生充满着神奇。她是智慧女神墨提斯和宙斯所生,宙斯因为害怕他的后代将比他更强大,在智慧女神怀孕时,将她吞入腹中。当雅典娜发育成熟时,宙斯头疼欲裂,匠神赫淮斯托斯用斧头劈开宙斯的头颅,全身披挂的雅典娜大喊着从宙斯的头里跳将出来。她是威力和聪明智慧的化身,是处女神,备受宙斯宠爱。

雅典娜体态婀娜,蓝眼明眸,聪颖智慧,她教会古希腊人织布、造车、冶炼、雕刻,发明犁耙,驯服牛羊,她同时是园艺女神,能使果树丰产,还能使子民青春不老。战争年代她更是能够赋予人们勇武精神与胜利的战争女神。她还帮助过多位古希腊英雄:伊阿宋在她的帮助下建造了阿尔戈斯船,完成了取金羊毛的航程;佩尔修斯在她的帮助下割下了女妖美杜莎的头;赫拉克勒斯完成了伟大的功绩;奥德赛在海上漂流十年后,也是靠她的庇佑才得以返回故乡。

雅典娜还是雅典的保护神,这个地位的获得是经过一番自我努力的。她与叔父海神波塞冬争夺雅典城,众神表示,谁能够拿出一样对雅典有益的东西就可获得该城。波塞冬用三叉戟敲击城头的岩石,从中跳出了一匹战马,这是战争的象征;而雅典娜用她的长袍敲一敲岩石,那里长出了一株油橄榄树,这是和平的象征。从此,她成为雅典的保护神。至今残留的雅典卫城的帕特农神庙就是供奉雅典娜的神殿,帕特农神庙之名出于雅典娜的别号 Parthenon,意为"处女"。

她还是法律和秩序的保护神,雅典著名的阿雷奥帕格法庭就是由她建立的,在此她投下关键的一票,判决杀死母亲的阿伽门农之子俄瑞斯忒斯无罪。

关于阿波罗

在诗歌与艺术中表现为光明、青春和艺术之神,他掌管缪斯众女神,也是太阳神,因为他从来不说谎,也被称作真理之神。

他擅长七弦琴和射箭,传说他曾经嘲笑小爱神厄洛斯背着的弓箭如同孩子的玩具,小爱神很生气,就向河神的女儿达芙妮射出逃避爱情的铅簇箭,而向阿波罗射出了追求爱情的金簇箭,使阿波罗不可遏止地爱上了达芙妮,女神却十分厌恶他的追求;一个深情地追求着,一个拼命地逃避着,当阿波罗就要追上达芙妮时,她向父亲求救,河神听到了女儿的呼叫,把她变成了一株月桂树。只见达芙妮的秀发变成了树叶,手腕变成了树枝,两条腿变成了树干,两只脚和脚趾变成了树根,深深地扎入了泥土中,不变的只是她那摇曳的风姿。阿波罗懊悔万分,伤心地抱着月桂树哭泣,依然深爱着她,他痴情地说:"你虽然没能成为我的妻子,但是我会永远地爱着你。当我获得胜利时,我要用你的枝叶做我的桂冠,用你的木材做我的竖琴,并用你的花装饰我的弓。"象征胜利者荣誉的"桂冠"由此而来。

在希腊民族的一些支系中,阿波罗是他们的主神,关于他的节日,往往是春天到来,庆祝万物复苏。

他的孪生姐妹阿耳忒弥斯,罗马名为狄安娜,是与阿波罗相对应的女神,是处女猎手、月亮女神、自由女神,在希腊崇拜阿波罗的地方也同样崇拜她,她精力充沛,展示着青春四溢的肉体,是向禁欲主义挑战的灵感源泉。提香、科罗的名画取自狄安娜与阿克泰翁的故事。

关于狄俄倪索斯

葡萄种植的保护神,酒神与狂饮欢乐之神。他是一群喧喧嚷嚷的女祭司和森林之神的首领,也是戏剧的恩主。根据亚里士多德《诗学》记载,悲剧起源于祭奠狄俄倪索斯的庆典表演,每年春季葡萄发芽和秋季葡萄成熟季节,古希腊人要举行盛大的祭祀仪式,古希腊戏剧就是由表演仪式逐渐演变而成的。

酒神的出生极为险峻。传说他是宙斯和塞墨勒的儿子。塞墨勒是忒拜公主,宙斯爱上了她。天后赫拉十分嫉妒,她变成公主的保姆,怂恿公主向宙斯提出要求,要看宙斯真身,以验证宙斯对她的爱情。宙斯拗不过公主的请求,现出原形——雷神的样子,结果塞墨勒在雷火中被烧死,宙斯抢救出不足月的婴儿狄俄倪索斯,将他缝在自己的大腿中,直到足月才将他取出,因他在宙斯大腿里宙斯走路像瘸子,因此得名"狄俄倪索斯"即"瘸腿的人"之意。为了逃避赫拉的迫害,他出生后被姨妈送到森林里,抚养他的是一位森林之神醉翁,因而酒神走到哪里,就把狂饮和歌声带到哪里。

关于德墨忒耳

丰产农神德墨忒耳与宙斯生出了金发碧眼的女儿珀尔塞福涅,据说神使赫尔墨斯、战神阿瑞斯、阿波罗和匠神赫淮斯托斯都向珀尔塞福涅求婚,但是德墨忒耳都没有答应他们,她将女儿藏在深山里不让她与其他神接触。有一天,珀尔塞福涅正在与仙女们一起采花,她一个人不经意地远离了朋友。美丽的草地上开有各种鲜花,然而在众花之中夹杂着代表冥王的圣花——水仙花,当珀尔塞福涅去摘那朵看似无害的水仙花时,大地裂开了。四匹黑色的骏马拉着冥王的战车出现在珀尔塞福涅的面前。冥王哈得斯抱起未来的冥后消失在黑暗的死亡之国。

德墨忒耳失去女儿后非常悲伤,她离开奥林匹斯,到处疯狂地寻找。作为母亲的农神没有心思行使自己职责,因此大地上万物停止生长,一片枯萎,连宙斯对大地万物荒芜的景象也无能为力。众神出来调解,让珀尔塞福涅一段时间与母亲团聚,一段时间去冥府与丈夫在一起;宙斯派神使赫尔墨斯去接珀尔塞福涅,在神使到达前哈得斯说服珀尔塞福涅吃了六颗石榴籽(也有说吃了三颗的),这迫使珀尔塞福涅每年有六个月的时间重返冥界(有的说是每年三分之一的时间留在冥界)。

每到女儿返回农神身边的时节,德墨忒耳心情愉悦,努力于职守,于是大地回春,枝繁叶茂,果实累累;而每当女儿到冥府与丈夫团聚时,孤独的母亲就伤心欲绝,不事工作,于是大地一片萧条。春、夏、秋、冬由此而来。

关于阿芙罗狄蒂

罗马名维纳斯。她是最高级形态的爱情和最低级形态的情欲女神,对她和她的儿子小爱神厄洛斯的崇拜,也是对婚姻传统习惯的承认和对于放纵情欲行为的认可。她是爱神、美神,也是丰饶多产的女神。

当她在时光女神的陪伴下来到奥林匹斯山时,引起众神的注视和追求。宙斯在遭到她的拒绝后,将她嫁给了瘸腿的匠神赫淮斯托斯;她爱战神阿瑞斯,给他生了几个儿女,最小的就是小爱神厄洛斯。

关于她的出身有几种说法,荷马说,她是宙斯与凡人的女儿,赫希俄德《神谱》说,她是从第一个天神乌拉诺斯被儿子克洛诺斯杀害后的肢体中产生的,从海中的泡沫中诞生,故也被称为海神,圣地在塞浦路斯。

断臂维纳斯成为美的象征,那是公元前2世纪的古希腊雕刻,又称米洛斯的维纳斯。雕像为大理石圆雕,高2.04米,由阿历山德罗斯雕刻,1820年在爱琴海米洛斯岛的山洞中被发现,现藏法国罗浮宫博物馆。雕像高贵端庄,其丰满的胸脯、浑圆的双肩、柔韧的腰肢,呈现一种成熟的女性美。人体的结构和动态富于变化却又含蓄微妙,雕像体现了充实的内在生命力和人的精神智慧。雕像残缺的上肢反而构成了一种独特的美。

莎士比亚为她撰写了一首长诗《维纳斯与阿多尼斯》,描写不识风情的人间男子一次次拒绝阿芙罗狄蒂的爱,阿多尼斯狩猎时被野猪刺死,女神伤心地冲过去,脚上被刺伤,鲜血将沿路的白玫瑰都染红了,从此人们就用红玫瑰来表达爱意。

她还和凡人安卡塞斯幽会,生下儿子埃涅阿斯。埃涅阿斯被罗马人奉为先祖。古罗马大帝恺撒就自诩为埃涅阿斯的后代。维纳斯也被罗马人尊为祖先。

关于赫淮斯托斯

火神,不是基本元素之火,而是金属冶炼方面的火。现代奥林匹克运动会的火炬接力就是纪念他的。赫淮斯托斯为赫拉的儿子,因为预言说宙斯的第一个儿子会推翻他,赫拉便将他扔下山去;也有说是因为他容貌丑陋,引起了赫拉的不满,被赫拉扔到一个海岛上,摔坏了一条腿。他被阿喀琉斯的母亲收养了,九年后才回到天上。他为了报复赫拉,制作了一张黄金宝座,赫拉坐上去就再也站不起来。战神阿瑞斯打着火把到海底找他,被他赶走;酒神狄俄倪索斯把他灌醉,将他捆在驴背上带回奥林匹斯。赫淮斯托斯提出条件:赫拉承认自己的长子地位,将爱与美之神阿芙罗狄蒂嫁给他,并允许他参加诸神的活动。他的要求得到满足后才让赫拉站起来。

赫淮斯托斯心灵手巧,而且充满热诚。他是诸神的铁匠,具有高巧的技能,制造了许多的武器、工具和艺术品。他在奥林匹斯山上建筑了诸神的宫殿,为宙斯打造雷霆和铠甲,此外还制造了赫拉克勒斯的马车,阿波罗驾驶的日车,厄洛斯的金箭、铅箭等诸神的物品和武器,潘多拉的盒子也是他锻造的。

他是人类从野蛮向文明时代过渡的象征。

关于人类起源的神话

普罗米修斯

普罗米修斯是预见女神与提坦巨神之子,名字就有"预见"之意;他的弟弟厄庇米修斯是"后思"的意思。他靠弟弟的帮助按照神的形象用泥土造了人,并赋予人以生命,给予人以智慧,让人认识星辰,书写文字,饲养牲畜,学会航海、医药、勘探等,还能够预卜未来,他还盗取天火给人间——一种说法是用茴香秆在太阳神的车下燃起火种;还有一种说法是到赫淮斯托斯的冶炼厂偷了一块燃烧的木片藏在芦苇秆里带到人间,使有火的人类成了万物之灵。

宙斯非常生气,要消灭人类有火的幸福,他让赫淮斯托斯造了一个少女潘多拉,让神使海尔梅斯将她带到人间给厄庇米修斯做妻子。潘多拉随身带来了一个宝盒,这个女人出于好奇,打开盒子,数不尽的祸害、瘟疫、疾病等布满人间,她赶快盖上盒子,里面留下了唯一美好的东西——希望。宙斯还将普罗米修斯钉在高加索悬崖上,白天让鹫鹰来叼啄他的肝脏,晚上又长出来,苦难永无止境;他忍受了千万年,直到取金羊毛英雄赫拉克勒斯将他救下。

普罗米修斯的形象代表着古希腊人从原始阶段向文明阶段的过渡,是圣者与殉道者的象征。

英雄传说

英雄传说则是起源于对祖先的崇拜,主要是对可能具有某种历史性的传奇人物及相关事件的崇拜和理想化,反映了远古人类的生存活动和与自然进行的顽强斗争。这类传说中的主人公大都是神与人的后代,是半神半人的英雄。他们体力过人,英勇非凡,体现了人类征服自然的豪迈气概和顽强意志,成为古人集体力量和智慧的化身。

赫拉克勒斯

古希腊神话中的大力神,罗马人称他海格力斯。

他的父亲是宙斯,母亲是忒拜王后,是人神之子。在他出生前,宙斯无意中对众神说:"今天将有帕修斯的后代来到世上,他将是人间最有力量的英雄,他将统治整个迈锡尼。"赫拉出于嫉妒,延缓他母亲的分娩七天。为了防止赫拉的报复,赫拉克勒斯出生后被母亲丢到野地里,雅典娜和赫拉从旁经过,雅典娜怜悯这个嗷嗷待哺的孩子,劝赫拉给孩子哺乳,因吃了天后的乳汁,他变得力大无比。出生八个月时,赫拉派两条毒蛇去害他,被他扼死在摇篮里。长大后,名师教会他各种武功和知识。在走向生活之前,他拒绝了"恶德"女神的引诱,决心遵照"美德"女神的劝告,一生为人民造福。他18岁时身材与宙斯一样伟岸,成为古希腊最有力量的人。他回到忒拜城,大败敌人,强迫他们向忒拜进贡。为了感谢他,忒拜王将女儿嫁给他为妻。

众神很喜欢他,给他武器,赫拉却一直不放过他,使他发疯,将自己的儿子丢到火里烧死。他去求神示,神指示他应为迈锡尼国王完成12件苦差使,并开始

称他为赫拉克勒斯,意为"赫拉给予光荣的人"或"因受赫拉的迫害而建立功业的人"。在12年中他完成了12件大功绩:

1. 扼死铜筋铁骨的涅墨亚森林里的猛狮;
2. 杀死勒尔涅沼泽里为害人畜的九头水蛇;
3. 生擒克律涅亚山里金角铜蹄的赤牡鹿;
4. 活捉埃里曼托斯山密林里的大野猪;
5. 引河水清扫奥革阿斯积粪如山的牛圈;
6. 赶走斯廷法罗湖上的怪鸟;
7. 捕捉克里特岛上发疯的公牛;
8. 把狄奥墨得斯的吃人马群从色雷斯赶到迈锡尼;
9. 战胜阿马宗女人的首领希波吕忒,取来她的腰带;
10. 从埃里忒亚岛赶回革律翁的红牛,途中将两座峭岩立在地中海的尽头(即赫拉克勒斯石柱);
11. 获取赫斯佩里得斯圣园里的金苹果(为此,曾代阿忒拉斯支撑整个苍穹,路上还曾战胜该亚的儿子安泰);
12. 把冥府的三头狗刻尔柏罗斯带到人间,后又送回冥府。

后来雅典娜把他接上了奥林匹斯山,按照宙斯的意志,他成了奥林匹斯的神,赫拉与他和解,并把青春女神赫柏给他为妻。

阿尔戈英雄的远航

古代伊俄科斯国王埃宋被弟弟篡夺了王位,神示篡位王:要提防一个穿着一只鞋的人。老国王之子伊阿宋由马人喀戎在帕利翁山洞教养,20岁时前往伊俄科斯城。他在经过一条河流时,赫拉装扮成老妪恳求伊阿宋帮助渡河,在背赫拉过河的激流中,伊阿宋一只鞋陷在污泥里,他只穿着一只鞋去见叔父,篡位王很恐慌,他装作无辜,说只要伊阿宋从遥远的科尔喀斯取回金羊毛,他就让出王位。

金羊毛的故事来自古希腊神话和传说。佛里克索斯被一只神赐的金毛羊所救。为了谢神,他将羊献祭给万神之王宙斯,金羊毛则给了埃厄特斯国王,后者又将金羊毛转献给战神阿瑞斯。阿瑞斯把它钉在阿瑞斯圣林中一棵橡树上,让毒龙看守。全世界都认为这金羊毛是无价之宝,许多英雄和王子都梦寐以求想得到它。

伊阿宋邀请了全希腊著名的英雄参加这次远航。在智慧女神雅典娜的帮助下,希腊最优秀的船匠阿尔戈为他们造了一艘大船。这条船用在海水中永不腐烂的木料制成。它可以容纳50名桨手,并取造船者的名字而将船命名为"阿尔戈"号,意即"轻快的船"。据说,这是古希腊人驶向大海的第一艘大船。伊阿宋邀请的名将包括提修斯、帕琉斯、奥菲斯、赫拉克勒斯等,他自任船长,经过许多岛屿与海峡,进入黑海,经过女儿国,来到高加索,远远地听到普罗米修斯的呻吟。

阿尔戈英雄们历尽万苦到达目的地,却没有办法从火龙身边拿到金羊毛。国王想方设法阻挠他们的行动,而痴心公主美狄亚被爱神的箭射中,为了爱情背叛了父亲,帮助伊阿宋拿到了金羊毛,并且害死了前来追赶的亲兄弟,跟着伊阿宋离开故乡去遥远的国度开始新生活。

带着金羊毛回到伊俄科斯,伊阿宋的父亲被害、母亲自杀,他要美狄亚帮助他复仇。女巫美狄亚当着篡位王女儿的面将一只老公羊杀了放到锅里与草药同煮,嘴里念念有词,之后居然变出了一只小羊;她怂恿国王的女儿将父亲砍成碎片放到锅里煮,杀了篡位王,为伊阿宋报仇,并夺回王位。

然而付出惨痛代价拿到的金羊毛并没有给他们带来幸福。10年后伊阿宋为了更大的利益不再爱自己的妻子美狄亚,要解除婚约甚至抛弃自己的爱子而与别国的公主结婚。复仇女神美狄亚曾经为爱情犯下那么深的罪恶,痛苦万分的她用毒药设计毒死了公主,为了给丈夫更致命的打击,她甚至狠心杀死两个亲生儿子,独自离开了充满复仇罪恶的人间。伊阿宋在绝望中昏死过去。

奥菲斯的传说

奥菲斯是包雷思(斯巴达克斯)地方著名的诗人和歌手。传说他是河神与缪斯女神的儿子,诗歌与音乐之神阿波罗送给他一把金琴,缪斯女神在他的弹奏下放歌。他的歌声非常优美,能够使猛兽俯首,顽石点头,树木起舞。他曾参加取金羊毛的远航,用歌声战胜了海妖塞壬的诱惑歌声。

回到故乡的奥菲斯与美丽的欧律狄克结了婚,夫妻恩爱无比。一天,欧律狄克被毒蛇咬死。奥菲斯痛不欲生,他弹着金琴唱着悲歌前往冥界去寻找妻子。他的歌声感动了冥河的艄公喀戎,也驯服了看守冥府大门的三条狗,连复仇女神听到他的歌声都流下眼泪。最后冥王和冥后被他感动同意他将妻子领回人间,但要求在走出冥界前他不能回头看他的妻子,否则他的妻子就永远不能回到人间。在神使海尔梅斯的护送下,他在前头领着妻子向阳界走去,妻子因为脚被毒蛇咬过,落在后头,她呼喊丈夫,奥菲斯迫不及待地回头一看,欧律狄克立刻消失,永远地回到了冥土。

奥菲斯永远地失去了爱妻,他悲痛万分,永不续娶。传说他不敬酒神,被一群狂女杀害。他的尸体被撕得粉碎:他的头颅随着海水漂到了利斯伯斯岛,这里

13

后来成为古希腊抒情诗人萨福的故乡;他的四肢被埋在奥林匹斯山麓,那里的夜莺比任何地方的夜莺唱得更动听;他的金琴被安放在星空,成为天琴星座,其中最亮的一颗被我们中国人称作织女星。

代达鲁斯父子的传说

代达鲁斯是个能工巧匠,他帮助克诺斯国王建造了迷宫。国王米诺斯是个牛首人身怪物,他力大无穷,又十分凶残,称霸爱琴海。这位怪兽十分残忍,他要求雅典每9年向他进贡7个男童、7个女童,这些童男童女都被投入迷宫,为牛首人身怪物所害。这年又轮到雅典进贡,雅典王的独生子忒修斯自告奋勇带着其他童男童女渡海来到克里特。他勇敢英俊,智慧过人,赢得了米诺斯国王的女儿阿里亚娜的芳心。阿里亚娜请求代达鲁斯帮助忒修斯,代达鲁斯给了阿里亚娜一团线,忒修斯在杀掉怪兽之后沿着线才得以走出迷宫。米诺斯得知是代达鲁斯的线团帮助忒修斯走出迷宫,恼羞成怒,将代达鲁斯父子囚禁于迷宫,想饿死他们。聪明的代达鲁斯先用轻薄的木头制成了翅的形状,然后在上面涂上蜡,在蜡面粘上密密的鸟羽。儿子伊卡洛斯和父亲同飞,但他忘记了父亲临行前的嘱咐,渐渐越飞越高,太阳的炽热使蜡熔掉、羽毛脱落,伊卡洛斯坠入海中。希腊人为了纪念他,将那段海称作伊卡洛斯海峡。

这是人类最早关于飞翔的神话,体现了古代劳动者征服自然的理想和智慧。

从史籍的片言只语中知道,远古有个克诺斯城,城中有座美丽而神秘的迷宫。英国儿童阿瑟伊万斯听到这个古老的传说,念念不忘,立志长大后找到迷宫。后来他在牛津受教育,成为著名的考古学家,他带了一支考察队前往克里特岛。经过考证,判定该岛首府伊拉克林南方7公里的克诺斯地下掩埋着一座古城。1900年开始发掘,经过8年,清出无数浮土,一座宏伟的宫殿终于出现在人们面前。如今克诺斯城成为希腊的一个著名遗址。

二、荷马史诗

《伊里亚特》和《奥德赛》两部史诗相传是公元前9世纪—公元前8世纪盲诗人荷马的遗著。它们先在口头上流传,公元前6世纪雅典僭主庇西特拉图将行吟诗人迎入宫中,史诗才用文字记载下来;公元前3世纪—公元前2世纪,由亚历山大里亚学者编订,每部为24卷。

史诗距今已经有3000多年的历史,世界各地仍在流传,显示出旺盛的生命力。这主要是因为它们以艺术的方式保留着史前希腊民族的史实。

荷马问题和荷马史诗问题

荷马问题——争论的是荷马是否确有其人。公元前5世纪的希罗多德(史学之父)、苏格拉底、柏拉图、亚里士多德都相信荷马确有其人;公元前4世纪诡辩派哲人佐伊罗斯认为荷马史诗中有许多矛盾,可谓举起了"荷马之鞭"。至今,肯定与否定都拿不出足够证据。一般认为,荷马为一个以卖唱为业的盲诗人。

荷马史诗问题——自从佐伊罗斯发现诗中的矛盾,就一直有争论。到了18世纪,甚至分成许多派别:小歌派,认为荷马史诗是零散的民间诗歌创作汇编;统一派,主张有统一的结构,荷马实有其人;核心派,认为开始是短作,以其为中心扩大而成,等等。

时至今日,一般取折中的观点:荷马史诗是由古代民歌、神话和英雄传说发展而成,经过人们口口相传的民间集体创作,由盲乐师荷马整理而成。

《伊里亚特》,长15693行

名称由来

"伊里亚特"意为"伊利翁之歌",或"关于伊利翁战争的一首诗"。

有一则神话说,国王特洛斯的儿子伊罗斯奉神的旨意,在小亚细亚的西北海岸建立了一座坚固的城堡,又名伊利翁,就是伊罗斯的城堡之意,也就是特洛亚城。史诗中出现的"神圣的伊利翁""富丽的伊利翁"因此而来。

史诗可直译为"关于特洛亚战争的一首诗"。

史诗的背景

战争发生时代:特洛亚战争发生在公元前12世纪末,这是处于低级社会形态——父系氏族社会——的希腊人对文明城市特洛亚的征服。

成诗年代:荷马史诗于公元前9世纪—公元前8世纪逐步形成,这时,希腊社会已经由氏族社会向奴隶制社会过渡,私有制已出现,部落成员分化为贵族与平民,贵族占有土地、财富、家奴,部落管理实行"军事民主制",部落间常发生战争,《伊里亚特》反映的正是这一时期古希腊社会的风貌。

《伊里亚特》的情节

史诗没有写战争的起因和战争的过程,也没有写战争的结局,只是集中地描写战争第10个年头发生的事情。

战争起因

古希腊佛提亚地方的国王帕琉斯和爱琴海海神的女儿西迪斯在帕利翁山举

行婚礼,邀请了奥林匹斯山的众神,唯独忘了邀请专管争吵的女神厄里斯,于是她偷偷来到婚宴上,丢下了一只金苹果,上面刻着"送给最美的女神"的字样,结果引起了争执。天后赫拉、智慧女神雅典娜、爱与美之神阿芙罗狄蒂都想争夺这只苹果;宙斯要她们去特洛亚,请那里的国王的次子帕里斯来裁决。

三位女神在神使海尔梅斯的引导下来到伊得山,找到正在放牧的帕里斯,三位女神都许诺给他最大的好处:赫拉许诺给他统治广大领土的权利和丰厚的财富;雅典娜许他智慧与作战的胜利和光荣;阿芙罗狄蒂则许他以世界上最美的女人为妻。帕里斯把金苹果判给了爱与美之神。从此以后,赫拉与雅典娜对帕里斯和特洛伊人怀恨在心,而阿芙罗狄蒂一直在暗中帮助帕里斯。后来帕里斯出使古希腊,在斯巴达王墨涅拉俄斯家作客,趁主人出使克里特岛之际,把他的妻子、宙斯与勒达所生的全希腊最美的女子海伦拐走,还带走了墨涅拉俄斯的无数财宝。

海伦被拐事件,激起希腊各族人的公愤。墨涅拉俄斯与他的哥哥、迈锡尼国王阿伽门农商定,邀请希腊各地英雄,调集了 10 万人、1186 条船,由阿伽门农担任希腊联军的统帅,率领大军渡海攻打特洛亚,由此爆发了持续 10 年的特洛亚战争,相传特洛亚约在公元前 1184 年被攻陷。

从古至今,战争的起因无非是争田夺地,而在古希腊,血淋淋的战争的动机居然用这么一个美丽神话来加以说明,这充分显示了人类童年的稚气与温情。

参加战争的名将

参加战争的名将,有的是神的后代,有的是神与人之子。

在希腊方面,有统帅阿伽门农、斯巴达王墨涅拉俄斯、伊大卡王奥德赛、阿喀琉斯及其好友帕特洛克洛斯、阿尔戈斯王狄尔墨德斯、克里特岛国王、皮罗斯国王等。

在特洛亚方面,有国王普利阿莫斯的十几个儿子,主要的是特洛亚人的堡垒统帅赫克托、帕里斯、伊福玻斯;此外还有阿芙罗狄蒂与凡人安卡塞斯所生的儿子埃涅阿斯、宙斯的儿子萨尔帕东等。特洛亚的盟友,则有来自阿玛宗女人国的女王以及埃塞俄比亚的著名将领。

奥林匹斯山上的众神也分成两个阵营:赫拉和雅典娜坚定地站在希腊人一边,海神波塞冬、神使海尔梅斯、匠神赫淮斯托斯也帮助希腊人;阿芙罗狄蒂、太阳神阿波罗、月神阿耳忒弥斯、战神阿洛斯则站在特洛亚人一边,众神之父宙斯最初保持中立,后来在特洛亚气势渐衰之际有点偏袒特洛亚人。

史诗描写的战争经过

《伊里亚特》并没有描写战争的全部,而只写战争第 10 年初的 50 天的事情,而着重在九天中。史诗第一卷以"阿喀琉斯的愤怒"开始。这时双方已经血战九年,由于阿伽门农抢夺了阿波罗神庙祭司的女儿克律塞伊丝,阿波罗为了惩罚希腊人,用神箭射死许多人,还将瘟疫降到希腊军营。阿喀琉斯定要阿伽门农将女孩释放,阿伽门农勉强将其释放,却又强占了阿喀琉斯的女俘作为抵偿,而且还当众侮辱了阿喀琉斯,使得阿喀琉斯大怒,坐在自己的营幕里拒绝出战。

就在这时,帕里斯单独出来向希腊英雄挑战,恰好碰上了海伦的丈夫墨涅拉俄斯,不由得心惊胆战,瑟缩后退,遭到他的兄长赫克托的斥责,才表示要与墨涅拉俄斯斗一场,谁赢了就将获得海伦和她的财宝。两人交战中,帕里斯投出长枪刺中墨涅拉俄斯的盾牌,而墨涅拉俄斯不仅刺中帕里斯的盾牌,还击中其胸甲,要不是阿芙罗狄蒂布云隐身,帕里斯快丢掉性命了。这时希腊人要求归还海伦和财富,帕里斯反悔了,战争不得不又继续下去。接着双方大战,许多英雄倒了下去,连爱神的情夫阿洛斯也被希腊英雄的长枪刺中。

希腊方面,因为没有阿喀琉斯参战,屡战屡败,交战中阿伽门农、奥德赛甚至名医马卡翁都负了伤。这时,赫克托在宙斯和阿波罗的鼓舞下,趁机大举进攻,他率特洛亚人跨过希腊人的壕沟,越过壁垒,想纵火烧毁希腊人的船只,一直把他们逼到海边。在这紧要关头,阿喀琉斯的好友帕特洛克洛斯穿上阿喀琉斯的盔甲、拿着他的盾牌出战,杀死了不少特洛亚人,但最终被赫克托杀死,装备也被抢走。好友的死使阿喀琉斯悲痛至极,自己的装备被抢更让他愤怒不已;他的母亲请匠神连夜打造盔甲、盾牌,阿喀琉斯重新披挂上阵为好友复仇。他与赫克托交战,众神在山顶观战,众神之父用黄铜天秤称量两个人的命运,只见赫克托的一头向下界低沉下去,知道大势已去。雅典娜助阿喀琉斯一臂之力,阿喀琉斯绕着特洛亚城追了赫克托三圈,最后用长枪将他刺死。阿喀琉斯随即为好友举行隆重的葬礼,赫克托的老父亲在神的引导下,赎回了儿子的遗体,进行安葬。

史诗只写到这里,而战争并未结束。据古希腊一些传说,实际上特洛亚战争还持续了一段时间,后来帕里斯射中阿喀琉斯之踵,奥德赛想出木马计,里应外合,攻陷特洛亚城。墨涅拉俄斯带着海伦经过8年回到斯巴达,而奥德赛则在海上漂泊10年才回到妻儿的身边。

史诗的基本观点

战争观

《伊里亚特》是一部描写战争的巨著,它既歌颂战争的伟力,又在某种程度上表现出对战争的怀疑甚至反感。

对战争的歌颂是与攻城夺地、占有财富相联系的。当阿喀琉斯罢战、人们劝说他出战时,就以武功和获得实际利益作为条件;奥德赛深夜摸岗哨,史诗热情洋溢地赞赏他的抢夺行为,说他抢来的马匹、枪械如同太阳般闪耀。可见,那时的希腊人不觉得战争的掠夺是可耻的;战争的起因归于金苹果加以美化,是私有制出现后的一种正常现象。

对于战争的描写也有复杂、矛盾的一面,即在一定程度上表现出对战争的厌恶,"战争把悲哀牢牢地锁进人类的生活里来"。普利阿莫斯坐城观战,劝说赫克托休战回城,诉说自己晚年的悲惨不幸:"我将眼看着我的儿子们被刺刀杀死,女儿们被掳走,孩子们被扔在地上挣扎。而最不幸的是,当我倒在我家门口,我宫里养着的狗将会舔着我的血,撕着我的肉,把我吃掉……那将是怎样的惨不忍睹呀!"这些描写为后来的希腊悲剧提供了素材。假如说前一种描写表现了历史的真实的话,那么这种描写就表现了情感的真实。

英雄观

对于双方的战将,史诗往往平等地予以歌颂:超人的体力、勇猛的精神、私有财产观念等构成其英雄观念。英雄们不受国家权力和法律的约束,个人的财产与生命安全都靠自己的力量和勇敢来保障,他们时刻受到死亡的威胁,并不觉得死亡可怕,他们对自己的行为后果不太负责任,统统归咎于神。

史诗着重刻画了两位英雄。

阿喀琉斯——他是人神之子,希腊军中的勇将。他的身上具有远古氏族英雄和后期氏族首领的特征。前者显示他有超人的体格、捷足如飞,有万夫不当之勇;后者表现为追求财富和个人荣誉,自私甚至残忍,他有着过于自尊和执拗的性格。

史诗就是由阿喀琉斯的两次愤怒展开的。

第一次愤怒,他退出战斗,使希腊军大败。愤怒的原因是阿伽门农抢走他的女俘,他拒不出战,置奔逃的希腊士兵于不顾,想到他们将卑躬屈膝地来求他出战,他心里感到由衷的喜悦。甚至想到能够让他和他的好友独自享受胜利的果实,哪怕整个特洛亚和希腊人都被杀得一个不剩也没关系。

阿伽门农负荆请罪,愿意给阿喀琉斯巨大的赔偿,当众宣布:赔偿阿喀琉斯7个没有在火上烧过的三角鼎、10个塔兰铜黄金、20个闪光的大锅、12匹竞赛中得过奖的骏马,"我还要给他7个女子,我从战利品中挑选出来的、手艺最好的、最美丽的女孩子。除此之外,我还要把女孩子布里塞伊斯原样交给他";要是攻下特洛亚城,在分配战利品时,还可以挑选12个姿色只比海伦稍差一点的特洛亚女子。

由此可见，财产已经是支配阿喀琉斯行动的动力。

第二次愤怒是阿喀琉斯出战赫克托，希腊军转败为胜。这次愤怒的原因是他的好友被赫克托杀死，赫克托还将他的盔甲与战车等夺去，使他愤怒不已，好友死去他伤心，更重要的是甲胄是他的荣誉与财富。重新上阵的阿喀琉斯大败特洛亚人，杀死赫克托并拖着尸体绕城三圈，报仇行为异常残忍。

总之，阿喀琉斯的一切英雄行为的动机是氏族荣誉以及对财产的欲望，他是氏族社会末期氏族贵族的典型代表。

赫克托——特洛亚王子，守城统帅，也是阿喀琉斯的主要对手。他同样刚强勇敢，武艺超群，只略逊于阿喀琉斯。同样是武将，史诗展现了他们不同的性格特征。

与阿喀琉斯的暴怒、残忍相比，他更富有人情味，内心世界也更丰富；与他的弟弟帕里斯相比，他更富有社会责任感。

在特洛亚决战的关键时刻，妻子对他说："我的家人都阵亡了，现在你就是我的父亲，我的母亲，我的兄弟，同时也是我的丈夫，你可怜可怜我留在城里吧，要不然我会成为寡妇，你的孩子会成为孤儿……"但赫克托回答说："我决不能让特洛亚儿女看着我躲起来不作战。我知道，普利阿莫斯和这里的人民以及神圣的特洛亚城最后一定会灭亡。我这样决心，不光是为了特洛亚，为了我的父亲，为了我的母亲；更是为了你，因为到了那一天，希腊人会把你掳走，带你到希腊去织布、打水，那时，人们看见你就会说'这是那个最勇敢的特洛亚人赫克托的妻子'，我宁愿死去，也不愿意看见那一天。"

书中写到，赫克托伸出双手，想要抱一抱自己的儿子，但孩子看见他戴的闪亮的黄铜头盔和上面摇动着的鬃毛装饰感到害怕，躲在保姆的怀里大哭起来，他和妻子都笑了。后来赫克托将头盔摘下来放在地上，把孩子抱起来，吻着他，颠着他，高声地向天祈祷："父亲宙斯和天上的众神，请让我这孩子像我一样成为特洛伊人的伟大的儿子吧！等他将来从战场上带回许多染上血的战利品的时候，但愿人们会说'这是一个比他父亲还要强得多的人！'那时他母亲听见，心里会多么高兴呀！"说完，他把孩子交给母亲，母亲把孩子搂在怀里，流下眼泪，他父亲心里非常感动。

赫克托的名言：我的生命是不能贱卖的，我宁肯战斗而死去，不要走向不光荣的结局，让显赫的功勋传到后世。

在这个人物的身上，除了建功立业英雄气概之外，也显示出普通人性的光芒,这是一个慢慢向我们走过来的有血有肉的人。

人神观

史诗中关于神的描写基调是讽刺。神同人生活在一起,神与人一样对生活感到新奇有趣,神的生活显得有些滑稽可笑,在道德上往往不如人,反衬出人更高贵。

众神也参加了特洛亚大战,各助一方。人神混战时,阿芙罗狄蒂的儿子埃涅阿斯被希腊英雄狄俄墨得斯用大石头砸碎了手臂骨头,阿芙罗狄蒂用白皙的手臂将儿子抱起,用面纱将他盖上才保住了性命,可狄俄墨得斯冲上来刺伤了女神,她向情人战神阿洛斯借了战车才逃离战场回到奥林匹斯山。女神向母亲哭诉,她母亲一再叫她忍耐,告诉她:许多天神都吃过凡人的亏,阿洛斯就曾经被两个巨人捆绑起来,在一个铜缸里躺了十几个月,若不是海尔梅斯偷偷将他放出来,他早就没命了。

在人神观念上,表现出人类童年时代对未知世界寄希望于神的观念。当神高于人时,体现着对不可知的大自然的敬畏之情;当人高于神时,显示出对现实的尊重,神不一定能解决问题,这其实是人类自我意识的增强。

艺术特点

结构特点:情节集中,取材严,布局巧。10 年战争只写 50 天的战斗,着墨最多的仅仅 4 天,通过战争场面的直接描写——个人搏斗、群战、神人混战、大决战,以及有关战争的插曲叙述——瘟疫、会议、谈判、侦察、竞技、葬礼、祭祀,反映出特洛亚战争的惊险、悲壮、宏大的场面。

史诗中有各式各样的场面描写:

戏剧性场面——紧张激烈的战争和抒情、叙事场面的交叉,使读者既了解了战争的现状,又清楚了战争的起因,还欣赏到清晰明朗的艺术笔法。

两军逼近,喊声震天,脚下滚滚尘土,遮天蔽日,战争造成巨大伤亡。这时,坐在城上观战的老国王普利阿莫斯和特洛亚元老们纷纷议论,对引起这场大战的海伦很不以为然,说尽早用船把她送回去吧,不要再给我们和我们的孩子惹祸了。

这些观战的老人们已经老得不能打仗了,但当普利阿莫斯派人叫来海伦时,老人们都为之惊叹:"人们愿意为这样一个女人吃苦,一点也不奇怪,她真是太美丽了!""为这样一个女人,谁还怪特洛亚和阿开亚的战神吃这么多年的苦呢?她简直就是一个不死的女神的肖像。"——侧面描写手法。

战场上冤家遇到对头，墨涅拉俄斯迎战帕里斯，"他跳下战车，奔向他的仇人；可是帕里斯一见墨涅拉俄斯，就像一个人在深山里忽然遇见蛇似的，立刻逃到伙伴当中去了"。他的行为遭到他的长兄赫克托的斥责："你长得很好看，可是一点用处也没有……你不过是个胆小鬼，你怎么不站出来和她丈夫打一架，看看他是什么样的人呢？等你倒在地上，我看你那竖琴，你那长发，你那漂亮的面孔，还有什么用？特洛亚人也实在太不中用了，他们早该用石头把你砸死！"帕里斯回答："可是美貌和爱情都是神的礼物，不能不看重呀！"（帕里斯将金苹果判给美与爱之神，据说原因是这样的：王位可以继承，英雄可以闯荡，而美女不是每天都遇到，还不一定爱自己。）

还有阿伽门农宣布撤军返航，自以为士兵会受刺激破釜沉舟，没想到话音未落，全体士兵一阵轰响，马上去拆船座，准备立即返航。这既是戏剧性场面，也是厌战情绪的反映。

还有很多宏大场面与激战场面。

悲壮场面——也是全书最精彩的场面，赫克托与阿喀琉斯的对决，对刻画人物性格起了很好的作用。阿喀琉斯的外在英雄气概和赫克托的丰富内心世界都得到形象的表现。

在城上观战的老王，见阿喀琉斯一路杀来，特洛亚人溃不成军，连忙命令打开侧门让士兵撤回城里来。他恳求赫克托回城，赫克托拒绝，准备坚守阵地，决战到底。史诗写道："他像一条大蛇在洞边等着一个人，眼睛闪着光，尾巴盘在洞里，等着阿喀琉斯。"转眼间阿喀琉斯已到眼前，右手舞着那支帕利翁长枪，盔甲亮得像一团火焰或一轮红日。赫克托一见他冲上来，早已心惊胆战，无心恋战，立刻从城门前逃走。可是，他逃得越快，阿喀琉斯追得越紧，他们跑过望楼，跑过那棵在风中摇曳的无花果树，跑过两个清泉……一个逃一个追，一个为了逃命，一个更加拼命地追，他们并不是争夺一只献给神的羊，或者一个牛皮盾牌，而是争夺那驯马的赫克托的性命。他们绕着城跑了三圈，所有的神都在观战，连宙斯都说："我看到的真是一个悲惨的景象，我心里很为赫克托难过——赫克托总是在伊得山给我献上许多牺牲；现在那伟大的阿喀琉斯正绕着普利阿莫斯王的都城追赶他。众神呀，让我们来商量一下，我们究竟让他死里逃生呢，还是让他死在阿喀琉斯的手下？"

史诗的特点：语言准确有力，善用比喻；但有重复、口头文学的特点。人物形象平板，缺乏变化。存在冗长、脱节现象。

《奥德赛》,长 12105 行

这部史诗描写的是希腊英雄奥德赛在特洛亚战争胜利后归国时的海上经历。

希腊联军对特洛亚城堡久攻不下,足智多谋的奥德赛想出木马计,里应外合,攻陷特洛亚。经过十年战争,希腊军队夺回海伦,得胜班师,各路英雄陆续回国。据说奥德赛傲慢于自己的智慧,不敬海神,为海神波塞冬忌恨,使他回到祖国伊大卡的过程充满艰辛,在海上整整漂泊了十年。在他出征期间,他的家里聚集着许多贵族,纷纷向他的妻子求婚,觊觎他的王权,耗费他的家产。妻子佩涅佩洛忠贞不渝,儿子特勒马科斯在女神雅典娜的帮助下外出探寻父讯。

奥德赛在漂泊的第 10 个年头,来到利斯卡里厄岛,受到国王的款待,他向国王讲述了离开特洛亚以后的遭遇——他在海上遭遇暴风,被飓风吹到马洛斯城,离开那里后,到了吃莲花人的国土,他的伙伴吃了迷莲,忘记了家乡;奥德赛又到了巨人岛,被巨人关在山洞里,他用酒灌醉巨人,用烧红的木棍刺瞎了巨人的眼睛,自己躲在羊肚子下面才逃了出来;他又来到风神居住的岛,风神赠给他一个牛皮口袋,当他快到故乡的时候,他的伙伴以为袋中装着宝物,偷偷打开口袋,谁知口袋里装着大风,结果把他们吹远了;他们又到了另一个巨人岛,他的同伴被巨人用渔叉叉着吃掉几个;后来来到塞栖女妖居住的岛屿,她把奥德赛的伙伴变成了猪,从这里他们到了大海的边沿;奥德赛游历了地府,又遇到了人头鸟身的怪物,为了不被妖怪的歌声迷惑,奥德赛用蜡封住伙伴们的耳朵,又把自己捆绑在桅杆上才逃出险境;他们行经卡律布狄斯时,海怪斯库拉吞食了奥德赛的 6 个伙伴;在太阳岛,因同伴宰食岛上神牛,宙斯用雷霆击沉他们的船只,只有奥德赛一人脱险;最后在俄克葵亚岛,仙女卡吕普索爱上他,允诺让他长生不老,想将他留下。奥德赛没有沉溺于情爱之乡,他要求仙女放他回家,这才流浪到列斯卡里厄岛。国王听到奥德赛的讲述后,送给他许多珍宝,让他顺利地返回伊大卡。

回到离开了 20 年的家乡,奥德赛装扮成乞丐,试探他的妻子,妻子佩涅佩洛忠贞地等待着丈夫。最后他与儿子杀死了那些觊觎他的王位与财产的求婚者,夫妻父子团圆。雅典娜使君民重新和好,恢复和平。

如果说,史诗《伊里亚特》的主题是关于荣誉,确立了描写战争、描写英雄们在战场上追求不朽荣誉的史诗原型的话,那么,《奥德赛》则确立了描写和平、描写英雄们回归日常社会生活的史诗原型,它的主题是关于回乡,这是以后的文学中不断被重复的母题。

奥德赛完成了英雄从神到人的过渡。当他想起他的故园伊大卡的时候,他想到那儿的阳光、气候、土壤和妻儿;当他脚踏在别人的国土上享受着对异乡人的厚待时,他想起伊大卡的宫殿、居民和民俗;当他获许拥有不朽、青春和富贵的时候,他想起伊大卡美貌的凡人妻子。他从不想为什么要回去,甚至没有把回家视为什么必须要遵守的神意,他只是发乎自然地要回去,如同孩子喜爱鲜艳和光明。回乡,在这里意味着找回个人的身份,是人的自我意识的确立与认同。

《奥德赛》开篇即点出了整部诗的主题,在诗的前二十行中,"返回家乡"(nostos)这个字样出现了三次。"回乡"在此与"不朽的荣誉"相提并论,成为史诗的主题。在特洛亚城下,奥德赛是英勇的统帅、足智多谋的将领,在故乡伊大卡,奥德赛是公正的国王、是丈夫和父亲。这位战场上的英雄,在充满莫测风险的海上归途中,特别是在他的部下全部丧命以后,他实际上只是一个死里逃生的可怜的凡人。

《奥德赛》是欧洲文学中第一部以人物经历为主要内容的作品,是文艺复兴以后人文主义、现实主义的先驱,20世纪现代主义小说《尤利西斯》(奥德赛的拉丁文名)是以此为对照而成就的名著。

艺术特点

《奥德赛》一定程度上是《伊里亚特》的续篇,《伊里亚特》中最重要的英雄,几乎都在《奥德赛》中出现,只是有的在人间,有的在冥府,特洛亚战争的结局和一些英雄的命运,都在这里有了交代。

两部史诗的风格很不相同。

《伊里亚特》主要描写战争,而《奥德赛》则一半写海上遭遇,一半写家庭生活。前一半色彩斑斓,富有浪漫特色,后一半则细致刻画,具有写实意义。

风格上,《奥德赛》舒缓柔和,具有阴柔之美;《伊里亚特》则高昂急促,富于阳刚之美。

结构上,《奥德赛》采用高度压缩的方法,海上 10 年遭遇,放到临到家乡前的 40 多天,用倒叙交代故事,更为严谨。

三、希腊悲剧

公元前 8 世纪—公元前 5 世纪,雅典奴隶主民主制时期,文学的主要成就是戏剧和文艺理论,抒情诗也出现在这一时期。

奴隶制城邦出现后,氏族社会时期的集体感逐渐被较复杂的个人意识所代替,发而为诗,遂有抒情诗出现,这是文学史上一大进步。

最著名的抒情诗人萨福,作为利斯伯斯岛的女诗人,她的诗表现了地中海的浪花惠风中形成的希腊妇女的坦率热烈的情怀,体现出人本精神和现世精神,诗集在中世纪遭到焚烧。她被誉为第十个缪斯。

散文方面,出身奴隶的伊索所写的寓言,有大量的动物故事,著名的有《农夫与蛇》《龟兔赛跑》等。

文艺理论方面,柏拉图与亚里士多德出现在这个时期。

希腊悲剧的起源与发展

悲剧起源于春天播种时谢神仪式的"山羊之歌",希腊文里悲剧就有山羊之歌的意思。神指酒神,是神人之子,他受赫拉迫害变成小羊,提坦神追逐他,把他宰成一块一块放在锅里煮,雅典娜抢下他的心,宙斯使他复活。他既有神性,又有人性。他教希腊人种葡萄以及酿葡萄酒的技术,山羊是祭祀他的牺牲。到了春天,一群穿着羊皮衣服的人绕神坛唱神颂,歌词是叙述酒神教人们种葡萄时遭遇的种种困难和冒险事业。最初仅仅是歌舞,后来领队和合唱队里的人对话;德斯比斯增加了一个答话人(演员),专门与领队对话,兼扮各种角色,这是歌舞向戏剧转变的重要一步;面具也发展得越来越丰富生动。

公元前5世纪,悲剧诗人埃斯库罗斯增加了第二个演员,轮流扮演角色,有了对话的条件,剧情自然就会变得复杂,冲突也就能得以展开,戏剧的动作也就有了稳定的依附基础,真正构成了"戏"。此外,埃斯库罗斯在剧本创作、演出道具改良等方面也取得了卓越的成就,这些都为歌舞向戏剧的转变创造了条件。埃斯库罗斯被称为"悲剧之父"也正是从这个意义上讲的。后来,索福克勒斯在埃斯库罗斯基础上把演员增加到三个人,又把悲剧向前推进了一步,悲剧的形式就基本完成了。

悲剧的发展与当时的政治生活分不开。祭酒神的仪式最初在农村进行,僭主庇西士特拉妥把酒神祭典由乡村搬到雅典,形成了酒神节,伯利克里特又将这种祭典定为国家崇拜,有所谓小酒神祭和大酒神祭,还建立露天剧场,发放戏剧津贴,每年的戏剧竞赛成为国家重要的活动。

亚里士多德关于悲剧的定义

亚里士多德的悲剧定义是对希腊悲剧的研究总结。

"悲剧是对于一个严肃、完整、有一定长度的行动的摹仿;它的媒介是语言……摹仿方式是借人物的动作来表达,而不是采用叙述法;借以引起怜悯、恐惧来使这种情感得到陶冶"。① 他认为,情节是悲剧的基础,就如同悲剧的灵魂;性格占第二位;思想占第三位;语言占第四位;歌曲(合唱)占第五位。

悲剧人物及其冲突:悲剧是英雄性格中的缺点所引起的——英雄过失说;喜剧是摹仿比我们今天的人更坏的人,而悲剧总是摹仿比我们今天的人更好的人。

悲剧的主要冲突是人与命运的冲突。

希腊三大悲剧作家

1. 埃斯库罗斯(公元前525—公元前456),希腊悲剧之父

埃斯库罗斯出身贵族,一生写过70出悲剧和许多"羊人剧"(笑剧)。在戏剧比赛中得过13次奖,后被索福克勒斯击败。死后作品还得过4次奖。

代表作《普罗米修斯》为三联剧,包括《被缚的普罗米修斯》《被释的普罗米修斯》《带火的普罗米修斯》三部,后两部已失传。

《被缚的普罗米修斯》

这部戏已经具备了戏剧的基本条件:情节、冲突、人物、对白。

情节——普罗米修斯因拯救人类被宙斯缚于高加索悬崖,宙斯既要对他进行惩罚,又想与他和解妥协,因为这个先见之神知道他的秘密:宙斯和某个女子所生的后代会推翻他;他先派河神出面与普罗米修斯讲和,又派神使对其恐吓威胁,普罗米修斯毫不屈服,被宙斯的雷电击于高加索深渊。

冲突——普罗米修斯与宙斯的冲突。

人物——普罗米修斯、河神、神使、伊俄。

普罗米修斯:1.为拯救人类而受苦,将盗取天火给人类上升到攸关人类命运的哲理高度,注入争取民主制的现实内容,气概更为宏伟;2.坚强的斗争意志,不屈的反抗精神,"王权不打倒,我的苦难没有止境";3.对斗争的前途充满必胜的信心。

在《神谱》中,普罗米修斯本来只是一个不起眼的小神,埃斯库罗斯将他塑造成一个伟大的殉道者,他是为了实现奴隶主民主制而塑造的时代所需要的斗士。

剧中反面人物宙斯没有出场,但他的淫威无处不在:1.暴君,害怕丢失权杖而专制独裁,玩弄权术与法律;2.迫害叛逆者,把普罗米修斯捆绑在高加索悬崖,罚阿特拉斯用肩膀顶着天地之间的柱子,把提福斯压在山脚下;3.淫欲,引诱伊

---

① [古希腊]亚里士多德著,罗念生译:《诗学》,第19~20页,北京:人民文学出版社,1962。

俄,使她流浪、漂泊(伊俄是赫拉神庙的祭祀,为逃避赫拉的迫害,宙斯将她变成牝牛,赫拉让牛虻追逐她;后来在埃及宙斯用手抚摸她,使她现人形,生子厄福斯,也就是后来的埃及国王)。宙斯在剧中起着反衬普罗米修斯的作用,虽没有出场,但效果很好。

对白——对话形式来自荷马史诗,有些对话很巧妙,如与河神的辩论等。

还有布景、道具、音响效果等,是一出真正的悲剧。

2. 索福克勒斯(公元前 496—公元前 406)

索福克勒斯生于雅典民主制由盛而衰的时期,他的创作是古希腊悲剧艺术臻于成熟的象征。他从小受过严格的音乐、体育训练,很早开始写作,28 岁在戏剧比赛中战胜埃斯库罗斯获奖。他中年时期正逢城邦盛世,积极参加政治活动,先与寡头派领袖交往,后成为民主派伯利克里斯的好友;公元前 440 年被选为雅典十将军之一,政治上属于温和的民主派。

索福克勒斯一生创作了 123 部悲剧和笑剧,留下来的有 7 部。最重要的戏剧是《安提戈涅》与《俄狄浦斯王》。诗人去世时正值斯巴达与雅典战争,斯巴达将军下令停战,将诗人的遗体运回家乡。墓碑上立着人头鸟雕像。

代表作《俄狄浦斯王》

剧情:俄狄浦斯原是忒拜的军事首长拉伊俄斯和妻子伊俄卡斯特的儿子,神示他们的儿子将犯弑父娶母的罪行。为了避免灾难的发生,这个孩子生下后就被父母让牧羊人丢进深山,置于死地。牧羊人可怜孩子,辗转交给了科任托斯的军事首长波吕波斯,波吕波斯把这个孩子当儿子养大。俄狄浦斯长大后从神示中知道自己要弑父娶母,为反抗命运而出走。他在前往忒拜途中,在边境上与一老者口角,愤怒中杀死老人及随从。至忒拜,他猜中了狮身人面像女妖斯芬克斯的谜语,为忒拜除灾,从而被拥戴为军事首长,克瑞翁还将自己的妹妹伊俄卡斯特嫁给他为妻。后来忒拜发生瘟疫,俄狄浦斯真诚地为民请求神示,神示说要将杀害老王的凶手驱逐出境,俄狄浦斯向先知求助、向夫人询问、拷打牧羊人,最后真相大白:凶手就是他自己,他犯下了弑父娶母的大罪,伊俄卡斯特在羞愧中自杀,俄狄浦斯悲愤欲狂,戳瞎自己的双眼,自愿放逐。

戏剧的矛盾与主题

这是神和人的矛盾,命运与人力的矛盾,说明人虽然想逃出命运,结果还是落入命运的魔掌中。俄狄浦斯一知道自身可怕的预言,就想方设法要逃出命运的安排,远走高飞,但恰恰逃入命运所布下的罗网中去,这种命定不可逃的思想,基本上与埃斯库罗斯的观点相同,但有一点已经完全不同,那就是俄狄浦斯知道这一预言后,不是被动地安于命运,或等待命运的处置,而是主动地用人的智慧和力量与命运作斗争,想方设法逃避命运,这就与埃斯库罗斯的凡人无能为力的观点大相径庭了。

索福克勒斯塑造的"人"已经有了很大进步:人是有智慧和能力的,在肯定命运权威的同时,又赞扬人的能力与意志,他把他的主人公塑造成这样的形象:1. 俄狄浦斯是一个聪明正直而勇敢的人,为了不伤害爱自己的父母,选择逃离他乡;遇老王压迫他,他勇于反抗,持刀捍卫自己的尊严;2. 他是富于智慧的,能够猜出妖怪的谜语,拯救忒拜百姓;3. 他爱护人民,勇于担当,百姓有难,他千方百计寻找凶手,当自己不幸成为罪人时,他毫不犹豫地承担罪责,自我惩罚,自我放逐,只是为了人民的安宁。总之,索福克勒斯笔下的主人公是一个理想的人,比埃斯库罗斯的人物更丰富,也更有人的情感。

就是这样一个好人,命运却偏偏要他犯下如此可怕的罪孽,在这里,神就显得不那么公正合理了,再也不是埃斯库罗斯所描写的善有善报、恶有恶报了。这也反映出索福克勒斯的时代人们对于神的观念的改变。

索福克勒斯的命运观念与对人(英雄、天才)的赞颂交织在一起,他的人物有着与命运抗争到底的意志,相信自己站在正义的一方;临危不惧,明知事之不可为而为之,自承其咎,勇于负责;他的人物能够承受一般人难以承受的痛苦。他说,我是按照人应该有的样子来描写的(欧里庇得斯是按照人本来的样子来塑造),即是理性化的人。

艺术特色

亚里士多德认为,悲剧中没有"事件",则不成为悲剧,但没有"性格",仍不失为悲剧,只要有"布局",即情节安排得好,一定会成功。

悲剧之所以使人惊心动魄,主要靠"发现"与"转变",这两样都是"布局"的成分。

"布局"有两种:

简单的布局——不通过"发现"与"转变"而达到结局;

复杂的布局——通过"发现"和"转变"或兼此二者达到结局。

"发现"——剧中人从不知转变到知;

"转变"——情势向相反的方向发展转变。

亚里士多德认为,"发现"的种类有 6 种:

1. 凭标记的发现;

2. 诗人任意安排的发现(也缺乏艺术性,如拿出物品或说什么);

3. 回忆中的发现;

4. 推论发现;

5. 复杂的发现——第一次发现未成事实;

6. 各种发现中最好的发现是从情节中自然而然产生的发现,通过合乎因果关系的情节,引起观众的惊奇,发现同时引起转变。①

戏剧家处理矛盾有两种方法:

守密——演员和观众都是从不知到知,让观众到一定时候恍然大悟;

不守密 ——剧中人不知底细,互相矛盾,观众却是清楚的,引起"悬念",这种方法现在普遍采用,看戏剧如何处理好发现与转变,成为衡量艺术技巧的尺度。

"发现"与"转变"手法的开创者就是索福克勒斯,他的"发现"不是凭标记,而是故事情节中自然产生,与"转变"合拍,具有高度的技巧。

《俄狄浦斯王》备受亚里士多德称赞,它的结构十分复杂、紧凑、完美,不但在古典戏剧中堪称典范,就是在近代也不逊色。

全剧由 11 节组成,前有开场、进场歌,后有退场,中间 4 场,场与场之间插有合唱。

按照亚里士多德的观点,该剧有这样几次发现与转变:

第一次发现,是复杂的发现——第一次发现未成事实。开场,其中请愿和神示,要求俄狄浦斯追查杀害先王的凿手;又了解到过去因为斯芬克斯危害忒拜,没有及时追凶,这就引起俄狄浦斯追查凶手的决心。

第一场先知登场,他从不肯说出预言到说出"你就是这个地方不洁的罪人"——这是任意安排的发现,追查刚刚开始,就得出结论,但形势朝着相反的方向转变:俄狄浦斯认为是克瑞翁觊觎自己的王位,"收买了诡计多端的术士"。"发现"导致"转变"。

从剧情讲这是开端,也就是亚里士多德所谓的"结"——开场到情势转入顺境或逆境,下面几场就是"解"——逆转到结局的部分。

第二次发现,是第二场俄狄浦斯与克瑞翁的矛盾。这是前场与先知矛盾的继续和发展;俄狄浦斯指责克瑞翁"谋害亲人算不得聪明",要"夺我王位",克瑞翁说"别把糊涂顽固当美德";俄狄浦斯甚至要处其死刑,让他看看嫉妒的下场。

---

① [古希腊]亚里士多德著,罗念生译:《诗学》,第 32~35 页,第 51~54 页。

他们的矛盾很自然地引出了夫人伊俄卡斯特的上场。夫人为了安慰俄狄浦斯,说出了先王被害的时间——你来之前,地点——德尔福大路上,老王的样子——高高的个子,像你一样,一头白发。这是第二次的发现,是凭标记的发现。

　　俄狄浦斯从夫人的安慰中"发现"自己确实是杀害老王的凶手,但他认为自己不一定是杀害父亲的凶手,即存在"转变",他不是拉伊俄斯的儿子,当他说"听你的话,我心神不安,魂飞魄散"时,说明他已经感到了危机。

　　接着俄狄浦斯讲述了自己的历史,叙述如何逃离科任托斯的。

　　第三次发现,是在第三场,科任托斯来了报信人,报告说科任托斯的军事首长去世,"杀父"预言也就不存在了,使紧张的矛盾暂时得到缓和。但俄狄浦斯害怕娶母,犹豫着要不要回去奔丧,报信人也就是当年的牧羊人安慰他说,他不是科任托斯王的亲生儿子,他的脚跟还有钉子标记呢。

　　俄狄浦斯不是科任托斯王的亲生儿子,这又是一个发现——回忆、情节中的发现,但他是谁的儿子还没有得到证实,还存在一线希望"转变","还不能发现我的血缘,那可不行";然而王后已经明白,她呼喊着"啊呀,啊呀,不幸的人呀",冲进宫内。

　　第四次发现,"发现"了自己不是科任托斯王之子,追查血缘,找到忒拜老牧羊人,经过拷问,终于发现自己弑父娶母,母后自杀,俄狄浦斯弄瞎眼,自我放逐。

　　第三次、第四次发现通过符合或然率的情节,引起惊奇。

　　戏剧的矛盾重叠,解开时层层剥开,每剥开一层都有假象的缓和,马上又进入第二层矛盾,当俄狄浦斯开始发现自己是杀人凶手时,尚安慰自己并不是杀父;继而听到科任托斯王死讯时,庆幸自己不会杀父,但又恐惧于娶母罪,等报信人告诉他不会犯娶母罪时,反而发现自己杀的是生父,娶的是母亲,一点不差地应验了预言。哪里还有比这一悲剧更悲哀的,比这一罪孽更可怕的?这是多么令人恐惧呀!然而犯下这可怕罪过的人,却是一个最不愿、也最不该犯罪的人,他的遭遇又是多么令人同情、怜悯!所以说到古希腊悲剧能够激起观众的恐惧与怜悯,莫不以此剧为典范。

　　索福克勒斯的成就:首先,他对命运提出怀疑,强调人的意志,人物形象按照理想的人来塑造,更富有人的思想与情感;同时,他的戏剧结构更严谨、完美,技巧更高,发现、转变的运用,使情节更复杂;增加第三个演员,表演更丰富生动。他有"戏剧界荷马"之称,易卜生的《群鬼》、曹禺的《雷雨》等都借鉴、模仿他的艺术。

3. 欧里庇得斯（公元前 480—公元前 406）

欧里庇得斯生活于古希腊奴隶主民主制逐渐衰败的时期，在他创作旺盛的年代，奴隶制经济和民主制度每况愈下，各种矛盾暴露出来。诗人非常敏感地透过表面的繁荣看到了暗藏的危机，试图通过悲剧来提出批评、建议。可以说，他是雅典奴隶主民主国家危机时期的作家。

他出身贵族，受过良好的教育，当过祭日神仪式中的祭童；少年时学过角斗、拳术、绘画，也曾长期服兵役；爱好哲学，师从无神论哲学家学习自然哲学，与诡辩派哲学家苏格拉底来往甚密，所以他的剧中常常涉及哲学问题，有"舞台上的哲学家"之称。晚年反对侵略战争，反对雅典对盟邦的暴政，对神表示怀疑，以致不见容于雅典当局，去世前两年出走马其顿，并死在那里。

18 岁开始创作，写有 92 个剧本，18 部流传下来。有两方面的创新：

第一，在思想上接受了当时诡辩派的怀疑主义思想，对宗教信仰持怀疑态度（诡辩派是辩证法的前身，在希腊文中同义，促进了逻辑性、辩证法的诞生。诡辩派思想庞杂，对自然的解释接近唯物主义，关注于人的精神生活、知识命运、社会意识，在城邦动荡之秋，怀疑现成制度的合理性，认为人的本质是平等的，但在知识真理问题上，往往是极端相对主义的怀疑论，代表者是普罗泰格拉），否定神话中的不合理成分。

三位悲剧作家具有不同的命运观：

埃斯库罗斯——命运在神、人之上，是不可抗拒的力量；

索福克勒斯——命运是存在于人类之外的抽象概念，是可抗拒的，强调人的能动作用；

欧里庇得斯——命运就在人自己身上，事在人为，个人做事个人当，神本身的存在都是个疑问，不能决定人间的命运，他说，神是古老的谎言。

在政治上，欧里庇得斯是民主派的拥护者，提倡民主精神，法律面前人人平等，人人都应有发言权；尤其难能可贵的是，他对奴隶所受的压迫和虐待十分愤慨，在作品《伊翁》中借一位老人的口说："奴隶身上只有一样东西不体面，那就是奴隶这个名字。"

第二，在戏剧形式上，两个贡献：写实手法的运用，直接描写现实社会的重大问题，特别是内战问题和妇女问题；心理分析，使戏剧更完美，接近现代。

他的 18 部戏剧中，12 部以妇女为主人公，虽然还是神话题材，但反映的是当代人的生活与思想感情，刻画希腊妇女的不同心理状态：《特洛亚妇女》中的痛苦心理、《希波吕托斯》中的恋爱心理、《美狄亚》中的母爱与复仇心理、《伊翁》中的嫉妒心理等。可以说，欧里庇得斯是问题小说、问题剧的先驱，莫里哀的《太太学堂》、福楼拜的《包法利夫人》、易卜生的《玩偶之家》都提出了妇女在家庭中的地位问题：去而复回？身败名裂后自杀？反抗斗争？

代表作《美狄亚》

这部剧作于公元前431年上演，当时仅获三等奖，但从古至今这个剧本都被认为是最动人的悲剧之一，无论是提出问题还是形象塑造、戏剧结构，都是古希腊戏剧的典范。

剧情：伊俄科斯王子伊阿宋，要娶科任托斯公主为妻，抛弃前妻美狄亚，科任托斯国王克瑞翁还要将她驱逐出境，美狄亚痛苦欲狂。起初，她和伊阿宋争吵，后假意和解，打发两个儿子将浸泡了毒汁的衣服作为礼物送给新娘，害死了新娘，克瑞翁被气死；为了惩罚伊阿宋，使他断绝后代，美狄亚在痛苦中杀死了两个儿子，自己乘龙车逃亡雅典。

悲剧背景在科任托斯城内美狄亚的住宅前院。

开场——首先出现的是美狄亚的保姆，她的一段独白把美狄亚的历史和处境交代明白。她说她真愿意男主人不曾到科尔喀斯去取金羊毛，那美狄亚就不会爱上他并和他回来，谁知伊阿宋现在又看上了科任托斯公主，抛弃了美狄亚。如今美狄亚气得发狂，连孩子也见不得，真怕她会刺杀两个孩子呢。——在这里，诗人很有技巧地写下这段开场白，不多几句就交代清楚了来龙去脉，且由次要人物的角色来担当这个任务，显得非常自然。

发展——老仆人带孩子回来了，告诉保姆，科任托斯王要赶走美狄亚和孩子，剧情进一步发展。歌队扮演科任托斯妇女来看望美狄亚，引出美狄亚上场，显得毫不突然。美狄亚开始了她沉痛的诉说，表达作家对当时雅典妇女的痛苦的理解：

> 在一切有理智，有灵性的生物当中，我们女人算是最不幸的。首先，我们得用重金争购一个丈夫，他反会变成我们的主人……而最重要的后果还要看我们得到的，是一个好丈夫，还是一个坏家伙。因为离婚对于我们女人是不名誉的事。①

这席话哪里是古代妇女的控诉，简直就是当代雅典妇女的心声；美狄亚对歌队队长说，假如她要报复的话，请大家别管她的事——为后面的杀孩子没人相救

---

① ［古希腊］埃斯库罗斯等著，罗念生译：《古希腊悲剧经典》下册，第300页，北京：作家出版社，1998。

打下伏笔。

矛盾进一步发展——克瑞翁带人来驱赶他们母子出境,因为美狄亚是女巫,会对他的女儿和女婿不利,非走不可;美狄亚一再请求,才被允许他们日出前离开。国王走后,美狄亚因为有一夜工夫准备行动而庆幸。她一再考虑:是用毒药? 怕毒死自己,没有安身之地,所以暂缓执行。伊阿宋回来了,责备美狄亚不该触怒克瑞翁,还说在他们被放逐后会给予帮助;美狄亚断然拒绝,责备伊阿宋负心;伊阿宋说那是爱神厄洛斯的原因,不是他的责任;他还说,他将美狄亚从野蛮的地方带到了文明的希腊来,让她见了世面,而且得到了聪明的美名。他要娶公主也是为了给孩子们财富,还责备美狄亚被嫉妒蒙住双眼,看不到这一点。美狄亚坚决拒绝他的帮助。

铺垫——雅典国王打门前经过,来到神庙求子;美狄亚许诺保证他得子,条件是收留她。雅典国王答应了她。一切安排就绪,美狄亚要行动了。

剧情逐渐推向高潮——美狄亚说,她要和伊阿宋假讲和,叫孩子拿着有毒的衣服给新娘;她要杀孩子让伊阿宋痛苦;歌队劝阻无用;伊阿宋回来,听信她的话,答应带孩子去送礼。这时,诗人布置了一幕非常动人的场面:将一个弃妇与慈母的心理刻画得栩栩如生,她的虚假的笑容与为孩子感到悲哀的真正眼泪形成鲜明的对比。孩子回来,她就要实施杀自己孩子的计划了,一段著名的独白,描写了母爱与复仇之间的冲突,几次母爱战胜了复仇,软化了,但几次又坚强起来;看到孩子们的笑脸,她痛苦万分,说:

唉,唉! 我的孩子,你们为什么拿这样的眼睛望着我? 为什么向着我最后一笑? 哎呀! 现在怎么办呢? 朋友们,我如今看见他们这样明亮的眼睛,我的心就软了! 我决不能够! 我得打消我先前的计划,我得把我的孩儿带出去。为什么要叫他们的父亲受罪,弄得我自己反而受到这双倍的痛苦呢? 这一定不行,我得打消我的计划。——我到底是怎么的? 难道我想饶了我的仇人,反招受他们的嘲笑吗? 我得勇敢一些! 我竟自这样脆弱,使我心里产生了这样软弱的思想!

……

哎呀呀! 我的心呀,快不要这样做! 可怜的人呀,你放了孩子,饶了他们吧! 即使他们不能同你一块儿过活,但是他们毕竟生活在世上,这也好宽慰你呀! ——不,凭那些住在下界的报仇神起誓,这一定不行,我不能让我的仇人侮辱我的孩儿! 无论如何,他们非死不可! 既然要死,我生了他们,就可以把他们杀死。①

美狄亚就是这样反复斗争着。欧里庇得斯将她的内心世界刻画得非常自然,合情合理;这时传来消息,公主穿上毒衣燃烧而死,克瑞翁气狂而死,美狄亚慌忙进宫,传来孩子们的叫声,孩子们被杀。退场时伊阿宋赶回来,只见美狄亚乘着龙车,载着孩子们的尸体自空中冉冉而去,伊阿宋想吻一吻孩子的尸体而不得。悲剧以伊阿宋的万分痛苦而结束。

戏剧矛盾冲突

这是人与人的矛盾,男女之间、统治者与被统治者之间、所谓文明人与边缘人之间的矛盾,并不见神与人的矛盾;除了歌队提到敬神的字眼,简直感觉不到神的存在;去掉歌队不影响戏剧的完整——神不过是装潢门面,作者对之根本没有怀疑。

其次,全剧围绕着美狄亚的内心感情与理智之间的矛盾描写,在女主角这个形象的塑造上达到了他的艺术高峰。

美狄亚富于激情,不是温情而是烈火。爱,爱到不顾一切——欺骗父亲,杀死哥哥,远离故国,立足他乡,爱之深;作者着重描写了美狄亚曾经对伊阿宋的无私奉献,而她从伊阿宋以及一切文明之邦的统治者们那里得到的却是粗暴的对待,特别是伊阿宋对她的遗弃;一个热情的科尔喀斯公主为爱付出了一切,而所爱者却是喜新厌旧,背信弃义,让她上天无路入地无门,如果她是一个软弱的女子只有自杀,但如是一个富有激情、自尊心强、有坚强意志的妇女,她所采取的行动就不是如此了。爱之切,恨之深,爱变为恨,势必报复,而且会想尽极其残酷的手段来报复。美狄亚就是这样一个女人,她的心理是完全可以理解的,她的出身使她高傲、自尊,她的强硬性格,为了报复刻骨之恨,杀孩子是可能的,她虽然残忍、大胆,但不是一个冷血动物,一切都源于伊阿宋的负心,她的罪是大的,但她的遭遇也是令人同情的——悲剧所具有的恐惧与怜悯在此也得到体现;作者显然不赞同她的发狂举动,然而不影响他塑造人物的功力,语言和心理刻画得如此细致入微,极大地感染了观众。

形象

美狄亚,这是一个具有强悍性格、富于反抗、勇于行动的女性,通过她的遭遇,能够窥见当时希腊妇女的家庭地位和社会地位,作者既写出了她的个性,也体现出被压迫妇女的共性。她不仅激情四射,也机智、冷静,利用时机,策略周

---

① [古希腊]埃斯库罗斯等著,罗念生译:《古希腊悲剧经典》下册,第324~325页。

到；她的行动再也看不到神的支配，而完全受她自我情感的驱使，这是一个真正自如行动的人，人再也不是神的奴隶。

伊阿宋，一个极端的利己主义者，需要别人时与其合作，一旦有了更大的利益便丢掉别人，背信弃义，忘恩负义；他把自己的私欲归于神的指使，敢做不敢当。借这个人物，也反映出了当时雅典人的种族歧视。

克瑞翁，体现了统治者的蛮横残酷，也愚蠢可笑。

保姆，这个下层奴隶的形象，好心、正义，同情美狄亚，但不赞成她的残酷手段，"这些贵人的心够可怕的，也许他们只是管人，很少被人管……一个人最好还是过着平民的生活"。显示奴隶对贵族的鄙视，也是作者平民意识与民主思想的体现。

欧里庇得斯的现实主义手法超过他的前辈，非常接近现代作家，特别是妇女问题、家庭婚姻问题、爱情问题，社会意义极为丰厚。

欧里庇得斯的意义：

诗人取材于神话传说，描写的却是当时的日常生活、家庭关系；在他的作品里，不仅传说中的英雄降低到普通人的水平，而且农民、奴隶也成为悲剧中的人物，因此可以说，他的创作是"英雄悲剧"结束的标志。

他是第一个描写人物各种心理的戏剧家，嫉妒、疯狂的心理，变态病态心理，爱与恨的矛盾冲突，都有真实而生动的描写。

形式上，合唱队已经失去与剧情的紧密关系，有时甚至成为剧情发展的障碍，只是因为传统习惯还保留着，到了公元前4世纪，随着条件的变化而取消歌队，欧里庇得斯的戏剧照常上演。

亚里士多德称欧里庇得斯为"最能产生悲剧效果的诗人"，他对古希腊的"新喜剧"和古罗马戏剧有很大影响，文艺复兴以及以后的很多作家都受到他的影响，歌德写过两个同名悲剧。

这三位悲剧作家并非孤零零地站在剧坛上，他们的周围有很多同行。欧里庇得斯以后，雅典民主制衰落。希腊悲剧继续存在了二百多年，再也没有出现杰出的剧作家和优秀作品。

第二讲　但丁与《神曲》

但丁(1265—1321)是站在中世纪和近代历史交叉点上的伟大人物,是旧时代的掘墓人,新时代的催生者。

坎坷的一生

但丁的祖国意大利,当时在政治上是一个四分五裂的国家,北部的意大利王国,属神圣罗马帝国管辖;中部为教皇和大封建主的领地;南部先后受外族入侵;最南端为西西里亚王国。当时意大利的经济发展也极不平衡,大封建主领地和共和国城邦同时存在,北部已经是巨大的经济中心,产生了手工业和商业的市民阶层,市民意识萌芽,他们渴望建立一个统一的民族国家。但丁生活的佛罗伦萨是一个大的工业城市,金融商业特别发达,上层市民与封建贵族的矛盾日益加深,市民阶层也急剧分化。这些矛盾反映在党派斗争上:封建贵族政党基白林党支持皇帝,新兴市民政党归尔夫党支持教皇,归尔夫党又分裂为白党、黑党,斗争尖锐复杂。

但丁青年时代显示出关心公共事业的巨大热情,他参加了归尔夫党对基白林党的战役,归尔夫党获胜,建立资产阶级城市共和国。1300年但丁以知识分子代表的资格被选为城市的七个行政长官之一。但获得政权后的资产阶级政党很快分裂;而教皇一直对佛罗伦萨怀有野心,怂恿法国国王派兵去"戡平"所谓的叛乱。但丁对此抵制最力,被教皇视为眼中钉。为了国家的利益,但丁毅然前往罗马交涉,但遭教皇扣留。次年法军进城,1302年,但丁被安上欺诈、贪污、鼓动叛乱、反抗教皇和法国国王的罪名遭终身放逐,他的14岁的儿子也被一起流放。

流亡期间的但丁政治理想没有泯灭,认为"遭到放逐是光荣的"。他感叹"几乎乞讨着,走遍说意大利语言的地方";"别人家的面包是多么地含着苦味,别人家的楼梯是多么升降维艰"。流亡生活使他广泛地接触壮丽的河山和社会各阶层的人民,加深了他对祖国的爱。但丁渴望祖国统一,渴望回到故乡,但他绝不愿意自己的清白遭受玷污。1316年,朋友来信称,假如愿意出罚金和当众服罪,当局允许但丁回国。但丁愤然拒绝。他又昂然离去,如他自己所说:"一心循着你自己的道路走,让人家随便怎么去说吧!"1321年,但丁病逝于流亡途中。

创作概括

《飨宴》(《筵席》)

这是一部百科全书性质的作品,也是第一部用俗语写成的学术著作。但丁借诠释自己的一些诗歌,把各方面的知识通俗地介绍给读者,以此作为"精神食粮",故名。其独特见解主要有两方面:

一、认为"高贵"在于个人天性、爱好、美德,不在于家族门第,进而批判封建的等级观念和特权思想。"不是家族使个人高贵,而是个人使家族高贵"。[①]

二、强调理性,指出"去掉理性,人就不再成其为人,而只是有感觉的东西,即畜生而已"。[②]真正使人高贵、能够接近上帝的就是理性。

《飨宴》也诉说了但丁内心的忧愤,发出不甘屈服者的控诉:"自从罗马的掌上明珠佛罗伦萨的公民把我从她最甜蜜的怀抱里放逐以后,我便像一个流亡者甚至像一个乞讨者,托迹四方,不得不向别人诉说我所受的不公平的命运的创伤。我像一只无帆的船,在凄惨的穷困所吹的狂风中,沿岸沿港地漂泊。"

《论俗语》

这是最早一部用拉丁文写的关于意大利语言文体和诗律的著作,强调意大利民族语言的重要性,反对教会的官方语言——拉丁文,从中可以找到《神曲》使

[①②] [意大利]但丁著,田德望译:《神曲》,第5页,北京:人民文学出版社,2002。

用意大利语言的理论根据。但丁所谓的"俗语",就是与教会的官方语言相对立的各民族大众所用的地方语言:"我所说的俗语,就是婴儿在开始能辨别字音时从周围的人们所听惯的语言";他提出要使用"光辉的俗语"——带有理想性质的标准语、经过筛选过滤后留下的"伟大的字",即高贵而优美的语言。

《论俗语》是意大利民族文字革命的宣言,类似中国"五四"时期提倡的白话文理论的意义;书中肯定人所具有的理性判断能力及其独立性,主张诗歌要歌颂人的伟大、爱情和美德。

《帝制论》

这是一部政治性论著,但丁在书中系统地阐述了自己的政治观点,最突出的是,他明确地提出政、教分立的主张,反对僧侣阶级对政治的干涉,这为以后欧洲民族国家的建立和统一的中央集权的政治形式指出了道路。

书中阐明,人类社会最高的目的是使人能够充分发挥潜在的全部才能、享受尘世的和平与幸福;但丁认定,尘世生活有其自身的价值,不受教会宣扬的来世思想的支配,现实生活与来世天国是并行不悖的。

《帝制论》的意义在于,第一次从理论上阐述了政治与宗教平等的思想,主张政教分离,向神权发出挑战,闪烁着人文主义的光辉。

代表作《神曲》

但丁从 1301 年开始创作《神曲》,经过 21 年呕心沥血,最后完成。他在《神曲·天堂 25 篇》中说:"这一神圣的诗篇,天地都曾加手其间,使我消瘦了多年。"

《神曲》原名"喜剧",后人加上"神圣"二字表示崇敬,故名"神圣的喜剧",中文译名为"神曲",是非常典雅的翻译。

《神曲》共 14233 行,写的是一场梦,但丁在梦中巡游地狱、炼狱(净界)和天堂三界,从 1300 年 4 月 8 日入梦至 4 月 14 日梦醒。

1300 年春,诗人在一个森林里迷了路,正要攀登一个沐浴着阳光的小丘,突然遇到了三只野兽:豹(淫逸的上层市民的象征)、狮(强暴的法兰西国王的象征)和狼(贪婪的教皇的象征);前面猛兽挡道,后面是深渊,诗人进退两难。正在这危急之际,罗马诗人维吉尔的灵魂出现,他来营救但丁,并引导但丁游历了地狱与炼狱,接着但丁的精神恋人贝亚特丽采引导但丁游历了天堂。

地狱篇

　　地狱形似一个大漏斗,分作九层,直插地心。罪人的灵魂按其罪恶的大小确定其所处的位置。入口处在北半球,罪大恶极者处于最底层。地狱的大门上写着:"你们走进来的,把一切希望抛在后面。"门上一面旗子在狂风中飘荡。但丁与维吉尔经过暗无天日的平原,渡河进入地狱第一层。

　　第一层是异教徒候判所,这里是个深谷,风雷轰鸣。那些没有受过基督教洗礼的人在此等候裁判,古代很多异教的诗人和哲学家,比如荷马、苏格拉底、柏拉图、古罗马诗人奥维德、贺拉斯等都生于基督诞生之前,没有接触过上帝的真理,在此等待审判。

　　第二层是犯有色欲罪人的灵魂所在地,由拖着尾巴的怪魔把守着。这里不停地下着冰雹,鬼魂在深谷爬上爬下,辗转呼号。生前纵欲的海伦、帕里斯、埃及艳后克丽奥佩特拉以及殉情自杀的迦太基皇后等都在这里。

　　第三层是生前贪食者们的鬼魂,现在陷在泥坑里,任凭风吹雨打,无处藏身,看守的是三个头的恶狗。

　　第四层是吝啬者与浪费者,他们相向怒骂,彼此攻打,像海浪拍岸一样冲过来又撞回去。但丁问维吉尔:"为什么这些灵魂如此烦躁不安?"维吉尔回答:"月亮下所有的黄金不能使一个人得到安宁呵!"

　　第五层是些易愤怒者,他们在污水河恨湖中隔河相打,头撞、拳打、牙咬,一个个皮开肉绽。

　　第六层是邪教徒们在烈火燃烧的坟墓里哀号,这里外围是沼泽,内耸高塔,塔顶火光四射,墙上站着三个凶恶的复仇女神;城里砂石横飞,田野荒冢累累,墓顶开裂,异教徒的灵魂被烈火烤炙着。

　　第七层住着些施行暴力者的鬼魂,那些杀人犯、暴君、信仰不坚而自杀者在血沟、火雨、热沙汇成的深渊中受煎熬。

　　第八层是欺诈者们的地狱,各式各样的欺诈者住在恶沟里,诱奸妇女者、阿谀奉承者、买卖官爵者、买卖圣职者、高利贷者、贪官污吏、伪君子、诬陷者——一切陷害善良的恶徒都在这里;但丁所憎恶的教皇,不论死去的还是在位的在这里都留有位置,他们倒栽在石沟的窟窿里,身子埋在底下,小腿裸露在外面,被火炙烤着,在不住地抖动。但丁还让他们用自己的嘴咒骂自己——其他几层地狱里的人,大都只是生活失去节制,他们所受的惩罚相对宽和,但丁对他们也流露出一些怜悯之情;但对第八层里的人物,作者则讽刺尖刻,责骂严厉,特别对教皇们,更是口诛笔伐,毫不留情。

第九层是地狱的顶端,一片冰湖里冻结着背信弃义、叛国、叛党、卖主之徒,居中的是地狱魔王撒旦,他是有着三个血盆大口的魔鬼,正面咬着出卖耶稣的犹大,左右口中咬着谋杀恺撒的两个鬼魂。但丁对于他们,怒骂还不足以表达愤恨,更走到冰湖中间,踢他们露出冰上的头颅,揪他们的头发。

地狱尽处,一个断崖的裂口处,浮现出星光,地狱到此结束。

炼狱篇

炼狱(净界)突出海面,外面是一片美丽的海滩,里面分作七级,七级以上是人间乐园,也就是炼狱的最高层,连海滩在内,内外合为九层。炼狱四周是碧海晴空,守卫者是个和蔼的老人,这与地狱那边的气氛就很不一样。

炼狱是罪恶较轻的人修炼的地方,他们经过净火的烧炼,断除孽根,便可超度升天。在但丁的描写中,登七级净界并非坦途,它环绕悬崖而上,形势十分险峻,持心不坚就会望而却步。但丁显然受了中世纪神学家阿奎那的影响,阿奎那认为,人要想摆脱尘世的苦恼、寻求天堂的幸福,首先必须根除情欲和私念,具有坚忍不拔的毅力。

炼狱内部七级,里面是环山七层圆路,愈往上愈小,洗练七大罪恶:骄、妒、怒、惰、贪婪和浪费、贪色、贪食。每层的墙壁上刻有浮雕:一方有善人受赏的榜样,一方有恶人受罚的图像,每层末有行善的天使。

第一级:骄傲者背着大石头来克服其傲气;

第二级:妒忌者的双眼被铁丝缝合;

第三级:易发怒者被围在黑烟里;

第四级:懒惰者过着勤劳的生活;

第五级:贪婪和浪费者偃卧在地上受苦;

第六级:贪口腹者受着饥饿的煎熬,虽然眼前果实累累、清水潺潺;

第七级:好色者在烈火中行走以断绝淫念。

炼狱更上一层便是人间乐园。这时东方忽然出现红光,祥云缭绕,紫雾缤纷,天使们徐徐而降,凌空散着鲜花。后面一位美女驾着仙车,她就是但丁心目中的恋人贝亚特丽采,她从天国下来引导但丁游历天堂。

天堂篇

天堂共有九重天:月球天、水球天、金星天、太阳天、火星天、木星天、恒星天、水晶天、净火天。这是幸福的精灵所住的地方。所谓幸福的精灵就是守正不阿的虔诚的教士、立功立法者、基督教的苦行派、先哲和神学家、为基督教而战的十字军战士和殉道者、正直的国王和统治者、潜心修道者以及基督和众天使。

在九重天外是上帝的天府,这里境界庄严和美,充满欢乐和爱。但丁把天堂作为人类最高的精神境界来描绘,在此谈论了许多神学、哲学和宗教方面的问题,表现出的中世纪思想色彩也最浓厚,较为抽象。

最后,但丁在贝亚特丽采的引导下,拜见了三位一体的上帝。

《神曲》的主题

但丁在给一位亲王的信中说明了《神曲》的主题:"环绕主题的不同意义一定有两层。因此我们必须从字面意义上,然后又从寓言意义上,考虑这部作品的主题。仅从字面意义论,全部作品的主题是'亡灵的遭遇',不需要什么其他的说明,因为作品的整个发展都是围绕它而进行的。但是如果从寓言意义上看,则其主题是人,人们在运用其自由选择的意志时,由于他们的善行或恶行,将得到善报或恶报。"①

显然,《神曲》表现了新旧交替时代个人和人类怎样从迷惘和错误中经过苦难和考验,达到真理和至善的过程和境地。实际上,但丁也是试图给意大利人在政治上和道德上指出一条复兴之路。

象征意义

《神曲》中,维吉尔是理性和哲学的象征,他引导但丁游历地狱和炼狱,象征着个人和人类在哲学的指导下,凭着理性认识罪恶和错误,从而悔过自新的过程;贝亚特丽采则是信仰和神学的象征,她引导但丁游历天堂,象征个人和人类通过信仰的途径、神的启发,进而认识最高真理和达到至善的过程,而这种境界,依靠理性和哲学是无法达到的。

认为神学高于理性和哲学,这是但丁思想的偏见,但他追求真理、关怀人类命运的精神和热情,在中古时期有着巨大的进步意义。

深刻的思想矛盾

《神曲》表现了但丁深刻的思想矛盾,即既有人文主义思想的新曙光,又有封

---

① 伍蠡甫主编:《西方文论选》上卷,第159~160页,上海:上海译文出版社,1979。

建的宗教的偏见。这是一个新旧交替时代的文化巨人的进步性与局限性的体现。

第一，在宗教问题上的矛盾

一方面，《神曲》深刻地揭露了教会的黑暗，矛头直指教皇和僧侣，这种批判和当时人民反封建反教会的"异端"运动的情绪是一致的。

但丁首先揭露的是教皇对金钱和权力的贪求。被打入地狱的和即将进入地狱的教皇就有4位，在地狱的第八层，尼古拉三世倒栽在血沟的石缝里，他咒骂着自己："我虽然穿着大道袍，但却是母熊的儿子，为要繁殖小熊，我便囊刮世间的财富。"但丁在此愤怒地斥责他："你们的贪婪给世界带来灾祸，把善良踩在脚下，把邪恶高高举起。"并且让那些窃取教会最高权力的教皇将来一个个都下地狱。"我们从这里望见所有的牧场上，充满着穿着牧人衣服的贪狼（主教们）"，鬼魂们叮嘱但丁，不要把在这里看到的事情"隐藏一点"。在此，但丁揭开教会的神圣面纱，给予沉重的打击。

其次，《神曲》也揭露了政教合一的内幕："今日罗马教堂，把两种权力抱在怀里，跃入泥塘里去，他自己和他所抱的都弄脏了。"教会侵入政权，引起内乱，是"城市灾祸的根源"。

另一方面，《神曲》又肯定神的存在和"圣洁"的教士，并非彻底反对宗教。

天堂里供奉着圣洁的教士和天使，作为人们修炼得道的楷模；作为理性象征的维吉尔只能认识错误，而只有宗教信仰象征的贝亚特丽采才能领游天堂走上至善之路。把神学置于哲学之上、信仰置于理性之上，正是但丁思想的局限，他说"谁要想用我们微弱的理性识破无穷奥妙，真是非愚即狂"。

第二，政治观上的矛盾

但丁猛烈抨击封建国王、贵族，斥责党派纠纷，渴望建立君主政治；但他将统一意大利的希望寄托在神圣罗马皇帝身上，这就使他的政治主张无法实现，也使《神曲》带有悲剧性质。

但丁是政治上的皇权拥护者，但反对暴君，他让杀人劫财的暴君的幽灵在饮恨吞声，受尽折磨。他还特别憎恨无视国家和人民利益的叛徒、卖国贼，将他们打入地狱的最底层——冰湖里受苦；长诗对党派斗争谴责得最有力的是关于归尔夫党人于谷霖的悲剧故事，他向但丁诉说他和4个孩子怎样被主教关在"饿塔"里活活饿死的情景，他的孩子们劝爸爸："你若是肯吃我们，我们的痛苦还小一些，你给了我们这些苦恼的皮肉，你还是剥下吧！"四五天后，孩子们死去了，又过了三天，于谷霖也饿死了。

但丁的政治主张是君主政体,在分散落后的时代是有进步意义的;他热爱祖国,渴望国家统一,但他寻求的同盟者却还是理想的君主,他为神圣罗马皇帝在天堂里预留了位置,现实中,但丁极力为亨利七世作宣传,但不得不以悲剧告终。

第三,人文主义思想与封建道德观念的矛盾

《神曲》表达了人类追求理智的解放、爱情的自由和崇尚古希腊罗马文化的人文主义思想,但同时又表现了恪守封建伦理道德规范的观念。

《地狱》26篇中,作者歌颂智多星奥德赛渴望知识、追求真理、富于进取精神的美德,这体现了新兴资产阶级力图使人类的理智从中世纪神学教规的束缚中解放出来的进步要求,奥德赛抛妻别子,服从流浪的愿望,"人生来不是为了像野兽一样活着,而是为了追求美德和知识"。在《地狱》第5篇中,通过法郎塞斯加对自己生前与保罗的爱情故事,表达人类争取爱情自由、反对禁欲主义的强烈欲望,但丁听了她的叙述,"怜悯得昏倒在地上"。《神曲》中还包含了很多希腊罗马的神话故事,对古代的大智者充满着景仰,但丁渴望自己作为一个诗人回到故乡,能够借《神曲》永垂不朽——所有这些表明,但丁要智慧从愚昧中解放出来、爱情从禁欲中解放出来、文化从宗教中解放出来。

但另一方面,但丁又按照当时正统的封建道德观念,把罪人分为三大类,不分青红皂白,好人坏人都打入地狱,海伦、埃及艳后与法郎塞斯加在一起,说她们都犯有色罪;奥德赛聪明能干犯有阴谋诡计罪;荷马等先哲因为诞生在基督之前为"异教徒",在地狱候判所等待审判——这些说明,但丁的道德观念还没有能够逾越中世纪的范畴。

第四,内容与形式的矛盾

《神曲》的内容可以说是一部中世纪的百科全书。现实、神话、史诗、历史、政治、哲学、文艺、自然现象等无所不包;生活气息也非常浓厚,造船的工人、饮食小摊贩、山坡上夜间休息的劳动者、牧羊人、农家女、客店的伙计、火警中抱着儿子逃命的母亲等都有形象的描绘,场面极为丰富。而且,《神曲》运用俗语、民歌、方言等,都与但丁提倡的主张相一致,显示出先进的创作理念。但同时,它又采用梦幻的中世纪形式,充满着象征与寓言,表达上的神秘成分,使之有晦涩难懂的地方。

综上所述,但丁的世界观体系基本上属于中世纪的范畴,但却透露出新思想的曙光,正像英国诗人雪莱所说:"但丁的诗堪称架在时间之流上的桥梁,连接近代世界与古代世界。"

艺术特点

结构——三部100篇,每部以星辰(群星)结尾,前后连贯,富有韵律,结构整齐,布局严密。

体裁——社会叙事诗,不以一人一事为中心,而写整个社会,是由古代史诗发展为近代散文、小说的桥梁。

人物——人物着墨不多,却具有代表性,如堕落天主教的代表蓬尼法西八世、热情的法郎塞斯加、进取的奥德赛等,而悲愤、严峻、热情奔放的爱国者但丁的自我形象更是鲜明而感人。

艺术方式——现实和魔幻奇妙地结合,细节描写逼真,语言通俗,为意大利民族语言奠定了基础。

第三讲　莎士比亚与《哈姆雷特》

作家生平

莎士比亚1564年4月23日出生于英国中部一个富裕的农民家庭，他是长子。他在当地的文法学院学习过，接触过来镇上演出的女王剧团的戏剧。后父亲破产，十三四岁辍学帮助父亲料理生意，18岁与一位较为富裕的自耕农的女儿结婚，生一子二女。24岁那年，据说因为骚扰了一个爵士的猎苑而避难到伦敦，先在剧院看马，后当雇佣演员。1590年开始自编自演剧本，1599年成为环球剧院股东。

莎士比亚在世时还不是一个众所周知的作家，直到17世纪后，他的名声才不断上升。有关他的创作历来争议不断，因为缺乏材料，没有手稿，有人对他的著作权有怀疑。有的人认为，那些剧作是培根所作，也有的认为是别的什么伯爵所写，这些观点在20世纪初流传最多，原因是莎士比亚是来自民间的普通人、平民、演员，似乎不可能创作如此伟大的作品；尤其是莎士比亚缺乏上层社会的生活经历，如何能够创作出类似《哈姆雷特》这样的剧作，使人生疑。

然而，连莎士比亚同时代的人都没有怀疑过他的创作，本·琼生为莎士比亚戏剧集题词，称之为"时代的灵魂"，说"他不属于一个时代而属于所有的世纪。"①

---

① 转引自《莎士比亚全集·前言》第1卷，第2页，北京：人民文学出版社，1992。

创作分期

莎士比亚共创作了 37 部剧作,习惯上我们把他的创作分为三个时期:

第一时期(1590—1600),历史剧和喜剧时期,乐观、和谐是这个阶段创作的基本特征。

这个时期,年轻的莎士比亚在人文主义思想的影响下,对现实充满着乐观主义的态度,对社会满怀信心。1588 年,英国海军击败了入侵的西班牙无敌舰队,整个伦敦欣喜若狂,国内爱国热情空前高涨,这使得莎士比亚的作品弥漫着人文主义的乐观气氛,因此这个时期的作品贯穿着对于和谐地解决矛盾的愿望和达成这种和谐的决心,广阔的史诗性的历史剧和生气勃勃、富有浪漫主义因素的喜剧占优势地位。即使这时期的悲剧《罗密欧与朱丽叶》也有喜剧气氛,尽管主人公的结局是悲剧,但封建贵族之间的隔阂却因此消除,爱情的理想仍然取胜。

第二时期(1601—1607),悲剧时期,怀疑、愤懑是这个时期创作的主要特征。

这一时期,莎士比亚完成了四大悲剧《哈姆雷特》《奥赛罗》《李尔王》《麦克白》。逐渐成熟起来的莎士比亚对生活的观察比以前深刻,对社会的矛盾和阶级斗争的反映也更敏锐,开始从肯定生活、歌颂生活转向怀疑和愤懑。作品中占优势的不是对于和谐的愿望,而是各种对抗性的矛盾,而且矛盾已经是不可调和了。生活的一切罪恶在他的笔下充分地得到披露,但他仍然没有丧失人文主义的理想,尽管创作中悲剧式的处世态度占主导地位,甚至这时期的喜剧也蒙上了悲剧的色调,但他毕竟没有成为悲观主义者,正因为这一点,才支持他在即将到来的第三时期又企图在生活冲突中寻找乐观地解决矛盾的道路。

第三时期(1608—1612),浪漫剧时期(传奇剧时期),宽恕、谅解为这个时期的主旋律。

在这一时期,莎士比亚把自己的人文主义理想通过梦幻的形式表现出来,只是因为他已不像早期对改革社会充满信心,只能以幻想来解决理想与现实之间的矛盾。主要有三个剧本《辛白林》《冬天的故事》《暴风雨》,情节大体相同,主人公先遇不幸,后出于偶然的因素转祸为福,达到大团圆的结局,富于传奇色彩。剧中对黑暗现实有所揭露,但宽恕与谅解精神贯穿始终,说明作家只能通过梦幻世界来表现对人类前途的朦胧憧憬。

莎士比亚喜剧概况

莎士比亚一生创作了 14 部喜剧,其中,第一时期创作了 10 部,第二时期创作了 4 部。四大喜剧常指《皆大欢喜》《第十二夜》《无事生非》和《威尼斯商人》。

莎士比亚的喜剧基本上是抒情喜剧,可细分为三类:

田园抒情剧:《仲夏夜之梦》《皆大欢喜》

闹剧:《第十二夜》《无事生非》

社会剧:《威尼斯商人》

《仲夏夜之梦》

赫米娅爱上了拉山德,她的父亲却要把她许给狄米特律斯,而海伦娜已经是狄米特律斯的爱人了。赫米娅和拉山德商量到雅典城外的樱花树林成婚,海伦娜他们听到消息,也来到了樱花树林。

林中的仙王和仙后为争夺一个印度小孩发生冲突,仙王命令小精灵迫克采"相思花"汁滴入仙后的眼中,让她爱上了驴子,自己抢到了小孩。

为了成全这两对年轻人的婚姻,仙王命小精灵在他们的眼中滴入花汁,结果滴错了,使拉山德和狄米特律斯同时爱上了海伦娜,闹了许多矛盾、笑话,最后又重新滴花汁,终于使有情人成为眷属。剧终,两对年轻人和雅典公爵夫妇一起举行了婚礼。

主题:

这出喜剧以爱情为主题,讴歌恋爱自由和婚姻自主、自然的人性战胜封建的法律,表现了人文主义者对爱情婚姻的看法。

人物:

剧中着重刻画了违抗父命、争取婚姻自由的赫米娅的形象,她追求爱情自由的热情、坚决、大胆,到了不顾法律约束的地步。

她一方面诅咒她的不幸的命运,而对不幸命运的诅咒就是对封建关系的批判:"不幸呵,尊贵的要向卑微者屈节臣服!可憎呵,年老者要和年轻人发生关系!倒霉呵,选择爱人要依靠他人的眼光!"另一方面她决定与拉山德成婚,与封建法令、父命相对抗,她说:"在我不曾遇到拉山德之前,雅典对于我就像一座天堂;啊,我的爱人身上存在一种多么奇妙的力量,竟能把天堂变成地狱。"她发誓:

"我的好拉山德,凭着丘匹德的最坚强的弓,凭着他的金簇的箭,凭着维纳斯的鸽子的纯洁,凭着一切男子所毁弄的誓约——那数目是超过女子所曾说过的,我向你发誓:明天一定到你所指定的地方和你相会。"

她执行誓言就是对封建法制的批判,强烈的、健康的、纯洁的爱情终于战胜了封建的桎梏,得到了婚姻自主。而爱情的结合又是对人文主义的正面歌颂,具有进步意义。所以说,赫米娅是一个人文主义的女性形象。

喜剧艺术:

1. 喜剧有三条相互交叉的情节线索——两对青年男女的爱情,这是主线,突出主题;仙王与仙后的矛盾与和解,这是一条虚构的情节线索,它丰富了喜剧场景,并使故事带上浪漫和欢乐的气氛,为故事团圆的结局埋下伏笔;雅典公爵与未婚妻的婚礼,是戏剧的框架,使首尾连贯。另外,还有工匠们为祝贺公爵婚礼而演出的戏剧,也丰富了戏剧的场景,加强了抒情乐观气氛。

所有这些虚线与实线交叉正是幻想与现实的奇妙结合,创造了浪漫主义的抒情气氛,而幻想与想象正是田园抒情剧的标志。

2. 以优美生动的语言创造了现实与幻想相结合、广阔而深远的戏剧意境,表达了强烈的戏剧抒情气氛。

对仙王仙后所住的宫殿的描绘,如同世外桃源,仙境人间:茴香盛开的水滩,长满樱草花和盈盈的紫罗兰、馥郁的金银花、透香的野玫瑰,满天张起一幅芬芳的锦帷。

仙王为了对付仙后,要小精灵提炼相思花汁,它为什么具有爱情的特效呢?作家通过仙王的口告诉我们:

> 在一个海岬上,望见一个美人鱼骑在海豚的背上,她的歌声是这样婉转而谐美,镇静了狂暴的怒海;好几个星星都疯狂地跳出了自己的轨道,为了听这海女的音乐;丘匹德在冷月和地球之间飞翔,他瞄准了坐在西方宝座上的一个美好的童贞女……只见小丘匹德的火箭在如冰的冷清的月光中熄灭,那位童贞女心中一尘不染……那支箭落下在西方一朵小小的花上,那花本来是乳白色的,现在已因爱情的创伤而染成紫色,少女们把它称作"爱懒花"。[①]

这些描写把一幅幅具有幻想色彩的画面呈现在我们面前,真是美极了。

---

① [英]莎士比亚著,朱生豪等译:《莎士比亚全集》第2卷,第304页,北京:人民文学出版社,1990。

作家所描写的不仅仅都是幻想的意境,同时还具有现实感,如剧中对于印度小孩的由来,就是现实和浪漫的奇妙结合。仙后回忆:他的母亲是我神坛前的一个信徒,在芬芳的印度的夜里,她常常在我身边闲谈,陪我在海边的沙滩上,凝望着海上的商船……她那时正怀着这个小宝贝,便学着帆船的样子,美妙而轻快地凌风而行,为我在岸上寻取各种杂物,回来时就像航海而归,带来了无数的商品。但她因为是个凡人,所以在产下这个孩子后便死了。为着她的缘故,我才抚养她的孩子;也为着她的缘故,我不愿舍弃他。

这些广阔而深远的意境,通过莎士比亚的优美的语言显示出来。在莎士比亚的时代,不像今天的戏剧舞台有那些变化不定的布景、灯光乃至激光,吸引观众的只能是语言。莎士比亚是无与伦比的语言大师。

《无事生非》

这是一部具有闹剧色彩的喜剧。

1. 两条情节线索

一是阿拉贡亲王唐·彼得罗率众到梅西那总督家做客,少年贵族克劳狄奥爱上总督的女儿希罗,将在一周内成婚。彼得罗的庶出的弟弟约翰与兄不和,从中破坏,诬蔑希罗不贞,挑拨克劳狄奥在举行婚礼时公开侮辱希罗,使希罗昏死过去,后来巡警偶然发现约翰及其爪牙的诡计,使真相大白,克劳狄奥与希罗成婚。这一条情节线索是第二条情节线索的陪衬。

另一条情节线索是培尼狄克和总督的侄女贝特丽丝这对欢喜冤家的爱情和婚姻。作家将这两个人物刻画成具有个性特征的文艺复兴时代新型人物的典型。

如果说克劳狄奥与罗希的爱情和婚姻受外在力量的干扰破坏的话,那么培尼狄克和贝特丽丝的爱情则受到内在思想的影响和阻碍。

这对男女,特别是贝特丽丝的性格富有特点,说话尖刻、性格乐观,在思想上对异性充满偏见,嘲笑爱情,反对婚姻。她与培尼狄克一见面就唇枪舌剑,在大庭广众之下互相讥讽:

培:嗳哟,我的傲慢的小姐!你还活着吗?

贝:世上有培尼狄克先生那样的人,傲慢是不会死去的;顶有礼貌的人,只要一见到你,也就会傲慢起来。

培:可是除了您以外,无论哪个女人都爱我……我实在一个也不爱她们。

> 贝：那可真是女人们好大的运气，要不然她们准要给一个讨厌的求婚者麻烦死了……与其叫我听一个男人发誓说他爱我，我宁愿听我的狗向着一只乌鸦叫。①

在贝特丽丝斗嘴的俏皮话中，莎士比亚着重表现她对异性产生偏见的社会根源，揭示在男权社会中，妇女的婚姻悲剧，从而表现出妇女要求个性解放、人格独立的呼声。她说：

> 开始求婚的时候，就像苏格兰急舞一样狂热、迅速而充满幻想；到了结婚时候，循规蹈矩得正像慢步舞一样，拘泥着仪式和虚伪；于是接着来了后悔，拖着疲乏的脚腿，开始跳起五步舞来，愈跳愈快，一直跳到筋疲力尽，倒在坟墓里为止。②

> 什么亲王、伯爵！……大丈夫已经溶化为谄媚；如今男人只剩下一个舌头，光会花言巧语，撒了谎还要赌咒，还说像大力士那样勇敢。我既然不能随意变作男子，只好作一个女人，怀着悲哀而死去！

> 一个女人要把她的终身托付给一块顽固的泥土（上帝用泥土造人），还要在他面前低头服小，岂不倒霉！③

——这不是一般的男女对立，而是私有制的夫权社会所造成的畸形现象。这对冤家被亲王等捉弄，结果互相倾心，但仍然心软嘴硬，正像培尼狄克所说："我们两个都太聪明，连谈情说爱都不肯和和气气。"直到举行婚礼，还在斗嘴：一个说"我是可怜你才娶你的"，另一个说"我大半是为了救你的命才勉强答应的"。

当时，这对欢喜冤家在舞台上一出现，就引起观众极大的兴趣。据记载，只要他俩一出场，一眨眼，观众就挤满了正厅、楼座、包厢。

2.《无事生非》在当时的现实意义

文艺复兴时期反教会斗争十分尖锐；但到 16 世纪末，英国宗教势力在斗争中已没落，象征天主教精神统治的禁欲主义已变得荒谬可笑，不合时宜。但封建势力的残余还存在，它潜藏在人们的头脑中。剧中两位主人公的表现就是封建禁欲主义的反映。敏感的莎士比亚高举起人文主义的大旗，用喜剧的形式对封

---

① ［英］莎士比亚著，朱生豪等译：《莎士比亚全集》第 2 卷，第 79 页。
②③ 同上，92 页。

建意识形态的残余进行扫除,在当时具有毋庸置疑的现实意义。

莎士比亚在处理贝特丽丝与培尼狄克之间的矛盾时也很有分寸——文艺复兴初期的《十日谈》由于直接针对骑在人民头上的封建天主教会,它的讽刺是尖刻、辛辣的,引起笑声时也引起愤怒。《无事生非》则是处理人民内部矛盾,它引起的笑声有两重含义:一是笑这对男女的禁欲主义偏见——笑这对聪明伶俐的男女不该违背自然规律,反而自投罗网,落到狼狈不堪的境地;二是赞赏他们与禁欲主义决裂,取得意识形态领域里反封建斗争的胜利,赞美时代新人。

3. 艺术上具有闹剧色彩

闹剧的"闹"与戏剧手法上运用误会、巧合、节外生枝的情节以及场景的快速变换有密切的关系。

如剧中描写的假面舞会,为闹剧性喜剧创造了多种因素;还有意识地让主人公听到别人在议论对方如何爱慕主人公,又如何恨自己当面时的态度等,都增添了闹剧的色彩。

《罗密欧与朱丽叶》

这是莎士比亚最早的悲剧,但它富于浪漫色彩和喜剧气氛,在艺术风格上与第一时期的喜剧创作是一致的。

故事取材于16世纪意大利作家所写的传闻故事,但反映的是文艺复兴时期英国的社会现实,表现了作家对生活的看法和理想。

剧情:凯普莱特与蒙太古这两个封建家族有着深刻的世仇,经常以吵骂和流血事件使维洛那街巷没有安宁。

蒙太古勋爵的儿子罗密欧热恋着凯普莱特的女儿朱丽叶,两人在一次化装舞会上一见钟情,经劳伦斯神父的撮合,他们在教堂秘密地举行了婚礼。

第二天,在两个家族的纠纷中,罗密欧杀死了朱丽叶的表哥,被亲王下令放逐;朱丽叶也被父亲逼着要与贵族青年结婚。劳伦斯神父帮助朱丽叶保持贞节,让她服假药在婚礼前葬入墓穴,同时派人送信给罗密欧,告诉他朱丽叶假死,要他设法将朱丽叶救出维洛那。

谁知,坏消息比好消息传得快。劳伦斯的送信人在途中耽搁,罗密欧已到维洛那,他买了毒药,来到朱丽叶的身边,误以为朱丽叶已死,服毒自杀。朱丽叶醒来,见罗密欧已死,也拔出罗密欧的匕首自杀。

这对青年的爱情感动了两个家族,两家终于释去前嫌,重新和好。

主题:这个剧本虽写世仇,但主题是人文主义的爱情理想与封建思想之间的矛盾斗争,尽管主人公的结局是悲剧,但封建贵族之间的长期隔阂都因此消除,爱情的理想仍然得胜。

剧中关于爱情的描写更是缠绵悱恻,富有诗情画意,"处处是青春与春天"。当然,这个剧并不是单纯的言情戏剧,它具有社会内容。如果说,作品抽掉了罗密欧与朱丽叶的爱情,也就谈不上对封建恶习的谴责和对封建制度的批判;反之,如果不把罗密欧与朱丽叶的爱情放在与封建世仇、封建婚姻制度的冲突中表现,他们的爱情也势必失去思想的光彩,充其量也只是一出平庸之作而已。

家族世仇、封建割据、相互并吞的遗风,对于民族国家的统一和社会的安定极为不利,也阻碍了资本主义的贸易发展。莎士比亚当然不能从历史发展的高度来认识它,他只是从人文主义思想出发,认为封建世仇是一种违反人性的恶习,不仅妨碍社会安定,最主要的是扼杀人性中最美好的东西——爱。作品中主人公敢于用新思想新精神、"人性""爱"向世袭的陈腐观念挑战。莎士比亚塑造的人物是理想的,但又深深地根植于现实,他没有被英国社会表面升平的现象迷惑,他赞赏他的主人公的生活态度,歌颂他们真挚的爱情和勇往直前的精神,但也清醒地看到,他们不可能有美好的命运,他们的结局只能是悲剧。

作品虽以悲剧结局,但没有颓废阴暗色彩,而是洋溢着一种乐观精神。戏剧最后写罗密欧与朱丽叶的死换来了"凄凉的早晨":

> 凯普莱特:啊,蒙太古大哥!把你的手给我,这就是你给我女儿的一份聘礼,我不能再作更大的要求了。
>
> 蒙太古:但是我可以给你更多的;我要用纯金替她铸一座像,只要维洛那一天不改变它的名称,任何塑像都不会比忠贞的朱丽叶那一座更为卓越。
>
> 凯普莱特:罗密欧也要有一座同样富丽的金像卧在他情人的身旁,这两个在我们的仇恨下惨遭牺牲的可怜的人儿![1]

朱丽叶的墓在维洛那,至今仍有成千上万的人去朝圣。

---

[1] [英]莎士比亚著,朱生豪等译:《莎士比亚全集》(第4卷),第714页,北京:人民文学出版社,1992。

《威尼斯商人》

这是莎士比亚著名的喜剧。

戏剧的冲突与主题

对这部喜剧的主题历来有多种看法,争论很大,涉及安东尼奥与夏洛克矛盾的性质,主要有以下几种看法:

一、认为戏剧表现了金钱对传统关系的破坏作用,揭露了资产阶级社会金钱至上的丑恶本质——南京大学的陈嘉教授持这种观点。

二、认为是新兴资产阶级思想与封建思想的冲突,商业主与高利贷者的矛盾——南开大学的朱维之、北京师范大学的陈淳教授持这种观点。

三、认为是慷慨无私的友谊、真诚的爱情、仁爱与贪婪的嫉妒、仇恨、残酷之间的矛盾——杨周翰在《欧洲文学史》中持这种观点。

四、身为犹太人的海涅认为,是"压迫者和被压迫者的冲突",是种族矛盾,他认为,剧中除了鲍西娅外,夏洛特是最体面的人物。

五、翻译家方平认为,是夏洛克和安东尼奥狗咬狗的斗争。这一观点有待商榷。

通过分析《威尼斯商人》的几重矛盾,来看看究竟怎样归纳主题。

第一重矛盾:对待财富的两种对立观点的矛盾。

安东尼奥——威尼斯的巨商大贾,同时又仗义疏财,把财富看作一种获得幸福生活的手段。

他非常富有:他有一艘船开到的里波里,另一艘船开到新印度群岛,他的第三条船在墨西哥,第四条船到英国去了;此外还有遍布在世界各地的买卖。

他重视友谊,把财富看作获得生活幸福的手段。为了朋友的幸福,他向巴萨尼奥表示:"只要您的计划跟你向来的立身行事一样光明正大,那么我的财囊可以让你任意取用,我自己也可以供你驱使;我愿意用我所有的力量,帮助你达到目的。"

夏洛克——旧式的高利贷者,他把聚敛财产本身看作生活的目的,他自己就引经据典(《圣经》)为自己生财之道辩护,"只要不是偷来的,积财就是积福",他恨安东尼奥的原因,有段旁白可以佐证:"我恨他,因为他是一个基督徒,更为了他不通人情,白白地把钱借给人家,就把咱们在威尼斯放债这一行的利息给压低了。有朝一日,叫我抓住了他的辫子,我可要痛痛快快报这深仇宿怨。"

两种根本对立的观点的冲突,在适当的情节中就产生了"戏"。正巧,巴萨尼奥求婚需要钱,向安东尼奥借钱,安东尼奥恰巧手头没钱,向夏洛克借了三千元,夏洛克乘机报复,提出苛刻条件:如不能按期归还,要割掉安东尼奥的一磅肉。事有凑巧,安东尼奥到期不能归还,夏洛克执意执法,法庭调解无效,鲍西娅女扮男装赶到,作出判决:割肉不得流血,夏洛克败诉,报复未成,反而失去自己的家产。

这里,通过"一磅肉"的故事,莎士比亚在安东尼奥和夏洛克身上表现了对待财富的两种对立的观点:同是资产阶级,安东尼奥慷慨大方,夏洛克嗜财如命。

第二重矛盾:自主婚姻和包办婚姻的矛盾。

这主要表现在鲍西娅的三匣选亲的故事里,也表现在夏洛克的女儿以卷逃的方式与封建孝道、宗法礼教的决裂。

鲍西娅的性格在三匣选亲的过程中得到了展示。鲍西娅是名门孤女,很有钱,但在婚姻问题上却不能自由选择,只能听从父命。三匣选亲象征着封建遗训对人的自由意志的束缚。

鲍西娅的父亲临终前给女儿订下选婿办法:谁抽中藏有她的画像的匣子,便可与她成亲,如选不中,从此不许谈情说爱,不许结婚。鲍西娅对这种包办的婚姻极为不满,她说:"唉!说什么选择!我既不能选择我的意中人,又不能拒绝我所憎恶的人;一个活着的女儿却被一个死了的父亲的遗嘱所钳制……像我这样不能选择,也不能拒绝,不是太叫人难堪了吗?"鲍西娅是新时代的具有新思想的新女性,她不堪忍受约束,极力挣脱封建遗令的束缚,争取婚姻的自由,她在有限的"自由"内争取了自己爱情的自由。

在艺术上,莎士比亚沿用了传统的方法——抽匣子,这种传奇式的择婿方法带来了浪漫气氛和神秘气息,但莎士比亚又在这传统的方法上增加了现实主义成分,三个匣子的区别,揭示了人物行动的经济动力,选金匣的想得到众生所祈求的,选银匣的想应有尽有,而敢于选铅匣的必须把一切拿出来作牺牲,说明真正的爱情是给予而不是索取。而想通过婚姻获得财富这已具有了社会内容。在戏剧情节上,通过三匣选亲,将次要情节与主要情节相联系,为戏剧的冲突埋下了伏线。

鲍西娅性格的升华是通过她女扮男装出现在法庭与社会恶势力的代表夏洛克进行斗争中体现的。她与夏洛克斗争的出发点是维护爱情与友谊。

第三重矛盾:在法律问题上的矛盾。

夏洛克依赖的是威尼斯城邦的法律,他用他的旧观点来理解法律条文,以为威尼斯法律对他有利;他固执己见,以为一契在手,官司必胜,从此可以利上滚利,独霸威尼斯。

人文主义者的鲍西娅用新的观点来理解法律,要求人道加法制。夏洛克最终完全败诉,人财两空;不仅放弃"一磅肉",放弃血本,还犯有谋害他人性命的罪行,财产半数归公,半数归受害者所有,本人生命还要听悉大公的发落。杀人未遂,反受重刑。这种判决是对贪婪的夏洛克的严厉批判,也是对资产阶级法律的一种讽刺,法律面前人人平等不过是一种谎言。

这第三重矛盾,是第一重、第二重矛盾延伸的焦点、高潮和结局。

戏剧主题:主要表现文艺复兴时期两种生活观的斗争。莎士比亚肯定、赞美安东尼奥、鲍西娅等以友谊爱情为重的人文主义生活理想,否定并谴责以夏洛克为代表的唯利是图的生活态度,最后以夏洛克的败诉和三对有情人终成眷属的美满结局,歌颂了人文主义生活理想的胜利。

人物形象

夏洛克

这个形象一直有争议。历史上对夏洛克形象的争论主要是有关夏洛克是悲剧人物还是喜剧人物,莎士比亚对他是否只有批判而无同情?

首先,夏洛克的特点是守旧、吝啬、贪婪、狠毒,他是原始积累时期高利贷资产者的典型。他不是一个扁平性格,而是一个立体的人物。他性格的最主要的方面是贪婪,他不虚伪,是直率的,贪婪和狠毒联系在一起。

他守旧吝啬,使女儿卷逃;他满街狂呼:"金子、银子、宝石给我女儿偷去啦;……公道呀,把我女儿给我找回来……我宁愿看着我女儿死在我脚下,那些珠宝都挂在她的耳朵上!宁愿看着她在我的脚下入殓,那些金钱都放在她的棺材里!"听说他的女儿用一个戒指换了一只猴子,他气极了:"哪怕用漫山遍野的猴子来跟我交换,我也不会换给他们。"

他的狠毒表现在对安东尼奥的仇恨上。"一定要照约执行",一定要割他身上的一磅肉。因为在他看来,"只要威尼斯没有他,生意买卖就凭我一句话";败诉后,财产一半归公,一半由安东尼奥处置,他高喊:"不,不,把我的生命连着财产一起拿去吧,我不要你们宽恕……你们夺去了我养家活命的根本,就是活活要了我的命。"对于夏洛克来说,钱就是命,就是一切。

但是,在夏洛克的性格中,还有相当丰富的感情。普希金说,他除了钱外,还溺爱女儿。同时,作为犹太人,他受到种族歧视和宗教歧视。他之所以要割安东尼奥的肉,既有经济原因,还有种族和宗教的矛盾:"安东尼奥先生,好多次您在交易所里骂我,说我盘剥取利,我总是忍气吞声,耸耸肩膀,没有跟你争辩,因为忍受迫害本来是我们民族的特色。你骂我们是异教徒,是杀人的狗,把吐沫吐在我的犹太长袍上,只因为我用自己的金钱博取了几个利息。"

——可见,夏洛克作为高利贷者,是喜剧性格,金钱淹没了他的人性;但作为犹太人,他是悲剧性格,安东尼奥对他蔑视,法庭对他不公正,逼他改信仰。

从这里我们就能看出莎士比亚对夏洛克的态度。莎士比亚的基本观点是批判的,但也有同情的一面,他从人文主义的立场出发,为夏洛克所受的种族歧视鸣不平。在一幕三场,夏洛克独白:"他憎恶我们神圣的民族,甚至在商人集合的地方当众辱骂我,辱骂我的交易,辱骂我辛辛苦苦赚下来的钱,说那是盘剥得来的肮脏的钱,要是我饶过了他,那我们的民族永远没有翻身的日子。"——借钱前。

借钱后,他又当面指责安东尼奥。这样,莎士比亚给夏洛克对安东尼奥的报复有了合理而复杂的动机,使观众鄙夷他的贪婪、憎恨他的态度残酷,多少也同情他的屈辱。第三幕一场有段有名的台词:

"他曾羞辱过我,夺去我几十万块钱的生意,讥笑着我的亏蚀,挖苦着我的盈余,侮蔑我的民族,破坏我的买卖,离间我的朋友,煽动我的仇敌;他的理由是什么?只因为我是一个犹太人。难道犹太人没有眼睛吗?难道犹太人没有五官四肢、没有知觉、没有感情、没有血气吗?他不是吃着同样的食物,同样的武器可以伤害他,同样的医药可以疗治他,冬天同样会冷,夏天同样会热,就像一个基督徒一样吗?……那么要是你们欺侮了我们,我们难道不会复仇吗?"①

这是一个被侮辱被损害的种族所发出的不可遏止的悲愤呼声。人文主义者的莎士比亚,在塑造夏洛克这个形象时,既着重刻画了他的残酷剥削行为,又没有忽视他所遭受的种族歧视。这种描写,在思想上表现了莎士比亚对种族不平的同情;在创作方法上,表现了莎士比亚现实主义艺术的成就;在艺术效果上使夏洛克这个形象显得丰富饱满。我们忽视某一个方面都会造成对夏洛克形象的理解的片面。作为犹太人,我们要予以一些同情;作为高利贷者,我们则应该加以批判。

---

① [英]莎士比亚著,朱生豪等译:《莎士比亚全集》(第2卷),第49页,北京:人民文学出版社,1992。

鲍西娅

鲍西娅形象的特点是优雅而热情，机智而富有幽默感，最令人难忘的是她的才华。在追求婚姻自由、个性解放的过程中，能走上社会与社会恶势力进行较量，她是莎士比亚塑造的理想人物。可以说，当她女扮男装，把自己的性别隐蔽起来的时候，一向被埋没了的妇女的才华便显示出来。她披着黑袍，登上法官席，替束手无策的男子们解决难案，这一情节特别富有社会意义。

安东尼奥

他是被作者理想化的一个人物。莎士比亚强调了他友谊慷慨的一面，没有看到和写出他的资产阶级冒险家的另一面。

巴萨尼奥

这是一个有个性追求的没落贵族青年形象，"我全部的家产流动在我的血管里"，想靠联姻获得遗产，反映了贵族阶级的没落。作者描写了他追求爱情友谊，待人宽厚，富有感情。但深究一下会发现，他追求的一切都是建立在金钱基础上的。

他追求鲍西娅，一方面是因为她"长得非常美貌，尤其值得称道的是，她有非常卓越的德性，从她的眼睛里，我有时接到她脉脉含情的流盼"；另一方面，还因为她是"富家嗣女"，"她的光亮的长发就像传说中的金羊毛，把她所住的贝尔蒙特变做了神话中的王国，引诱着无数的伊阿宋前来向她追求"。他相信，"只要我有相当的财力，可以和他们中间的任何一个人匹敌"。"我有充分把握，一定会达到愿望的。"

他也虚荣挥霍，为了维护外强中干的体面，把一份微薄的资产都挥霍光了，"现在我对于家道中落、生活紧缩倒也不怎么在乎了；我最大的烦恼是怎样可以解脱我背上这一重重由于挥霍而欠下来的债务"。

怎样得到金钱呢？他向安东尼奥作了一个诗意的比喻："我在学校里学习射箭的时候，每次把一支箭射得不知去向，便用另一支同样射程的箭向着同一方向射去，眼睛看准了它落在什么地方，就往往可以把那失去的箭找回来。这样，冒着双重的危险，就能找到两支箭。"

他选择铅匣，用背对着旧事物，接受了新思想、新道德准则，从他的选择上，我们看到，他是配得上鲍西娅的。

但他只是配角，并不与鲍西娅具有同等的戏剧地位，他俩并未进行爱情的二重唱，他只是芭蕾舞女主角带着轻盈舞姿离开地面的举托者，剧中没有给他很多的性格刻画。

艺术特色

（一）情节的丰富性和生动性；剧中有三条交叉的情节线：

安东尼奥与夏洛克的矛盾——具有强烈的现实意义；

鲍西娅与巴萨尼奥的爱情——具有浪漫情趣和古典色彩，揭示了矛盾的原因，也提供了解决的条件；

夏洛克女儿杰西卡与罗伦佐的爱情——辅助性情节线：对第一条线索来说，加强了人物性格的刻画，对第二条线索来说增添了浪漫气息。

情节的交叉，使场景更加丰富多彩。

（二）广阔的背景

这里既有工业城市威尼斯的资产阶级生活的典型环境，又有具有田园色彩的贝尔蒙特，显示了封建社会的解体和资本主义生产方式的兴起。

夏洛克与朋友的谈话描绘了犹太商人生活的典型环境，听说他的女儿总找不到，夏洛克说：

>夏洛克："哎呀，糟糕！糟糕！糟糕！我在法兰克福出两千块钱买来的那颗金刚钻也丢啦！"
>
>……
>
>杜伯尔："听说你的女儿在热那亚一个晚上花去八十块钱。"
>
>夏洛克："你把一把刀戳进了我的心里！我再也瞧不见我的银子啦！一下子就是八十块钱！八十块钱！"[①]

安与朋友的言行刻画出资产阶级冒险集团的典型环境："我的成败并不完全寄托在一艘船上，更不依赖着一处地方……"

（三）语言的个性化、形象化、动作化，符合人物的身份、性格。如在法庭上，夏洛克的语言充满商人的口语，一开始啰里啰唆，随着剧情的发展，语言变得简洁、固执，最后不住地叫喊，把他爱钱如命的本性暴露无遗。

安东尼奥是个有修养的人，他的语言显得悲壮、沉郁，常用诗意的比喻，如"大海的怒涛""哀啼的羔羊""落地的果子"等形容自己不幸的处境。

而作为人文主义女性的鲍西娅的语言是诗意加哲理与明快的口语结合，显示她的聪明智慧。

---

① ［英］莎士比亚著，朱生豪等译：《莎士比亚全集》（第2卷），第50～51页。

悲剧

莎士比亚一生创作了十部悲剧,第一时期三部,第二时期七部,主要有四大悲剧及《罗密欧与朱丽叶》。

代表作《哈姆雷特》

《哈姆雷特》完成于1601年,曾被改编成电影《王子复仇记》,是世界上改编电影最多的一部剧。《哈姆雷特》可誉为莎士比亚"灿烂王冠上面的一颗最光辉的金刚钻"。戏剧取材于13世纪的《丹麦史》,当时社会上就流传同一题材的复仇剧(鬼魂、疯子、格斗、流血),莎士比亚改编为五幕二十场的人文主义悲剧。

四百多年来对哈姆雷特的评价:

当时——人们视这个剧为复仇剧,有"血与雷"的悲剧之称。剧中有鬼魂、疯子、毒药、比剑、坟墓、骷髅,共死了8人,有格斗、凶杀、恐怖流血场面。

17世纪——《哈姆雷特》被认为是庸俗野蛮的戏剧,讲求典雅、追求规范的古典主义者对该剧评价极低,第二幕哈姆雷特发疯,第三幕他的情人发疯。王子借打老鼠杀死情人的父亲,掘墓人说些不三不四的话,用俗气的词语。

18世纪——启蒙思想家们把哈姆雷特看作普通人,看到他的弱点,看到他性格的矛盾:装疯,但已经颤抖在真疯的边缘上,性格是延宕、忧郁。(歌德语)

19世纪——浪漫主义者把哈姆雷特说成是充满感伤色彩、怕羞、漫不经心、退缩的浪漫多情的王子;黑格尔称,哈姆雷特的心灵是很美的,现实方面是软弱的,是内倾反省的、哀怜沉思的、多愁善感的、患多疑病的、忧伤抑郁的,所以不善于迅速行动。

批判现实主义作家托尔斯泰对他否定,屠格涅夫将他与堂·吉诃德相对比。

现代派——心理分析的创始人弗洛伊德从性的角度分析他的复仇,是恋母情结,还有人认为哈姆雷特有意识流倾向。

歌德评论哈姆雷特的软弱性格很有见地:"'时代整个脱节了;呵,真糟。天生我偏要把它重新整好!'是哈姆雷特全部行动的关键。""一件伟大的事业担负在一个不能胜任的人身上"。"一个美丽、纯洁、高贵而道德高尚的人……的毁灭"。

发展中的哈姆雷特形象

哈姆雷特的性格是复杂、多侧面的,这是一个立体的、真实的人性的表现。性格上坚强与软弱,思想上乐观与悲观,行动上敏捷与延宕等使得这一形象具有两重性。他是在发展中显露出性格的多方面特点的。

哈姆雷特的性格发展大体经历了四个阶段:

第一阶段——天真的人文主义者

父死母嫁前的哈姆雷特,天真乐观,生活优越,精神和谐,是养尊处优的王子,天真的人文主义者。

优裕的宫廷生活使他不能真正了解社会现实,学院式的人文主义教育使他对人文主义理想的实现充满信心。他感到生活是和谐的,前途是乐观的,沉浸于主观的美好幻想之中。

第一,他认为父王老哈姆雷特是开明君主的典范、人的楷模,这是他的基本信仰。——他有高雅的风采,一头太阳神阿波罗的卷发,额头是乔武的,一对战神的眼睛,神使的身材,十全十美的仪表,仿佛每一位天神都打过印记,拿来向世界宣布:这才是一个"人"!

第二,他认为生活是美好的,"人"是最杰出的,这是大学教育的结果,他具有新的世界观,认为,大地是一副"大好的框架",天空是"一顶极好的帐帏","豪华的苍穹","人是一件多么了不起的杰作!理性多么高贵,力量多么无穷,仪表和举止多么端庄,多么出色!论行动多么像天使,论了解多么像天神!宇宙的精华,万物的灵长"!

第三,认为人文主义的理想是可以实现的。

上有父王奠定大业,身边有美丽温柔的娥菲利亚,事业和爱情都在等待着他,将来接位成君,图谋大业。

这时期的哈姆雷特处于"幼稚的和谐阶段"。他用主观的幻想来代替现实,对现实的认识天真肤浅,对国家社会生活的重重危机毫无察觉,这种和谐很快被现实所粉碎。这一阶段在戏剧中仅存在于哈姆雷特性格发展的回顾中。

第二阶段——绝望的人文主义者

父死母嫁的突然事变发生至父亲的鬼魂向他揭示惨剧的原因以前的哈姆雷特(一幕二场),受到现实和精神两方面的严重打击,人文主义大厦倒塌了,哈姆雷特处于悲观绝望之中。

这一阶段的哈姆雷特还没有了解父亲死去的真正原因,正像王后和国王所说的"从生活踏进永恒的宁静""这是无可避免的",但他却在现实中发现一个极不正常的现象:他的母亲竟在父亲去世只有一个月的时间,就嫁人了,"匆忙得她在送葬时候穿的那双鞋子还没有破旧""她那流着虚伪之泪的眼睛还没有消去红肿,她就嫁人了"。她竟这样快地忘记了她的丈夫"这样好的国王",他曾"不愿让风吹痛她的脸",她也"依偎在她的身边";现在,她嫁的人是与老哈姆雷特相比简直有"天神与丑怪"之别的父亲的弟弟!从这一事件中哈姆雷特推断,"那不是好事,也不会有好结果"。

母亲仓促改嫁这一事实,不仅对他的生活是个巨大的打击,而且摧毁了他的精神理想:"人世间的一切在我看来是多么可厌、陈腐、乏味和无聊""那是一个荒芜不治的花园,长满了恶毒的莠草"。他厌世绝望:"啊!但愿这一个太坚实的肉体会融解、消散,化成一堆露水!""或者那永生的真神未曾制定禁止自杀的律法!"——他想到了死。

这一阶段的哈姆雷特是忧愁的、忧伤的、悲观绝望的,这不仅因为父死母嫁,而是因为这一事实击碎了他的人文主义美好的理想。

第三阶段——行动与沉思相矛盾的哈姆雷特

深入认识现实,明确复仇对象,决心重整乾坤的哈姆雷特,他是行动的、战斗的,同时又是忧郁的、沉思的,这一阶段中,哈姆雷特是作为战士、思想家出现的。但是,作为战士来说,他的行动是延宕的;作为思想家来说,他的思想是深入而又矛盾的。

哈姆雷特发生了两方面的冲突:第一,外部冲突——用人文主义思想指导行动,与克劳狄斯进行复仇斗争;第二,内部冲突——用实践来检验人文主义思想体系,精神领域里的斗争。

外部斗争——首先是会见亡魂,了解父亲被害真相,明确斗争目标;同时,他感到责任重大。他决心复仇:"这是一个颠倒混乱的时代,唉,倒霉的我却要负起重整乾坤的责任!"

哈姆雷特的斗争步骤和方法:

第一步——装疯试探。鬼魂诉说被害经过以后,哈姆雷特就决心装疯,他对好友霍拉旭说:"今后也许有时候要故意装出一副疯疯癫癫的样子,你们要是在那个时候看见了我的古怪的举止,切不可像这样交叉着手臂,或者这样摇头摆脑。"可见,他的疯是装疯,但已到了真疯的边缘。

哈姆雷特以装疯利用时间沉思问题,讥讽现实,保护自己,了解情况。在装疯过程中,他对外界的认识加深了,认识到种种矛盾,打破了内心的和谐。

第二步——演戏证实。(二幕二场)演戏的目的是证实鬼魂言辞的真实性,证实克劳狄斯的罪行。按照事情发展的一般逻辑,哈姆雷特在装疯试探、演戏证实后,应该立即举剑复仇,杀死奸王。但他的复仇却受到挫折,其原因是演戏后双方思想行动的变化、思想逻辑的发展,导致人物行动的变化,引起剧情的跌宕。其一是放弃复仇机会。他放弃了这一次抽剑一击即可完成复仇的好机会。其二是哈误杀波格涅斯。"放弃"说明哈复仇决心的坚决、彻底,但也说明了中世纪的残余思想束缚着他的行动;"误杀"反映了他行动的果断,但又缺少正确的判断。这些都反映了人文主义者的幼稚和软弱,也造成了他复仇的被动局面。在剧情发展上形成转折,由此开始,哈姆雷特的复仇由主动转为被动。

作为战士的哈姆雷特,他的复仇是坚决的,但行动是延宕的。准备复仇过程中的哈姆雷特精神上是忧郁的,思想上是日益深入的;与克劳狄斯的斗争是尖锐曲折的,复仇行动是延宕的。

第四阶段——复仇的哈姆雷特

复仇的哈姆雷特在击剑比武中,杀死克劳狄斯,自己也怀着矛盾和希望的心情离开了人世,唱出了一曲人文主义的悲歌。

哈姆雷特最后复仇的步骤,不是自己计划拟定的,而是偶然的,是受克劳狄斯支配的。

他从英国返回丹麦,碰上娥菲丽亚的葬礼,她的哥哥雷欧狄斯因父亲、妹妹的死亡向哈复仇。仇人相见,拔剑比武,雷欧狄斯的封建复仇观念被克劳狄斯所利用。雷欧狄斯与哈之战是哈与克劳狄斯斗争的一种表现。

智慧的哈姆雷特为什么仓促上阵应战?他决定参加比武的原因:

感情原因——娥菲丽亚的死激起他巨大的感情风暴,他在墓地说:"你可以疑心星星是火把,你可以疑心太阳会转移,你可以怀疑真理是谎言,可是我的爱永远不会改变。"他悲愤交集跳下墓地:"哪一个人的哀痛的词句,可以使天上的行星惊疑止步?那是我丹麦王子哈姆雷特。""我爱娥菲丽亚,四万个兄弟的爱合起来还抵不过我对她的爱。"强烈的感情使他同意与雷欧狄斯决斗,后来他自己也意识到雷欧狄斯与自己一样不幸,不想决斗,只想比武。

理性的根源——沉重的任务没有完成,已拖延四个月时间,需要加速行动:"有准备就有一切。"

行动的经验——去英国死里逃生的历险给他提供了经验:"有时候一时孟浪往往可以做出一些我们深思熟虑所做不成的事",觉得鲁莽行事,也许能成功。

宿命的观念——"一只麻雀没有天意也不会随便落下来""决定是今天,就不会是明天;不是明天就是今天;今天不来,明天总会来的;有准备就有一切"。

这几种思想的结合,使哈姆雷特决定参加比武,并在斗争中与对手同归于尽。哈姆雷特的结局表明,他完成了个人复仇的任务,而没有能重整乾坤。

可以说《哈姆雷特》的主人公是性格悲剧与历史悲剧的结合体,是历史的必然要求和这个要求实际上不能实现之间的悲剧性冲突,悲壮而不悲观。

综述哈姆雷特的性格:从养尊处优——父死母嫁——孤军战斗——悲剧结局,他的性格就是在这样的环境中形成的:他是乐观幻想的、忧郁沉思的、敏感的、易冲动的;是优柔寡断的也是坚强勇敢的;是思考多于行动的也是机警的,有时甚至是决断的。所以说,哈姆雷特的性格像海浪一样起伏不定、难以捉摸,像云彩一样变幻莫测。

《奥赛罗》

威尼斯大将摩尔(今北非毛里塔尼亚)人奥赛罗与威尼斯元老勃拉班修的女儿苔丝德蒙娜相恋成婚,遭到女方父亲的反对。塞浦路斯遭土耳其侵略,奥赛罗被派去作战,婚事不再遭追究。

奥赛罗将副将职务给年轻军官凯西奥,旗官伊阿古怀恨在心,他利用威尼斯绅士罗德里哥对苔丝德蒙娜的单恋和他的金钱,制造矛盾,在奥赛罗面前诬陷凯西奥与苔丝德蒙娜之间有私情。奥赛罗轻信伊阿古的逸言,内心发生巨大的冲突,将苔丝德蒙娜扼死。真相大白后,奥赛罗惩罚自己,拔剑自刎。伊阿古被带到威尼斯正法。

莎士比亚怎样塑造奥赛罗形象的?我们可以从奥赛罗与哈姆雷特的对比中来进行分析。

这两个人物都是文艺复兴时代精神的体现,但背景、矛盾性质、人物个性不尽相同。

第一,《哈》表现的是理想(人文主义理想)破灭了的王子;《奥》表现的是理想破灭过程中的奥赛罗。

奥赛罗的理想是苔丝德蒙娜——他追求的不是情欲,而是对美、真正的人的崇拜。她是一个完美的人的典型:一、她违背父愿,不顾封建习俗、种族歧视,嫁给摩尔人。二、她深夜赶到元老院,当众毫不胆怯地诉说她对奥赛罗的爱情:"我向世人宣布:我的心灵完全为他的高贵的德行所征服;我先认识他那颗心,然后认识他那伟岸的仪表;我已经把我的灵魂和命运一起呈现给他了。"三、战争期间,她不愿像"一个醉生梦死的蜉蝣"那样留在后方,而毅然来到战地塞浦路斯。

奥赛罗称她为"我的娇美的战士"。她的到来,使奥赛罗又惊又喜,"灵魂尝到无上的快乐",连伊阿古也承认,他们的关系是"琴瑟调和"的。

但由于听信了伊阿古的谗言,奥赛罗内心产生了巨大的风暴,苔丝德蒙娜的完美形象在他的心里发生了变化。她从"完美的人"变成"普通的人"直至"下贱的人"。他经过所谓的"调查、判决"并亲手执行这个判决。苔丝德蒙娜要求放逐、明天或半小时以后死都不行,奥赛罗必须马上消灭她,不然就太晚了,"她不能不死,否则她要陷害更多的男子"。

第二,哈姆雷特是人文主义知识分子,奥赛罗是威尼斯大将,出身、种族、经历和遭遇的不同,使他们具有不同的性格。哈是大学生,具有改造社会和人生的抱负;奥赛罗是南征北战的将军,他身上充满了探索世界和征服世界的冒险精神——他们都是时代精神的体现者,都是文艺复兴的巨人,但性格却完全不同:

一、哈姆雷特受过良好的教育,他的思想是深沉的、具有概括力的;由个人和家庭的不幸想到社会的不幸,说出"时代整个儿脱节"这样的哲理话语;奥赛罗出身于摩尔贵族,没有受过良好教育,却有不平凡的经历,在陆地和海上有过惊人的奇遇:曾被收俘为奴,又遇赎脱身,成威尼斯大将。这种教养经历和种族特点,使他的感情是强烈的,感觉是直接的,性格是爆炸性的。因此,苔丝德蒙娜对他来说,昨天还是"娇美的战士",今天就成了"厚脸的娼妓"——"爱情啊,把王冠和我在心里的宝座都让给残暴的憎恨吧!"

二、复仇过程中的哈姆雷特,在痛苦中保持清醒,他在装疯时所讲的语言,具有哲理性、深刻性;奥赛罗在理想破灭的过程中近乎真疯,语言更加粗犷、现代,失去控制力。在痛苦中的奥赛罗,嘴里出现了"猴狲、鳄鱼、毒蛇"这些字眼,他将苔丝德蒙娜比作"专供癞蛤蟆在里面纠缠繁殖的一个臭水沟",甚至当众殴打她。

三、哈姆雷特复仇的决心是坚决的,行动是犹豫的;奥赛罗心胸是坦荡的,行动是斩钉截铁的。他杀死她不是出于"猜嫌和私恨",而以为是正义的审判。当水落石出,证明自己是错杀无辜时,他震惊于自己铸成大错,便决定用同样公正的态度对自己作出判决。他对将回威尼斯的人们说:"你们把这件不幸的事实报告给他们的时候,不要徇情回护,也不要恶意构陷,你们应当说我是一个在恋爱上不智而过于深情的人;一个不容易发生妒忌的人,可是一旦被人煽惑以后,就会糊涂到极点……会把一颗比他整个部落所有的财富更贵重的珍珠随手抛弃。"(以剑自刎)

奥赛罗的自刎绝不是绝望的不幸,而是他对自己犯有杀人罪的一种公正的惩罚,他死得是宁静愉快的,因为他知道,苔丝德蒙娜是忠贞的,这与哈姆雷特一样,虽然死亡具有悲剧意义,但恢复了他们对人的信念。这一结局也使得这出戏具有了意义,没有这个结局只是普通人的嫉妒的结果,至此成了社会悲剧。

其实,奥赛罗本身的思想缺陷加速了他的悲剧形成。他虽然具有坦率正直、疾恶如仇的优秀品质,但在灵魂深处也潜伏着民族自卑感和私有观念的消极因素。伊阿古正是利用了他的这些有害的东西推波助澜,加剧悲剧的形成和爆发:以摩尔人与白人之间的种族差异挑起奥赛罗的民族自卑感,使他觉得自己不如贵族凯西奥,从而在心底燃起第一把妒火,由此动摇了对苔丝德蒙娜的信任;接着又利用苔丝德蒙娜与人私通的谣言刺伤奥赛罗的私有观念和夫权思想,使他妒火越烧越旺,终于怒不可遏地发誓要把使他戴绿帽子的妻子"剁成一堆肉酱";实际上,奥赛罗的妒忌不过是他灵魂中消极因素的外显形式,他的民族自卑感和私有观念夫权思想才是酿成悲剧的自身原因。

苔丝德蒙娜是莎士比亚笔下的人文主义女性之一,她在追求爱情和婚姻过程中表现出来的大胆、热情接近朱丽叶,爱上就私奔,并当众宣布:"我因为爱这个摩尔人,所以愿意和他一起生活。"她性格温柔和她的悲惨的结局又与娥菲丽亚相似。她们被爱、被错待、被污为失德的女子,最后唱着杨柳歌死亡,都相同。但娥更柔嫩纤弱,经不起斗争风雨而发疯死去。苔丝德蒙娜过早被摧折,但比较成熟,死时是清醒的,不承认自己有错,不想死,一再呼吁自己的冤枉。深究他们的爱情,只有热恋而无深刻的相互了解和共同的人生理想;奥赛罗身上的荣誉感包含着个人主义的因素和夫权思想;苔丝德蒙娜的温柔顺从都是封建残余的表现,这也是时代和阶级的局限,是悲剧产生的原因之一。

《李尔王》

《李尔王》则是抒发了人性的回归。它反映的不仅是家庭关系、国家秩序,而且是整个社会关系的本质。人的实质、人在生活中的位置和在社会上的价值,是悲剧的主旨。

刚愎自用的老国王年迈力衰,决定把国土分给三个女儿和女婿。他让三个女儿用语言来表达对自己的爱。大女儿高纳里尔、二女儿里根用花言巧语取悦父王,他最喜爱的小女儿考狄利亚只实事求是、恰如其分地表示尽女儿的义务来爱国王,使国王火冒三丈,收回她应得的三分之一国土,把王冠和国土都赐给两个姐姐和姐夫,自己只留下国王的名义和一百名武士作侍从,说好每周轮流住两个女儿的王宫里,由她们供养。

朝臣中一个正义的肯特伯爵挺身而出为考狄利亚声辩,李尔王竟轻率地放逐这位忠臣。法兰西国王娶了没有财产的考狄利亚,她挥泪告别父亲。她刚走,两个姐姐就无情无义粗暴地对待父亲,他神志开始失常。在一个雷雨交加的暴风雨夜晚,李尔王无家可归,在荒野里彷徨。通过自己的遭遇,他开始体谅到那些受苦受难的人民。还是忠臣肯特赶往法国找到考狄利亚,法王出兵讨伐高纳里尔和里根,考狄利亚不幸被捕,死在恶棍手中;李尔王也忧伤地死去;两个女儿也因争风吃醋先后遭报应而死。

莎士比亚的"人性复归"的思想主要表现在李尔王身上。这是一个立体人物。

一、早期的李尔王是一个既不懂得爱,也没有真正的爱的刚愎自用的国王,对此,作者是采取批判的态度的。他不能识别语言和感情的真伪,斥责幼女"没有良心",将她远嫁法国,说明他缺少人性。

二、接着,莎士比亚又表现了李尔王所维护的"天伦"关系被两个女儿所代表的冷酷、自私的关系所冲击(甚至毁灭),对他的不幸遭遇表示同情。

最后,莎士比亚刻画了李尔王的转变和觉悟;他由一个国王变成了一个叫花子,经过了外界的风暴和内心的风暴,使他认识到人和人之间真正和谐关系的基础是无私的同情和博爱,从而表达了人性复归的思想。

"人性复归"的思想在三幕四场(高潮)李尔王由宫廷走向原野、在暴风雨中遇到了精赤条条、忍饥受冻、随时会遭到逮捕、惩罚的流浪汉身上看到了社会的罪恶,流露了强烈的博爱、同情的激情:

"衣不蔽体的不幸的人们,无论你们在什么地方,都得忍受这样无情的暴风雨的袭击,你们的头上没有瓦片遮身,你们的腹中饥肠雷动,你们的衣服百孔千疮,怎么抵挡得了这样的气候呢?啊!我一向太没有想到这些事情了。"①

他诅咒:"你,震撼一切的霹雳啊,把这生殖繁密的、饱满的地球击平了吧!……不要让一颗忘恩负义的人类的种子遗留在世上!……战栗吧,你尚未被人发觉、逍遥法外的罪人!躲起来吧,你杀人的凶杀,你用伪誓欺人的骗子!……魂飞魄散吧,你用正直的外表遮掩杀人阴谋的大奸巨恶!撕下你们包藏祸心的伪装,显示你们罪恶的原形,向这些可怕的天使哀号乞命吧!"②

---

① [英]莎士比亚著,朱生豪等译:《莎士比亚全集》第9卷,第213~214页。
② [英]莎士比亚著,朱生豪等译:《莎士比亚全集》第9卷,第208~210页。

《麦克白》

《麦克白》是一部谴责人性沦丧的悲剧,戏剧艺术上以心理刻画深刻著称。

苏格兰大将麦克白和班柯远征挪威得胜归来,路遇三个女巫,第一个称麦克白为"葛莱密斯爵士",第二个称他为"考特爵士",第三个称他为"未来的君王";女巫又祝班柯"你比麦克白低微,可你的地位在他之上","不像麦克白那样幸运,可是比他有福","你虽不是君王,你的子孙要君临一国"。

麦克白在女巫预言和夫人怂恿下,在邓肯王来他家做客时弑君篡位。为巩固王位,免遭隐患,他布宴会杀死班柯,其子弗里恩斯逃走;同时麦克白还误杀怀疑他的苏格兰贵族麦克德夫的妻子和孩子。

身居王位的麦克白精神不安,又问女巫,女巫要他当心麦克德夫,并嘱咐他不用害怕,凡是从女人胎里生出来的,都不能伤害他;说他永远不能被人打败,除非勃南的树林向邓西嫩高山移动。

麦克白的罪行引起大众的义愤,邓肯长子马尔康和麦克德夫在英国组织军队,打回苏格兰。麦克白众叛亲离,但相信女巫预言,关在邓西嫩城堡,等待马尔康到来。最后报信人报告,勃南森林向邓西嫩山移来,麦克白在与麦克德夫交战中被杀,原来麦克德夫是不足月时从母腹中剖腹而生。

《麦克白》反映了个人野心对人的腐蚀作用,展示一个人的内心"善"被"恶"征服,一步步走向犯罪和毁灭的道路的过程。

麦克白形象:

戏剧着重表现了麦克白的内心痛苦和斗争。他是由正面人物向反面"逆转",最终成为"畸形发展的牺牲品"的典型。

他的性格发展大致为四个阶段:

一、荣耀的麦克白——数平内战,卫国杀敌,击溃叛军乱党,屡建战功,占有荣誉,悲剧中"回溯法"表现。邓肯称他为"英勇的表弟!尊贵的壮士!",加官晋爵还不能抵偿他的"伟大的功绩"。

二、逆转的麦克白——麦克白的野心萌发于"荒原"(一幕三场),女巫的预言引起他的沉思,燃起他炽烈的权势欲。一方面找不到正当的理由杀死那么恩宠他信任他的邓肯;另一方面谋取王位的野心跃跃欲试,驱使他尽快采取行动实现自己的意图。在麦克白夫人的怂恿、激励和策划下,麦克白的延宕逐渐消失,完成了逆转过程。内在野心(见刀刃滴血)和外界"恶"的驱使,行刺邓肯。

三、血腥的麦克白——"我的决心已定,我要用全身的力量,去干这件惊人的举动"是他的"戏剧语言"。(贯穿动作)他取得王冠,占满邓肯的鲜血。为巩固王位竟接二连三地干下杀人的勾当:买通"间谍仆人",探听朝臣动静,缅怀先王者杀,危言谤攻者杀,"蔑视王命者"杀;并发誓要"斩尽杀绝""我已经两足深险于血泊之中,要不再涉血前行,那么回头的路也是同样使人厌倦的"。

四、毁灭(孤立)的麦克白——杀人愈多愈陷于孤立的境地,他在孤独中拼命挣扎。面对妻子自杀、朝臣部下反叛、讨伐大军逼近,他开始怀疑女巫的预言是"谎言",深感"人生不过是一个行走的影子";毁灭迫在眉睫,无力自拔,终于灭亡。

作者着重刻画了麦克白的内心痛苦、矛盾、斗争的心理:一方面是君臣关系、亲戚关系、主客关系,不能拿刀杀人;另一方面野心膨胀、夫人催促,行刺邓肯。行刺前,他进入房间的时候,好像看到空中有一把尖刀,刀柄正朝着他,刃上还滴着血。行刺后精神不安,他也有过懊悔、赎罪、负疚的心情,把未来的希望寄托在女巫占卜迷信上。但他渐渐地愈来愈狠毒,无法回头了;"以不义开始的事情,必须用罪恶使它强固";然而他的内心的矛盾斗争一直到死。最后甚至把死亡当作超脱自己有罪灵魂、解除自己精神上痛苦的唯一方法。——"吹吧,狂风! 来吧,死亡!"

作者在此通过麦克白性格的"逆转"(李尔王"顺转"基本是正面人物)说明:像麦克白这样杰出的将才,具有勇敢的气质和坚强毅力的人,竟被社会邪恶势力和个人野心所腐蚀灭亡——引起人们的叹息。

麦克白夫人——她比麦克白的性格更加狠毒,更加野心勃勃。一开始就渴求最高权力,毫不犹豫地采取暴力行动,她怂恿丈夫作恶,说干就干,一干到底,一个晚上就能掌握大权,她要麦克白"丢掉人情的乳臭",用"野心"和"奸恶"代替"正直的手段"和"崇高的企图"。她以自己为例:"我曾经哺乳过婴儿,知道一个母亲是怎样怜爱那吮吸她乳汁的子女。可是,我会在他看着我的脸微笑的时候,从他那柔嫩的嘴里摘下我的乳头,把他的脑袋砸碎。"

麦克白夫人到底还是难以负担血腥恶行的负荷,她不得不承认:"费尽了一切,结果还是一无所得。我们的目的虽然达到了,却一点不感到满足。要是用毁灭他人的手段使自己置身在充满疑虑的欢娱里,那么还是不如被我们所害的人,倒落得无忧无虑。"在"梦游"中,她宣泄自己的恶行:"这儿还有一股血腥气。所有阿拉伯的香料都不能叫这只小手变得香一些,"她的发疯,是心理世界的毁灭,她的毁灭更多的由于她自己的过失。

英国散文家德·昆西1823年写《论麦克白剧中的敲门声》,是莎士比亚评论的名篇,敲门声的构思巧妙:二幕二场,夫妻要杀邓肯时,响亮的敲门声使他们非常惊慌,作者用心理学解释这种感觉,提出作用与反作用的理论。他俩犯罪时,他们的身上"某种强烈感情的大风暴在发作,人性已不存在",这个魔鬼使世界与我们日常生活的世界已完全隔绝,"人性退场,魔性登场";但莎士比亚创造敲门声这个情节,这敲门声使凶手觉得阴森可怕,"在他们的内心制造一所地狱",这时情节的反作用力开始了,"罪恶的世界就像空中的幻境一样烟消云散了。它宣布人性的恢复和魔性的被驱除,日常生活的世界重建起它的活力"。在此,我们可将亚里士多德关于悲剧的定义应用到《麦克白》中来,我们可以说,敲门声引起"净化"作用,使读者或观众感受到的"恐惧"和"怜悯"更为加深、加强。

第四讲　塞万提斯与《唐吉诃德》

1602年,西班牙作家塞万提斯在穷困潦倒中完成了伟大的长篇小说《唐吉诃德》,为世界文学塑造了一位不朽的形象。400多年过去了,那个羸弱瘦长而奔走不息的"骑士",永远地矗立在了人类艺术的画廊中。

塞万提斯·萨维德拉(1547—1616)出生于马德里近郊的一个没落的小贵族家庭,他的父亲是个不得志的外科医生,曾因债务遭到指控。塞万提斯因为贫困在中学就辍学了,他是在广泛的阅读中获得知识的补偿的。他曾经跟随红衣主教到过意大利的佛罗伦萨、米兰、威尼斯等文艺复兴的发源地,接触了先进的人文主义思想文化。当时,西班牙与土耳其的矛盾日益激化,当西班牙和意大利面临土耳其进攻的时候,塞万提斯响应祖国的号召,参加了西班牙驻意大利的军队,在1571年著名的"勒班多海战"中,塞万提斯三次负伤,左手残废了。当他后来成为作家时,他曾自豪地说:"我断了左手,右手因此更加光荣了。"后来,塞万提斯离开军队回国,不幸在归途中遇到土耳其战舰而成为俘虏,在被囚期间,他五次组织难友逃跑都归于失败,他曾经求助于西班牙国王但不为统治者所理睬,直到11年后才由亲友筹集资金赎回。他终身穷愁潦倒,并几次遭冤入狱。但即使命运如此不济,塞万提斯一直没有放弃文学创作,他通过手中的笔,控诉和谴责着不公平的社会。

创作动机

塞万提斯当初写《唐吉诃德》的目的是为了反对骑士文学,"把骑士文学可恶的地盘完全捣毁",因为当时的西班牙文坛充斥着不合时宜的骑士文学,明明进入了17世纪,还把几个世纪前的骑士道奉为圭臬,使西班牙文学远离现实人生。塞万提斯决定通过模仿骑士文学来扫除骑士文学,但《唐吉诃德》达到的客观效果远远大于作者的主观意图,它不但使西班牙文坛的骑士文学从此销声匿迹,而且成就了一部不朽的文学名著。

《唐吉诃德》自出版以来,版本已经超过1000种,它一直受到包括著名政治家、艺术家的赞扬,马克思、恩格斯给予很高的评价;歌德、拜伦、雨果等都十分推崇塞万提斯;20世纪的文学大师博尔赫斯说:"我认为人类将永远想念塞万提斯,因为归根到底在他身上有一种我们无法忘记的东西,就是幸福。尽管唐吉诃德一生坎坷,这部作品给我们的最后感觉却是幸福。我坚信:《唐吉诃德》会继续给人类以幸福的。我常常心里想:在我一生经历的许多快事中,能够认识唐吉诃德是一大幸福。"可见,唐吉诃德给予后人以无穷的精神享受。

《唐吉诃德》全名为《奇情异想的绅士唐吉诃德·拉·曼却》。主人公唐吉诃德原名阿伦索·吉桑那,是拉·曼却地方的年过半百的没落贵族,秉性耿直,却耽于幻想。他对流行的骑士小说颇为着迷,很想恢复过去的骑士制度和游侠生活,决计走遍各地,打尽天下不平事。于是,他效仿古老的游侠骑士做派,拼凑一副破盔烂甲,改名为唐吉诃德·拉·曼却(名字中含有家乡的名字为了使家乡扬名),骑着一匹取名为骏马的骨瘦如柴的老马,物色了一位胸口长着毛的挤奶姑娘杜尔西尼娅作为精神上的恋人,决心终身为她效劳。他第一次单枪匹马地出游,受伤而归。第二次他找来了邻居,那个矮胖的桑丘·潘沙做侍从,一同外出游侠。由于他头脑中充满着骑士奇遇,竟然把飞转的飞车当作凶恶的敌人,把乘车的妇女当作落难的公主,把羊群当作军队,把乡村客店当作城堡,把理发师的铜盆当作魔法师的头盔,把罪犯当作受迫害的骑士,把酒皮袋当作巨人,到处横冲直撞,常常头破血流。他闹尽了笑话,吃尽了苦头,仍然执迷不悟,直至几乎丧命。后来,他的一个朋友扮成"银月骑士"与他交战,打败唐吉诃德,按照先前的条件,迫使他放弃荒唐的念头,回家养伤。直到临死前唐吉诃德才醒悟,承认骑士小说"胡说八道,荒唐透顶",嘱咐外甥女千万不要嫁给骑士,否则不让她继承遗产。小说中还穿插了一些精彩的故事：桑丘·潘沙设计欺骗唐吉诃德，说魔术师把美人杜尔西尼娅变成了村姑；公爵夫妇捉弄唐吉诃德主仆二人；桑丘当上总督，如何治理海岛；以及唐吉诃德一系列的惊险奇遇。

这部小说的社会意义和思想意义大大超出了对骑士小说的讽刺与抨击。它广泛地反映了16世纪与17世纪之交的西班牙社会各阶层人民的生活状况，小说描绘了从贵族、骑士到妓女、囚犯等700多个不同的人物形象，把貌似强大实际上已经走向停滞衰退的西班牙封建社会勾勒出来。描写的生活场面极为广阔，展现了一幅完整的现实生活画卷。封建贵族骄奢淫逸，官僚衙门贪污纳贿，劳动者命运悲惨，生命没有保障，王权走向衰落，教会阴森黑暗。小说中还通过一些爱情故事的穿插，使书中散发着浓郁的生活情趣，有的至今流传在世界芭蕾舞台上。

人物形象

唐吉诃德

《唐吉诃德》最大的成就在于塑造了唐吉诃德这位令人难以忘怀的人物形象。这是一个鲜明生动而复杂矛盾的艺术典型，是既可敬可爱又可笑可悲的人物。他有时是真理和正义的捍卫者，有时又是荒诞不经的幻想家，是两方面的对立统一。

一方面，他是耽于幻想、脱离实际、疯疯癫癫的骑士，完全生活在幻想之中，一次次碰得头破血流而不醒悟。他自负受命于天，要在资本主义萌芽时期（黑铁时代）恢复失去的和谐纯朴的黄金时代，梦想恢复骑士制度，结果到处碰壁。唐吉诃德的所作所为，显得那么不识时务，滑稽可笑，作者用了许多喜剧性的细节描写，用强烈的对比手法，强调了他的幻想与现实、动机与效果之间的矛盾差异，讽刺嘲笑了他的盲目性。唐吉诃德自以为堪称模范的骑士，其实是一个年过半百的瘦弱老人；他夸口天下少有的骏马，不过是匹骨瘦如柴的驽马；他幻想中的意中人只不过是个村姑，而且粗壮平俗；他常常臆想敌人并且对此发起进攻，每每被弄得遍体鳞伤。他完全生活在幻想之中，一次次被残酷的现实碰得头破血流，却没有清醒过来，并坚持认为，巨人变作风车、军队变成羊群都是魔法师与他作对，这更显得执拗与愚笨。这是唐吉诃德性格的一方面。

另一方面，他又是一个嫉恶如仇、坚持正义、维护真理、勇于牺牲的社会改革者,他一切荒唐的行动都出于善良的动机,是好人做蠢事。他自负受命于天的大事业,是要在他那个黑铁时代恢复原始的黄金时代,他认为"黄金时代"是那么和谐浑朴,自从有了"我的""你的"之分,就成为你争我夺、弱肉强食的世界,他要用枪杆子捍卫真理和正义,除强助弱,扫荡一切罪恶,使人类回归公正与和谐——这些已经带有文艺复兴时期的人文主义理性色彩了。而且,为了实现理想,唐吉诃德总是不怕牺牲,勇往直前,面对他的这种毫不为个人打算的献身精神,我们不能不为之感动并肃然起敬。连鲁迅先生在指出唐吉诃德行为的可笑的同时,也认为"吉诃德的立志去打抱不平,是不能说他错误的……错误在他的打法"[1]。唐吉诃德还具有丰富的知识,明确的观点,常常能够提出一些社会改革的主张,这时就显得很有理性和头脑清醒;他憎恨压迫,看重自由,他多次冒险,主观上是要解救受奴役的人们,他放走苦役犯时说,"我认为人是天生自由的,把自由的人当作奴隶未必残酷";他支持少女摆脱封建束缚,到田野去放羊,寻求自由的天地;当他受到公爵款待时,他觉得豪华的城堡如同郁闷的牢房,一旦走到郊外立刻觉得精神焕发,不禁感慨"自由是天赐的无价之宝";他教导即将上任作总督的桑丘要办事公正,执法仁慈,还认为只应在正义的战争中使用武力,战争的目的是和平;他还认为美德比高贵的出身更重要,"血统是从上代传袭的,美德是自己培养的,美德有自身的价值,血统只是借光"。从这些方面看,唐吉诃德又是一个有人文主义理想的改革者,同时也是一个积极行动的人。

可见,唐吉诃德是既可笑又可悲的典型,当我们看到他不顾一切地向羊群冲过去,看到他与风车交战的时候,我们不禁要对他的不识时务哈哈大笑,这时他是个喜剧角色。但如果我们听到他对苦役犯说"打倒强暴、拯救苦难,是我应尽的天职"时,听到他对桑丘说"自由是天赐给人的最可贵的宝物,地下和海里所藏的一切宝贝都不能和它相比,为了自由正像为了荣誉一样,可以而且应当牺牲生命"时,我们还会觉得可笑吗?这时都会感到一种肃然起敬的崇高。然而这种崇高伟大总以可笑滑稽的形式表现出来,壮伟的悲剧内容每每付诸轻松的喜剧形式。

一方面是疯子,一方面是智者;一方面是充当笑料的丑角,一方面是不无悲壮的英雄;一方面是轻松的喜剧,一方面是沉重的悲剧——这些互相背反的因素却统一在唐吉诃德身上。这个形象的意义在于强调现实生活的重要,说明一个人尽管有崇高的理想、善良的愿望,如果不了解社会的变化,对客观世界失去清

---

[1] 鲁迅:《解放了的堂·吉诃德后记》,《鲁迅全集》第7卷,第397页,北京:人民文学出版社,1981。

醒的认识和准确的判断而一味蛮干,就会把事情搞糟,自己也会弄得头破血流。唐吉诃德先生是站在资产阶级萌芽时期想回到骑士时代,想把时代拉回去,这固然属于不认识现实,但如果我们试图超越时代,同样是唐吉诃德先生,"一步进入共产主义",故此,唐吉诃德形象已经具有了异常深远的意义,他告诉我们:主观意愿必须吻合客观现实,试图回到过去或者跨越时代都是"唐吉诃德先生"。其实我们身上常常会冒出些唐吉诃德性格,无论是大人物还是平常人。

唐吉诃德与哈姆雷特比较

对于唐吉诃德这一形象,历史上的评价可谓丰富多彩,其中俄罗斯著名作家屠格涅夫的评论很有意思,他把唐吉诃德与哈姆雷特进行比较,认为:如果说哈姆雷特是在黑暗的古堡中长吁短叹的思想者的话,那么唐吉诃德则是在早晨的阳光下东奔西走的行动家;一个忧郁,一个明朗;一个为复仇的重任不住地长吁短叹,一个为正义和真理不停地东奔西走;作为思想者的哈姆雷特有着领袖人物式的深思熟虑和傲慢尖刻,作为行动者的唐吉诃德身上则散发着乐善好施的热情气息。前者颇具感召力,但使人敬仰而陌生;后者则显得可爱和可亲近,得到人们的普遍爱戴。有人甚至说,从哈姆雷特的身后,看到的是卢梭、伏尔泰等思想家的身影,而在唐吉诃德的背后,则可张望到拿破仑、罗伯斯庇尔等人的踪迹,历史正是在思想与行动的呼应下向前伸展开去的。这些都是很有见地的看法。

桑丘·潘沙

讲到唐吉诃德,就不得不讲桑丘·潘沙,这是小说中另一个成功的艺术形象,虽然处于仆人的地位,却与主人公构成相辅相成的关系。塞万提斯不仅将他们的外形作了惟妙惟肖的对比描写:一高一矮、一瘦一胖,一个骑着高瘦的驽马,一个跨着矮胖的毛驴,并且将两个人物的思想、性格作了鲜明的对比刻画。

桑丘·潘沙是西班牙的劳动农民,长期衣不蔽体、食不果腹的艰辛生活必然使他讲求实际,不耽于幻想,他先注重眼前利益,无闲心也无能力(他目不识丁)去幻想什么黄金时代,这就与他的主人形成对照。他具有生活的智慧和狡黠,非常熟悉民间的语言,张口便能说出成套的谚语,这些谚语则反映出许多生活的真谛,比如"积少成多""种瓜得瓜,种豆得豆""有人共患难,患难好承担""闪闪发光的不都是黄金"等等。他不像主人唐吉诃德那样总是愁眉苦脸,他思想单纯,性格乐观,但也不可避免地具有狭隘自私心理,最初他同意跟唐吉诃德出游绝不是为了什么游侠打天下,而是想在出游途中得到点好处,看看能否碰到发财的机会,以此来改变赤贫的命运,他心里清楚得很,根本不相信什么黄金时代。但在长期的游侠生活中,他逐渐地为唐吉诃德的自我牺牲的道德精神所感动,心甘情愿地为唐吉诃德的理想去受苦受折磨。桑丘·潘沙是个有智慧有才能的农民,他的能力体现在担任"海岛总督"期间,他秉公办事,断案英明,廉洁奉公,勤于政务,得到百姓的一致赞扬;后来他不愿意受贵族的欺负,为了自由,毅然"卸任",他告诉周围的人,"我光着身子出世,如今还是个光身,我没有吃亏,也没有占便宜""我上任没带来一文钱,卸任也没带走一文钱"。这里不单反映出这个形象本身的进步,逐渐克服身上自私狭隘性,而且也说明农民身上的正直品性,与当时行贿成风的西班牙官场形成强烈的对比。通过桑丘·潘沙形象的塑造,我们看到了西班牙劳动者的身上潜藏着惊人的智慧、坚强的毅力和管理国家的才能,有意思的是,唐吉诃德孜孜以求的事业终其一生没有能够达到,似乎在桑丘·潘沙的努力下已经初见曙光了,这实际上也反映出塞万提斯的民主思想。

唐吉诃德的精神和桑丘·潘沙的性格构成人性的两个基本方面的矛盾和转换:没有物质生活,人无法生存;没有精神追求,人会堕落。但是,只有精神生活,尤其是终日沉溺于乌托邦式的幻想之中,严重脱离社会实际,就会像唐吉诃德那样癫狂。唐吉诃德临终前终于觉醒是意味深长的,说明他终于恢复理智,回到现实世界。而桑丘·潘沙在最后居然浸染上某些骑士风范,这也是非常有意味的一笔,说明人无论多么务实,多么地脚踏实地,终究还是需要某些精神追求的。

艺术特色

一、人物形象刻画生动,善于运用人物的语言和行动显示人物性格,运用夸张的手法强调人物的个性,把对立的艺术手法交替使用,既写平凡的生活琐事,也发挥奇特丰富的想象;既有朴素无华的真实生活,也有滑稽可笑的虚构情节;既有发人深思的悲剧因素,也有忍俊不禁的喜剧成分。成功地塑造了两个典型,使他们的性格鲜明而又有发展。

二、情节丰富,主线之外穿插小故事,构成丰富的社会图景。作者以史诗般的宏伟规模,以农村为主要舞台,出场人物以平民为主,在广阔的社会背景上,描绘出一幅幅各具特色而又有联系的生活画卷。一些生动活泼的小故事,如"鲁莽的好奇者""牧人的故事""俘房的故事"等,完全融化在情节之中。

三、采取辛辣的讽刺手法,使骑士文学没有立足之地。作者把严肃与轻松、高尚与庸俗、悲剧性与喜剧性等矛盾对立的因素融合在一起,表面上看似乎荒诞不经,实际上表达了作者对西班牙社会深刻的理解与满腔愤慨,富于强烈的艺术感染力。

　　塞万提斯模拟了骑士传奇的写法,按照一般骑士小说的布局写故事的开头,但作者呈现的再也不是年轻英俊、热情奔放的翩翩骑士,而是年老破落的瘦弱贵族,骑的不是千里驹而是一匹可怜的瘦马,崇拜的美人也不是什么贵妇,而是粗俗的村姑。这种写法本身就是对骑士小说的辛辣讽刺,作者对骑士文学可谓深恶痛绝、恨之入骨,无论从内容还是形式都作了根本的否定。塞万提斯就是这样批判地运用了骑士小说的形式,创造了这部伟大的现实主义巨著,它标志着欧洲小说艺术发展跨入了一个新的阶段。

第五讲　莫里哀与《伪君子》

莫里哀原名约翰·巴蒂斯特·波克兰(1622—1673),莫里哀是他的艺名,他出身中上层家庭,他拒绝父亲给他买下的法学硕士头衔和律师职务,爱上了戏剧,与伙伴们组织剧团,结果负债入狱,父亲还债才出狱。出狱后,他又另行组织剧团,离开巴黎到外省流浪12年,这使他熟悉法国社会各阶层人民的生活,积累了创作素材。1658年他的剧团被召回巴黎,为国王演出,路易十四亲自批准在卢浮宫小波旁剧场演出《多情医生》,获得成功,自此,莫里哀与国王的关系愈来愈密切,直至晚年与国王关系破裂。

在巴黎的15年,莫里哀既是剧团的行政管理,又是剧作家,还是演员,甚至还当过演出前的致辞人。他接近宫廷,在艺术上逐渐接受古典主义原则,而在思想上却接受了文艺复兴的人文主义传统,他没有能够挣脱时代的束缚,但达到了他的时代的最高峰,可以说,他是古典主义作家中最接近法国大革命的一个。他的一生都在创作喜剧,让观众欢笑,但自己死得却很悲惨,1673年他在《心病者》中担任主角,演到最后一幕咳破血管,回到家里三小时后就死去了,死后教会借口他没有作忏悔拒绝给他墓地,路易十四也很冷漠,最后掩埋在教堂墓地最荒僻的一角,与那些没受洗礼的死去的孩子埋在一起,连墓碑也没有,第二次盗墓后尸骨无存,但他的喜剧永世长存。

莫里哀一生创作了三十部喜剧,有时为了演出的需要,五天内就能完成一个剧本。

莫里哀的喜剧思想、艺术见解

一、他反对布瓦洛对戏剧按体裁进行高低分类的法则,否定悲剧优于喜剧的见解。他认为,创造好的喜剧要比创作悲剧难得多,因为"使正经人发笑并不是一件容易的事",并且在笑后还要引起久久地深思。

二、他明确提出了创作的目的,继承了贺拉斯的"寓教于乐"说,提出:"喜剧的责任即是在娱乐中改正人们的弊病,我认为在执行这任务时最好莫过于通过令人发笑的描绘,抨击本世纪的恶习"——喜剧创作的基本纲领。

三、提出喜剧抨击恶习的手段是"讽刺"。他说:"一本正经地教训,即使最尖锐,往往也不及讽刺有力量,规劝大多数人,没有比描绘他们的过失更有效的了。恶习变成人人的笑柄,对恶习就是重大的致命打击。责备两句,人容易忍受下去,可是人受不了揶揄,人宁可做恶人,也不做滑稽人。"(《伪君子·序言》)[①]

四、莫里哀强调喜剧反映现实,他说:"戏剧的责任既然是一般化地表现人们的缺点,主要是本世纪人们的缺点,莫里哀随便写一个性格,就会在社会上遇到,而且也不可能不遇到。"(《凡尔赛宫即兴》)

主要作品

《冒失鬼》

小说的主要人物是自称"滑稽皇帝"的玛斯加里尔,这是一个足智多谋的坚决勇敢的市民形象;他以机智的计谋帮助小主人获得爱情幸福,又时时遭到小主人冒失鬼的干预和破坏;他有时毫不客气地对主人说"当人家需要我们这班可怜的人的时候,人家就爱我们,把我们认作是天下最好的人;但是,当人家稍微生气的时候,我们就成了该吃棍子的坏蛋了",发出小人物的不平之鸣。

在古典主义戏剧的开创时期,波瓦洛劝告诗人们要"研究宫廷,认识城市"。莫里哀从外省回到巴黎,也走上了这条道路。艺术上,他离开了滑稽剧的范围,

---

① [法]莫里哀著,李玉民译:《伪君子·序言》,第1页,北京:华夏出版社,2008。

更接近古典主义法则，一般称他这一时期的创作为"风俗喜剧"，尚未达到"性格喜剧"，计有《多情医生》《可笑的女才子》《丈夫学堂》《太太学堂》《凡尔赛即兴》等。《可笑的女才子》和《太太学堂》的演出受到攻击，作者展开了对阶级的斗争。（他剧中讽刺的对象往往是侯爵，他说："侯爵成了今天喜剧的丑角。"）

《可笑的女才子》

独幕散文体喜剧，写两个青年向外省资产阶级的女儿玛德隆和其表妹卡多丝求婚，因为不懂得贵族沙龙的语言和求婚的程序，遭到拒绝；他们的仆人装扮成侯爵，与她们赋诗论文，谈情说爱，使两位女才子佩服得五体投地；这对青年回家后揭露了仆人的恶作剧，使两位所谓的女才子无地自容。

喜剧在辛辣地讽刺资产阶级附庸风雅的同时，批判了贵族社会所谓的"典雅"生活的无聊，反映了没落贵族的颓废和空虚。剧中嘲笑了当时以朗布绮侯爵为代表的贵族沙龙制造的矫揉造作的"典雅"语言：镜子——风韵的顾问；椅子——说话的舒适；让我们跳舞——赋予我们的脚步以灵魂；求婚必须遵循一定的"程序"：1.首先应该在公园或一种举行公开典礼的地方跟所爱的女郎见个面；2.从那里出来之后应该神魂颠倒，郁郁不乐；3.此后，他应该把他的爱情隐藏一个时期，不叫对方知道；4.倾吐爱情的机会终于来到了，那通常是在公园的林荫路上，趁同伴稍稍离开的时候进行的；5.等他倾吐之后，女子照例要勃然大怒，脸突然要红起来，这股怒气应该使这个求爱者一段长时间内不敢再登门；6.他想法子平息这个女子的怒气，让她不知不觉地听惯了他的缠绵情话；7.逼得她不得不坦白说出爱他的话；8.此时应该横出许多意外，比如插入情敌、双方父亲横身阻挠、因为莫须有的事情两小之间又醋海风波，一面是喊冤叫屈，一面是痛不欲生，最后只好硬干，把那女子带走……不想做庸俗的情人，这些规矩是万万不能省略的。——莫里哀认为，这种风气不仅毒害了巴黎，而且影响了外省。

这温和的批判竟引起贵族势力的攻击，他们抛出《真正的女才子》《女才子的诉讼》等剧予以回击，迫使《可笑的女才子》一度禁演；但受到观众和路易十四的支持，国王让王宫剧院演出《太太学堂》并亲自观看。

《可笑的女才子》的产生是法国文学史上的一件大事；在此之前，法国舞台上盛行的不过是意大利式的或西班牙式的情节喜剧，接近闹剧，没有真正地观察现实的痕迹，人物是传统角色，静止不动的面孔，性格是固定的类型，《可笑的女才子》第一次面对现实，人物也更为生动。

《太太学堂》

这部作品描写资产者阿尔诺尔弗收养了孤女阿涅丝,把她放在修道院教育十三年,想为自己培养一个驯服的妻子,用钱买来爱情,只让她懂得"祷告上帝""缝缝纺纺""丈夫是她的长官、她的领主、她的主人""妻子为丈夫所有"就可以了。然而修道院扼杀人性的教育,扼杀不了阿涅丝的天性,丈夫外出时,她爱上了青年奥拉斯,并准备同他一起逃走。剧中奥拉斯与阿尔诺尔弗的对立转化为阿涅丝与阿尔诺尔弗的对立,矛盾达到了顶点,"受恩者"变成了控诉者。莫里哀证明:青春一定可以战胜衰老,新思想必然战胜中世纪的封建道德。——我们可以隐隐地听到《玩偶之家》中娜拉的呼声。伏尔泰说,即使莫里哀只写了这一出戏,他也尽可以享有卓越戏剧家的名望了。

《太太学堂》又受到攻击,遭禁演,路易十四同样给予支持,因为路易十四为了自己的权力,必须与教会、贵族势力进行斗争,他借扶植资产阶级势力以打击贵族势力,任命布商出身的柯尔柏为首相,他称莫里哀为"优秀的喜剧诗人",让《太太学堂》在卢浮宫上演,授莫里哀以千年金。因为莫里哀在剧中讽刺某公爵,使其怀恨在心,一次路遇莫里哀,故意表示亲热,用纽扣擦伤莫里哀。

莫里哀思想和艺术成熟的黄金时期,思想上,他把讽刺矛头直接指向君主政体的支柱:宗教,同时也讽刺资产阶级的恶习,赞扬劳动人民的智慧,达到了他那个时代的高峰;艺术上,他吸收民间艺术,圆熟地运用古典主义的艺术法则提炼情节、塑造人物。创作了代表作《伪君子》《堂璜》《恨世者》《吝啬鬼》等。

《堂璜》

这部作品与《伪君子》有异曲同工之妙,作者揭露的是没落贵族,抨击的是贵族的伪善。堂璜是一个花天酒地、挥霍无度的没落贵族,靠借债生活,是"世上从古未有的大坏蛋、一个疯子、一条狗、一个魔鬼、一个土耳其人、一个邪教徒",他诱惑名门闺秀,勾引农民的未婚妻,骗商人的钱;他杀人,却披着伪善的外衣,安然无虞。剧中,神的惩罚、小姐的眼泪、幽灵的劝告都不能使他改邪归正,最后他赴死于他手下的骑士墓前的石象的宴会,身遭雷击,大地开裂,陷落而死。

《吝啬鬼》

这是莫里哀的另一部著名的剧作。主人公阿巴公比起夏洛克来性格显得单一,但莫里哀通过这个形象,对原始积累时期的高利贷资产者的揭露和嘲讽是相当深刻的。

作者在阿巴公身上,着重刻画他的性格特点:吝啬贪婪(恶习)和情欲,并由这种性格产生了戏剧冲突。吝啬到如此程度——专印日历,使斋戒日增加一倍;夜晚到马棚里偷喂马的饲料,挨了棍子,使马瘦得不能拉车;请客时,做八个人的饭让十个人吃,仆人雅克既是厨子又是车夫,衣服破烂不堪;一只野猫偷了羊腿,他要告猫的状,等等。贪婪到如此程度——侵吞妻子留给儿子的财产,逼得儿子四处举债;嫁女儿看中的是男方不要嫁妆,认为这才是"美貌、青春、门第、名声智慧和正直";他娶新妇,自己不但不负担结婚费用,还要亲家做一身结婚时穿的礼服。总之,他爱钱比爱名声、荣誉、道德等厉害得多。

另一方面,戏剧还表现了他强烈的情欲。虽然年过六十,却沉迷于女色,他的哲学是既要满足情欲,又要少花钱。他的吝啬贪婪和情欲使得他与儿子克莱昂特发生了冲突。他们的矛盾冲突有两重:

第一,经济矛盾。儿子遗产被夺,因为婚姻需要,通过掮客中介,向父亲借了一万五千法郎,这笔债不仅利息大,而且仅给一万二千现金。其余的以桌子、火枪、砖炉、蒸馏器、棋盘等杂物折价充数。作者可能觉得这样还不能显示矛盾的尖锐,竟让债主和债务人碰到一起——父亲指责儿子:"不务正业……把父母流血流汗的家业败光了";儿子责骂父亲:"伤天害理,干欺心事,丢尽了体面,重利盘剥""杀人不见血的凶手……你到底是羞也不羞?"

第二,爱情矛盾。儿子爱上了穷姑娘玛丽雅娜,父亲却给他安排了一个有钱的寡妇,自己却要娶儿子的心上人。在此,矛盾达到了白热化——父亲一定要娶这个姑娘,命令儿子"别再跟她纠缠下去",儿子下定决心"哪怕是出生入死,也要娶她",父亲指责儿子"和父亲抢一个女的,算不算混帐?""要孝顺我的话,难道不该让步?"儿子骂父亲:"这一把年纪,还想结婚,害不害臊?荒唐不荒唐?难道这不该留给年轻人做?"父亲取消了儿子的继承权,儿子顶嘴"你的赏赐我用不着"。

这部戏剧继续了《李尔王》的主题,撕开了家庭关系上的面纱。歌德赞扬这部作品:"利欲消灭了父子之间的恩爱,是特别伟大的,带有高度的悲剧性……莫里哀按照人们的本来面目去描绘他们。从而惩戒他们";歌德还告诉人们,德国在上演这部作品时将父子关系改成亲戚关系,这"就变得软弱无力,不成名堂了"。

在后期,莫里哀创作思想上着重批判资产阶级被贵族融化的社会现象,抨击封建的等级制度和司法制度,这就使莫里哀与王权产生了裂痕,艺术上吸收了民间艺术的营养,对古典主义有所突破。著名的有喜剧《贵族迷》《司卡班的诡计》。

《贵人迷》

这是一部"喜剧兼芭蕾舞"的五幕散文体喜剧。剧情——资产者汝尔丹一心想当贵族,从音乐、舞蹈、剑术、哲学教师学习,以养成贵族的教养和风度,又与没落贵族道朗特打交道,并追求一位侯爵夫人,企图借此踏进上流社会,他还想找一个贵族女婿,结果被没落贵族骗取大笔钱财,又受到女儿女婿的作弄——女儿情人克莱昂特扮成土耳其王太子,说爱上汝尔丹的女儿,现特来巴黎为汝尔丹举行授爵典礼,汝尔丹不能成为法国贵族,也乐意改信伊斯兰教,混个外国贵族当当。

资产阶级贵族化倾向有利于封建制度的巩固,是路易十四王权所期望的,但这减慢了资产阶级自身的发展速度,《贵人迷》反对这种现象:汝尔丹认为"荣誉和风雅,只有他们才有。我宁愿手上少长两个指头,也愿意生下来不是侯爵就是伯爵"。他的夫人却不在乎门第:"你父亲和我父亲不都是生意人吗?应该为你的女儿找个门当户对的丈夫;对她来说,一个品貌端正的正人君子比一个品貌不正的叫花子贵人要合适得多,……和门第高贵的人家攀亲,向来没有什么好结果。"克莱昂特说得更明白:"我认为一位正人君子,不该干这种骗人的事,掩饰上天给我们的身份,用偷来的头衔向世人夸耀,甘心冒名顶替,就是品行不端。我生在一个清白的人家,财产够我在社会上维持相当的地位;旁人在我这种情况下,也许以为可以冒充贵族了,不过,尽管我有条件,我也不愿意冒这种头衔。所以对你实说吧,我不是贵人!"

《司卡班的诡计》

这是三幕散文体喜剧。剧情——听差司卡班帮助年轻的主人赖昂特和他的朋友获得各自喜爱的姑娘的爱情,又帮助他们从自己吝啬的父亲手里得到了两笔金钱,赎回了两个姑娘。在帮助小主人的过程中,却受到小主人的误会,司卡班以为是赖昂特的父亲在捣鬼,为了报复将其骗进口袋痛打一顿,最后两个父亲认出了失散的女儿,在婚事的喜悦中,主人饶恕了司卡班。

司卡班的形象 ——他在意大利闹剧中是一个定型人物。但在莫里哀的笔下,这个传统小丑人物向正面人物转化。其特点是:聪明、勇敢、乐于助认,受不了侮辱,是个不把统治者放在眼里的仆人,他将主人骗进口袋,一个人扮演两个人对话,将主人痛痛快快地打了一顿,事后又不受惩罚,这很让有些人不满,波瓦洛劝莫里哀"少做人民的朋友"。

这部作品标志着莫里哀的创作的又一个高峰,他的思想和艺术都超越了古典主义的束缚,思想上打破了等级观念,直接对司法制度进行抨击,仆人成了喜剧的主要人物。但司卡班的形象不能算真正的劳动者形象,作者赋予他的乐观、大胆、诡计多端,实际上是资产阶级的思想本质之一。

代表作《伪君子》

《伪君子》的演出斗争长达五年之久,前后进行了三场斗争:

第一场斗争,1661年5月第一次公演,圣体会通过路易十四的母亲通知停止公演;莫里哀向国王提交了第一份陈情表;一方面巴黎大主教向国王控告此剧"否定宗教",是"魔鬼""从未有过的、众目睽睽的渎神者和思想自由者",要求对作者施以"极刑甚至火刑";另一方面莫里哀在陈情表中指出:嘲笑伪善是移风易俗的要求,而"达尔丢夫之流,暗中施展伎俩,获得陛下恩宠"。路易十四迫于强大的教会势力的压力,一时不敢取消禁令,允许私下朗读剧本演出。

第二场斗争,1667年路易十四母亲去世,国王答应开禁,莫里哀将戏剧更名为《骗子》上演;巴黎大主教张贴告示,宣称"这是一部很危险的戏剧,尤其借口谴责伪善或假虔诚,损害宗教",禁止阅读、朗诵、演出此剧,违者开除教籍。莫里哀呈上第二份陈情表,指出:"如果达尔丢夫之流得逞,那我就无须写戏剧了。"他气愤得病倒了。

第三场斗争,1669年初教皇发布"教会和平"的谕令,莫里哀呈第三份陈情表,才获准演出。

喜剧怎样塑造达尔丢夫形象的?

达尔丢夫的形象是虚伪,他身上集中了当时社会一切伪君子的特征,莫里哀的艺术任务就是要层层剥开他的伪君子的假面具,还他的本来面目——不是一个虔诚的宗教信徒,而是一个贪色、贪食、贪财、狠毒、虚伪的伪君子。

精心构思的开场戏

欧洲著名戏剧家的开场在艺术上具有不同的风格:莎士比亚的戏剧一开场往往就发生重大事件;易卜生的戏剧开场时事件就已经发生;莫里哀的《伪君子》开场有什么特点呢?其特点有二:

第一,主要人物不出场的开场戏。达尔丢夫第一场和第二场都没有出场,但他的怪影却占据、笼罩着舞台,人们从开场戏中就了解了他的出身、地位、思想、性格特征。莫里哀在前言中说:"我整整用了两幕,准备我的恶棍上场。"

第二，戏剧冲突的展开，不是"正面交锋"而是采取"迂回曲折"的方式，这更有利于双方人物性格的塑造。人物性格是冲突的内在根本动力，也决定了冲突开展的方式。

戏剧的开端一般是交代时间、地点、人物关系、展开冲突。《伪君子》的矛盾双方的达尔丢夫与奥尔贡。

第一幕主要写两件事：柏奈尔太太的"出门"和奥尔贡老爷的"回家"。"出门"和"回家"都有争吵和辩论，其焦点是达尔丢夫（介绍了人物关系）。

"出门"写柏奈尔太太与全家人观点的对立。她急于离开这个家，因为这个家没有"治家之道"，一家人没有一个是她满意的：家——活脱脱就像叫花子窝；女仆桃里娜——多嘴多舌，那么没上没下；大孙子大密斯——是不会成才的大傻瓜；孙女玛丽雅娜——看上去像个糖人儿，什么事也不懂；续弦媳妇艾米尔——一举一动确实不成体统，穿得像个王妃；媳妇的兄弟克莱昂特——只会讲一些过日子的格言。……只有达尔丢夫是老太太满意的，她赞扬他"人品道德高尚，大家就该听他的话才是……凡事经他一管就管好啦"。然而全家人都与柏奈尔太太的观点相反：

桃丽娜——对话中说出达尔丢夫的来历：他在教堂祷告时，怎样用假虔诚赢得奥尔贡的信任，使他踏进了这家的大门；刚来时像"一个叫花子，鞋也没有，全身衣服只值六个铜板"，现在却摆出做主子的架势，样样事都要干预。

大密斯——指出达尔丢夫是个"好找茬子的假学道，到别人家里竟然作威作福，代天行道"，并且预感道这个家里"料定要出漏子"。

戏剧开端就预示着戏剧矛盾将进一步发展。

"回家"——第一场四幕写奥尔贡回家，他是戏剧中的第二人物。柏奈尔太太对达尔丢夫的崇拜与儿子相比真是"小巫见大巫"。开始桃丽娜就说，奥尔贡迷上了达尔丢夫以来就变成了个傻子，他称之为兄弟，"心里那份爱他啊，比起爱母亲、儿子、女儿、太太来，都要强烈百倍"。剧中四个"达尔丢夫呢？""可怜的人"就将他对达尔丢夫的迷信、崇拜写得惟妙惟肖，也为情节的进一步发展作了铺垫：

奥尔贡：这两天一切都顺顺当当吗？现在大家都在干什么？

桃丽娜：太太前两天发了个烧，一直烧到天黑，头也直痛，想不到那么痛。

奥：达尔丢夫呢？

桃：达尔丢夫吗，他身体别提多好啦，又胖又肥，红光满面，嘴唇上红得都发紫呢。

奥：可怜的人！

桃：到了晚上，太太心里一阵阵恶心，什么也吃不下，头痛还是那么厉害。

奥：达尔丢夫呢？

桃：他是一个人吃的晚饭，坐在太太对面，很虔诚地吃了两只竹鸡，外带半只切成细末的羊腿。

奥：可怜的人！

桃：整整一夜，太太连眼皮都没合一下；热度太高，她简直睡不着，我们只好在旁边陪着她，一直熬到大天亮。

奥：达尔丢夫呢？

桃：一种甜蜜的睡意紧缠着他，一离饭桌他就回了卧室猛孤丁地一下子躺在暖暖和和的床上，安安稳稳地一直睡到第二天的早晨。

奥：可怜的人！

桃：后来太太被我们劝服了，答应放血，立刻病才透着轻松。

奥：达尔丢夫呢？

桃：他老是那么勇气十足，不住地磨练他的灵魂来抵制痛苦；为了补偿我们太太放血的损失，他在吃早饭的时候喝了四大口葡萄酒。

奥：可怜的人！①

——这段对白，还加上奥尔贡的自述："他捉住一个跳蚤，因为太生气把它弄死了，他直怪自己不该"，我们可以看出两个人物的特点：达尔丢夫——非禁欲主义者，是个假虔诚的教士；奥尔贡——仁慈、痴迷的资产者。这个开端就预示了矛盾的进一步发展，一个情节指向了另一个情节。

第二幕，家庭矛盾的进一步发展。这一幕的戏剧冲突，表面上是玛丽雅娜、法赖尔、桃丽娜与奥尔贡的冲突——奥尔贡撕毁女儿与法赖尔的婚约，硬逼女儿嫁给达尔丢夫；大密斯的对象又是法赖尔的妹妹，这场婚事牵涉到家庭许多成员。

奥：总之，女儿一定要听我的话，我选中的人一定要完全尊重。

玛丽雅娜：您不许我嫁我斗胆爱上的男子，我跪在您面前，求您大发慈心，至少别使我痛苦，逼我嫁给我厌恶的人！

---

① ［法］莫里哀著，李玉民译：《伪君子》，第23～24页。

奥：起来，你越是不肯嫁给他，就越应该嫁给他，用这种婚事来使你吃苦修行，别再来纠缠我了！①

达尔丢夫已深入到这个家庭，控制了家长的灵魂，打乱了这一家的生活秩序和人与人之间的关系，达尔丢夫怪影晃动，观众也了解了他的出身、地位、思想和性格。所以莫里哀在《伪君子》序言中说："我为了这样，整整用了两幕，准备我的恶棍上场。我不让观众有一分一秒的犹豫，没有一件事不是为观众刻画一个恶人的性格。"

达尔丢夫的登场戏——第三幕。这场戏，除了最简洁的语言外，作者通过明快而丰富内涵的动作来塑造人物形象，表达思想，使喜剧具有"戏剧性"。

人物动作——在一般情况下平平常常的动作，在特定的情境中就可显出不同寻常的意义。这里必须注意两点：一是产生动作的原因和引起的后果，二是产生动作的情境。

第一个动作：三幕二场，达尔丢夫的登场戏

情境——桃丽娜穿着袒胸衣；达尔丢夫则棕毛紧身衣，手里拿着鞭打自己的鞭子。

动作一：达尔丢夫看见桃里娜，马上从口袋拿出一条手绢："我的上帝，我求你了，说话之前，先给我拿着这条手绢"，"干什么？""盖上你的胸脯；我看不下去；像这样的情形败坏人心，引起有罪的思想。"桃里娜说："原来你这样经不起诱惑，肉身子对你起这么大的作用？说实话，我不知道你心里热烘烘在冒什么东西，可是我呀，简直麻木不仁，我可以从头到脚看着你光着，你浑身上下的皮别想动得了我的心！"

只有第一、第二幕的铺垫，才能使三幕二场的这一"动作"产生戏剧性效果。

动作二：三幕三场的"挪动椅子"

情境：艾米尔、达尔丢夫，艾想说服达放弃向玛丽求婚。

动作：如果说上一场的动作表现达尔丢夫的虚伪的话，这一场的动作则裸露了他的真相和本质：他打着上帝的幌子，向恩人的妻子求爱："你是造物主最美丽的自画像，我心里不能不感到热烈的爱，""你要是怪我不该同你谈情说爱，就该责备自己美貌迷人才是。"他还进一步使对方打消疑虑："不过像我们这样的人，谈爱小心谨慎，永远严守秘密，女方大可放心。"

配合这段话，莫里哀在剧中指示动作："他把手放在艾米尔膝上""她将座椅

---

① ［法］莫里哀著，李玉民译：《伪君子》，第30页。

退后,达尔丢夫将椅子移近""摸摸艾米尔的帽子"——这些戏剧动作就暴露了他的本质和野心:不但要娶奥尔贡的女儿,而且还要戏弄他的妻子。

剧情的两次跌宕。这是民间戏剧手法的运用,将戏剧的冲突推向高潮,进一步塑造了达尔丢夫和奥尔贡的形象。剧情的跌宕是为塑造人物服务的,情节是人物性格的成长史。

第一次跌宕,发生在三幕的五、六、七场。

大密斯向父亲揭发达尔丢夫向后母调情,遭父亲斥责,将他赶出家门,取消他的财产继承权,并立下字据,将财产全部赠送给达尔丢夫。这个情节、场面的安排,更加丰富了达尔丢夫的性格:

1. 让我们看到了他的和虚伪联系在一起的品性:狡猾。面对大密斯的揭露,他佯装成受侮辱的痛苦样子,在关键时刻化险为夷,转败为胜,进一步赢得了奥的信任:"我的一生不过是一堆罪恶和垃圾……上帝原要处罚我,所以借着这个机会来磨练我一下,因此无论人们怎样责备我,说我犯了多大的罪恶,我也不敢自高自大来为自己辩护……因为我应该忍受的羞辱正多着呢,受这一点儿,原不算什么。"

2. 进一步揭露他是贪财的伪君子。"尘世的财宝与我无缘,它们的光彩照耀人眼,可是迷糊不了我……我之所以决计接受这份财产,说实话,只是因为我怕这份财产落入歹人之手……在社会上胡作非为"。

莫里哀通过这一跌宕,让我们看到了达尔丢夫的真脸和假脸,也看到了奥尔贡为他迷惑的深度。

第二次跌宕,发生在第四幕,戏剧高潮发生在四幕的五、六场。艾米尔让丈夫钻在桌子下面,亲耳听到、亲眼看到达尔丢夫调情的真相,擦亮了他的眼睛,认清了他的狰狞面目。

达尔丢夫劝说艾米尔打消顾虑:首先,"你可以万安,这儿的事是绝对秘密的:一件坏事只是被人嚷得满城风雨的时候才称其为坏事;如果一声不响犯个把过失是不算过失的";那对奥尔贡怎么办?"咱们两可以说句私话,他是一个可以牵着鼻子拉来拉去的人,咱们这儿谈的这些话,他还认为是给他增光露脸呢。再说,我已经把他收拾得能够见什么都不信了"。

从桌子下面钻出来的奥尔贡气急败坏,终于认识了他的真相:"好一个善人,你真想骗我!你的心灵竟这样经不起诱惑!你又打算娶我的女儿,又来勾引我的妻子……这就够了,我用不着更多的证据了!"

这是戏剧的高潮,莫里哀用了钻桌子这个具有闹剧色彩的喜剧动作,把人物放在一个特殊的情境之中,充分表现人物性格,取得了讽刺效果,使执迷不悟的奥尔贡恍然大悟。

戏剧高潮之后,是故事的尾声,但在尾声部分,又一次跌宕:1.达尔丢夫掌握了奥所赠的财产的字据:"你说起话来,倒像个主人,不过,应该离开的是你,房子是我的,回头叫你知道。"2.他告发奥为政治犯。3.他亲自领着宫廷侍卫前来拘人。这一跌宕暴露了达尔丢夫性格中的狠毒,也是奥不能识别真伪的严重教训,奥眼看就要遭到倾家荡产、身败名裂的下场了。

歌德指出:"莫里哀是伟大的,我们每次重温他的作品都感到惊讶;他是个与众不同的人,他的喜剧作品跨到了悲剧的界限边上,写得很聪明,没有人有胆量去模仿他。"

由悲转喜的结局

五幕六场,国王明察秋毫,关键时刻下令逮捕达尔丢夫,惩办了伪君子,宽恕了奥尔贡,发还家产,由悲转喜。这种结局一是反映了在形成中央集权过程中,王权与教会的矛盾,国王对达尔丢夫与对奥尔贡的态度不一样。另外,也表现了莫里哀对王权的尊重。但从艺术角度看,这种转变显得有些突兀而不自然。

创作目的——莫里哀在《序言》中说:"喜剧只是一首精美的诗,通过意味隽永的教训指责人的过失",他让人们开怀大笑后,得到教训。

达尔丢夫形象——是17世纪法国宗教骗子的典型。贪财好色是他的情欲,"上帝"是他手中的工具,虚伪是他的恶习。

奥尔贡——一个目光短浅、偏听轻信、专横愚昧的资产者。

桃丽娜——聪明、泼辣、头脑清醒、善于识破虚伪的利落的劳动妇女。

据说,《伪君子》一问世,就有人疑神疑鬼,修道院长、圣方济会神父、冒险家和其他的人都说莫里哀写的是他们自己。

达尔丢夫形象的意义

在喜剧中,他是一个身披黑色袈裟的破落贵族,以"良心导师"的身份进行诈骗活动,从事罪恶勾当;他是封建贵族和宗教势力相结合的产物,这个形象具有高度的艺术概括和深刻的社会意义。

天主教是欧洲封建社会的精神支柱,在文艺复兴时期受到沉重打击,但到17世纪,法国天主教东山再起,势力迅猛发展,他们组织秘密团体,疯狂迫害异教徒、无神论者,严密监视有自由倾向的人。在这种情况下,莫里哀塑造了达尔丢夫的形象,把批评的矛头指向天主教会,锋芒直指法国上流社会盛行的伪善恶习,可谓触及要害,难怪巴黎大主教暴跳如雷。自十七世纪以来,达尔丢夫成了"伪君子"的代名词。

艺术特色

一、结构、表现手法：它是遵循古典主义的法则进行创作的,但又不拘泥于古典主义的框架。时间——二十四小时；地点——奥尔贡家；主题——揭露达尔丢夫的伪善。情节生动简洁,结构紧凑严谨。但莫里哀打破了把悲剧与喜剧截然分开的规定,而是悲喜结合,既有悲剧性的场面,如奥的女儿的婚姻面临破坏,奥自己陷入家破人亡的绝境等,悲喜剧因素的结合,加速了戏剧矛盾的发展,增强了艺术效果；此外,还添加了古典主义所不容的闹剧色彩,如隔墙偷听、父子反目、桌下藏人,使剧作内容充实,更带有生活气息和喜剧特点。

二、人物刻画：莫里哀善于用夸张和讽刺相结合的手法,突出人物性格的本质特征。达尔丢夫是个伪君子,在刻画这个人物时,将种种伪善加以夸张,单刀直入地进行揭露,他言行的矛盾、表里不一,都得到了全面的反映,但缺点是没有将他的性格形成的原因和发展的过程揭示出来,使其性格比较单一,不够丰满,这也是古典主义作家的通病。

三、语言：符合人物各自的身份、个性,达尔丢夫的语言堆砌华丽的辞藻,充满道德说教,并用《圣经》中的词句为自己的卑劣行径辩护；女仆桃丽娜的语言生动活泼,一针见血,符合其直率爽朗的性格。

第六讲　卢梭与《爱弥儿》

卢梭是法国大革命中思想领域的先行者，在法国启蒙思想中他的创作占有重要地位。他的作品赞美自然的美好，歌颂爱情的自由，鼓吹天赋感情的善良，成为向封建专制制度进攻的有力武器，在人类思想史和文学史上都产生过巨大影响。

生平和创作概括

卢梭1712年出生于日内瓦，他的父亲是信奉新教的一个钟表匠，出生后母亲就去世了，他是由两个姑母抚养长大的。在童年时代，卢梭常常和父亲一起阅读母亲留下来的小说。1722年他的父亲因为侮辱贵族被当局追捕，不得不抛下年仅10岁的卢梭逃离日内瓦。卢梭的舅舅把他与自己的儿子一起送到日内瓦附近的乡下，跟一个神父学习拉丁文，12岁那年在一个公证人家里当学徒，后来又到一个雕刻师家里作学徒，三年后他不堪忍受师傅的侮辱虐待逃离日内瓦，开始了他的流浪生活。在一个神父的介绍下他逃到法国的一个小城，在华伦夫人的家里他得到了帮助。在这里他开始信仰天主教，并在里昂与巴黎之间奔波寻找出路。他在贵族家里当差，跟着音乐家学音乐，还做过土地测量工作。1733年居住在华伦夫人家里替她管家，一方面协助管家，一方面也接触了这里的藏书，广泛的阅读使得他在哲学、神学、历史、文学方面都得到了很好的修养。早期启蒙思想家的著作对他产生了很大的影响，他最感兴趣的就是伏尔泰的《哲学信札》，这都对他后来从事创作产生了很大的刺激,他说,激发他写作的源头就是读了伏尔泰的书。

1742年,30岁的卢梭来到了首都巴黎,他住在一间阁楼里靠写乐谱谋生,这时开始与另外一个启蒙思想家狄德罗交往,他与狄德罗一起主编了《百科全书》,为此书写音乐方面的条目。1749年卢梭应征第戎学院的文章《科学与艺术》获奖,这使他一举成名。1755年第戎学院以《论人类不平等的起源》为名再次征文,卢梭再次应征,写了《论人类不平等的起源和基础》,没有被选中,但是影响非常大,连伏尔泰写信给他都说"我收到了你反人类的书"。这两篇论文都反映了卢梭惊世骇俗的思想,而他的为人又独立不羁,不同流合污,不重视金钱。虽然贫穷,但卢梭不依附权贵,当宫廷演出他的戏剧《歌舞教师》邀请他出席的时候,他故意不修边幅。他洁身自好,当国王要给他年金的时候,他却想到如果拿了年金以后就不敢讲人格独立、主张公道的话了,断然拒绝领奖。他厌恶巴黎的繁华和上流社会的奢侈,从1756年起隐居在巴黎郊区,直到1760年出版了他的小说《新爱洛伊丝》《民约论》《爱弥儿》等等。他的这些创作在社会上引起强烈反响,他的个人主义和落落寡欢的性格使得他和一些朋友们,诸如以狄德罗为代表的百科全书派产生裂痕,由于一些观点的不一样,他和伏尔泰等都有过一些激烈的论争。1762年《爱弥儿》出版被大法院下令烧毁并要拘禁他,他被迫出逃到普鲁士和英国,为了给自己辩护写了著名的《忏悔录》。他的晚年非常孤独不幸,1778年去世,法国大革命后他的遗体被隆重地移到巴黎的伟人公墓。

理论著作

《科学与艺术》

这是应第戎学院征文创作的。应征所出的题目是"科学与艺术是否有益于淳化风俗"。卢梭意外获奖,从此使他成为巴黎文艺界注意的中心。

他应征的论文对"文艺的复兴是否有助于改良社会风气"的回答是完全否定的。他否定科学艺术的时候实际上就指向了封建统治者的文明,指向了封建贵族的繁文缛节、虚假的谈吐、华丽的辞藻、轻佻的文学艺术,他认为这些文明掩盖了社会的罪恶,在文明虚伪的帷幕下面是猜忌、恐怖、冷漠、仇恨、戒备和奸诈,而这些所谓的文明束缚着人们的精神,不但强迫着命令着人们,而且使得人们遵循着这些习俗而违背自己的天性。与此同时,卢梭赞扬劳动人民的朴素自然,他说

"只有庄稼人的粗布衣服下面、而不是在朝臣的绣锦衣服下面,才能发现有力的身躯";"装饰与德行是格格不入的,因为德行是灵魂的力量"。卢梭在这里对统治阶级的批判和对劳动人民的同情,给他以后一系列的创作定下了激进的基调。

《论人类不平等的起源和基础》

这也是应第戎学院征文而作的,卢梭说"我为第戎科学院的勇气而敬仰,我想他们既然有勇气出这样的题目,我也有勇气去论证这个题目","我知道我的文章不会获奖,因为奖金原本就不是为这样的文章而设立的"。

在这篇文章当中,卢梭一开始就把人类的原始状态作为人类的"黄金时代"加以描绘,他认为进入文明时代以后,人类就有了不平等和奴役,人和人的关系就变得虚伪,就产生了罪恶。卢梭认为人类不平等分为三个阶段:

第一个阶段是私有制的产生;

国家机器的出现使人们的不平等加深,这是第二个阶段;

而专制形成,暴君统治出现是人类不平等的第三个阶段。

卢梭认为专制君主可以用暴力进行统治,同样当他被暴力驱逐的时候他就不该埋怨暴力——这是在人类思想史上第一次明确而深刻地提出暴力的理论。他说暴力可以支持君主也可以推翻他,这样暴力的不平等又转化成使用暴力的平等。卢梭把暴力作为推翻封建专制的合理性的证明,使启蒙运动的政治主张有了更加明确、具体的指向。卢梭还用天赋人权来批判天赋王权。

另外,在社会思想上他主张回归自然,提出"返归自然"的口号。他运用辩证的手法把生产力发展和私有制的产生的不平等看作进步,这样的思想得到恩格斯等人的赞赏。

《社会契约论》

我们中国也把它翻译成《民约论》。在这篇文章里,卢梭提出了资产阶级革命的方案,提出必须推翻专制制度、建立以社会契约为基础的政体,也就是民主共和政体。卢梭批判封建特权、法权,他认为只有全体社会成员约定才可以成为合法的社会基础,因而国家只能是自由人民所定立的契约的产物,也就是全体社会成员协商的结果,卢梭以极大的热情鼓吹自由平等,他号召要用暴力打破自己身上的枷锁,恢复自己的自由。

在这部书中他肯定了私有制的永恒性,他说"富而不骄,贫而知足",说到底他还是追求资产阶级的王国,用资产阶级的不平等代替封建阶级的不平等。而

《民约论》中的自由、平等的口号在 1789 年写入了《人权宣言》，对美国的独立革命产生了很大影响，美国的《独立宣言》也表现了这一著作的精神和理想。

文学创作

《新爱洛伊丝》

卢梭在社会思想上所主张的返回自然，在文学艺术上就表现为强烈的自然感情，他的书信体小说《新爱洛伊丝》就是这种思想的体现。

故事来源于 12 世纪法兰西的一个经院主义学家阿伯勒一生的悲剧，阿伯勒在一个牧师家里教他的侄女爱洛伊丝读书，这个女孩是名门之后，不但美丽而且很有学问，不久他们师生恋爱，偷偷出逃而且生了一个孩子。阿伯勒要和爱洛伊丝结婚，但是爱洛伊丝不愿意，她不能忍受自己的爱人失去教会里的地位。爱洛伊丝的家人对阿伯勒进行追杀，在一个夜里他们残伤了阿伯勒的男根，后来阿伯勒羞怨交织，出家修行。爱洛伊丝这时才 20 岁，她永远地戴上了面纱。

《新爱洛伊丝》写的是一个新时代的爱情故事，这是一部书信体的小说。主要写 18 世纪的瑞士和法国的故事，在瑞士美丽的风光之中，男教师圣普乐在一个贵族小姐朱莉家作家庭教师，这个青年聪明英俊但是贫穷，不是贵族出身，师生之间产生了爱情。圣普乐是一个敏感的人，几乎没有能力在这个社会上取得地位，朱莉天生的意志坚强，有毅力，有实际才干。她了解圣普乐道德高尚，认为他比身边的其他人都优秀，朱莉不怕来自身边的指责，任自己的爱情发展。他们打破了禁止贫民和贵族通婚的法律，服从于神圣的自然的法则。卢梭认为"真诚的爱的结合是一切结合当中最纯洁的"，但是朱莉的父母却不这样看，认为他们的女儿要与圣普乐在一起是非常羞辱的事情。后来圣普乐被迫出走。有一个爱德华伯爵愿意送古堡田庄给他们，成全他们的爱情，但是这时朱莉的母亲去世了，使得她不忍心抛下自己的父亲，被迫服从父亲的意愿，嫁给了一个贵族，遵循了封建的法则，放弃了自然的法则。没有爱情就不应当结婚这种神圣的法则受到了破坏，这也为以后的结局埋下了伏笔。

婚后朱莉将一切都坦白地告诉了她的丈夫，她的丈夫也是一个高尚的人，谅解了她。一年后，她作了母亲，非常忠实于她的家庭和孩子，笃信宗教。当她感到自己对圣普乐的爱情难以压抑的时候，她每每向上帝请求帮助，她的悲剧在于她仍然爱着圣普乐。后来她的丈夫相信朱莉和圣普乐之间的纯洁的感情，于是请来了圣普乐给他们的孩子作家庭教师,于是这对恋人又相逢了。他们的生活变得更加折磨人了,感情与义务之间的冲突时时发生。

有一天他们在莱蒙湖畔闲游,又遇上了暴风雨,他们走上了一个断崖,这里有十年前圣普乐怀念朱莉时记下的她的名字,此时看到朱莉的名字仍然清晰可见,他们的感情之火仍然在燃烧着,回忆着许多往事,朱莉很激动但很快避开了,她拼命用理智掩盖内心的痛苦,但是朱莉又是极其痛苦的,她害怕承认自己的感情,她一直认为幸福的夫妇的感情可以不建立在爱的基础之上。朱莉后来由于救自己落水的孩子,感冒后三天死去,死成了她生活道路上最合理的终结,对于她也是一个解脱。她临终忏悔"上帝保卫了我的名誉也预示了不幸,未来的事情谁又能够担保呢,再活下去我就有罪了"。

小说当中的主人公虽然有一定的反叛精神,但是都没有能够摆脱封建思想的束缚,而成为封建制度的牺牲品。卢梭在这部小说中涉及的是封建的道德和自然的法则之间的冲突,他认为人的感情应该是自然赋予的,依照自然的法则产生的情感是合乎道德的。在此,一对自由男女追求自然感情而不得的心理被细腻地表现了出来。卢梭通过书信体来透视情节的发展,作者也能大量倾吐自己的情感,把爱情不自由的内心压抑的痛苦细腻地表达出来,充满感伤主义的情调,所以后来的浪漫主义文学也是发源于此。

这部小说在当时产生很大的影响,当时的妇女对卢梭崇拜之极,花了很多钱买他的书、他的物品。另外一些作家比如司汤达就讲自己童年的时候就读过这本书:"圣普乐有良心的行为使我成为一个善良的人。"德国的康德从不放弃他的散步,唯一一次没有散步就是为了读这本书,"卢梭把我带回到真实的道路上去,使我学会尊重人",康德如是说。

《忏悔录》

1762年卢梭最重要的著作《爱弥儿》问世。卢梭是一个通过自我奋斗成为知识界巨子的,他的名声传遍了法国,但是他的人生道路是曲折的,《爱弥儿》的出版使他被当作疯子受到政府的追捕,他被迫辗转逃到了几个国家,1765年有一本《公民的感情》的小册子对他的个人生活和人品进行攻击,他看到这本书后感到有为自己辩护的必要,于是他开始写自传。1770年完成了《忏悔录》,随后又完成了《一个孤独漫步者的遐想》。

卢梭的这部《忏悔录》名为"忏悔",实则是一部辩护书,作者开篇就写道:"不管末日审判的号角什么时候吹响,我都敢拿着这本书走到至高无上的审判者面前,果敢地大声说:'请看!这就是我所做过的,这就是我所想过的……'看看有谁敢于对您说:'我比这个人好!'"①作者以此显示出自己高尚纯洁诚实自然的感情,来挑战来自社会的中伤,这就是这本书的基调。

　　书中不加掩饰地描写了自己对于统治阶级和上流社会的厌恶,他说"我没有地位,然而我却熟悉一切等级,我曾在最高和最低的等级里生活过,而我到处见到这种虚假"。作者写了很多贵族的丑恶,却又发掘了贫民身上的高尚品质。卢梭在书中发问:"我年轻的时候遇到这么多好人,为什么当我年纪大的时候好人却这么少了呢?是好人绝种了吗?"后来他自己找到了答案:"这是由于我今天要找好人的社会阶层已经不再是我当年遇到好人的那个社会阶层,在一般贫民中间虽然偶尔流露热情,但是自然感情却是随处可见,在上流社会当中连这种自然的感情却完全窒息了";"在上流社会人们的感情的幌子下,你只会感受到是利益和虚荣心的支配"。卢梭作品中强烈的贫民精神使他在作品有了很独特的特色,法国人自己都说,没有一个作家像卢梭这样把穷人表现得这样卓越不凡。

　　《忏悔录》中自我形象的塑造显示出了两面性,一方面卢梭表现了贫民的自信和骄傲,作者写他家庭很穷,但是他在朴素的农村生活中得到了不可估量的好处,他为自己这样的家庭而自豪,他生活贫困但有自己丰富的精神世界,博览群书,为了书可以当掉自己的衬衣领带,书唤起了他高尚的感情,形成了他高出于上层阶级的感情。他勤奋好学,即使生病也不中断,即使死亡逼近也无法中断他热爱学习的热情。他劳动的时候背诵,散步的时候构想,经过长期的努力,他在数学、天文、历史、地理、哲学、音乐各个方面有广博的知识。他写出自己的品格在虚荣的环境中如何洁身自好,把穷富置之度外,他说"我一生在任何时候都没有因贫富问题而心花怒放或忧心忡忡"。他鼓吹自由,反对奴役,宣称无论在什么事情上,约束屈从都是不能忍受的。他对美有很好的感悟,把妇女当作美来追求,是欣赏而不是玩弄占有,追求真诚的感情。他认为男女之情不是基于情欲性别,而是基于人可以成为人的那一切,除非死亡就不能丧失的那一切。而且作者写他有很好的情趣,保持着美好的生活情感,热爱音乐,喜欢唱歌,向往优美的大自然,当老的时候,用颤巍的破嗓音哼着这些小调的时候,怎么也不能一气唱到底而被自己的眼泪打断。而且他对绘画有热烈的兴趣,他说可以在画笔和线条之间呆上几个月不出门。他热爱田间劳动,他可以说是法国文学中最早对大自然表现深沉热情的作家,每到一个地方,他最关心的是窗外是否有一片田园的绿

---

①　[法]卢梭著,黎星、范希衡译:《忏悔录》,第3页,北京:人民文学出版社,1992。

色。他常常在黎明到野外观看日出,他是最善于感受大自然美的鉴赏家。总之《忏悔录》呈现出一个纯朴自然、感情丰富、朝气蓬勃的形象,他使后世看到了一个18世纪思想家的成长与发展的内心世界,看到一个站在正面指导时代潮流的历史人物所具有强有力的方面和他的精神上道德上所发出的诗意的光辉。这是卢梭形象的积极的一方面。

卢梭形象还有另外一面的表现。卢梭说"没有可憎的缺点的人是没有的","我现在要做一项既无先例、将来也不会有人仿效的艰巨工作,我要把一个人的真实面目赤裸裸地揭露在世人面前。这个人就是我"。① 他用真诚坦率地态度讲述了自己全部生活及思想感情,他大胆地把自己不能见人的隐私公之于众:承认自己产生过一些卑劣的念头,甚至下流的行径;他说过谎,调戏过妇女,偷过东西,甚至偷了东西嫁祸到女仆身上;而且曾经卑劣地抛弃朋友、还改变过自己的宗教信仰。《忏悔录》通过这种袒露的描写,使之在文学史上成为一本奇书,在这里作者的自我形象不但发出了理想的诗意的光辉,而同时又达到了惊人的真实——在他的身上,既有崇高优美,也有卑劣丑恶;既有坚强有力量,也有软弱和懦;既有朴素真诚,也有弄虚作假;既有精神和道德的美,也有市侩无赖的行径。总之,这幅自画像画出了一个活生生的复杂的人,正如作者所说,可以作为人的研究的参考资料。

卢梭之所以写这部书,是有其思想动机和哲学作指导的。他认为人性本善,但是罪恶的社会环境使人变坏,他说"我本来可以听从自己性格,在我的宗教、我的故乡、我的家庭、我的朋友当中,在我所喜爱的工作中,在称心如意的交际中,平平静静安安逸逸地过自己的一生,我将成为善良的基督徒,善良的公民,善良的家长,善良的朋友,一个善良的劳动者",但是社会不平等,使强者暴虐专横,摧残了自我的温柔多情、天真活泼的性格,并且使他染上了自己所痛恨的一些恶习,比如撒谎、偷窃等恶习,而往往偷窃者逍遥法外,无辜者遭殃……这些出色的描写,表达了社会环境与人性的一种辩证关系,对人性恶的挖掘转向了严肃的社会批评。卢梭不回避他身上的恶的习气,并且把它袒露了出来,他把人身上一切自然的东西加以全盘肯定,在他的眼里,这些自然的要求比那些所谓文明化的习惯更为合理。卢梭与天主教神学相反,他不把人看作受神奴役的对象,而是把人看作自主的个体,人自主行动的动力就是感情,他把感情摆到了一个重要的地位,认为先有感觉后有思考,因此感情真挚的流露,感情用事都是人的感情自然

---

① [法]卢梭著,黎星、范希衡译:《忏悔录》,第3页,北京:人民文学出版社,1982。

的纯朴流露,他在这里表现了个性自由和个性解放的思想。

卢梭无疑是18世纪个性解放号角吹的最响的一个思想家,他提出绝对的思想自由,反对为宗教所束缚,他以个人的情感意志为出发点,兴之所至都是他思想的核心。这是一部活生生的个性解放的宣言书。

代表作品《爱弥儿》

这是一部论教育的哲理小说,创作于1762年。哲理小说是18世纪启蒙时期的文学种类,启蒙主义作家往往是启蒙思想家,常常利用自己的作品来宣扬他们的思想主张。

《爱弥儿》是一部探讨教育问题的哲理小说,这部小说分为五卷,前四卷分别论述了一个小孩爱弥儿在幼儿期、儿童期、少年时代、青年时代的成长历程。最后一卷写爱弥儿与一个女子成婚建立家庭后的事情。在《忏悔录》中卢梭写到《爱弥儿》的问世给他带来了巨大的灾难,政府焚烧此书,还威胁要烧死作者,他说为此不得不离开家。

在这部书中,卢梭提到了为什么对教育如此重视,卢梭写道:"我们在世界上的时间过得多么快啊,生命的第一个四分之一在我们还不懂得怎么用之前,它就过去了,而最后的四分之一又是在我们不能享受生命的时候才到来,在这虚度过去的两端之间,剩下来的四分之三又被我们的睡眠、工作、悲伤、抑郁和多种多样的痛苦而消耗掉的,如果当中的时间不是很好地度过的话,也可以说人生是极其短暂的。"他还认为"并不是年龄最大的人比一切人活得长久,而是生活经验最丰富的人"。启蒙思想家都很重视教育,他们想通过教育启迪人们的思想,进而改造社会。

在此,卢梭的教育对象是一个虚构的贵族家庭的小孩爱弥儿,这个小孩在他的自然教育的理论下成长,意味着卢梭把贵族作为改造的对象,表现他民主主义的立场和思想。

第一卷:幼儿期

卢梭认为"在自然的秩序中,所有的人都是平等的",他首先是一个"人","对于这个人,不在于防他死去,在于教育他如何生活"。

做母亲的要亲自哺育孩子,做父亲的不能用各种借口免除亲自教育孩子的责任,做老师的,自己首先要是一个高尚的人,不能为了金钱去工作。

给小孩的玩具要简朴,以免形成他爱虚荣的心理。要给他吃干面包,要他发言清楚,别操之过急,"他会讲清楚的事情,多于他对这些事情的理解,是很大的弊病"。总之,要锻炼体格,生活俭朴,学习循序渐进。

第二卷:儿童期

对于儿童期的孩子,要让他具有勇敢精神。卢梭反对用理性教育孩子,主张要用感性教育,让孩子从经验出发,吸取教训,而理性教育是"本末倒置"。他让爱弥儿到乡间,远离仆人,接触广阔的乡间生活,接触劳动,培养孩子的各种感观触觉。教育孩子不要用寓言,要把真理直接地讲出来。要使孩子养成读书和思考的习惯。

对于德育,卢梭也极为重视,要教育孩子绝不能损害他人,"我们宁可让他为人忠厚,而不愿他有一肚子的学问"。"身体束缚了,精神就会败坏","没有体验痛苦的人,就不能理解人类爱的厚道"。体育方面,衣着要像古希腊式的宽松,不戴帽子,睡眠要多——一切都按自然发展的状态养育。

在思想方面,卢梭提出了人在精神成长中的一个问题:"人的聪明才智和真正幸福的道路在哪里?"他说,不在减少欲望,也不再扩大能力,而在于"减少那些超越我们能力的欲望,在于使能力与意志之间得到充分的平衡",大材小用,或小材大用都不行,"人愈是接近自然状态,他的能力和欲望的差别就愈小",人尽其才,物尽其用,心灵才能保持平静,人的生活才能纳入条理。

第三卷:少年时期

卢梭认为,这个阶段体力的增长超过了欲望的需要,在这个时期不在于教育孩子很多东西,而要让他的头脑中获得正确而清晰的观念。

这时,教育爱弥儿要懂得如何保持生命,使他对生存的意义有清楚的概念。在此,作者批判了封建的等级观念,"任何一个做父亲的都不能使他的儿子有权成为一个对他的同胞一无用处的人";要懂得"一个人在那里坐吃不是他本人挣来的东西,就等于是在盗窃"。劳动是社会的人不可或缺的责任,卢梭特别推崇手工劳动。

在此,卢梭进一步发挥了他的"人类天生是平等"的思想,"一个伟大的人也不一定比一个普通的人更高,自然的需要人人都是一样的,满足需要的方法人人都是相同的","大自然是从来不制造什么国王、富翁和贵族的"。

这一时期的爱弥儿还不是一个学识渊博的人,但是一个好学的人。没有犯错,身体强壮,四肢灵活,思想健全而无偏见,心地自由而无欲念,他不自私,不扰乱别人的安宁。

第四卷：青年时代

青年时代是人生重要的时期，"我们可以说诞生过两次，一次是为了存在，另一次是为了生活；一次是为了做人，另一次是为了做男人"，在人的青春期"别再放松你的舵柄了，否则，一切都晚了"。

卢梭分析："经过细心培养的年青人，易于感受的第一情感不是爱情而是友谊；人类对于他的影响早于性对他的影响。"青春时期，不是对人怀有仇恨，而是对人十分慷慨和仁慈的时期。这时，要对他进行博爱教育、美的教育，要懂得向比我们不幸的人献出自己的爱，不要羡慕别人红得发紫的命运。在这里他还谈到了宗教信仰的问题，显示出了一种泛神论的思想。

第五卷：青年时期最后一章

爱弥儿已经是一个成年人，应该给他一个爱人了，这里就引出了索菲，卢梭进而谈到了对妇女的教育问题。男人和女人都具有人类的特征，他们不同的地方在于性，他特别推崇古希腊的教育，少女出现在公众场合，他们结婚后母亲就在家里照顾孩子，认为这样培养出的孩子才是地球上最健美的男子。

在他们结婚后卢梭又提出要懂得节制感情，懂得责任。在乡间他们生活得很幸福，可是到了城里之后，他们互相不再关心对方了，他们的小女孩死了，爱弥儿最后来到一个荒岛，在这里发现索菲成了修女，他们忏悔后又和好如初。

卢梭的教育思想是和他的政治思想联系在一起的，他的目的就是要为社会改造有用的人——富有自由博爱平等精神的人。在教育内容上主张摆脱奴役、专制和宗教的偏见，广泛学习各种知识技能；在教育方法上他从唯物论出发，主张从感知到经验；在教育态度上主张师生平等，引导而不压制。这些教育思想，在当时具有很强的进步意义。

第七讲　歌德与《少年维特之烦恼》

德国著名作家歌德被称为奥林匹斯山上的文学巨匠,在他长达60年的创作生涯中,为我们留下了4千多首诗歌,70几种戏剧,长篇小说4部,还有中短篇小说十几部,在德国出版的全集多达143册。这些巨大的成就使他当之无愧地成为了世界文学巨人,受到人们的敬仰。歌德度过了最丰富的一生。他的青年时期热烈而浪漫,中年时期高雅而严肃,冷静而真诚,伟大的晚年时期充盈着最成熟的智慧,而且他在这个时期再现了他的青年时代的浪漫色彩,感情的火焰又在他身上燃烧起来。

生平和创作概括

歌德1749年出生在莱茵河畔的法兰克福一个有产阶级家庭,他的父亲曾是参议员,他的外祖父曾作过市长。16岁进莱比锡大学学习法律,因为身体原因在家休息了一段时期。后来又转到了斯特拉斯堡大学学习哲学,当时他接触了德国的狂飙突进运动的一些理论家。这是他创作的第一个时期。他创作了一些狂飙突进的作品、一些历史剧和书信体小说《少年维特之烦恼》,这个书信体小说是他早期影响最大的作品。

第二个时期是魏玛时期,狂飙突进运动有它自身的弱点,知识分子往往是孤军奋战,造成了青年歌德思想的危机。后来歌德应邀来到魏玛,在这里待了10年。魏玛是一个小国家,歌德是想在这里开拓一个广阔的世界。他在这里把《少年维特之烦恼》改成了趣剧,附和这个环境中的人的需要。在这里他进行了一系列的实验,发展教育,整理财政。但是作为一个文人他不可能从根本上改变魏玛的封建本质。这个阶段他的创作不多,早期的突进被宁静安详所代替。这一时期他还致力于自然科学的研究,进行解剖学、地质学的研究,颇有一些成就。但他毕竟是一个诗人,他不断克制自己的感情,使他很苦闷。

为了摆脱这种困境他开始了他的意大利之行,在这里开始了他的第三个创作时期,并结识了另一名伟大的文学家席勒,他们惺惺相惜,合作了10年,开创了德国文学的一个繁荣的时期。歌德感兴趣的是古希腊文艺复兴时期的艺术。把宁静和谐作为他的理想,开始了德国文学的古典时期。他的代表作《浮士德》的第一部也开始了创作。他和席勒互通有无,"两个人的交接好像受到了神鬼的驱使",对两个人都有很大的帮助。

歌德的晚年已经进入了19世纪,资本主义有了迅猛的发展。拿破仑失败后,欧洲封建势力复辟,使歌德很震惊,他开始关注现实,摆脱了自己所追求的和谐、远离社会的冷漠态度,又开始投入了新的生活。现实也使他更加深刻地认识到法国革命的意义。这个时期昂扬的精神可以与第一个时期的狂飙突进精神相媲美,而歌德老人所表现出来的深刻清醒的思想又是青年歌德所难以达到的,这时候他写了自传体《诗与真》《浮士德》第二部,反映了上升时期进步的知识分子不断追求知识、探索真理的过程,描绘他们的精神世界,反映他们的内心生活。

"我活了75岁,没有哪一个日子过得是真正舒服的生活,就好像推一块石头上山,石头不停地滚下来又推上去。"如果他身上没有旺盛的生命力与激情是难以创作出这些优秀作品的,他的一生是不断追求、不断奋斗、不断开拓的一生。他在临死前让人们打开窗户,呼唤着更多的阳光进来。

《少年维特之烦恼》

歌德的主要著作是《浮士德》,但使歌德最早和长期享有盛名的却是这一部不满150页的小说《少年维特之烦恼》。歌德晚年时说:"我像鹈鹕一样,是用自己的心血把那部作品哺育出来的。其中有大量出自我自己心中的东西,大量的情感和思想,足够写部比此书长十倍的长篇小说。"

这是根据歌德本人亲身经历的爱情体验和友人事件而写成的。1772年他到帝国高等法院实习,在一次乡村舞会上认识了少女夏洛蒂,但他已与歌德的朋友订婚。四个月后他返回法兰克福,他听到自己的同学因爱恋同事的妻子而自杀。1774年他和一个女作家的女儿重逢,她已经结婚,歌德与她的丈夫发生了冲突。这些给作者提供了创作的契机和素材。

在作品中,歌德塑造的维特是一个多才多艺的青年,他为了躲避生活中的烦恼离开了家人和朋友,住到了城郊的一个地方,在这里他结识了很多朋友。在一次舞会上他认识了绿蒂姑娘,这是一个法官的女儿,她的母亲去世很久了,她是长女,要照顾8个弟妹。舞会结束后维特才知道绿蒂已经订婚了,维特的心中空虚而无奈。绿蒂的未婚夫很善良正直,对维特也很好,他们常常一起散步,绿蒂对维特的感情与日俱增。维特决定摆脱这种局面,到外地重新寻找生活,维特回到城里,当上了办事员,同事们热衷金钱地位,贵族傲慢自私。维特终于在一次与人冲突后辞职而去。维特在生活中处处碰壁,他认为绿蒂才是唯一了解他的人。他又回到乡下重新见到了绿蒂,但绿蒂已经结婚了,无奈的维特只能在幻想中追求人生的快乐。在圣诞节前夜,维特带着再见绿蒂最后一面的心理违约来到了绿蒂家里,两人怀着热烈的感情拥抱在一起,但绿蒂还是理智占了上风跑开了。第二天维特被发现开枪自杀在家里。

这就是风靡整个德国甚至欧洲的小说。年轻人热烈地读着这部小说,仿效着里面人物的穿着谈吐。在1781年以后形成了一股维特热,拿破仑阅读了七遍,在他往东方开进的途中路过德国,曾当面赞扬歌德。德国到了18世纪末出现了15种译本,很多年轻人仿效维特,甚至于他自杀的方式。在米兰第一版被烧毁,被列为禁书。

为了阻止年轻人读后自寻短见,作者在第二版的开篇写了这样的诗句,"五四"时期被郭沫若翻译到中国:

> 青年男子谁个不善钟情?
> 妙龄女郎谁个不善怀春?
> 这是我们人性中的至圣至神;
> 啊,怎么从此中有惨痛飞迸?

> 可爱的读者哟,你哭他,你爱他,
> 请从非毁之前救起他的名闻;
> 你看呀,他出穴的精魂正向你目语;
> 请做个堂堂男子哟,不要步我后尘。①

---

① 郭沫若:《沫若文集》第10卷,第185页,北京:人民文学出版社,1959。

为什么这部小说会产生如此大的影响？这部小说的意义何在？19世纪丹麦的著名批评家勃兰兑斯很早就指出："虽然这是一部个人的恋爱悲剧，他的价值在于表现了一个时代的烦恼、憧憬和苦闷，他表达了那个时期一代青年苦闷的心声，具有强烈的时代精神。"歌德在他的自传体作品《诗与真》中也说道："它的出版正是时候，青年一代身上自己埋着不满的炸药，它是引线，所以引起强烈的爆炸。"

维特的形象

维特是一个感情至上的男子，在乡间接触了法官的女儿绿蒂，心中有了爱情的火花，绿蒂已经订婚马上要结婚，在有所爱而不能得其爱的现实面前，绝望自杀。维特感情的发展可以分为三个阶段。

1. 满怀理想的维特

维特出身低微，然而才能出众，他热爱自然，推崇感情，心地善良，浑身散发着活力，对文学艺术有着很强的理解力。他对绿蒂的感情不仅在于绿蒂的温情，还在于绿蒂的质朴让他领略了自然的纯真，更主要的是他和绿蒂在很多方面，诸如对大自然的感受、对人生的见地、对文学艺术的理解都心心相印。这是维特至死都不能割舍的爱之珍宝。维特身上的气质代表了德意志民族最优秀的本质，代表了18世纪狂飙突进运动所唤醒的青年们追求高尚生活的一种强烈愿望。

2. 投入生活的维特

维特没有对生活失去信心，他渴望从事有意义的事业。离开绿蒂不久，他去从事书记员的工作，说明他对现实还有幻想，对生活还有信心。然而现实中维特发现，生活远不像想象中那样美好，现实的丑陋、小市民的虚荣无聊、贵族的装腔作势、达官贵人的不学无术，这样的环境与他的性格水火不容，使他理想破灭。维特退出生活的舞台是必然的，他的自由意志与腐朽德国的现实环境是格格不入的。

3. 绝望的维特

维特回到乡间重新追随在绿蒂身边，此时他对绿蒂的爱情已经超越了两性感情的范畴，他是在绿蒂身上寻找失去的世界，同时这也是维系他生活的唯一的纽带。然而在现实生活中维特早已成为多余的人，一个漂泊者，一个在世界上来去匆匆的过客。因此，当他感觉到绿蒂对他的冷漠时，他也失去了对人生的最后留恋。维特的自杀是社会对他的抛弃，也是他人生无所依附的结果。

维特的一生是与封建观念相悖的，生的孤独、爱的失意，曾给了维特无尽的烦恼，他死了烦恼才得以解脱。可是德意志青年的烦恼谁来解决呢？这也许正是维特留给后人的思考。

这部小说可以说是19世纪问题小说的先驱。后来的司汤达、巴尔扎克，还有中国的郁达夫等都直接或间接地继承了他的传统。

艺术特点

这是一部书信体小说，与卢梭的《新爱洛伊丝》有相近之处，但在思想上和艺术上显然都胜于后者。歌德这部小说以第一人物的手法，让他的人物直接面对读者，用百篇书信构成，前面加编者引言，中间也有很多注释。作者将平淡无奇的事讲得真切感人，写景抒情，叙事，议论，主人公的言谈笑语都使我们能看到他的一颗敏感的心。作者剪裁得当，内心刻画细致入微。这部小说通篇充满着浓郁的诗意，情景交融，文章中也常引用诗人的诗，诸如荷马，一切都蒙上了诗的色彩。

《浮士德》

关于浮士德的传说

浮士德是欧洲中世纪传说中的一位半神话、半真实的人物。历史上可能有一名叫浮士德的魔法师，生活在15世纪末、16世纪初，同时还是哲学家、炼金术士、医生、江湖骗子，他沿莱茵河两岸漂泊，很受人们喜爱。他不读《圣经》，只追求官能享受。传说中，他曾经与魔鬼梅非斯特签订出卖灵魂24年的契约，活着可以尽情享受，死后入地狱。据说他死得很惨，人们只听见屋里大声吵闹，第二天只见浮士德的尸体被撕成几片，眼睛血淋淋地沾在墙上。

1775—1805年间，光德国就有近30位作家用浮士德的题材进行创作。

歌德的诗剧《浮士德》

从1770年开始创作到1831年第二部脱稿,歌德《浮士德》的创作前后经历了60年,他先后写成《浮士德初稿》《浮士德片段》,直到诗剧《浮士德》。这是歌德全部生活实践与艺术实践的概括,融注了他在欧洲资产阶级上升和德国现实生活中的全部感情体验。

《浮士德》分上下两部,共12111行。《浮士德》没有始终一贯的故事情节贯穿全剧,而是以主人公浮士德的精神性格的发展以及他不满现实、不断追求理想的过程为线索,把全剧连成一体。

诗剧通过两次打赌来展开浮士德的一生。一次是上帝与魔鬼的打赌,上帝认为人是不可战胜的,魔鬼却认为人没有什么了不起。上帝肯定人和世界,相信人的精神力量。第二次是浮士德与梅非斯特打赌订约,契约的条件是:魔鬼在浮士德生前供其驱使,死后浮士德灵魂归魔鬼所有。如果浮士德在探索的过程中满足现状,说到"你真美呀,请停留一下",这时魔鬼就可以收取他的灵魂。

浮士德思想的发展贯穿诗剧。歌德称之为"灵魂的漫游",其实就是"精神的探索",或者称为"人生探索"。

浮士德是一个饱学高龄的中世纪学者,他的精神探索经历了五个阶段。

第一个阶段:知识悲剧

这个部分描写浮士德的狭窄的书斋生活与他灵魂中执着尘世、积极向上的思想之间的冲突,说明陈旧腐朽的书本知识不是美。

悲剧开始时,浮士德博士由于长期在书斋中对中世纪的学问进行钻研,却收获甚微,他非常苦闷甚至想到自杀,这时候他听到了窗外的歌声,这是基督复活的钟声,是理性的呼唤,它们唤醒了浮士德,使他茅塞顿开,获得新生。

获得新生后的浮士德批判了中世纪的知识教条,挣脱了中世纪的精神枷锁,他要展开精神的翅膀,探索神妙的世界:"哦,假如我有凌霄的健翮,能飞去把太阳追随!"他希望大气中有精灵存在,引导他去追寻光怪陆离的新的生命。他翻译《圣经》,将"泰初有道"改为"泰初有为",赞扬劳动改造世界,反对开天辟地就有道的思想。

因此,浮士德与魔鬼订约——他与群众联欢回去时,遇到一条龙犬,它在书斋中现形,这就是梅非斯特。浮士德要借助魔鬼的力量实现自己的探索,"跳进事变的车轮""在自我内心中深深领略,领略尽全人类所赋予的精神""把全人类的苦乐堆积在我寸心"。

这个时期主要表现的是浮士德摆脱中世纪的精神枷锁获得新生的决心,以及他肯定现实人生、探索世界的大无畏精神。

第二个阶段：爱情悲剧

这是浮士德对人生理想的首次探索,说明低级的吃喝玩乐和个人的爱情生活不是美。

浮士德坐在梅非斯特外套变成的一片云彩上遨游世界,首先来到欧北酒店,浮士德对大学生们的狂欢作乐表示否定。浮士德喝了魔汤重获青春,他与一个小市民家庭出身的少女玛甘泪发生了爱情并且结婚生子,但是后来玛甘泪因过失造成母亲暴亡,浮士德又在魔鬼的怂恿下杀死了她的哥哥,玛甘泪痛极成疯,溺死了他们的孩子。

浮士德在这里经历了贪图情爱和克制情欲的矛盾过程,当爱情占上风时,浮士德从欲望中倒向贪欢,在贪欢中又倒向欲望;当理性占上风时,他能够克制感情,远离情人。梅非斯特在这里起到相辅相成的作用：在浮士德纵欲时,梅非斯特嘲笑他,当浮士德克制情欲时,梅非斯特又刺激他的欲望。但浮士德没有在自我主义的泥沼中沉溺下去,而是开始了新的探索。

第三个阶段：政治悲剧

魔鬼引诱浮士德为一个封建小朝廷服务,浮士德识破高官厚禄、荣华富贵不是美。

经过爱情悲剧的浮士德在大自然中精神复苏,重新燃起探索的欲望,特别在阿尔卑斯山麓,他从瀑布飞泉中感受到无穷的力量,这激流"正反映着努力的人生",于是生命的脉搏在他身上"鲜活地鼓动着"。

在梅非斯特的引诱下,浮士德来到一个没落的封建王国,在这个小国家里,"恶风流行""举国疯狂",是非颠倒,公道沦亡,国力空虚,寅吃卯粮,人们仍不忘寻欢作乐。浮士德为了迎合国王的需要,首先大量发行钞票,结果造成虚假的繁荣,"钞票像闪电一样、四散而飞奔";其次,为了满足贵族享乐的需要,浮士德让魔鬼使古代的海伦和帕里斯再现,引得贵人们欣喜若狂。浮士德出于嫉妒,将魔钥匙向帕里斯掷去,引起爆炸。

这里的描写无疑是歌德在魏玛宫廷生活的真实体验,他揭露了宫廷的腐朽衰败,有作者对自己在魏玛时候生活的反省,但也有对它的迁就妥协。歌德展示了整个封建国家的腐朽和资本主义世界金钱势力的泛滥。

第四个阶段:美的悲剧

浮士德追求与海伦的结合,说明了只有形式而无灵魂的古典艺术也不是美。

爆炸后的浮士德被梅非斯特背负回到书斋,苏醒过来。他的弟子瓦格纳在实验室里的瓶子里制造出一个人造人,人造人看出浮士德对海伦的渴望,凭着自己的一点亮光,将浮士德送到希腊东北部的平原,浮士德神游古希腊,在梅非斯特的帮助下,终于与海伦结合,并生下一个孩子,名叫欧福良。这个小孩是裸体无翼的天才儿,他的特点是不断追求,当时两军作战,他渴望参加战斗,从地面反弹到天空,越飞越高,似一颗流星迅速消失。歌德通过这个形象纪念了英国浪漫主义诗人拜伦。

在此,海伦是古典美的象征,浮士德则代表着现世精神,他们两者的结合与浮士德与玛甘泪的结合迥然不同,这里是理想与现实的结合。当他们的儿子在天空中消失后,海伦也随之逝去,她对浮士德说"幸福与美不能长久地珠联璧合",她的衣服和面纱留在了浮士德的怀抱中,散而为云,围绕着浮士德,将他带到空中一同飞去。

第五阶段:事业悲剧

浮士德终身探寻,最后发现:与劳动人民一起改造大自然,创造自由国土,这才是美。

海伦的衣裳将浮士德托送到北方的高山之巅,在自然的怀抱中,他心中升起一个改造沧海的计划,"把骄傲的大海逐离海边",他要填海造田,造福于人类。在魔鬼的帮助下,他帮助皇帝打了胜仗,获得了海边的封地,年近百岁的浮士德领导人民开辟疆土。他已经双目失明,但他仍不放弃希望,拿起工具带领人民围海造田,使得海边变得如花园一般美好。面对这样的情景,浮士德情不自禁地喊出:"你真美呀,请停留一下!"说罢即倒地而死。魔鬼急忙来收取他的灵魂,但上帝派了几个天使把他接到了天上。

浮士德改造自然的事业,寄托着歌德的乌托邦理想:建立资产阶级的王国,而《浮士德》创作的后期已经进入 19 世纪二三十年代,欧洲资产阶级设想着改造自然的宏伟计划,也对歌德产生了巨大的鼓舞,在作品中展望了人类的远景。

浮士德形象

浮士德探求的五个历程,概括了从文艺复兴以来的三百年间资产阶级知识分子精神探索的道路,也是歌德全部生活实践和艺术实践的概括。通过浮士德不断地探索真理、追求美的过程,反映了资产阶级知识分子要求摆脱中世纪的愚昧、克服内外矛盾、创建理想王国的启蒙思想。

浮士德是欧洲资产阶级上升时期的进步知识分子的象征,他身上体现出这样的"浮士德精神":首先,这是一种创造精神,肯定人生的积极意义,以实际投入行动的创造精神。其次是一种否定精神,敢于否定一切丑恶事物和错误思想;同时也是一种不断追求理想生活的自强不息的战斗精神。可以说这是一种不断前进的人类的代表,表现了资产阶级人道主义的核心。这就是浮士德精神至今仍有积极意义的方面。

梅非斯特形象

讲到浮士德不得不讲到梅非斯特,假如说浮士德代表着人类光明的一面,那么梅非斯特就代表着黑暗的一面。他们是一种辩证关系,一正一反,相辅相成,他们两者的对立是肯定与否定的对立。梅非斯特是作为浮士德精神发展的一个必要条件出现的,梅非斯特存在的意义在于刺激浮士德向上发展和对于美的追求,他可以使浮士德在前进道路上受挫,却绝不能使他毁灭。

除了否定的一面之外,在某些场合这个人物又有比较积极的一面,有时候是腐朽制度的讽刺者和暴露者,他能够说出"尊贵的朋友,所有理论都是灰色的,生活的金树常青"[①]等至理名言,还一针见血地批判宗教:"从开天辟地起就胡说八道。"他和浮士德之间既互相联系又发生转化,后期浮士德的力量逐渐壮大,他就慢慢萎缩下去,甚至不得不受制于浮士德。

---

① [德]歌德著,绿原译:《浮士德》,第 50 页,北京:人民文学出版社,1994。

第八讲　雨果与《悲惨世界》

雨果是法国浪漫主义文学的领军人物,他的一生几乎跨越了整个19世纪,随着法国的历史进程,他在诗歌、戏剧、小说、文艺理论、政论等各个领域进行了大量的创作,并产生了巨大的影响。不同的历史时期在他的文学活动中都留下了印迹,从而使他的作品构成了整个19世纪法国政治社会的侧影,也使他的作品具有长期性、曲折性、丰富性的特征。在诗歌领域,雨果有第一抒情诗人的称号,他能熟练运用各种诗体和格律写诗;在戏剧领域,他的《〈克伦威尔〉序言》是法国积极浪漫主义的纲领,他的剧本《欧那尼》的演出成功标志着法国浪漫主义戏剧在舞台上战胜了古典主义戏剧;他的长篇小说《巴黎圣母院》和《悲惨世界》被誉为世界名著。时至今日雨果的影响,无论在中国还是世界都是深远的。

生平和主要创作

雨果1802年出生于法国的贝桑松城,他的父亲是拿破仑军队的将军,但母亲拥护波旁王朝,是一个虔诚的天主教徒。雨果从小就处在两种敌对的政治观点中,由于童年的时候与母亲更为亲近,所以母亲的影响占优势,他早年的诗歌就带有反对共和主义的思想。到了20多岁的时候,雨果的思想与创作发生了巨大的变化,政治上由保皇主义者转向了资产阶级自由主义者,创作上也由古典主义转向浪漫主义,而且很快成为浪漫主义的领袖人物。这有主客观方面的原因,17岁的时候在巴黎的大法院门口目睹了一个盗窃的女子被法官定罪,脖子上套着铁圈被拴在木柱上,旁边放着炭火,一个男子抽出火中的烙铁,放在女子赤裸的背上。雨果后来回忆说"在我的耳边隔了 40 年之久,仍响着那个女子惨痛的呼号,在我的心里永远不能磨灭的呼号""那时我才 17 岁,就下定决心永远与法律的恶的势力作斗争"。他的人道主义可见一斑。

《〈克伦威尔〉序言》

雨果在创作上标志性的转变是《〈克伦威尔〉序言》的发表,它被公认为是浪漫主义运动的宣言,是声讨古典主义的檄文;《克伦威尔》是雨果创作的第一个剧本,它以 17 世纪资产阶级革命的历史作为题材,表现资产阶级领袖人物克伦威尔如何拒绝国王的称号这一戏剧性故事,这个剧本因为不符合戏剧舞台的要求,人物众多,对话冗长,没有上演,但它的序言却引起不同凡响的效果,成为浪漫主义文艺理论的经典,雨果也因此被推举为浪漫主义的领袖。

《〈克伦威尔〉序言》从以下几个方面体现了浪漫主义的创作原则:

1. 在内容上,反对古典主义的清规戒律,要求扩大艺术表现的范围,强调自然中的一切都可成为艺术题材。

古典主义的特点之一就是模仿古代文学,把古希腊罗马文学奉为典范,从古罗马的文学和历史中寻找题材、情节、人物。雨果把模仿称为"艺术的灾祸",批判古典主义作家把"车辙当作道路",远离真善美之路,他给浪漫主义下了这样的定义:"浪漫主义不过是文学上的自由主义",喊出了"让人民文学代替宫廷文学"的口号,要求 19 世纪的文学要反映出时代精神和地方色彩,让人民做主人公而不是帝王将相。

2. 在艺术上,提出了著名的对照原则,认为自然中的一切事物都是以两种不同的对比形式表现出来的,艺术的任务就在于表现这对比,这是贯穿整个《序言》的中心论点。

雨果说:"丑就在美的旁边,畸形靠近着优美,粗俗藏在崇高的背后,善与恶并存,黑暗与光明相共。"因此,艺术无权把两者割裂开来,应该同时加以表现。古典主义文学割裂了美与丑,一味宣扬所谓崇高优美,舍弃滑稽丑怪,因而是一个缺陷;而新的浪漫主义文学要同时表现这两者,"把阴影掺入光明,让粗俗结合崇高而又不使它们相混";这种给生活中平凡粗俗形象以地位的气魄,体现了上升时期的资产阶级要求扩大文学表现范围的思想,具有进步意义。

3. 与早期浪漫主义文学主张相比,他的进步性表现在:一是对进步政治内容的强调,主张政治和文学上的自由,"在政治风暴中冒险";二是对美感教育的要求,坚持文艺指点人类的心灵,给读者以有益的教训,诗人负有民族的使命、社会的使命和人类的使命,绝不是所谓心灵的游戏;三是对文学真实性的重视,他认为诗人只有一个模范,那就是自然,表明了雨果对文学模仿自然这一传统的现实主义的理解;到后来,他又力图把浪漫主义所推崇的"伟大"和现实主义所要求的"真实"结合起来,主张"通过真实充分地写出伟大,通过伟大充分地写出真实",达到了浪漫主义与现实主义相结合的高度。

《欧那尼》

1830年2月25日,雨果的剧本《欧那尼》的演出,被认为是文学史上划时代的事件。这是一个具有鲜明的反封建思想内容和新颖的浪漫主义艺术手法的剧本,是雨果的戏剧代表作。剧本取材于16世纪西班牙的"野史"中的一个浪漫故事:欧那尼是贵族子弟,他父亲被西班牙先王所杀,他流落绿林,一心要刺杀先王的继位者卡洛斯王以报父仇。他与哥梅尼公爵的侄女莎尔相爱,但卡洛斯王已经将她许配给了公爵,自己也觊觎着莎尔的美色,国王偷偷地潜入公爵家要挟欧那尼,要与他平分莎尔的爱情。欧那尼准备与莎尔私奔,国王得知后带兵前来劫持,被欧那尼捉住,欧那尼出于贵族的荣誉观念,没有杀死国王,放他逃走,而自己的部下反被国王的军队围剿,他只身逃到公爵的古堡,国王前来搜捕,公爵出于贵族的荣誉观念拒绝交出欧那尼,欧那尼向公爵许诺,杀了国王后把性命交给他处置。公爵和欧那尼参加谋杀国王的阴谋,被一网打尽。这时,卡洛斯王被推举为日耳曼帝国的皇帝,他宽恕了叛逆者,恢复了欧那尼的爵位,并赐他与莎尔完婚。可是,就在他们的新婚之夜,公爵出于嫉妒向欧那尼索命,欧那尼与莎尔自杀,公爵也同归于尽。

整个剧本被公认为是浪漫主义戏剧的代表作,因为从内容到风格都可以看出作者与古典主义戏剧分庭抗礼的意图。它在内容上一反古典主义戏剧歌颂帝王将相、美化封建王侯的倾向,而把贵族王侯当作讽刺揭露的对象,卡洛斯王荒淫糜烂,偷鸡摸狗,公爵心狠手辣而阴险;在形式上,也打破了古典主义在悲喜剧之间划定的不可逾越的界限,而把悲喜剧的成分放在同一个剧中,具有传奇剧的特点。它完全违反三一律,时间远不止一天,场面也屡次变换。这个剧本还是雨果"对照原则"的一次典型的实践和运用,在情节内容上,标题《国王》(第一幕)和《强盗》(第二幕)对照,《婚礼》(第五幕)和《坟墓》(第四幕)相对照;在矛盾冲突上,以欧那尼对莎尔的爱情与国王和公爵对她的占有欲相对照;在人物性格上,以欧那尼的高尚与国王的卑劣、公爵的狠毒对照。这些特性都使当时的观众耳目一新。

围绕着这个剧本的演出所展开的文学斗争也成了文学史上的一段佳话。《欧那尼》还没有正式上演,就遭到保守势力的敌视,在排演的时候,他们就派人前来挑衅,并在报纸上大加污蔑攻击,政府的检查机关也多方扣压刁难,公演前,对《欧那尼》的围攻之势已形成,一场激烈的文学斗争终于在演出之日爆发了。这天,为雨果呐喊的是一群新文学运动的青年,他们喊出"让青春反对老朽,长发反对秃头,热情反对陈腐,将来反对往昔"的口号,抗击古典主义的老顽固们。戈蒂叶穿着他那著名的奇装异服指挥着包括巴尔扎克在内的一群持红色戏票的人,聚集在剧场的每一个角落,充当艺术自由的卫士。剧场的楼厅上出现的是古典主义成员的秃头,包厢里露出的则是现代派们的奇怪发型,这鲜明的对立使人惊愕不已。从欧那尼的第一句台词开始,争吵便没有停止,每一句话都激起保守者的反感,而又得到自由党人的欢呼。然而,这部剧作中的叛逆精神完全吻合了广大人民反封建的要求,激起观众的狂欢,演出获得巨大的成功,并持续公演了一百场。

《欧那尼》的演出成功,是浪漫主义戏剧最终战胜古典主义戏剧的标志,至此,浪漫主义戏剧占据了舞台的主导地位。从这场文学斗争中也可以看出,浪漫主义文学从它诞生之日起就是大喊大叫地走上舞台的,这也正由于浪漫主义文学是感情强烈的特点所决定的。

雨果的杰作《巴黎圣母院》发表在 1831 年,这是他的第一部具有巨大艺术力量与思想力量的作品,尤其体现了雨果所奉行的美丑对照原则。雨果创作的高峰从 19 世纪 50 年代到他去世,由于反对路易·波拿巴发动政变,他组织了抵制活动,失败后流亡 19 年,在这个时期他的创作也进入了高峰,写作了《悲惨世界》《海上劳工》《笑面人》等等,文学史上都有很高地位。后来他还创作了著名的《九三年》,这都是他流亡期的创作。1885 年雨果病逝于巴黎,法国政府为他举行了国葬。

《巴黎圣母院》

完成于 1831 年的《巴黎圣母院》,是雨果的一部具有巨大思想力量和艺术力量的小说,这部小说以紧张非凡的故事情节,色彩浓烈的中世纪的背景以及鲜明夸张的人物形象而成为浪漫主义小说的代表作。

小说以 15 世纪路易十八统治下的巴黎为背景,描写了一个中世纪悲惨可怕、震撼人心的故事:巴黎市民正沉浸于愚人节的狂欢当中的时候,巴黎大法院在进行愚人之王的选举,获选的是巴黎圣母院的外表丑陋的敲钟人喀西莫多。

而另一边是美丽的吉普赛女艺人爱斯美拉达,成千上万人随着她的舞姿旋转。在这群人中有一个阴沉的男子比任何一个人都关注这个跳舞的女郎,而且他的嘴中不时发出几声诅咒,他就是巴黎圣母院的副主教克洛德·弗罗洛。在广场的另一端有一个女修士在为自己15年前被吉普赛人抢走的女儿而遭受呵斥。爱斯美拉达感到恐惧不安,她带着心爱的小羊离开狂欢的广场。在一个小巷喀西莫多冲了出来要把她抢走。在这危急的时候皇家侍卫队的队长法比路过救下了她。喀西莫多由于要抢走爱斯美拉达被在广场示众,当他看到弗罗洛的时候眼睛一亮,以为收养自己多年的义父会救自己,没想到他却逃走,喀西莫多受尽了折磨,他口渴难耐,观看的人却无动于衷,爱斯美拉达将水送到了他的嘴边,喀西莫多流出了人生的第一滴眼泪。在16年前喀西莫多被父母抛弃,弗罗洛收养了他。由于外表的丑陋他受尽了人们的嘲笑,他的内心充满了仇恨,但他对爱斯美拉达却怀有纯洁的爱慕之情。弗罗洛从抢爱斯美拉达挫败后,却一直没有放弃过占有她的欲望,他在教堂上一直注视着爱斯美拉达。法比是爱斯美拉达的救命恩人,他知道爱斯美拉达爱慕自己却根本不在意,当弗罗洛看到他们搂在一起的时候,他抽出匕首插进了法比的胸膛却溜走,爱斯美拉达成了凶手被捉走,在法庭上被判以绞刑。爱斯美拉达被关在监狱中身体虚弱,在黑暗中弗罗洛来到了监狱向她表达了爱意,提出要和她一起逃走,却被她拒绝,她被押到广场处决,受伤的法比冷漠地看着爱斯美拉达,不敢承认她的无辜。喀西莫多冲了出来打倒了卫兵把她救进了教堂,群众也爆发出一阵欢呼。当弗罗洛再次骚扰爱斯美拉达的时候受到了喀西莫多的痛打,喀西莫多去求法比见一下爱斯美拉达却被拒绝。不久国会再次判决爱斯美拉达死刑,乞丐们深夜一起冲进圣母院要救爱斯美拉达,由于喀西莫多聋哑听不到外面的声音,在奋力抵抗进攻。爱斯美拉达再次落入副主教的魔爪,由于拒绝他的无礼要求被交给了军警。爱斯美拉达被送上了绞架,喀西莫多也把自己的恩人弗罗洛推下了高塔。几年后人们在藏尸体的地方发现了两具相近的尸体,当人们分开的时候,尸体化为了灰尘。

《巴黎圣母院》的主题是要表现善良的人们受到制度迫害的现实,对封建政权和教权伪善残暴作了无情的攻击,具有鲜明的反封建反教会的倾向。小说特别通过乞丐王朝的下层人民攻打圣母院的场面表现人民的力量不可阻挡,表现了当时人民反封建的最高水平。小说建立在人道主义的立场上,把社会的矛盾写成了美和丑、爱情与欲念的冲突。

这部小说最大的成就在于其鲜明的浪漫主义艺术特色:在背景描写上,作者用浓烈的笔调描绘了巴黎城市的壮丽图景和中世纪阴暗生活的风貌。雨果把读者带进了一个充满绚烂色彩和奇特音响的世界,使我们看到高大的哥特式的建筑,纵横交错的街道,散布在街头的是刑场和绞架,还有阴森的巴士底狱和流浪人居住的神秘的怪庭这样一片景象。作者还用很大的篇幅描写了巴黎圣母院,这是建筑史上的奇迹,"好像巨大的石头的交响乐,每一块石头都生动地表现出艺术家的天才和劳动者的幻想"。还用拟人化的手法,把它写成肃穆庄严、严肃而有生命的存在体,它俯视和见证了历代的生活和眼前的悲剧,这些都加重了小说浪漫的色彩。背景的描绘有力地烘托了人物,对表现主题起了很好的作用。

这部小说更重要的是它塑造了很多令人难忘的人物形象,成功地实践了美丑对照的原则。小说描写了这样几类人:

第一类是爱斯美拉达,这是人性美的象征。她漂亮纯洁,天生的热情使她光彩照人,"她安静的时候,小巧玲珑的头上,满头黑发和一双光亮的眼睛,细长优美的身材,以及她的略带棕色的肌肤,没有折皱的紧身衣,两只结实的圆圆的手臂,小巧的脚";"发怒的时候,嘴唇翘起,两颊红得像颗杏子,两眼闪着电一样的光,当她沉溺爱的梦幻时,玫瑰色的纯洁的嘴唇半开着,低俯着的长而黑的睫毛下闪着一种难以描绘的光辉",她的轻盈的舞步被喀西莫多形容为一道阳光,一颗露珠,一个鸟儿的歌声。她的美是通过人们的反应展现出来的,当她翩翩起舞的时候人们分不清是人还是天使,那些乞丐们都目不转睛大张着嘴,凶狠的颜面也因为见了她而变得温柔了。她的外表是美的,心底更美,为了拯救青年诗人的生命,尽管不爱他但也宣布和他结婚。喀西莫多在副主教的唆使下劫持过她,但当他受刑的时候,她却送水给他喝;临死还对负心的侍卫队长法比保持热烈的爱情。作者写她品质坚贞,面对弗罗洛的淫威,她宁死不屈,她是巴黎流浪人和乞丐的宠儿,但她自食其力。这是一个纯洁无瑕的形象,善和美在她身上达到了完美的统一。

第二类是被奉为愚人之王的喀西莫多,这是一个灵魂美的化身。他的外貌丑陋无比,却有一颗诚挚的心,有崇高的感情,他对爱斯美拉达是谦卑的爱,为了保护这个弱女子日夜守在她身边,最后杀死了想伤害她的人,并以死殉情。作者让我们在这样一个丑陋的人身上看到了精神的美,它可以医治外在的丑。当他看到为爱情伤心的爱斯美拉达的时候说道:"别望着脸型,少女啊,要望着那心灵,漂亮少男的心往往丑恶,棕树并不美丽,但它能保护它的树叶,在寒冷的冬季。"这完全可以用来形容他自己。在这个人的身上体现了雨果的美丑对立原则。

第三类就是弗罗洛和法比,弗罗洛是一个复杂的形象,他的灵魂像喀西莫多的外表一样丑陋,神学院的法则禁止他接触一切女性,自然的力量又使他热切地想接触女性。自然的本性与长期的教育产生了剧烈的冲突,这充分体现在他的可怕的病态的爱情上面,他爱爱斯美拉达也包含一些专注的成分,然而他副主教的身份又如外力堵塞了他的爱情,他的感情被扭曲变形。这也是一个不幸的人物,他不能够冲出教会的束缚,追求正常人的幸福。他的丑陋在于他自己是牺牲品又制造别人的悲剧,在他的道貌岸然之下、神父的外表之下充满了歹毒与卑劣,他对享乐充满嫉妒,对于世人充满恶意,黑袍之下有一股可怕的情欲的潜流,他对爱斯美拉达的垂涎到了不可抑制的地步,他要么占有,要么毁灭,他说"你要选择坟墓或我的床",是他一手造成了美丽少女的死,在这个人物身上作者不仅表现了禁欲主义者如何造成了他的巨大的痛苦,更重要的是揭露了天主教罪恶的手造成了其他人的悲剧。有的评论就认为此部小说的主人公就是这位副主教,他的阴影一直笼罩在这本书里面,书名为《巴黎圣母院》,生活在这里面的副主教就是弗罗洛,这个人物也是塑造的最充分最有立体感的形象,其坏的一面也是具有典型性的。另外一个青年军官法比,风度翩翩,出身高贵,以其堂堂的仪表赢得了爱斯美拉达的爱情,然而实际上这是一个玩弄女性的花花公子,对这个纯真的少女他不过是在逢场作戏,爱斯美拉达受刑的时候也不能忘情于法比,法比却早已忘记了美丽的吉普赛女郎,而是与一个贵族小姐结了婚。在副主教与法比的身上我们可以清晰地看到粗俗藏在崇高的背后。

在描写这几类人物的时候,作者把他们放在一起,使这些不同相貌、不同心灵的人彼此区分得更加清晰。美与丑相共的时候并不是要混淆美与丑,而是要在对比中体现得更为鲜明。喀西莫多、法比、弗罗洛三个不同的人对爱斯美拉达都有渴求,但在如何爱这个焦点上却显示出了各自品质的优劣:低贱者的代表喀西莫多有一颗高贵的心,而另外两个上流社会的人物不过是衣冠禽兽。爱情在一个畸形人的身上唤醒了一个真正的人,而在禁欲主义的神父身上唤醒了一只野兽,在一个放荡的花花公子身上则使他的丑恶嘴脸暴露无遗。这三者突显了对照原则的成功,深化了反封建的主题,体现了作者的人道主义思想和民主意识。在情节的安排也采用了典型的浪漫主义手法,小说的情节异常曲折紧张,变幻莫测,充满曲折,诸如爱斯美拉达母女临死前的相认,以及最后的两具尸体的难以分开,都是作者浪漫奇特想象的产物。

《悲惨世界》

《悲惨世界》是世界文学宝库中的杰作。这部作品有现实的来源,雨果在报纸上看到一则消息,讲到一个穷人偷了一块面包被判了五年苦役,出狱后带着黄色的身份证无法就业,这深深地触动了雨果,他酝酿了好久来创作这部作品。关于这部书的创作目的,当初作者就很明确地说:"只要依仗法律和习俗人为地把人间变成地狱,给人类的神圣命运造成苦难;只要本世纪的三个问题:贫困使男人沉沦,饥饿使妇女堕落,黑暗使儿童羸弱,还不能完全解决……只要这个世界还存在愚昧和困苦,那么,这一类作品就不会是无用的。"①显然作者是要使小说对社会问题的解决有所益处,是小说的创作目的。

小说结构庞大,有五大部分。主要描写下层人民的悲惨命运,尤其是法律对人民的迫害。小说最初的名字是"受苦的人们",他就要表现穷苦人在这个社会的遭遇。主人公冉阿让是一个诚实的工人,以修剪树枝为业,一直帮助可怜的姐姐抚养七个孩子,有一年冬天他找不到工作,看到孩子们快要饿死了,就偷了一块面包,被判了五年刑,在狱中他不堪忍受不断要逃跑,于是不断加刑,他过了十九年的监狱生活。出狱后他的黄色身份证使他到处碰壁,他意外闯入了主教米里哀的家里,受到主教的真诚对待,深受触动,决心要弃恶从善。后来冉阿让到了一个城市从事技术改造,被推举为市长。他乐善好施,救助孤儿弃妇,深得人们的爱戴。这时有一个和冉阿让长得很像的人被抓,为了不连累他人,冉阿让主动承认自己的身份,但为了救助孤儿他又逃了出来。警察沙威不肯放过他,他带着孤女四处逃避,却无人能够理解他。他的一生就是一个充满着痛苦的一生,这就是作者悲惨的典型。

芳汀是一个诚实贫苦的姑娘,受骗后生下了私生女,她为了养活自己与孩子被迫作了妓女,卖掉了自己的头发和牙齿。但是作为妓女又遭受法律的迫害,冉阿让要救她的时候她已经奄奄一息了。通过这个人物作者告诉我们,一个人无论怎么辛勤劳作,社会却不给她机会。同样她的女儿柯赛特的际遇与她的母亲一样悲惨。

作者通过这三个人物向我们表达了他对这个社会的控诉,作者把矛头指向了资产阶级法律,代表人物就是警察沙威,他一直跟随着冉阿让,不肯放过他。但后来受冉阿让的感动,精神崩溃投河自杀。作者以此表现法律在崇高道德面前的渺小虚弱。

这部作品中还表达了很浓重的人道主义思想,雨果告诉人们,惩处人的法律是虚弱的,但如果用人道主义去感化就可以使被处置的人变为一个真正的人。当冉阿让出狱后四处流浪的时候误入米里哀主教的家里,当晚他仍心怀愤恨、偷走了主教的银器,被警察抓住送返主教的家里,主教却说是自己送给他的。警察

---

① [法]雨果著,郑克鲁译:《悲惨世界》(上),第14页,上海:上海译文出版社,2003。

走后,主教说,他要拯救的是冉阿让的灵魂,冉阿让受到感化,决心从此与人为善。然而法律不放过他,连同他辛苦养大的孤女也误解他,最后孤独终老。作者有他独到的见解,却又带有虚幻的色彩。

这部作品也是浪漫主义的代表作品,美丑对照的原则显得很突出,善的人与恶的人形成鲜明对照,而且作者描写奇人奇景,诸如冉阿让非凡的体力,超人的才能,惊人的自我牺牲都是用很夸张的手法描写的,这也表达了浪漫主义用不凡的手笔描写非凡的事物的特点。小说具有浓郁的抒情色彩,雨果经常发表一些议论,比如赞扬冉阿让性格的时候写道:"世间有一种比海洋更大的景象,那就是天空,还有一种比天空更大的景象,那便是人的内心世界。"如今这已经成为著名的格言。

第九讲　普希金与
《叶甫盖尼·奥涅金》

普希金是俄罗斯文学的奠基人。1799年他出生在一个贵族地主的家庭,他的父母整日沉溺在上流社会的寻欢作乐之中,对孩子的教育无暇过问。普希金是在他的农奴出身的奶娘和家庭教师的教育下成长起来的,这是一位天资聪明、求知欲强的孩子,童年的时候法语就讲得与俄语一样流利,他的父亲有一个藏书丰富的书室,这里收藏着18世纪俄国作家的全部著作,他在很小的时候就养成了读书的习惯,这给他打下了很好的文学基础。普希金的奶娘会讲故事和民歌,对诗人接受民间口头诗歌的影响起了十分重要的作用。普希金有个叔叔是一位小有名气的诗人,家中来往的客人常常有许多当时著名的作家,这使他很早就养成了对文学的兴趣。

创作概况

普希金的文学创作很早,他在贵族中学读书期间就开始文学创作。皇村中学是当时俄国最好的学校之一,里面有不少思想进步的优秀的教师对他影响很深,渐渐地他对当时专制农奴制度充满憎恨,他的爱国主义的精神日益加深。在皇村附近住着一些进步的年轻军官,有不少成为了十二月党人,诸如恰达耶夫,这对普希金人生之路产生了很大影响。

1812年反拿破仑的卫国战争的胜利,引起了全体俄罗斯民族情绪的高涨,这对青年普希金震动很大。他说"我从13岁起开始写诗,发表文字也就在同一个时候"。1814年后,15岁的时候写成了优美的诗篇《皇村回忆》,1815年考试的时候他朗诵了这篇诗,当时在场的一个老诗人欣喜若狂。这首诗就是对1812年卫国战争的赞扬,充满了热烈的爱国情绪,诗中追忆了叶卡特林娜二世时的一些杰出的将军们在战争中的功勋,又描写了1812年俄国人民齐力抗拒外敌入侵的杰出事迹。可见普希金创作的起点之高。在中学的时候他还参加了一些进步的文学团体,写了一些取材于民间的爱情诗,也有一些表现战争黑暗迎来光明的诗篇,他的长篇叙事诗也打破了古典主义的格律,开始了浪漫主义的写作之旅。

皇村中学毕业后普希金进入了彼得堡的外交部工作。卫国战争胜利后,当时的皇帝亚历山大一世自视为民族英雄更加骄横,对国内的反动统治加强,进步的贵族知识分子开始组织社团,普希金加入了当时十二月党人领导的绿灯社,这期间他写了著名的《自由颂》《致恰达耶夫》《乡村》,他的诗歌的矛头指向了亚历山大一世和当时的教育大臣。在《自由颂》中有这样的句子"我要向世界歌颂自由,打击皇位上的罪恶";而《致恰达耶夫》表明了诗人对自由的渴望,献身祖国的热情,和对未来的信念。"我的朋友,把心灵的美丽的结晶呈献给祖国吧,同志们相信迷人的幸福的星辰就要升起,射出光芒,俄罗斯将从梦中苏醒,在专制暴政的废墟上,将写下我们的名字。"他还创作了一些政治讽刺诗,用诙谐的笔调来写暴君的面目,比如《童话》,把亚历山大一世的甜言蜜语比作一个老太婆哄孩子睡觉的童话。他的这些鼓吹自由煽动叛乱的政治讽刺诗、抒情诗引起了亚历山大的愤怒,他要把普希金流放到西伯利亚去,后来在一个老诗人的求情下,普希金才被改流放到了南方。

1822年普希金前往流放地,在这里过了四年,接触了更多的十二月党人,他的诗歌反映了十二月党人激进的热情,他创作了浪漫主义叙事诗《高加索的俘虏》,用戏剧形式写了《茨冈》,还写了浪漫主义抒情诗《致大海》《囚徒》等。代表作《叶甫盖尼·奥涅金》也在此时开始构思。

《茨冈》

这部作品在普希金的创作中有过渡的性质,他从早期的浪漫主义逐渐接近现实主义。诗人力图再现19世纪青年人的灵魂过早地衰老这一主题。长诗写贵族青年阿乐歌寻求自由与爱情而以悲剧收场的故事。主人公阿乐歌是城市的贵族青年,厌恶上流社会所谓的文明生活,逃到草原与茨冈人一起流浪,并与茨冈女子真妮儿结为夫妻,一起过着自由自在的生活。两年后,他察觉妻子另有所欢,怨恨交加中杀死了妻子与她的情人,最后受到茨冈人的唾弃,诗的最后他被茨冈人抛弃,孤独地留在了草原上。

在这首诗里明显流露出浪漫主义者在解决个人和社会矛盾的时候的幻想,他们从喧嚣的世俗逃到纯朴的自然,与那些没有接触过文明的人生活在一起,以为可以找到人生的位置。阿乐歌有摆脱旧世界追求新的生活的热烈追求,但在本质上他是一个利己主义者,这类青年对城市的虚伪有着强烈的反感,但是他们往往把自我看作高于一切。阿乐哥到茨冈人中间是要寻找个人的自由,但面对真妃儿的自由却不给予尊重,正如一个茨冈老人所言"你生下来不是为了这粗野的命运,你只是为了自己而求自由"。这也反映了19世纪俄罗斯贵族青年个人主义的劣根性,这与纯朴的原始民族对自由精神的追求形成鲜明对照。

1824年7月,普希金被押送到他父亲的领地,他的父母对于儿子被流放返乡感到羞愧,愤然而去,奶娘成了他唯一的依靠。普希金在警察的监督下过了两年离群索居的生活,但是他的内心却是丰富多彩的,对他精神的发展和创作起了很大作用。在这时他接近了农民,更了解俄罗斯人的生活也更热爱他们,也引起他研究祖国过去历史的兴趣。他看出了人民在历史发展过程中的作用,因此写了历史悲剧《鲍利斯·戈都诺夫》,这是17世纪贵族鲍利斯·戈都诺夫与皇族的斗争的格式。鲍利斯登位后深受人民爱戴,但是他的篡位又使得他开始对人民实行高压政策,结果大失人心。一个假皇子举兵讨伐他,他虽然兵力雄厚,但失了民心,最后失败。这个剧本完成于十二月党人起义的前夕,进步贵族的斗争也因为脱离人民而失败。人民的巨大力量是不可抗拒的,这显示出普希金创作理念的进步。

1825年12月14号,十二月党人在彼得堡起义,失败后受到残酷的镇压,普希金的很多朋友被杀害或被流放。他仍被囚禁在父亲的领地,但对起义非常同情,写下了优秀诗篇《先知》,提出了诗人崇高的社会使命"是黑暗中的光明,鼓舞人民前进的力量"。1826年由于沙皇的命令,普希金由宪兵监视前往莫斯科,见到了《先知》中卑鄙的杀人犯尼古拉一世,沙皇问普希金,如果起义当天,他也在彼得堡的话会怎么样,诗人勇敢地回答:"我会站在叛徒的队伍里。"新沙皇为了收买人心,希望普希金能够成为为他歌功颂德的宫廷诗人,但诗人从没有违背"先知"的使命,监视他的宪兵队长在他死后向沙皇报告是说"他虽然受到陛下的很多恩典,但直到临终也没有改变他的主张"。20年代后普希金已经成为进步的精神领袖,他在1827年创作了《致西伯利亚囚徒》就是奉献给那些被放逐的十二月党人的,诗歌中,普希金希望他们"坚守高傲的忍耐,并相信沉重的枷锁会掉下,阴暗的牢狱会覆亡,自由会愉快地在门口迎接你们,弟兄们会把利剑送到你们手上"。诗人始终坚守自己的信念,为自由而呐喊。

《波尔金诺小说集》

在普希金的生活中,有一段时期非常重要,那就是波尔金诺时期。1830年普希金第二次向冈察洛娃求亲,得到了同意,于是为了筹备婚礼,他的父亲把领地波尔金诺村送给普希金作婚礼地,他前去过户的时候,由于当地霍乱封锁,不得不在这里逗留了三个月,诗人在这三个月里收获了丰硕的成果,因此文学史上把这一段创作的黄金期称为"波尔金诺的秋天"。普希金在这里完成了1823年5月就开始创作的《叶甫盖尼·奥涅金》的最后两章,还有《射击》《风雪》《棺材匠》《驿站长》《莫扎特和沙莱里》以及《石客》等组成《波尔金诺小说集》;另外还创作了30多首抒情小诗,一首长诗。在如此短的时间收获如此多的作品,这在文学史上也是罕见的。《波尔金诺小说集》以朴素的风格写了外省的小官员和贫苦人民的生活,表现出被损害的小人物的命运,体现出作者深刻的人道主义,对劳动者,对民众的同情理解。小说中写的不是英雄美人,而是平凡人的日常生活。

《驿站长》

被高尔基称为开创了俄罗斯现实主义文学的《驿站长》是《波尔金诺小说集》中突出的一篇。这篇小说借一个出差的小官员的口讲述了一个可怜的驿站长和他的女儿的故事。驿站长与女儿相依为命,原本过着很宁静的生活,但是女儿后来被路过的骠骑兵拐走,父亲孤苦无依,他为女儿悲伤,去看望女儿而见不到,在忧郁中而死。骠骑兵虽然无赖,但婚后还能够给妻子带来幸福的生活。这篇小说用朴素直白的语言描写了一个最低级的小驿站长的细小的欢乐和巨大的痛苦,从人道主义出发对小人物给予深切的同情。这是俄罗斯文学史上第一篇描写小人物的作品,后来俄罗斯文学中出现了一系列的"小人物"形象,《驿站长》为开山之作。

在《波尔金诺小说集》中还有《村姑》,写了两家有世仇的男女的爱情故事。男方是一个大学生,却爱上一个村姑,每天早上在树林里相会,村姑是另一家贵族女儿装扮的。其中发生了一系列矛盾却都又一一而解,有情人终成眷属。和莎士比亚的《罗密欧与朱丽叶》有相似之处,却有不同的结局,这与俄罗斯独特的民族精神有关。

《上尉的女儿》

1836年普希金完成了中篇小说《上尉的女儿》,标志着他辉煌的成就。小说取材于18世纪70年代的农民起义,以贵族军官格利涅夫的自叙形式写成。格利涅夫奉命到军事要塞任职,中途为暴风雪所困,偶然遇到普加乔夫,为了报答他的引路之恩赠给他一件兔皮袄。到任后格利涅夫与上尉的女儿玛丽娅相恋。普加乔夫举行起义,攻陷了要塞,杀害了上尉夫妇,格利涅夫也被捕,但是普加乔夫顾念旧情,不但放了他,还成全了他与玛丽娅的婚事。普加乔夫失败后,格利涅夫以通敌罪被流放,他的妻子、上尉的女儿玛丽娅前往彼得堡拜见沙皇说明事实,使她的丈夫被赦免。小说塑造了农民起义领袖的鲜明形象,表现了俄罗斯人的品质。在艺术技巧上也独具匠心,不长的篇幅中包含着丰富广阔的内容,各种不同等级的人出现在书中,构成了18世纪70年代俄罗斯的丰富图景。

普希金与冈察洛娃结婚后,生活道路发生了很大转折,他的妻子热衷于上流社会的交往,普希金需要安静地创作维持生活,这使得他非常苦闷;更为令人恼怒的是沙皇觊觎他的妻子;诗人的思想中允满着民主的精神,使沙皇视之为眼中钉。于是卑鄙的沙皇挑动流亡在俄国的法国的军人去纠缠普希金的妻子,诗人与之决斗,结果被刺身亡,年仅38岁。

代表作《叶甫盖尼·奥涅金》

《叶甫盖尼·奥涅金》是普希金最伟大、影响最深远、读者也最多的作品,它以优美的韵律和严肃的主题深刻反映俄国19世纪初叶的现实,提出生活中的许多问题,被俄国批评家别林斯基誉为"俄国生活的百科全书和最富有人民性的作品"。它被视为俄罗斯第一部伟大的现实主义的作品。

长诗主要描写了一个贵族青年叶甫盖尼·奥涅金的漂泊人生。这是一个贵族青年,在城市的生活中空虚无聊,渴望改变碌碌无为的生活状态。他去乡村继承遗产时,与女庄园主的大女儿达吉亚娜相识。达吉亚娜对奥涅金一见钟情,但奥涅金冷淡地拒绝了她。为转移视线,奥涅金故意向达吉亚娜的妹妹、好友连斯基的未婚妻大献殷勤,并在决斗中打死了连斯基。三年后,奥涅金和达吉亚娜在舞会上邂逅,当奥涅金想重温旧情时,遭到已成为公爵夫人的达吉亚娜的拒绝,她说虽然还爱着奥涅金,但是不能同意他的追求,因为"我嫁了别人,我要久远地对他忠实"。

主人公奥涅金是在俄国贵族的环境中长大的,他过的是空虚无聊的上流社会的社交生活,整日周旋于舞会剧院之间,浪费着生命。后来他对上流社会的生活感到厌倦,陷入了忧郁症的状态中,他不满于现实,对世界冷漠,怀疑一切,在精神上要高出于当时庸俗社会中的人们。他在痛苦地寻找出路,但又缺乏耐心,没有行动的能力。虽然爱着达吉丽娜却又怕负责任,怕自己要受婚姻的束缚,当他三年后再见到达吉丽娜的时候感情一发不可收拾,可是达吉丽娜已经成为别人的妻子。

奥涅金是后来出现在俄罗斯文学中一系列"多余人"形象的第一个。"多余人"这个名称是赫尔岑在《往事与随想》中提出的。所谓"多余人"是19世纪俄国文学中所描绘的贵族知识分子的一种典型。他们出身贵族,生活在优裕的环境中,受过良好的文化教育,大多在西方接受过人文主义思想。他们虽有高尚的理想,却远离人民;不满现实,却缺少行动。他们不愿站在政府的一边,拒绝与上流社会同流合污,又不能找到反对现存制度的道路,更无能力改变社会现状,只能在愤世嫉俗中白白地浪费自己的才华甚至生命。"皮之不存,毛将焉附"是他们永远的问题,他们最终只能成为既不留恋过去、又找不到未来的无根的浮萍,生活中的"多余人"。莱蒙托夫《当代英雄》中的毕巧林、屠格涅夫《罗亭》中的主人公、冈察洛夫《奥勃洛摩夫》的奥勃洛摩夫等著名人物形象共同组成了俄罗斯文学中的"多余人"艺术画廊。

小说的另一个主人公达吉丽娜虽然与奥涅金一样出身贵族,可是她是生活在外省的乡下,她爱好大自然,聪明有学识,当她见到奥涅金以后勇敢地写了一封信表达自己的感情,被拒绝后她来到了莫斯科的亲戚家里。她厌恶上层社会的社交生活,怀念家乡的风景与乡间劳作的农民,后来迫于母亲的要求嫁给了年老的将军。再次遇到奥涅金后,虽然她依然爱着奥涅金,可是迫于责任她拒绝了他。在这个人物的身上,体现着与奥涅金截然不同的品性:真挚纯洁的自然感情、质朴认真的人生追求、脚踏实地的生活态度,她被称为"俄罗斯的灵魂"。

连斯基是小说的另一个重要形象,从另一个方面与奥涅金形成鲜明对比,他是受德国的教育成长的,喜欢读歌德的作品,他是俄罗斯19世纪二三十年代的灵魂梦幻者形象。诗人描写了他可能有的未来的命运,"但也许等待着诗人的是平凡的命运,青春的时代倏或逝去,他的心灵火焰随之冷却,他或许有许多改变,离开谬斯结了婚,一件长袍,一顶丝帽,她很幸福地住在乡村,也许他知道了这就是生活,吃吃喝喝,感觉无聊渐渐发胖,四十岁得了风湿,身体衰弱,终于一病不起倒在床上,被医生子孙、哭泣的老父环绕着,就这样把一生结束"。在农奴制社会的条件下,这样一些脱离人民的青年梦想家,一旦入世,热情就会冷却,变成一个庸俗的人。作者对社会现实有着清醒的认识。

  这部作品在艺术上取得了很高成就,塑造了三个生动的人物形象;人物心理刻画得细致入微,比如达吉亚娜与奶娘深夜的谈话,真实再现了一个初恋少女的心情。而且作者对自然景象的描写也非常优美,有大地回春的景象,也有农村的风景,如诗如画。诗人的语言自然生动,非常接近人民的口语,使得这种诗体小说令人回味无穷。

第十讲　巴尔扎克与《高老头》

　　巴尔扎克是法国最伟大的现实主义作家,雨果曾在他的墓前发表一篇著名的葬词:"《人间喜剧》的作家在最伟大的人物中间,巴尔扎克是第一等的一个,在最优秀的人物中间,巴尔扎克是最高的一个。"一个多世纪过去了,巴尔扎克的魅力仍在,人们对他的研究也越来越丰富,20世纪的一些小说家,诸如普鲁斯特的《追忆似水年华》就明显看出了《人间喜剧》的影响。当代的一些新小说派作家都认为他的《人间喜剧》是19世纪小说的顶峰。

　　巴尔扎克(1799—1850)出生在法国图尔市一个中等资产阶级家庭里,他的母亲是一个商人的女儿,父亲是一个牧羊人,父亲初通文化,曾作过图尔市的第二副市长,在发迹之后,才在姓氏后加了一个代表贵族身份的"德"字。巴尔扎克曾在法国巴黎法科学校学习法律,后来一面读书,一面在律师事务所实习,虽然拿到了法学学位,还是违背了父母的意愿,当了一名作家。这个过程也是经过努力的,他争取到父母的一点接济就开始了文学创作,由于刚开始写剧本很不成功,他认为要在文学道路上有所成就,就不要再接受父母的接济。后来在一篇文章中写道:艺术家并非利禄之辈,但是他如果也为金钱奔波的话,那也是为了济一时之急。因为吝啬是创作的死敌,一个创作者的心灵所需要的是慷慨大方,绝不能让金钱占有地位。但是他为了济一时之急,也不得不为金钱忙碌,他在当时写了一些通俗小说,这些小说后来发表都用的化名,他想获得金钱,他成名后就不再承认自己早期这些创作。他后来与出版商合作出版了一部《莫里哀全集》和《拉封丹寓言诗集》,结果赔了九千法郎,后来又开了印刷厂和铸制厂,由于不善经营也都倒闭了。他前后做了三次生意,负债五万九千法郎。

1828 年 4 月之后，巴尔扎克在债务缠身的情况下不得不拿起笔来，继续他的创作，一方面写作赚钱还债维持生活，一方面实现自己艺术家的崇高使命。他认为艺术家的使命就是"使事物改观，使人类力量获得新的发展"。他在房间中放了拿破仑的塑像，在其佩剑上写道："这把长剑所没有完成的，我要用笔来完成。"纵观巴尔扎克三十年的创作，我们可以发现他不仅用笔完成了摧毁封建贵族的使命，而且完成了拿破仑没有做过的动摇资产阶级世界乐观主义的伟大事业。

从 1829 年 3 月的长篇小说《朱安党人》起，巴尔扎克有了第一部以真实姓名发表的著作，这也是他日后命名为《人间喜剧》的小说系列创作的第一部作品。从此以后直到 1849 年的不到二十年间，他仅小说一项就写了 90 多部，大部分可以称为第一流的作品。他之所以创作出如此伟大的作品，除了他丰富的人生阅历、渊博的知识、伟大的创作目的、敏锐的观察力、惊人的想象力以外，还有重要的一点就是他非常勤奋，常常一天写作达到十二个小时，这样可怕的劳作，他能坚持一个星期，甚至几个月，忘记了现实世界而沉溺于创作。他曾在一部作品中写道："持续不断的工作是人的铁律，也是艺术的铁律。"为了使大脑一直处于兴奋状态，他大量饮用咖啡，他自知将死于五万杯的咖啡，但是却不得不如此。

巴尔扎克罕见的丰产，在他生前就给他带来了很高的荣誉，然而却未能从根本上使他摆脱债务，他和同时代的大作家相比，还是相当穷困的。这有他自己主观上的原因，他的身上存在着追求奢侈生活的庸俗的一面，他对稿费的支配不当，还没来得及还钱就被他消费掉了；而出版商的剥削也是一个很重要的方面。不可否认，巴尔扎克的一生也有过养尊处优的生活，在他生命的最后几年与一个俄国的贵夫人结婚，他在给朋友的信中写道："我不曾有过幸福的青年时代，不曾有过繁华的春天，但是我将有一个最明朗的夏天和一个最温暖的秋天。"他一生有过许多幻想，这大概是他最后一个幻想，然而却破灭了，他的夏天还没有过完就去世了，五月结婚，八月就病逝了。

《人间喜剧》

一、《人间喜剧》的宏伟结构

如何创作《人间喜剧》，巴尔扎克有着自己的创作计划，他预计要写 143 部长短篇，描写的人物两三千人，总的名称叫《人间喜剧》——这显然受但丁的启发，但丁的《神曲》是神的喜剧，巴尔扎克要写的是一个人间的喜剧，由此可见，他计划的宏伟,可惜他的早逝使得他的构想未能全部完成,但在已经完成的九十几部作品中,可以看出他最主要的思想与艺术的功力。1845年,巴尔扎克作过一个总目,他计划中的《人间喜剧》将有三个部分组成:"风俗研究""哲学研究""分析研究"。其中"风俗研究"的内容最丰富,小说也最多,因此这个部分,他又分为六个门类,分别为"私人生活场景、外省生活场景、巴黎生活场景、政治生活场景、乡村生活场景、军事生活场景"。巴尔扎克基本上也都完成了他的意图,"哲学研究"和第三个部分"分析研究"规模不是很大,前者完成了22部,较有名的有《驴皮记》《无人知道的杰作》,后者准备写5部,只完成了一部《结婚生理学》。

显然《人间喜剧》最大的研究是关于风俗,特别是复辟王朝时期法国社会的现实生活。正像巴尔扎克在导言中所说的"法国社会将成为历史,我不过是这位历史家的书记而已,我也许写出一部史学家忘记写的历史及风俗史"。这就是巴尔扎克的气魄,一个伟大作家所具有的气质,他确实用自己的笔刻下了这座巍峨的里程碑。

二、《人间喜剧》基本内容

巴尔扎克在《人间喜剧》中提供一部法国社会,尤其是法国上流社会卓越的现实主义历史。《人间喜剧》主要描写了这几个方面的内容:

1. 资产阶级取代贵族阶级的罪恶的发家史

巴尔扎克用时间的顺序把贵族社会所受的冲击描写了出来,为了充分表现资产阶级取代贵族阶级的历程,巴尔扎克对资产阶级的历史作了深入的了解研究,因而对他们的兴旺和发展有透彻的了解。在一部名为《老姑娘》的小说中,他描写了一个外省资产阶级头面人物,娶了一个贵族的老处女来控制了整个城市,这种控制,不仅表现在经济领域,也表现在宗教和政治领域、党派斗争及婚姻斗争里,在这一系列较量中,资产阶级获得了全面胜利。

巴尔扎克还塑造了几个既有区分又有联系的资产阶级人物,把从原始积累到金融阶段的整个过程形象地反映了出来,这可以从三部作品三个人物身上体现出来:

《高利贷者》中,作家写了一个旧式的剥削者、高利贷者,他靠放高利贷、收抵押品致富,早期的资产阶级一方面非常富有,一方面又对外装穷,不舍得消费,到临死才被人发现埋在壁炉里的黄金,这是一个旧式的剥削者,只懂得储存货币,还不懂得流通,他是巴黎的国王但是无声的国王。

《欧也尼·葛朗台》中葛朗台老头是个过渡性的人物,前期是处于原始时期,后来经过革命的洗礼开始懂得经营,一方面像高利贷者一样装穷,一方面他还善于经营田产,作公债投资,虽然他还是节省,但他已经会做流通生意了,懂得通过流通增加财富,剥削又进了一步。

《纽沁根银行》中的纽沁根已经有了巨大的发展,他是金融资产阶级的代表,再也不在小生意上斤斤计较,而是用五百万赚一千五百万,在资金周转上面赚大钱,他还拿漂亮老婆作广告,消费也大手脚,花几百万养情妇,造辉煌的宫殿,这个人物告诉我们到了金融资产阶级阶段已经物欲横流了。

通过这三个人物形象,作者对资产阶级的罪恶发家史有着很到位的描写。

2. 贵族阶级的没落衰亡史

贵族在1815年重振旗鼓,想恢复旧日法国的生活方式,但是在满身铜臭的资产阶级的逼攻下再也难以恢复他们过去的辉煌了。虽然巴尔扎克在政治上是一个保皇主义思想者,他描写贵族很是优雅,但他又是一个伟人的现实主义作家,他写出了在历史发展的洪流中,他所偏爱的贵族男女没有未来,等待他们的只能是衰亡和没落,可以说他的作品是对上流社会必然崩溃的一曲挽歌,毫不留情地描写了贵族阶级退出历史舞台的必然。还有一部小说《幽谷百合》,写了百日政变前后的伯爵夫人为了挽救贵族的命运而四处奔波,但是随着她的死去,她的庄园瞬间破产。

巴尔扎克看到了贵族灭亡的趋势,他发现一些聪明的贵族不得不采取与资产阶级联姻的方式来维护自己的地位。《苏镇舞会》作品中的伯爵就是一个聪明人,他认识到一切都完蛋了,很识时务地去与资产阶级联姻,他的大女儿嫁给了总收税官,二女儿嫁给了富有的法官,大儿子娶了大盐商的女儿,二儿子娶了银行家的女儿,三儿子也娶了一个收税官的独生女,显然贵族都在为儿子寻求富有的继承人。小说中描写到,伯爵的最漂亮的小女儿才情兼具,却死抱着门阀观念,一直想嫁一个门当户对的贵族,最后嫁了一个72岁的老舅公,具有讽刺意味的是,她认为贵族青年中应该具有的品质,她身边的贵族们却没有人具有,只有一个站柜台的资产阶级的儿子身上具备。这部小说显然说明,如果不识时务,等待贵族的将是更悲惨的命运。

在巴尔扎克笔下,贵族的灭亡以及被资产阶级吞噬的命运获得了生动的展示,显示出作者对社会的本质有非常清醒的认识。

3. 金钱导演的人间悲剧

是什么在推动着资产阶级的发家和贵族的没落？巴尔扎克清晰地告诉我们："胜利归于金钱！"所以《人间喜剧》的另一个主题就是金钱关系下的人间惨剧。金钱是社会的真正主宰，资产阶级为了金钱不择手段。

《夏贝上校》当中妻子居然不承认还活着的丈夫，要把他送入监狱，可见人与人之间除了冷酷的现金交易以外，再也没有任何联系了，金钱成了社会通行的证书，是社会的核心。

《欧也尼·葛朗台》中金钱控制法律、控制制度、控制风俗到了前所未有的程度。葛朗台因为有钱，整个镇上的人就以他为核心。

作者还告诉我们，金钱不但撕毁了人们脸上温情的面纱，而且埋没了很多有才华有能力的青年。在《驴皮记》当中有才华的一个青年为了追求财富和荣耀到上流社会的沙龙中去闯荡，指望娶一名有钱的贵妇，他把灵魂卖给了魔鬼。在《高老头》中一个有志的青年堕落为一个不择手段的人。《幻灭》是一个青年的悲剧，一个有抱负的青年吕西安在外省有些名气，带着满脑子的幻想来到巴黎，结果在巴黎恶劣风气的毒害下，他不但离开了严肃的文学道路，而且沦为一个无耻的流氓，在党派的倾轧文坛的斗争当中身败名裂。这些正如巴尔扎克在《幻灭》的序言中所说的："巴黎就像一座蛊惑人心的碉堡，所有的外省青年都准备向它进攻，而在这些才能意志的较量中，则是三十年来对一代青年的惨史。"揭示金钱罪恶的主题的作家并不在少数，但是没有一个作家像巴尔扎克一样用几十部作品从不同的角度予以揭露，而且金钱内容还构成了小说的中心环节，这充分显示出作家无与伦比的对现实的清醒认识。

代表作《高老头》

这部作品之所以被认为是巴尔扎克的代表作，一方面是评论界非常推崇，而他自己对这部作品很满意，超过了他以前所有作品。在这部作品中作者第一次使用人物再现法，这是《人间喜剧》中重要的艺术手法，也是巴尔扎克创造的，后来很多人借鉴了这一个手法。所谓的人物再现法就是不仅让人物在一部作品中出现，而且在以后的作品连续不断地出现，就像现实生活中的人们一样时隐时现，有始有终。他的这种写法不仅使我们看到人物性格形成的过程与发展，而且也有助于把一系列的作品构成统一的整体，服从宏伟构思的需要，使《人间喜剧》成为一个整体，这是巴尔扎克的独创。在《高老头》这部小说中这一手法第一次得到运用,在《人间喜剧》中一些重要人物诸如伏特冷、拉斯蒂涅、鲍赛昂子爵夫人等都是第一次在这里登场。从《高老头》与以前作品及以后作品的联系我们可以说这是前期作品的总结及后期作品的帷幕。这部小说的思想和艺术特色也具有代表性,在这里头把法国社会特别是巴黎的上流社会的一些现实反映出来,既写出了资产阶级的罪恶发家史也写出了贵族的没落,尖锐地对金钱的罪恶进行批判。艺术上的角度来看也表现了巴尔扎克现实主义艺术风格的成熟。

《高老头》的故事内容是讲巴黎近郊的伏盖太太开了一个旅馆叫伏盖公寓,这里住着穷大学生拉斯蒂涅、伏特冷、被赶出家门的伊凡太太、老处女等等。高老头六年前结束了他的生意住进了伏盖公寓,他在这里成为人们取笑的对象,开饭时候人们常常拿他开心。最开始的时候他是住在伏盖公寓最上等的房间,是一个体面的房客老板娘甚至想嫁给他做一个阔太太。但第二年他就换了一个次一等的房子,人们议论纷纷,不知道为了什么。在看望高老头的人们中有两个贵妇人,这都是他的女儿,后来高老头又提出换到最低等的房间去住,在他的行李当中也越来越没有值钱的东西,他也越来越瘦,人们也不再称他先生,而是直接叫他高老头。不久高老头的身世被一个穷大学生拉斯蒂涅发现。

拉斯蒂涅是一个从外省来巴黎读书的年轻人,他的家人供他读书是想恢复贵族的荣耀,把他培养成为一个清廉正直的法官。但他进入巴黎社会之后,内心开始动摇,再也不甘于贫困,一心想挤入上流社会。他在姑母的介绍下认识了巴黎的一个远房表姐,一个有社会地位的鲍赛昂子爵夫人,而且他很快以子爵夫人表弟的身份引起了人们的注意。他后来在一次舞会上认识了高老头的一个女儿伯爵夫人,他回来向高老头讲述这个伯爵夫人,高老头就问了一些问题,后来他才知道这是高老头的女儿。鲍赛昂子爵夫人告诉他高老头小女儿的身世,高老头是在法国大革命的时候靠卖面粉起家,他夫人去世后,他把所有的心血都花在女儿身上,为了让女儿挤进上流社会,他把两个女儿送到巴黎,并在她们出嫁的时候给她们八十万法郎的陪嫁,大女儿喜欢贵族就嫁了一个伯爵,小女儿喜欢金钱就嫁给了银行家。开始的时候,高老头以为女儿嫁了上层社会的人,自己就会受到尊重,没想到她们认为,高老头做面粉生意有伤她们的尊严,对他很冷漠,高老头不惜把自己的财产分给两个女儿,以期待得到她们的欢心,自己搬到伏盖公寓。拉斯蒂涅在鲍赛昂子爵夫人的指点下知道,要想进入上流社会,必须得到一个贵族夫人做情妇,于是他开始注意纽沁根太太,高老头的另一个女儿。在这里伏盖公寓住进了一个特别奇特的人伏特冷,他对拉斯蒂涅的心思了如指掌,他告诉拉斯蒂涅不应该追求纽沁根太太,应该追求那个被赶出家门的伊凡太太,想办法杀死伊凡太太的哥哥,这样就可以得到遗产,得手后两人平分。这里的一个老处女为了酬金把伏特冷告发了,伏特冷是一个苦役的逃犯。高老头的两个女儿都向他哭诉丈夫剥夺了她们的钱财,高老头受到巨大的打击,他已经无力帮助他的女儿。鲍赛昂夫人是巴黎社交界的皇后,但是她的情夫要娶一个资产阶级的小姐而抛弃她,她不得不举办最后一个舞会要告别上流社会。可怜的高老头快要断气了,可他的两个女儿却始终没有来。拉斯蒂涅眼看着高老头孤零零地死去,他自己变卖了财物安葬了高老头。目睹这一幕幕人间悲剧,曾经心地正直的年轻人深受刺激,决心要不择手段,进入上流社会。

主要的人物形象

《高老头》里出现了二十多个人物,有两个场景,一个是伏盖公寓,一个是贵族区,代表了巴黎社会的上、下两个阶层。

拉斯蒂涅

这是复辟王朝时期的青年野心家形象,也是《人间喜剧》中一个典型的资产阶级野心家,在这部小说里他第一次出现,主要描写了他的转变过程,即如何由一个不失善良之心的贵族青年而转变为一个资产阶级野心家的,写出了金钱对青年的腐蚀和贵族阶级必然灭亡的趋势。他出身于外省的一个没落贵族,家里很俭省地供他读书,以期望靠他振兴家业。他到巴黎来上大学,本来也想靠着真才实学取得成功,改变家族和个人的命运。但他目睹了一些贵族青年挥金如土,他往上爬的欲望增加了十倍;认识了鲍赛昂夫人取得了出入上流社会的资格,这个子爵夫人是他人生的第一个引路人。她告诉拉斯蒂涅野心家成功的秘诀:"你越没有心肝,就越高升得快,你毫不留情地打击人家,人家就怕你。只能把男女当作驿马,把它们骑得筋疲力尽,到了站上丢下来,这样你就能达到欲望的最高峰。"虽然是一个贵族夫人,但她清醒地看到金钱支配一切的法则,她让拉斯蒂涅去追求银行家的太太,这增加了他往上爬的决心,但他还是有些迟疑。他的第二个引路人是伏特冷,这个逃犯直截了当地告诉他:"要弄大钱就得大刀阔斧地干""这个社会有财便是德,坐在车上的都是正人君子,而浑身污泥、搬着两条腿走路的都是小人流氓""扒窃一件随便什么东西,你就给牵到法院广场上去展览,大家拿你当把戏看。偷上一百万,交际场中就说你大贤大德,你们花三千万养着宪兵队和司法人员来维护这种道德。真是妙事!"这使拉斯蒂涅终于懂得了社会的人生法则。

一个是上流社会的贵族妇人,一个是逃犯;一个优雅,一个粗俗;一个合法,一个违法。但本质上都是一样的,都要利用他人不择手段地往上爬。拉斯蒂涅仍然有些犹豫,这正是曾经有道德感的青年想往上爬然而又天良未泯的矛盾反映。他为了帮高老头办葬礼,当了自己的表的举动,都表明他善良厚道。可是当他看到鲍赛昂夫人因为金钱关系被自己的情人所抛弃,被迫退出上流社会的舞台,看到伏特冷被一个为了三千法郎赏金的老处女出卖的时候,特别是他目睹了高老头被两个女儿压榨干了钱财,而临死却没能见上女儿一面的惨状,他的心慢慢变得硬了起来,他决心要向资产阶级野心家的道路上走去。埋葬了高老头,也同时埋葬了他曾有过的善良和正直。他面对夜巴黎说了一句"现在让我们俩来拼一拼吧"。这个形象包含着作家的良苦用心,他同情拉斯蒂涅的欲望而惋惜他的堕落。

自从拉斯蒂涅踏上野心家的道路以后,就一发不可收拾了,他在巴尔扎克的其他小说中开始了另外一种全新的生活:在《轻佻的女人》中,他成为副国务秘书;在《不自知的演员》中,成为贵族院的议员;他开始时靠纽沁根太太爬上去,后来却把她抛弃,竟然娶了她的女儿。他还利用政治情报,大搞交易所的投机买卖,并被封为伯爵。而这一切的获得,靠的就是他所奉行的利己主义原则。

高利奥老头

这是一个带有浓厚宗法观念的资产阶级暴发户。他充满着父爱,前半生在封建时代有着宗法观念,后半生在资本主义时代,又有着拜金主义观念,他的父爱说到底是建立在宗法观念之上又以金钱作手段的。妻子死后,他把全部的爱倾注在两个女儿身上,他让女儿过着豪华的生活,出嫁后又分别给了八十万法郎,以后又为女儿卖掉面粉铺子,蛰居在伏盖公寓。为了女儿,他什么都愿意做,甚至为他们拉皮条,帮助她们私通。直到最后人财两空,女儿们根本不把他当父亲看待,有钱时是座上客,钱少时只能在楼梯口看看女儿,穷下来后,只能在大街上看看女儿们的马车,死后女儿只让家里的马车来送葬。作者让我们看到金钱社会中人与人之间的关系是多么的冷漠,金钱能够买到一切,包括父爱。高老头的悲剧在于:既然违背封建的伦理信条,按照资产阶级的道德准则行事,以金钱来维系父女间的关系,那就不该把自己的财产全部给女儿,因为他一旦没有钱,与女儿的感情也就断裂了。这是一个精通资产阶级生意经却不通晓资产阶级人生哲学的资产者的悲剧。

鲍赛昂子爵夫人

这是一个优雅的贵族,她是王室的后裔,巴黎社交界的皇后,可谓地位显赫,但是为了金钱关系,她的情夫要娶一个有钱的资产阶级小姐,她被迫退出巴黎的社交舞台。这个人物在另外一部小说《弃妇》中在外省因为同样的原因被抛弃。巴尔扎克的同情很显然在这个人物的身上,在巴黎的告别舞会上,她被描写得那么优雅、悲壮,可以说是为贵族阶级唱了一曲无尽的挽歌,但是巴尔扎克又无情地展示出了她高贵的外表之下的内心的矛盾和她失败的不可避免。她所属的贵族阶级除了衰败不可能有更好的命运。面粉商的女儿因为有钱踏入上流社会,而贵族却不得不退出历史舞台。一枯一荣,一落一起,两个阶级的必然命运非常清晰地显示出来。

伏特冷

这是巴尔扎克难以把握的形象,只有在《人间喜剧》的整体中,我们才能给予他恰当的评论。这里他的身份是逃犯,其实是资产阶级政客和野心家的另外一种典型,他还没有得势,但阅历广、涉世深,他对社会的各方面很了解,手段狠毒。可在他的身上也有理性东西,重江湖义气,不出卖朋友,因为他受社会的排斥,野心不能实现,他对社会有清醒的认识,了解社会是为了更好地往上爬,只要野心得逞,他很快就能成为社会的帮凶。到了《幻灭》这部小说中他第二次逃出监狱,在西班牙装成神父继续干着引诱青年堕落的事情,吕西安是在他的腐蚀下堕落的。他与当局做了一笔勾当,在《交际花盛衰记》中他当上了巴黎秘密警察厅的副处长;在《贝姨》中他已经当上了公安厅长,挤进了统治阶级。巴尔扎克一方面把他写成社会罪恶的代表,一方面又非常赏识他,对他的勇气能力很赞赏,通过这个人物发出冷嘲热讽,从另一个方面来揭露社会的罪恶。

第十一讲　狄更斯与《双城记》

狄更斯是19世纪英国最伟大的现实主义作家,他以民主主义的立场、批判现实主义的创作方法和典型化的创作手法描绘了19世纪中叶所谓的维多利亚盛世的面貌,反映了英国资本主义的独特特征。狄更斯特别注重描写小人物的命运,描绘他们的生活状态和思想情绪,他还涉及当时资本主义社会资本者与劳动者的矛盾。从1902年起世界各地发起了狄更斯联谊会,如今分会已经遍布全球,在研究著作方面已经出版了《狄更斯词典》《狄更斯百科全书》等。

生平与创作概况

狄更斯(1812—1870)出身贫寒,他的父亲是海军部门的小职员,虽然性格开朗、热情好客,但是不能量入为出地过日子,所以常常债台高筑,被送进债务人监狱。当时狄更斯已经12岁了,这些成为他一生的记忆。在《大卫·科波菲尔》当中他借助米考伯这一形象描述了他的父亲,那是一个不顾利害关系的冒失鬼,一心想进入上流社会,可又天性善良诚实。那时,他的母亲一个人难以为生,就带着他的兄弟姐妹一起住进了监狱。狄更斯不得不到一个卖皮鞋油的作坊作工,白天干着又累又脏的活,晚上寄居在一个老太太家中,星期六与他的姐姐一起到监狱里看望父母,一家人在监狱中度过星期天。在鞋油厂,老板见狄更斯技术熟练且长得机灵,就把他放到临街的玻璃窗中做活广告,路边的孩子一边吃着果酱面包,一边把鼻子贴在玻璃上,看他在那边干活,这种悲惨的境遇使童年的狄更斯倍感屈辱,也使他对穷苦人民有了深刻的了解和认识,给他未来的创作打下了浑厚的生活基础。后来他的父亲得到一笔不大的遗产得以出狱,狄更斯离开了鞋油厂,上了两年多学,15岁又被送到一家律师事务所做练习生,在一年多的时间里学会了速记。

后来,狄更斯到报社作采访记者,他工作的年代正碰上1832年议会改革,担任了现场报道记者,目睹了许多重大事件,他也看到了党派之间的内幕,了解了所谓改革的反人民性,对社会的认识越来越深。记者身份使他能够了解伦敦社会的中下层人物,他甚至能够模仿社会中各种层次人的话语,对于一个以伦敦为作品背景的作家来说,这种阅历是极其重要的。

狄更斯从童年时代就爱好小说,做了记者后就在特写题材上面开始尝试。1833年开始创作了许多以伦敦为背景的特写,在1836年以博慈为笔名出版了《博慈杂记》,一个未来的作家就这样走上了他的创作道路。

当时,有一个很有名气的通俗画家看中了狄更斯的才能,他建议由自己作画,狄更斯作文字说明,但是狄更斯不愿意看图作文,提出由自己写文章来描绘英国的风光和人物,要求那个画家根据他的作品作画,对方同意后,以连载的形式发表了《匹克威克外传》,使之一举成名。这时候,他爱上出版商的女儿,没有考虑太多就结婚了,婚后的感情不和,妻妹玛丽却与他情气相投,这个女孩子在17岁的时候得病去世,后来他的小说中的几个美丽温柔的少女形象就是以这个女孩子为原型的。他成名后约稿不断,虽然精力充沛,但仍然难以满足出版的需要。狄更斯曾说道:"如果我吝啬我自己,我就要生锈、分裂和残废。"不断的努力使他写出了许多优秀的作品。

狄更斯不仅是一个杰出的小说家,还是闻名欧美的善于朗诵的艺术家,他经常举行义演、朗诵会为慈善机构募捐,他很乐于这份工作,这不但使他很快得到一笔可观的酬金养家,而且使他在朗诵当中再现他的小说情节,能够亲耳听见读者的感想,在感情上与读者相呼应。写作与朗诵的双重工作加剧了他的疲劳,影响他的健康,1867年美国观众邀请他演讲,在5个月当中朗诵370多场,回国后他不得不进行告别舞台的演讲会,随后得了中风。1870年再次中风后,再也没有醒来。58岁那年,狄更斯在写作中离开了这个世界。

重要作品

《匹克威克外传》

这是狄更斯的成名作,他以此成了文艺界的红人。这部小说的全名叫《匹克威克俱乐部手稿》。小说受到18世纪流浪汉小说的影响,加上是报刊连载,结构并不严谨,主要通过人物的游记和奇遇来展开。小说中名叫匹克威克的先生是一个名流学者,也是同名俱乐部的创办者,为了增长见识、开阔眼界,决定带着三个同事到远离伦敦的地方游历,目的是要把沿途的见闻随时向伦敦的匹克威克通讯社汇报。在途中他收留了一个机智干练的仆人,他们游历了英国各地,到过庄园、客店、集市、法院和监狱,见过各种各样的人物,生出许许多多事端。由于主人公的天真老实,在接触现实中不断碰钉子,惹出好多笑话。作者通过他们的游历揭露了英国种种不合情理、荒诞可笑的现象,同时也描写了他心中美好的英格兰,歌颂那些正直善良、机智勇敢的人们,讴歌纯洁的爱情与友谊,表达了作者向往不受封建压迫和资产阶级剥削的自由思想和乐观情绪。这部小说主要的价值在于直接描写了当时的生活,反映了广泛的社会与人生。小说充满讽刺、幽默和夸张。这部小说在报纸上连载,影响广泛,成为当时人们唯一的话题,据说各种各样的人都无法抗拒这部书的魅力。

《奥利弗·退斯特》(《雾都孤儿》)

这是狄更斯第一部动人的社会小说,他通过孤儿奥利弗的见闻经历揭示了济贫院虐待儿童的罪恶,暴露伦敦贫民窟的黑暗生活,对小主人的命运给予了深切的同情。奥利弗从小被送进了孤儿院,9岁的时候就当剥麻的童工,由于不堪忍受屈辱和饥饿,他逃往伦敦却被抓进贼窝,同父异母的哥哥为了独吞遗产对他加以追杀,他受尽了折磨,最后被有德行的资产者救了出来。

这是狄更斯第一次描写小人物,与普希金笔下的小人物的概念并不相同。普希金笔下的小人物指的是底层的小官员,反映他们微小的希望与巨大的悲哀。狄更斯的小人物揭示的往往是孩子们受苦受难的悲惨境遇,这在英国文学中是首次。这时的狄更斯写社会罪恶的时候,认为这只是社会的偶然现象,而且会善有善报恶有恶报,最后总会有一个光明的尾巴来解决矛盾。小说中往往会有一个理想化有德行的人出现,来拯救不幸的小人物。显然作者在早年对社会还有很高的道德期待。20世纪初期林纾把这部作品以《贼史》的译名介绍到了中国。

《大卫·科波菲尔》

1850年狄更斯发表了自传体性质的长篇小说《大卫·科波菲尔》。狄更斯出身贫寒,是一个白手起家的人,这也正是今天人们对他倍加尊重的原因,早年的生活也使得他在艺术上更加健康有益地发展。但是,在维多利亚那个讲究浮华、重视门第的社会里，低微的出身只是耻辱而不是荣耀。狄更斯虽然是位伟大的作家，但他也未能摆脱传统风俗的影响，因此他成名之后不愿向世人讲起他早年的经历。然而，在他的内心深处往昔的忧患和委屈一直不能忘怀，只有到了这部自传体小说，才真正倾吐出来。他在书的序言里讲道："在我所有的作品中，我最喜爱的是这一部，像许多偏爱孩子的父母一样，在我内心的最深处，我有一个最宠爱的孩子，他的名字就是大卫·科波菲尔。"

主人公大卫是一位由孤儿成长起来的作家，小说中的故事就是他成长过程中的遭遇。童年时期，他和软弱的母亲受尽继父及继父姐姐的虐待，父亲留下的薄产也被他们吞噬。他在学校读书的时候又受到办校人和旧的教育制度的迫害，十岁左右到一家酒瓶货站当童工，由于不甘心屈辱的生活，逃到一个外貌古怪的亲戚家里，幸而被这个姨婆收留得以继续上学，不久他的姨婆受代理人的欺骗而破产，大卫就走上了自我谋生的道路。他从律师事务所的小办事员变成报社的记者，最后成为了作家，这显然有作家自我的成长经历的印迹。大卫的第一个妻子是一个富裕律师的女儿，娇小美丽，但是头脑简单，孩子气十足，虽然他们一见钟情，但是两个人性情不和，婚后的生活并不美满，后来妻子病死。后来他与少年时代钟爱的女子结婚，过着幸福的生活。

狄更斯在此通过大卫的经历，展现了英国社会五光十色的广阔画面。以大卫的生活为经，以各种社会关系为纬，编织成了当时英国的风貌：学校教育对儿童的摧残，资本家对童工的虐待，司法制度的黑暗，议会的反人民性，都写得很到位，同时，写出了金钱关系所造成的种种不幸。小说最成功的是塑造了不同的典型形象，最主要的是主人公大卫。大卫是一个小资产阶级知识分子，他不为困难的社会环境所压倒，依靠自己的聪明才智奋斗成功，这正是狄更斯的人生写照。

艺术上也非常成功，人物塑造得栩栩如生，他们的性格、身份、外貌都有出色的描绘。比如姨婆的形象很有特点，大卫的父亲去世后她来大卫家等待这个遗腹子出生，她铁定大卫母亲准会生女孩，当大卫呱呱落地，她一看是男孩就转身离开了；她外表干瘦，行为怪僻，说话尖刻，但其实是个心地善良的老太太，内心充满着正义感，当大卫流浪到她身边的时候，她的爱就源源地流淌出来；她很爱大卫，但表达方式很独特，书中很多细节描写把她塑造得极为生动。小说还塑造了疼爱大卫的保姆一家人，他们乐观、善良，显示出狄更斯的民主思想。

清朝末年，林纾以《块肉余生述》为题翻译此书，之后有很多版本出现，在中国产生了很多的影响。

《小杜丽》

这是一部很有影响的作品,展开的不仅是对英国司法制度的揭露,也是狄更斯后期批判性最强的小说。小杜丽出生在债务人监狱里面,就像当年的狄更斯一样,她对自己的父母极尽孝道,用自己做裁缝赚的钱资助哥哥姐姐们离开监狱,后来她爱上了一个与自己身份相当的男子。一个意外的机会使她的父亲成为一个有巨额遗产的继承人,家里一跃成为富翁。这时候,这一家人除了小杜丽之外都变得傲慢自私,而她所爱的男子却由于投资不当被关进监狱,家里人都看不起他,但是杜丽还是关心帮助他,最后他终于还债出了监狱,而小杜丽的一家又破了产。最终小杜丽与这个男子一起过着幸福的生活。

这部小说主要围绕着小杜丽的父亲与情人先后为了债务入狱的故事,对英国的官僚制度和司法黑暗进行了无情的揭露。小说中对金钱的内幕、投资家的骗局、房东的盘剥、众多民众的破产,有辛酸然而真实的描写,而且监狱的阴影始终笼罩着全书,暗示着整个社会就如一个没有阳光的大监狱。狄更斯用心塑造了小杜丽这个理想人物,她的善良和牺牲精神令人感动,但是作者告诉我们,资本者在这个时代已经没有精神复活的可能,他的书中再没有出现那种廉价的大团圆结局。

《荒凉山庄》

这是一部色调阴沉,寓意深刻的小说,它抨击的是司法制度的腐败和贵族的没落。开头就描写了11月间伦敦的大雾和泥泞的道路。这种伦敦常见的浓雾在最高法院的所在地集结最浓,浓雾象征最高法院的昏聩和污浊的气氛。小说主要描写一件争夺遗产的诉讼案,由于司法人员从中牟利竟然拖了20年,与这件案子有关的人员死的死、疯的疯,没有一个人有好结果。这部小说在艺术上突出的特点是象征手法的运用。

《远大前程》

这是狄更斯后期一部重要的作品。这个阶段的狄更斯的思想由早期的乐观幻想转变为了对英国前途的担心甚至失望。这部小说的题目就有很深的讥讽意味,他认识到在英国当时的社会里,穷人要变成上等人,获得远大前程,完全是一种梦想。

主人公匹普从小父母双亡，靠做铁匠的姐夫抚养长大。他小的时候曾经无意中掩护过一个逃犯，后来他被镇上的一个神经质的地主贵族郝薇香小姐叫去伺候，给她消愁解闷。在那里，匹普见到了郝薇香小姐的养女、美貌而又高傲的艾丝黛拉，匹普深深地爱上了她。他自惭形秽，为了要得到艾丝黛拉的爱情，他一心想做个"上等人"。匹普逐渐长大成人，他当了干铁匠营生的姐夫乔的学徒，但是逢年过节还是上郝薇香小姐家去，尽管这时郝薇香小姐已经把艾丝黛拉送出国"接受上流小姐的教育去啦"，可是匹普却越来越热恋着艾丝黛拉。这时，有个律师跑来找匹普和他的姐夫，说有个不愿透露姓名的财主委托他通知匹普，他将来可以继承一笔相当可观的财产，可以到伦敦去"接受上等人的教育"。匹普以为，这是出于郝薇香小姐的主意，他的幻想可以变成现实了，自然全盘接受了这种安排。匹普来到伦敦接受"上等人"教育的时期，艾丝黛拉也回国了，匹普又能经常和艾丝黛拉相见。艾丝黛拉若即若离、忽冷忽热的态度把个匹普挑逗得非常痛苦，但匹普还是一厢情愿地以为，这是郝薇香小姐为了成全艾丝黛拉和他的好姻缘，给他的磨炼和考验，因此，还是苦苦地恋着她。然而不久真相就大白了，一天深夜，有一个人来找匹普，匹普认出此人就是他童年时救过的逃犯。原来就是这个逃到海外异国发财致富的囚犯，暗中出钱要把匹普培养成"上等人"。他现在偷偷回国，就是想看一看他要培养的上等人，现在出落得怎么样了，这件事完全和郝薇香小姐无关。郝薇香小姐所以一再找匹普，让匹普和艾丝黛拉不断相见，竟然是为了借养女来报复男人。原来她在新婚那天被人遗弃，现在要在两个无辜的孩子身上进行报复。郝薇香小姐让艾丝黛拉"嫁给一头畜生"，在精神上对匹普进行了无情的折磨。匹普做上等人的梦想完全破灭，在姐夫的帮助下出国谋生。11年后他回国，见到成了寡妇的艾丝黛拉，两个饱经沧桑的年轻人终于在郝薇香的坟墓相遇，最后言归于好。

小说通过匹普的遭遇反映了年轻人要想挤进上流社会的幻想的破灭。这其实可以与巴尔扎克的《幻灭》比较来读，都反映了青年追求远大前程的理想破灭的故事。在等级森严的资本主义社会，出身低微的年轻人要想有所作为，就如同在沙滩上建筑城楼，一有风浪来袭，瞬息灰飞烟灭。其实，匹普一心要做上等人的目的并不野心勃勃，无非是想与爱丝黛拉平等相爱，动机十分单纯，这种很微小的愿望却没有实现的可能。作者在这里写了他的姐姐、姐夫对于生活的满足，与匹普的追求形成对照。作者塑造劳动者的善良纯洁，也表现出与世无争的乐观态度。这篇小说以结构严谨著称，始终围绕着匹普想当上等人的线索展开的。

代表作《双城记》

这是一部针对当时现实而写的历史小说。狄更斯受历史学家卡莱尔的影响,在狄更斯看来当时的英国社会与法国资产阶级革命的前夜很相似,阶级斗争很尖锐。他在序言里写道:"国内虽然没有爆发火焰,然而暗中燃起不满的情绪,越发让人觉得可怕。"①《双城记》正是基于这种忧虑写成的。

小说几易其名,所谓的"双城"就是指英国的伦敦和法国的巴黎。内容大致是这样的:1757年居住在法国的一名外科医生梅尼特,24岁的时候和一个英国女子结婚,过着幸福的生活。1757年夏天他被迫到一个贵族家里出诊,在这里他看到厄弗里蒙地侯爵兄弟恣意蹂躏农家妇女,并且杀害了她的弟弟的罪行,出于一个青年的正义感,他写了一封信给当时的大臣,谁知这封信竟落到了侯爵兄弟手中,他被投入了巴士底狱。这时他的妻子生下了一个女儿,为了营救丈夫,妻子四处奔走,几年后忧愤死去,女儿成为孤儿,到英国安身。医生被监18年,受尽折磨,他被释放的时候已经成了一个精神失常的白发老人,梅尼特医生后来被女儿接到英国,接受治疗恢复了健康,开了一间诊所,但是他的精神病并没有根除。侯爵的侄子憎恨自己家族的行径,放弃了继承权与爵位来到了英国改名查理,做了一名法文教师。查理与医生的女儿相识相爱,当梅尼特知道女儿所爱的人是侯爵的侄子的时候,他虽然恨着侯爵,但是看到查理的正直,女儿与他真心相爱,还是同意他们结婚,婚后一家过着幸福美满的生活。法国革命爆发后,医生的仆人夫妇成为革命的领导者,医生的女婿为了营救他过去的一个仆人潜入巴黎,结果自己被捕。医生前往巴黎营救自己的女婿,由于长期受迫害,医生深受巴黎人民的欢迎,他出庭作证,法庭也宣判他的女婿无罪,可是他的女婿又在当天重新被捕,原因是当年被害死的女子的妹妹出来告发。梅尼特医生无法营救自己的女婿,查理被判死刑,要在24小时内执行。梅尼特旧病复发,就在这时有一个叫卡尔登的年轻人来到巴黎,他与查理的相貌十分相似,而且他深爱着医生的女儿,他代替查理走向了刑场。当年的女仆人还想要害死医生的女儿和他的外孙,在与医生家的仆人搏斗的时候,手枪走火而亡。

小说就是描写了这样一个惊心动魄的故事,故事虽然曲折,却很少涉及法国革命的重大事件,人物情节也大都是虚构的。小说揭露了革命前贵族对农民的压迫,并且尖锐地指出社会的压迫必然引起人民的反抗,导致革命的爆发。侯爵

---

① [英]狄更斯著,马小弥译:《双城记》,第1页,成都:四川文艺出版社,1986。

兄弟是革命前法国反动贵族的代表，他们利用特权霸占美貌的农妇，并杀害了她的亲人，怕罪行败露又害得医生一家妻离子散。作者写他们的罪行，还写到他们的车在巴黎街头飞奔，轧死了贫民院的孩子，他们视而不见。这是对没落统治者的一种生动写照，狄更斯试图说明，革命有其合理性，是多年来贵族及其统治者们作恶多端的报应。

小说也表达了以狄更斯为代表的人道主义者对于资产阶级革命的矛盾的态度，他们对受苦的人民很同情，但是他们又害怕大规模的革命。狄更斯把群众的革命描写成了一群野蛮的恶魔，甚至庆祝胜利的呼声成了堕落的胡闹，是时代混乱的象征。作者通过一个贵族少女被处死的场面，反映了当时的革命殃及无辜，杀死很多无力反抗的贵族，仅是因为出身就要被送上断头台。

作者思想的矛盾还表现在对得伐石太太的塑造上，她本是一个农家女，一家都死于侯爵兄弟的毒手，长大后她与丈夫参加革命成了坚定的革命者，她的家也成了革命者聚集的地方，小说一方面描写她的果敢坚定，她的革命产生的根源也是合理的，另一方面作者又用恐惧厌恶的态度把她塑造成一个单纯的复仇狂。她不但控告了医生的女婿，还要杀死其温柔的妻子以泄私愤。作者把得伐石太太与卡尔登形成对照，卡尔登为了伟大的爱牺牲了自我，这是作者理想的正面形象。作者把他的人道主义与革命的暴力相比照，显然作者对暴力革命持怀疑甚至批判的态度。当然在侯爵与革命者矛盾尖锐的社会力量之间，作者着重描写了梅尼特一家，是作者人道主义的寄托。

《双城记》在艺术上也很成功，其气氛严肃悲壮，与早年的幽默诙谐的风格相反，反映了作者对现实的忧虑；小说还用了象征手法，在描写街头工人喝着流出的红酒时，实际上是在用红酒象征鲜血，预示着将要到来的革命将带来不可避免的流血；梅尼特在英国的田园生活时，外面总有脚步声响起，这脚步声不仅是一种警告，也被看作一种可怕的灾难，它会破坏国家的安宁、家庭的幸福，也会改变每个人的命运。小说的情节紧凑曲折，正叙和倒叙相结合，人物性格丰满而有个性。《双城记》代表了狄更斯创作的高峰。

第十二讲 托尔斯泰与《复活》

列夫·托尔斯泰(1828—1910)是世界著名的大文豪,也是一位在时代的急流中紧张探索的思想者,他把自己的思想与血肉深深地融入作品,使他的道德和文章都成为世人景仰的楷模,他留给我们的不仅是卷帙浩繁的文学杰作,也留下了博大精深的思想遗产。

生平与创作概况

托尔斯泰出生在莫斯科以南二百公里的一个贵族庄园——亚斯纳雅·波里亚纳,这里是大片森林环绕的古老的花园,也是这位大作家后来多年生活和写作的地方,它由此闻名世界。托尔斯泰的父亲善良而性情直爽,参加过1812年的卫国战争,退伍后致力于为孩子们营造生活与学习的良好环境。托尔斯泰的母亲优雅娴熟,有很好的艺术修养,通晓四国文字,而且非常重视孩子们的优良品质和无畏精神的培养,可惜的是,在最小的儿子托尔斯泰一岁半时她就逝世了,他们兄妹五人是在达吉雅娜姑妈的哺育下成长的,她对托尔斯泰的性格甚至整个人生的影响极大。托尔斯泰所受的教育是贵族式的,从5岁起就在家接受德国家庭教师的教育。9岁那年,他又失去了父亲。虽然幼年失怙,但童年的托尔斯泰却生活在和睦之中,他们兄妹友爱,与农奴和仆人也相处融洽,自然的风物与自然的情感是托尔斯泰在这个世界上最早也是最持久的收获。

托尔斯泰是家中最小的男孩,长得也不漂亮,有时不免感到寂寞,于是他常常沉浸于幻想,从中找到慰藉。他的自传体小说《少年》中说:"我去当骠骑兵,去打仗,敌人从四面八方朝我扑来,我抡起马刀,砍倒一个,再抡起马刀,又砍倒一个,一连砍倒三个。后来浑身是伤……将军骑马来到我身边问道:'我们的救星,他在哪里?'……我成了将军了!……皇上走到我跟前说:'朕感谢你!'……"小小年纪的他已经开始思索一些抽象的问题了:"有一次我忽然想到,幸福不取决于外因,而取决于我们对外因的态度;一个人若是能够吃苦耐劳,是不会不幸福的";他说为了训练自己吃苦的本领,他忍着剧痛伸直胳臂托着大辞典达五分钟之久,甚至用绳子狠狠地抽打自己的光脊背,"痛得直流眼泪"。就是这样,一个未来伟大作家在孤独中摸索着成长的道路。

13岁时,托尔斯泰全家来到了喀山接受另一个姑妈的监护,在此,三个哥哥先后进入喀山大学学习,他也在16岁那年参加喀山大学东方语文系的考试,因统计学、地理等科目成绩不理想没有被录取,后补考合格得以入学。托尔斯泰在东方语文系学习一年后转到法律系,他的成绩很一般,有段时间,他对上流社会的交际显得太感兴趣,但很快地就予以自我纠正——从早年的经历中,我们已经能够感觉他对于自我身心的有意识的矫正,正像他在《青年》中所说,不论他的内心如何被人类各种卑微的七情六欲所玷污,但仍然具"磅礴的幻想力和囊括宇宙的爱",对真理的追求,推动着他不断向上向善。托尔斯泰对精神世界的探索开始于刚刚进入青年的这一时期,他广泛地阅读法国启蒙思想家的作品,迷恋思辨哲学,"在梦中也看到新的伟大真理和规则";他准备了两个笔记本,一本记录自己"新哲学"的基本原理,一本记录这些原理在生活中的运用,年轻的托尔斯泰得出诸如"人的心灵的实质是意志,而不是理智"的观点,这些哲学思考使他的生活发生了变化,他不再注重自己的仪表,力求简化衣着和住所,他自己设计了一件帆布长袍,白天穿在身上,晚上当被褥。这种对于简朴生活的刻意追求贯穿托尔斯泰终身。

随着越来越广泛而富有成效的自学,他对人生与社会的思考也越来越深入,同时也就越觉得大学课程难以满足他的需要,1847年,他毅然从大学退学,并给自己制订了自学计划,包括修完大学毕业考试的法律学科的各门功课;精通法语、德语、俄语、英语、意大利语、拉丁语等多种语言;学习历史、地理、统计学、数学;从理论到实践上学会农业、实用医学等;在音乐、绘画等方面达到相当的程度……当然,这是一个过于庞大的计划,要在他预计的两年内完成是不可能的,但他女儿说,除了法律、医学与绘画外,他在其他方面都获得了真正的知识。实际上,托尔斯泰一生都没有停止过在各个领域里的自学。

1851年,托尔斯泰在长兄的带动下来到高加索当志愿兵,他说乘船去高加索是他"一生中最快乐的时光之一"。他勇敢地参加了对山民的战斗,后来把这段经历描写进了小说《袭击》里。军务之余,他大量阅读文学作品和历史著作,也不断地反省自己的生活。正是在高加索,托尔斯泰开始了文学创作生涯。

1852年,24岁的托尔斯泰完成了小说《童年》,这是他计划创作的一组长篇《发展的四个时期》中的第一部,很顺利地发表在当时影响最大的《现代人》杂志上,并得到主编、著名诗人涅克拉索夫的热切赞扬,评论界称之为"从头到尾都真正美妙的作品",这坚定了托尔斯泰从事写作的信心与决心,他接着写出了《袭击》《一个台球记分员札记》《少年》等作品。《袭击》取材于一次袭击山民的军事行动,他毫不掩饰地描写了俄国士兵在高加索山村的破坏和杀戮,表达对山民的同情。这时,托尔斯泰产生了退职的念头,他觉得戎马倥偬的生活影响他的"天职":改善农民的生活与从事创作。辞职报告久久没有消息,他要求到多瑙河地区作战,并参加了激烈的塞瓦斯托波尔战役,虽然俄国军队战败了,但士兵的勇敢无畏与军官们一门心思升官发财的行径,极大地刺激着托尔斯泰,创作了三篇特写性的短篇小说《五月的塞瓦斯托波尔》《八月的塞瓦斯托波尔》和《十二月的塞瓦斯托波尔》,统称为《塞瓦斯托波尔故事》,他从人道主义的观点出发,描写战争的血腥与战斗场面的壮烈,歌颂普通士兵的勇敢和爱国精神,以现实主义的真实开创了俄国战争小说的先河。

托尔斯泰对于文学创作越来越自信,1855年他来到文学家聚集的彼得堡,受到许多著名作家的赞扬和鼓励,屠格涅夫直率地对他说:"军旅生活毕竟不是你的事,你的天职是成为一个文学家、思想与语言的艺术家。"1856年,托尔斯泰发表了短篇小说《暴风雪》和《两个骠骑兵》,很受好评,接着写作了《青年》和《一个地主的早晨》,后者是他构思多年的作品,反映他对农民问题的探索。

1856年底,他终于从军队退役,并出国到西欧旅行。他欣赏西方社会的自由,却反感于赤裸裸的金钱关系,著名的短篇《琉森》是他游历的收获,其中充满着对资本主义文明的批判,他在否定金钱罪恶的同时,也否定资本主义社会的历史进步性,号召人们向永恒的"世界精神"呼吁,通过宽恕来解决社会矛盾。回国后,托尔斯泰把精力集中于教育事业上,他真诚地关心农民的孩子,创建校舍,编写教材,免费收儿童入学,亲自给孩子们上课,试图从儿童着手来铸造俄罗斯的灵魂。1861年5月托尔斯泰第二次出国回来后,沙皇政府已经颁布了农奴制度改革宣言,但农民与地主之间的矛盾仍然不断发生,他被推举为和平调解人,由于他常常做出有利于农民的决定,因而遭到地主们的嫉恨,18个贵族地主联名控告他侵犯贵族的利益,他失望地放弃了这工作。而地主们还不罢休,控告他聘请激进学生任教,有反对政府的行动等,1826年,沙皇授意宪兵搜查了托尔斯泰的庄园,并封闭了他的学校,愤怒的托尔斯泰将几把枪都装满了子弹,随时准备对付上门的宪兵。

1862年,34岁的托尔斯泰向索菲亚·安德烈耶夫娜求婚,得到允许并很快结婚。平静的家庭生活激励了他的创作热情,他完成了中篇小说《哥萨克》《波里库士卡》等,同时,托尔斯泰产生了创作宏伟作品的愿望,那就是描写19世纪头十年到二十年代卫国战争时期的长篇小说《战争与和平》,经过六年的紧张劳动,这部非凡的大型作品终于完成。1873年春,俄国的现实生活深深地吸引着托尔斯泰,他仅用了五十多天的时间就写出了《安娜·卡列尼娜》的初稿,出版界希望立即发表,但他拒绝了,经过四年多的反复修改才正式出版。托尔斯泰把《安娜·卡列尼娜》的艺术成就置于《战争与和平》之上,因为它反映了当代人思想情感深处的东西。他世界一流作家的地位正是由这两部巨著奠定的。

从这一时期起,托尔斯泰对自己的地位越来越不满意,对宗教道德问题的兴趣与日俱增,他看到国家机器日益腐败,上流社会庸俗无聊,而最有生机与活力的民众却在困苦中辗转,他在《忏悔录》中说:"我应该去理解的,不是我们这般寄生虫的生活,而是这些创造生活的、平常的劳动人民的生活,以及他们赋予生活的意义。"他像一个禁欲主义者那样,严厉地谴责自己过去的生活,寻求一切机会与农民接近,他早年的精神探索终于落实到宗法制农民的立场上来。在家庭生活中,托尔斯泰难以忍受养尊处优的奢侈生活,而夫人也难以忍受他对于宗教的迷恋和对于穷人的过分关心,尤其当他决定要放弃财产靠自己的劳动过活时,夫妻间矛盾达到十分尖锐的地步。实际上,他的妻子结婚后将所有的精力都花在孩子和他的身上,是他创作和出版的得力助手,如果不是放弃财产问题的分歧,她确实是个不可多得的好妻子,而且做母亲的不得不考虑六个孩子的成长花费。托尔斯泰从19世纪80年代起就不止一次地产生过离家出走的念头,都因为同情妻子或可怜孩子而没有走成,但家庭的矛盾与他内心的痛苦始终没有得到解决。

1886年,托尔斯泰完成了戏剧《黑暗的势力》,这是一部以现实生活为基础的作品,揭露资本主义侵入宗法制农村后,有些人腐化堕落,成为金钱的奴隶,由于其抨击道德世界的无情与深刻,剧本遭到沙皇政府的禁演。19世纪80年代末,托尔斯泰还创作了《伊凡·伊里奇之死》《克莱采奏鸣曲》和喜剧《文明的果实》。《伊凡·伊里奇之死》深刻地挖掘人物的内心世界,通过一个平庸地度过一生的官吏突然面临死亡时的种种感受,来揭示官僚政治对人性的摧残,具有强烈的艺术感染力。《文明的果实》则通过农民"连鸡都没处养"的苦难境遇来展示所谓的"农奴制改革"的实质,并辛辣地讽刺那些醉生梦死的寄生虫。

1891年,俄国发生大饥荒,托尔斯泰带来全家参加赈济灾民的工作,他捐助的粮食挽救了很多人的生命。在救灾活动中,他密切地接触大众,更感受到"老爷"们与劳动者的巨大鸿沟,他把自己的感受写进了《关于饥荒的通讯》:"人民所以饥荒是因为我们吃得太饱",他劝有钱人向穷人忏悔。这篇文章在国外发表后,沙皇政府不敢对这位伟大作家下手,而是气急败坏地将托尔斯泰的追随者们流放。托尔斯泰觉得,应该更猛烈地揭露不合理的社会,从1889年到1899年,他用十年的时间完成了"一部铁面无私的书"——《复活》。

1900年,托尔斯泰被选为科学院文学部名誉院士,同年,他创作了剧本《活尸》,通过一对没有爱情的夫妇为了各自能够过上自由的生活而想方设法离婚的遭遇,对沙皇俄国的法律制度以及教会的罪恶进行猛烈抨击。1901年,俄国宗教院公布了开除托尔斯泰教籍的决议,遭到全国性的抗议,国外的支持者也不断发来慰问电,他的名声传遍了世界,托尔斯泰成为揭露伪善、同情劳苦大众、为社会正义而抗争的道德权威。此后,他创作了短篇小说《舞会之后》,塑造一个在舞会上彬彬有礼、舞会后凶狠地鞭打士兵的残忍上校形象;写作了中篇小说《哈吉穆拉特》和《为了什么?》;他还写了控诉斯托雷平的恐怖统治的著名檄文《我不能沉默》。

1910年,82岁的托尔斯泰既为尖锐的社会问题所激动,家庭问题也使他痛苦,他渴望身体力行自己所倡导的平民化生活,放弃特权,返回朴素,但一直没有能够实现。10月27日,老人出走了,他没有确定要到哪里去,但要去一个可以过简朴生活的地方是他的目标。三天后,他病倒在车站,经过几天的痛苦,于11月7日清晨去世,他留给世界的最后一句话是"我爱真理……非常……爱真理"。

托尔斯泰的一生,是在不倦的精神探索和艺术探索中度过的,在60年的艺术生涯中,他从开始艺术创作之初的一个具有民主主义和人道主义精神的贵族青年,转变成了宗法制农民的思想代表,他观察、思索、描述着那个充满变革的时代,以其博大的怜悯情怀和强大的批判力量,构成了一部独特的俄国社会的艺术史。

重要作品

《童年》《少年》《青年》

1852年托尔斯泰在完成第一部《童年》后,很快就发表了它的续篇《少年》和

《青年》。在这三部曲中,托尔斯泰主要描写了一位贵族青年的成长过程。主人公尼古林卡是托尔斯泰笔下的第一个自传性人物,他聪明,敏感,渴望寻找生命的意义,正像早年的作者一样不断地进行着紧张的思想探索。

在《童年》中展现的是主人公那充满"迷人的诗意"的童年,书中虽然只描写了尼古林卡在庄园最后一天的生活——在莫斯科祖母家中庆祝她的命名日以及回乡为母亲送葬,却能够细腻而清晰地反映主人公性格的成长历史。他是一个在优裕的物质环境下成长的孩子,父母悉心关爱,家庭教师和仆人精细照料,他天真而心地善良,富有同情心,他常常祈祷:"上帝给大家幸福,让大家都满足,让明天的天气好,便于散步……"他爱好观察,善于思考,就像海面一样吸收着外界的印象,并加以分析判断。可他渐渐发现,世界并不像他所期望的那么和谐,父母也不像表面那么恩爱,尤其是母亲的死,让他感受到普遍存在的虚伪,连父亲的悲哀也是那么言不由衷。在这样的环境里,小尼古林卡感觉到自己也慢慢地失去了纯粹的爱心,他与几个贵族子弟共同欺负一个普通人家的孩子后,既内疚又试图为自己解脱;给祖母的寿辰献诗,连自己都意识到其中的言过其实。就这样,尼古林卡在贵族的狭小天地里度过了童年,虽然尚未透彻地理解生活的真谛,但他敏感的心灵已经能够感受到生活的某些不协调。带着疑惑和淡淡的忧伤,他进入了少年时期。

《少年》描写尼古林卡从狭窄的家庭走向广阔的世界。莫斯科之行,使他对世界有了更直观的认识,他看到了贫与富的鸿沟把人们分成了"你们"与"我们",精神上受到很大的冲击,开始对从前所依恋的亲人们重新进行评判,他第一次意识到,有些丑恶的品性恰恰存在于他所爱戴的人们身上,这使少年精神上遭受着巨大的折磨。他越是对家人有清醒的认识,越发感觉与他们之间存在难以愈合的距离,他感到孤独异常。托尔斯泰把主人公的这个时期称为"少年的沙漠",这是他成长途中重要的转折阶段,他第一次张开了理智的眼睛,对自我与他人进行道德判断,他也开始思索未来生活该是怎样,探索自我在这个世界应该承担的使命,他怀疑、彷徨;他还有意识地进行自我锻炼,渴望快快长大成人,尽早迈入他想象中那魅力无穷的青年时代。

《青年》时期的尼古林卡进入大学,结识朋友,广泛地接触社会,对人生与世界有了更为深刻的理解。在大学里,少年时代的寂寞之感已经消失,受朋友的影响,他认识到"人类的使命是力求道德的改进,而这种改进是容易的、可能的、永久的";他忏悔过去的种种错误,详细制定了今后应该遵循的行为规则,但他无法完全改变上流社会的生活习惯,难以克服虚荣心,常常"顺从了尘世虚伪与堕落的势力"而放弃订立的种种规则,使他悔恨万分。他身上仍然残留着贵族与生俱来的优越感,他把人分为"正派的"与"不正派的"两种,而正派人须会说发音纯正的法语,须留有刷得干净的长指甲,而且要擅长优雅地跳舞等等,其实,他所谓的"不正派"者乃是做派粗陋的平民百姓。当然,他也看到平民同学中的优良品质,并且心理上更倾向于他们,这是民主精神的体现,但他没有与他们结合的意愿。他痛苦地发现,要在有阶级鸿沟的世界寻找一个符合道德理想的生活位置是困难的。尼古林卡并没有放弃探索,而是准备投入更复杂的人生历程。托尔斯泰计划中的《成年》并没有写出,但我们可以从他日后创作的一系列自传性人物的生活与命运中看到尼古林卡未来的探索与追求。

《一个地主的早晨》

这部小说在托尔斯泰的创作中占有重要的地位,小说主人公为解救农民而进行改革的人生探索,正是年轻的托尔斯泰所走过的道路。19岁的涅赫留朵夫也像当年的托尔斯泰一样,大学没有毕业就离开学校回到农庄,试图改善农民的处境,为他们造福。但是,他的善良愿望却不为农民所理解,他们本能地对地主怀有戒备和敌视心理;当涅赫留朵夫对最贫穷的伊万·楚里斯说"我准备剥夺我的一切,来使你们满足和幸福,我在上帝面前发了誓要遵守诺言",并要他搬到主人新盖的砖房去时,得到的却是讥讽:"房子是蛮神气的,就跟地狱一样。"无论涅赫留朵夫如何用温情与劝告去感化他们,遭到的都是拒绝。他原来幻想农民都会"温存而愉快地向他微笑着,因为他们的富裕和幸福都全靠了他的恩惠",结果是深深的失望和难以理解的惶惑。

小说真切地反映出托尔斯泰在农民问题上所做的努力,他满怀激情地给读者描绘了一幅农奴制改革前农村的衰败凋敝的悲惨图景,农舍即将倒塌,农民贫困潦倒,没有牲口,没有肥料,还要为地主服劳役。小说勾勒出严重的阶级鸿沟:一方面是那些在赤贫中无望挣扎的庄稼汉,另一方面是富裕的人在赶车运货。主人公之所以得不到农民的理解,并不在于他天真和不成熟,而在于两个阶级的利益实际上是难以调和的。作者还塑造了一些极其真实生动的农民形象,他们纯朴而讲求实际,既愚昧落后,又善良厚道。

涅赫留朵夫是一个"忏悔"的贵族的典型,他期望自己用耐心去从事慈善工作,为本阶级赎罪,进而使自己的良心安宁,但是,他的善良愿望被现实击得粉碎,只能从爱与善的道德幻想中找到安慰。这也正是年轻的托尔斯泰精神追求的历程。

此后，托尔斯泰的小说中多次以涅赫留朵夫为主人公，除了《复活》中那个著名的人物外，短篇小说《一个台球记分员札记》中描写贵族涅赫留朵夫从一个纯洁无辜的青年堕落成一个不可救药的赌徒，他挥霍完几十万家产后走投无路最后开枪自杀。作者对这一"可怕的道德悲剧"表示深切的哀痛。

《哥萨克》

《哥萨克》是托尔斯泰花了十年时间才完成的中篇小说，这部浸透着作者心血的作品从另外的角度探讨贵族与农民的关系问题，进一步提出返朴归真的"平民化"思想。

主人公奥列宁是一个极力否定城市文明、渴望返回自然的贵族青年，他像年轻时的托尔斯泰一样，出身显赫世家，早年过着寄生生活，在灯红酒绿中打发岁月，精神上日益空虚，健康的身心被畸形的环境压抑着，他越来越渴望冲破上流社会的禁锢，到大自然中去获得新生。于是，他毅然决然地放弃优裕的生活与种种特权，到军队中当一个士官生，开始平民化的新生活。确实，奥列宁比一般浑浑噩噩的贵族青年具有青春活力，而且文化修养与道德水平也更高，他目光敏锐，长于思考，能够不断反省自我，内心总在紧张地探索着。他充满信心地"开始一个新生活"，决定在壮丽的大自然的怀抱中做一个"单纯的人"。作品着重描写了他的爱情追求，他与哥萨克美女玛莉安娜第一次见面，就被她那坚实的少女身姿所吸引，而且越来越爱迷恋于她的自然而崇高的道德魅力，可是，当他知道另一个贫困的青年路卡希卡也爱着这个少女时，内心经历了激烈的冲突，"爱，自我牺牲"终于占了上风，决定割断情思成全他们，并送了一匹贵重的马使他们得以订婚，但他的慷慨却换来了猜疑，哥萨克人不能理解他的举动，而且他自己也终究难以克制利己的欲望，不由自主地再次追求已经订婚的玛莉安娜，"唯一重要的是幸福"成为他的动力。他的自我为中心的秉性在与山民决斗身负重伤时表现得更为昭著，当整个村庄都沉浸在悲哀之中时，惟有他无动于衷，相反急切地再次求婚，这种自私的劣根性遭到了哥萨克人的唾弃，他们认识到，奥列宁永远是一个莫不相干的外人，玛莉安娜拒绝了他。他真诚地追求淳朴自然的平民生活的努力以悲剧告终。事实上，奥列宁否定了上流社会的文化，自己却没有根本走出它的局限，这也是托尔斯泰对这个人物的批判所在。

但是，托尔斯泰并没有否定主人公返回自然、向往平民化生活的精神追求，这充分地体现在作者对于那些"自然之子"的精心刻画和高加索迤逦风光的描写上。雄伟庄严的山峰，雾气氤氲的森林，辽远无边的草原，湍急的河流，奔驰的牛羊,呼应着原始色彩的风土人情,形成与纸醉金迷的都市截然不同的世界。这也是托尔斯泰所向往的世界。

《克莱采奏鸣曲》

中篇小说《克莱采奏鸣曲》是对"肉的生活"的否定,小说以一个因嫉妒而杀死妻子的人的口吻来追述自己一生的悲剧,对建立在肉欲基础上的婚姻进行揭露。主人公波兹内舍夫是个受过高等教育的贵族,结婚前像许多上流社会的人一样也浪荡过,结婚后与妻子没有共同的精神追求,只是维持着肉体的联系,经常吵嘴,甚至相互憎恨。一次,他离家在外,怀疑妻子不贞,决定提前回家,一路上的见闻都使他联想到妻子一定在胡搞,心中满怀愤恨。他半夜到家,看到他怀疑的乐师与妻子在一起吃喝,仿佛还看到他们在交换眼神相互怜惜,感到蒙受奇耻大辱,愤怒中杀死了妻子。

家庭与婚姻问题是这篇小说探讨的主题。托尔斯泰主张夫妻关系应该建立在正常、健康的原则基础上,遵循宗教与道德的约束,而不应以肉体爱为基础。他认为,在饮食男女之间根本不存在纯洁高尚的爱情,有的只是性爱与肉欲,一旦肉欲达到满足,彼此就仇视、怨恨,家庭也就有了危机,只有"通过节欲和贞洁"才能达到"善的境界的理想",人类才能融为一体。显然,作者也没有能够找到解决家庭问题的正确途径,只能求助于他向往的基督教道德。

小说的标题以贝多芬的一支乐曲命名,因为作者认为,音乐作用于人的感官,是激起情欲、导致杀妻惨剧的媒介。由于小说提出的问题极其尖锐,在当时产生了很大的反响,据说在1889年的整个冬季,人们都在谈论这个话题,彼此见面已经不是问候"您身体好吗"?而是询问"您读了《克莱采奏鸣曲》没有"?

《谢尔盖神父》

关于灵与肉抗争的题材同样体现在1898年创作的《谢尔盖神父》中,主人公谢尔盖是一个德高望重的神父,几十年的修行中为了拒绝诱惑保持童贞,不惜断指以自戒,可是到了垂暮之年却犯下淫欲之罪。为此,他抛弃一切世俗的荣誉与享乐,自我放逐,做一个靠施舍为生的游方僧,在磨难中洗涤自己的罪孽,他"世俗之见的意念越少,就越觉得心中有了上帝"。

托尔斯泰在倡导道德自我完善以抵御肉欲侵扰的同时,把批判的矛头直指沙皇。谢尔盖原是一个公爵,是个即将做新郎的幸福青年,在禁卫学校见到沙皇尼古拉,对他无限崇拜,然而在结婚前的一个月,这位公爵突然遁入空门,原来他得悉自己的未婚妻曾经被沙皇占有过,面对这个他愿意为之赴汤蹈火的皇帝,他只能以进入修道院表示抗议。作品生动地描写公爵当年如何珍视神圣的爱情,如何生怕一句不合适的话语会玷污圣洁的未婚妻,对皇帝又是如何景仰,以及得知遭受羞辱后的急遽的感情风暴,还有谢尔盖神父断指摒却尘念的一幕,都具有震撼人心的力量。已经70高龄的托尔斯泰,思想仍然是如此敏锐,创作力仍然是那么旺盛,令人叹为观止。

《哈吉穆拉特》

中篇历史小说《哈吉穆拉特》是托尔斯泰最后十年中艺术成就最高的作品。小说写的是在19世纪50年代高加索少数民族反抗沙俄征服的斗争中,一位大将的悲剧命运。

主人公哈吉穆拉特是一个真实的历史人物,他生活在高加索面临被沙皇俄国全面吞食的历史关头,作为一个热爱家乡和同胞的质朴而勇敢的山民,他憎恶沙俄的血腥统治,也厌恶虚伪的现代文明,他积极参加反抗沙皇的"圣战"运动,成了首领沙米里手下的一员骁勇的大将和州长,但他与沙米里结下血仇,对沙俄当局抱有一定的幻想,在政治野心与动摇态度的驱使下,终于只身投奔俄国人。他要求俄国人用俘虏换回自己的家属,可俄国人并不真正关心他的痛苦,只是把他当作政治工具,他走投无路,决定从俄国人那里逃出去救自己的亲人,却被俄国追兵杀死了。

对于哈吉穆拉特的背叛投俄,托尔斯泰是鄙弃的,但为了揭露专制体制和专制暴君,托尔斯泰却把他放在与文明社会格格不入的位置上,赋予他朴素自然、豪爽真诚的性格,对他的悲剧命运寄予同情。作者用奔放而忧伤的笔调,把主人公刻画成一个处于沙俄与沙米里双重压迫下一再遭受逼迫、陷害、谋杀进而走投无路的政治牺牲品,他不屈不挠地抗争着,直到战死沙场,"整个身子像一棵被砍倒的牛蒡花一样"。

《哈吉穆拉特》篇幅不大,内容却很丰满,人物的塑造很具立体感,哈吉穆拉特不仅是一个勇士,还是一个丈夫,一个父亲,一个投靠者,一个矛盾复杂的人,他是刚强的、果敢的、沉着的、悲壮的,同时又是犹疑的、担忧的、幻想的,有时甚至是胆怯的,总之这是一个活生生的人。托尔斯泰老人赋予整个篇章以匀称的结构和象征的蕴意,优美而感伤,除了一再运用牛蒡花来比况主人公的坚韧不屈外,还多次以夜莺断续啼鸣来象征哈吉穆拉特遭受围捕的悲壮反抗,形成"庄严而忧郁的旋律"。精湛的艺术技巧和激越的批判精神,使这部小说成为托尔斯泰艺术生涯的优美尾声。

代表作品

《战争与和平》

　　四大卷的巨著《战争与和平》是托尔斯泰花了六年的心血哺育出来的。那一阶段，他的精神状态颇佳：婚姻稳定、长子诞生，在给姑母的信中他这么说："我已经是个有妻室并且做了父亲的人。我对自己的状况十分满意……这种情况为我提供了施展才能的广阔天地。我从来没有感觉到自己的智力，甚至整个精神力量，能这样任意驰骋，这样有利于工作。"当时，俄国人民正展开轰轰烈烈的反农奴制斗争，社会的进步分子都在探讨着民族的复兴道路，本来托尔斯泰打算以十二月党人为主人公，十二月党人指的是1825年12月24日举行起义的青年贵族军官，他们反对专制制度，要求改革，率三千士兵在参政院广场起义失败，领袖遭绞刑，很多人被流放西伯利亚。在动笔的过程中，托尔斯泰发现，十二月党人的起义不是凭空发生的，它与1812年的卫国战争的胜利引发的民族意识的高涨是分不开的；而1812年的胜利与1805年到1807年的失败也是分不开的，于是，《战争与和平》所包括的历史时代从1805年到1820年，十二月党人的活动只写到酝酿时期。

　　《战争与和平》结构宏大，内容复杂，但有着清晰的情节线索。四大显贵家族在战争与和平时期的生活变迁，尤其是青年一代在时代激流中或优或劣的表现，是小说的主体。

　　保尔康斯基家族是理性的象征。老公爵尼古拉·保尔康斯基经历过官场浮沉，性格刚愎古怪，思想守旧排外，对一切秩序的遵守严格到怪诞的程度，即使是父爱也是以暴虐的形式表现出来的。但他有着强烈的爱国心，正直善良，对腐败无能的达官贵人极其蔑视，他深挚的情感往往藏在心灵深处，为理性所掩盖。儿子安德烈即将奔赴国外远征，垂暮之年的公爵知道此去生死难卜，可能是父子的诀别，他拥抱儿子说："记住，安德烈，你要是战死了，我这个老人要觉得痛心的……可是，假使我知道你的行为不像尼古拉·保尔康斯基的儿子，我会……感到羞耻！"爱子之心终难克制，他的面孔打颤着，可又"怒声大叫"地将儿子打发上路。一位始终保持尊严的老人的乖僻脾性形象地反映在这理智与感情的冲突之中。

儿子安德烈·保尔康斯基是托尔斯泰心目中的英雄,他刚正严谨,博学多才,性格坚定孤傲,对宫廷官僚和钻营之徒极为蔑视,而与他尊敬与喜爱的人在一起时格外坦率和蔼;他内心感情极为丰富,对人生不断进行思考,对自己也不断进行剖析,视国家与个人的荣誉为生命。早年他受法国大革命的影响,崇拜拿破仑的胆略和为人,厌恶自己所出生的糜烂的贵族环境,他渴望能够像拿破仑一样建功立业而进入军队,在战斗中充满着献身精神。在俄军失败已成定局时,仍然勇往直前,结果负伤。躺在战场上遥望"崇高的天空",他深深地意识到自我的渺小,认识到大自然的纯洁与伟大是远胜于荣誉、权力等虚荣的东西。战后的安德烈心灰意懒,妻子难产而死,更使他看破红尘。在与老朋友彼埃尔的争执中,他受到激励,把精力投入农奴改革等有意义的事业之中。与充满朝气的娜塔莎的爱情使他振奋。1812年在民族遭受入侵的时刻,他挺身而出参加卫国战争,把个人的命运与民族的命运紧紧地联系在一起。身负重伤时,他原谅了同样负伤的情敌,并重新恢复了对娜塔莎的爱情,在生命的最后阶段,他对生与死的问题进行了很多思考,领悟到人生的意义在于爱,"爱是恨的对立物,爱是生命",真正体验到"心灵的幸福"。

别素霍夫伯爵是俄国最有钱的大贵族,他的私生子彼埃尔是《战争与和平》中的另外一个主人公,也是书中最接近作者思想、描绘最详尽的人物。他同样是一个精神探索者,但托尔斯泰始终把他与安德烈进行对照,安德烈一直坚强果断,富有理智,而他则感情冲动缺乏意志力;他身材魁梧,纯朴羞怯,"有一颗金子的心",从小在国外接受教育,思想激进而性情温顺,富于哲学思辨却干事漫不经心;他一心想"在俄国建立共和国,自己做拿破仑",可往往成为环境的奴隶,他一边喊人权,一边参与把警察抛进水中的恶作剧;一面忏悔于酒宴女色之乐,一面又过着自己熟悉的放纵生活。因为继承庞大的遗传,他被动地成为"美丽的动物"爱仑的丈夫,妻子的堕落把他推向决斗的舞台,他以一半财产的代价与妻子分居。渐渐地,他开始追求"内心的和谐",进行精神探索,把目光投向了共济会,他决心在自己的领地实行改革,解放农奴,但也以失败告终。在法军进入莫斯科后,他对于拿破仑的看法完全改变了,他与法军进行肉搏,并准备刺杀拿破仑,结果被俘,法军溃退,他获得了自由。与娜塔莎的婚姻,是他精神复活的种子,他关心公共福利,抨击尼古拉政府,积极参与秘密团体的工作,走上了早期十二月党人的道路。

罗斯托夫伯爵是作者理想化的家族,以单纯、善良、质朴象征着俄罗斯民族的性格。这是个外省庄园贵族,他们没有从根本上切断与土地的联系,保持着淳朴的风俗习尚,在打猎、圣诞游戏中,主仆间没有明显的界限,精神上更接近于人民;伯爵夫妇助人为乐,盛情待客,舍己为人;在民族遭受苦难的时候,他们送出两个儿子为国征战,幼子献身于战场。托尔斯泰着重刻画了这个家族年轻一代中的两个人物。长子尼古拉直率善良热情,虽然经历了卫国战争的考验,但缺乏独立思考和精神追求,满足现状,后来成为一个精明的地主。他的妹妹娜塔莎是这个家族中最出色的人物,也是《战争与和平》中最具光彩的女性形象。

娜塔莎在刚刚出场的时候是一个天真烂漫、无忧无虑的少女,对生活充满着热情和向往,浑身散发着青春活力,对大自然有天然的感悟力,对民族的传统也有深厚的感情。她性格朴实自然,毫无贵族小姐的矫揉造作;她能歌善舞,给家人和朋友以无穷的欢乐;在莫斯科大撤退时,她要求母亲放弃家产,把马车让给伤员。由于单纯轻信,她曾一度被花花公子勾引,差点铸成终身大错,为此付出了沉重的代价,解除了与安德烈的婚姻,在安德烈临终之际,她勇敢地去见他,真诚地请求宽恕,给安德烈以极大的安慰。在小说结尾,她与彼埃尔组成幸福的家庭,成了一个"强壮的、美丽的、多子女的母亲",完全沉浸于当母亲与妻子的责任之中,成为托尔斯泰所赞赏的贤妻良母。

库拉根家族是托尔斯泰强力谴责的腐朽没落的贵族,他们一家集中体现了上流社会的道德堕落和精神空虚。瓦西里·库拉根公爵是一个不择手段往上爬的角色,他自私自利,追逐名利,他觊觎别素霍夫伯爵的家产,阴谋没有得逞,就用卑鄙的方式把女儿嫁给唯一的财产继承人彼埃尔;而他的女儿爱仑外表美丽内心卑污,是个卖弄风情、堕落虚荣的女人;两个儿子也是一个愚蠢一个放荡。在这个家族中,没有任何道德准则,只有对于金钱、利益的贪婪追求。

托尔斯泰在《战争与和平》中探讨着俄国贵族在历史进程中的作用,他认为,贵族阶级并没有失去它的历史主动性,尤其在民族危亡的历史关头。托尔斯泰按照与人民亲近的程度以及对国家民族的感情这把尺子把贵族分为完全对立的两类,一类是那些惟利是图、养尊处优的彼得堡上层将军、官僚、贵族,如库拉根公爵之流,他们热衷于高官厚禄,远离民族土壤,与人民格格不入,在祖国危难之际也不曾改变奢侈的生活,他们已经成为历史前进的阻碍者;另一类是莫斯科和外省的所谓"庄园贵族",他们保持着民族的特性,与普通人民较接近,反感于官僚集团,在民族生死关头挺身而出,保尔康斯基、罗斯托夫家族属于这一类。托尔斯泰刻画这两个家族的人物特别饱含感情,因为他们中间的许多形象都是以作者的近亲为原型的。

《战争与和平》人物众多,事件纷繁,精彩画面一个接着一个,动人的场景一幕连着一幕，犹如波澜壮阔的海洋，有宁静也有起伏，有细流也有波涛。在清晰的线索引导下，"战争"与"和平"或并列或交织，主人公的现实生活与精神探索相互作用，共同组成一幢壮丽的艺术大厦。描述"人物性格的运动"是托尔斯泰创作的重要意图，安德烈和彼埃尔等重要人物性格的发展变化，尤其是他们紧张的精神探索的历史，体现出托尔斯泰独具的"心灵的辩证法"。俄国另一位大作家屠格涅夫说，这样宏大的作品"除了托尔斯泰，全欧洲没有一个人写得出来"，一点也不夸张。

《安娜·卡列尼娜》

《安娜·卡列尼娜》是一部现实题材的小说，早在三年前托尔斯泰就有了构思，他对夫人说，他脑海里出现了一个上流社会已经结婚但失了足的妇女典型，他想把她写得只显得可怜而不显得有罪，而且围绕着这个女子的男性形象也已经有了轮廓。但托尔斯泰没有马上动笔，直到一桩事件的触发才使他进入创作：1872年初，一位穿着体面的年轻女人在莫斯科至库尔斯克线路上的一个火车站投身货车自杀，被轧为两段，她名叫安娜，是作者邻近的一个庄园主的情妇，因为主人结婚后把她抛弃而卧轨自杀。目睹血肉模糊的女子，使托尔斯泰非常震惊，他决定让他作品的主人公以同样的方式结束生命，而且也取"安娜"为名字。但是，这位不幸弃妇的死仅仅为作者提供了人物的结局，而小说主人公的外貌原型来自俄国伟大诗人普希金的女儿，虽然与她是在十多年前见过面，但她的美丽和雍容华贵给作者留下极深的印象。当然，作者的构思远不止这些，在五年的创作过程中，情节在不断扩大，主题也在不断深化。

《安娜·卡列尼娜》的开端非常著名："幸福的家庭都是相似的；不幸的家庭各有各的不幸"，这部作品就是由家庭问题发轫的，托尔斯泰有关家庭和义务、爱情和婚姻等独特见解，通过安娜和列文两种不同的婚姻、爱情和家庭体现了出来。

安娜是个美貌的年轻贵妇，当她还是个少女时就嫁给了比她大20岁的高官显贵卡列宁，过了八年没有爱情的夫妻生活，有了一个儿子。在贵族妇女中，她以自己的风姿和聪明才智显露头角，她那超凡脱俗的气质上远远高于那些矫揉造作的贵妇们。她是热烈的，真挚的，丰富的，她的性格仿佛一团火，当渥伦斯基初次在火车站与她相遇就发现"有一股被压抑的生气在她脸上流露"，"一种过剩的生命力洋溢在她的眼睛的闪光里，时而在她的微笑中显现出来"，这是被一重厚厚的冷灰压抑着的火，是她那官僚丈夫的刻板、冷酷的冰山重压着的一团扑灭不了的生命之火；渥伦斯基不顾一切的追求拨掉了安娜身上的冷灰，这火就无比热烈地燃烧起来了,它烧毁了一切宗教世俗的藩篱,也烧毁了她自己。安娜不惜一切代价追求独立平等、不受奴役的爱情生活,但那个时代的妇女根本没有支配自己命运的权利,她勇敢地离开卡列宁,卡列宁就冷酷地夺去了她的爱子,既不让她离婚,也不让见到儿子;安娜蔑视虚伪的上流社会,贵族社会也无情地弃绝她,她的微小的幸福与自由是以巨大的代价换来的,与渥伦斯基有限的欢乐给她带来的是无限的痛苦,更何况激情后的冷淡和厌倦,这成为她不幸命运的最后一击,她看透了这个社会"全是虚伪,全是谎话,全是欺骗,全是罪恶",她宁为玉碎不为瓦全,于是,这黑暗中的火焰终于永远地熄灭了。

安娜的性格是时代的产物,她接受了进步的资产阶级思潮的影响,是个具有个性解放思想的贵族妇女,可同时又是个高贵的穷人。她追求的只不过是个人的爱情幸福,而当她坦诚地表白自己有爱的权利的时候,她却成了上流社会的众矢之的,作者告诉我们,在那时的俄国上流社会,贵族男女之间偷鸡摸狗的事比比皆是,而安娜光明正大、真诚专一的爱恰恰触犯了他们所谓的道德习俗甚至法律,必然要受到致命的打击。安娜性格的矛盾也是她悲剧的原因之一,她的个性解放没有能够完全冲破阶级的藩篱,她总认为自己是个坏女人,敬畏上帝,相信预兆,抵挡不住来自上流社会的强大压力,而最重要的是没有自我生存的能力,所以当她对渥伦斯基的爱没有把握时,也就失去了与现实世界的唯一联系,自杀成为她对这个世界的最后抗议。

不可否认,渥伦斯基是花花公子中比较优秀的人物,安娜爱上他在那个时代是相对理想的选择。渥伦斯基始终爱着安娜,他虽然重视功名地位,但为了安娜两次放弃升迁的机会,当安娜表示与他中断爱情关系时,绝望地开枪自杀几乎毙命;安娜自杀后,他痛不欲生,几次欲寻短见,后来率军去保加利亚,准备战死沙场。但是,渥伦斯基在人品、思想、才能和意志等方面都逊色于安娜,加上社会地位的局限,他始终没有能够真正理解她,他多半是为她外在美所吸引,没有也不可能像安娜那么投入地去爱,他的爱是有保留的。而且,他富有,有独立高贵的社会地位,有种种社会联系,这些都是安娜所不具有的,他们之间有真正的爱,但同时也有真正的不平等,安娜的悲剧也就不可避免了。

假如说安娜是俄国古典文学中最富于艺术魅力的妇女形象的话,那么,她的丈夫卡列宁则是刻画得最深刻的冷酷自私的官僚典型。从表面上看,卡列宁简直是个出类拔萃的人,他热心事业,比腐败的官僚富有道德感,可仔细分析就会发现,他虚伪、守旧、空洞甚至狠毒,一门心事追求升官,安娜把他看透了:"功名心、成功的愿望是他灵魂中所有的唯一的东西",他是一架完全没有人性的官僚机器,死板而枯燥,安娜与他在精神气质上的不可调和的矛盾是他们家庭分裂的根本原因。当知道妻子有外遇时,他为了名誉、地位而不离婚,表面上为了维持自己的体面,骨子里要给安娜更大的痛苦,他以拒绝她看望儿子来折磨她,让她始终处于内疚与不道德感之中。他是安娜悲剧的罪魁之一。

《安娜·卡列尼娜》除了它的感人的主题与人物之外,还极富艺术感染力,某些艺术技巧几乎达到完美的境地,对于人物的描写出神入化。比如安娜形象的塑造,托尔斯泰融入了自己的审美评价,始终注意显示她的美:肖像美、服饰美、动作美,她的聪慧典雅、活泼自然、从容的风度、丰富的内心世界,可以说调动了一切手段来显示她的出类拔萃,有正面描写,有侧面描写,有对比中描写——与幼稚的吉蒂对比写她的雍容、与枯燥的卡列宁对比显示她的活力。心理描写也特别突出,安娜的常态心理、变态心理、内心独白以及作者对她的内心世界的剖析都栩栩如生,安娜初恋时的矛盾心理,爱情中的期待,死亡前的悔恨与绝望刻画得淋漓尽致。

《复活》

《复活》是托尔斯泰花费多年心血精心构思酝酿的一部杰作,从情节发展到主人公的遭遇都经过审慎的过滤和筛选,比如开端部分就修改过十多次,最后才设计出男女主人公法庭邂逅的开头。自从作者的检察官朋友将一个妓女的遭遇告诉他,到完成《复活》的创作,经过了10年时间,期间创作多次中断,直到他深思熟虑,将注意力集中到对于现存制度的批判这一焦点上,才一气呵成完成了作品。主人公的爱情纠葛已经不占重要的位置,而对社会问题的挖掘超过了他以前所有的作品。

与《战争与和平》《安娜·卡列尼娜》等线索纷繁、情节复杂的模式不同,《复活》的男女主人公的关系构成单一的线索,故事情节很简单:年轻的公爵涅赫留朵夫曾经诱奸了农妇的女儿,也是他姑母的养女喀秋莎·玛丝洛娃。10年后,涅赫留朵夫作为陪审员与被诬为谋财害命的妓女玛丝洛娃在法庭上相遇,玛丝洛娃被误判,将要流放到西伯利亚。涅赫留朵夫深感自己是她犯罪的根源,于是良心觉醒,为营救她而到处奔走,并决心与她结婚来赎罪。但他在权贵豪门和沙皇专制国家机构间的奔波均告失败,只得随玛丝洛娃一起去西伯利亚。最后,玛丝洛娃与政治犯西蒙松结合,涅赫留朵夫在《福音书》中找到归宿。按照托尔斯泰的意愿,他们两个道德上都得到感化,双双在精神上"复活"了。

贵族公子与使女的故事是好多艺术家描写过的老掉牙的故事,托尔斯泰的过人之处在于,他通过这类习见的题材,对现存的一切制度予以激烈的批判,而且不是从他出身的贵族阶级的立场上,而是从千百万宗法制农民的观点来进行无情的批判的。在作品里,一个被压迫被凌辱的下层妇女作为女主人公,而贵族男主人公完成以罪人和赎罪者的身份出现的。涅赫留朵夫上诉请愿的过程,串联起了农村与城市的生活场景,通过他的眼睛将官僚制度的反人民性揭露出来,整个国家机器都是与人民为敌的,无论是法庭、监狱、官方教会,还是警察、将军、神职人员,都冷酷、伪善、残忍,而且让我们看到,遭受不公正判刑的不只是玛丝洛娃一人,大多数被囚禁者都是无罪的。更令人触目惊心的是广大农民的悲惨景况,"比当年的农奴的日子还糟",这使托尔斯泰老人格外愤怒。虽然,他没有能够提出改造社会的良方,只是企图从《福音书》里寻求真理,期望通过道德改善来清除社会罪恶,但他已经在作品中给予革命者以一定的位置,只是他们还戴着沉重的镣铐,是一些被囚禁的巨人。

涅赫留朵夫这个"忏悔的贵族"是作者所创作的一系列探索性人物的继续和发展。托尔斯泰认为,在涅赫留朵夫的身上有着"动物的人"和"精神的人"两重性,他性格发展的过程就是这两者彼此斗争、互相消长的过程。青年时代的涅赫留朵夫是个"精神的人",他正直无私,专心致志于自己的工作,读斯宾塞的《社会静力学》,"痛感土地私有制的残酷和不公正",决定不再享有财产权,让耕作的农民分得自己从父亲那里继承的土地,同时,他对姑妈的养女卡秋莎保持着纯洁无邪的爱情。可是,经历了堕落的彼得堡生活和军旅生活后,他染上了自私自利的毛病,他身上的"动物的人"就开始占上风,甚至完成摧毁了"精神的人",他作践卡秋莎的感情并诱奸了她,使她处于悲惨境地,导致她一系列的悲剧。作为陪审员的涅赫留朵夫在法庭上与玛丝洛娃意外重逢之后,痛感自己是这个可怜女子罪孽的根源,他身上"动物的人"与"精神的人"进行着激烈的斗争,终于良心觉醒,向玛丝洛娃忏悔,并决心与她结婚,命运与共。从此他为玛丝洛娃的冤屈奔走,并且为其他无辜的囚犯争取减轻厄运,他放弃财产和享受,随玛丝洛娃到西伯利亚去。在改恶从善的过程中,他终于回归了"精神的人",真正地"复活"了。有意思的是,一方面托尔斯泰赞赏涅赫留朵夫道德上的自我完善和为自我、为整个贵族阶级真心忏悔的举动,但又遵循艺术创作原则,在书里安排了这样一个细节:玛丝洛娃虽然与之和解,但宁愿嫁给政治犯而拒绝与他结婚时,涅赫留朵夫"感到心头一松"——可见,他的自我牺牲是不彻底的,只不过是居高临下的恩赐。

卡秋莎·玛丝洛娃这样一个被侮辱与被损害的平民女子,第一次以主人公的形象出现在托尔斯泰的小说中。她"一半是婢女"的身份,使她与劳动者亲密无间,年轻时热情、天真、纯洁、善良;"一半是小姐"又使她一定程度上害怕劳动,后来她宁愿做妓女也不愿意干洗衣服的苦活;"一半是婢女"使她日后在流放途中能够和普通的人民共命运,接受他们道德力量的影响而弃旧图新;"一半是小姐"也使她对涅赫留朵夫抱有幻想,不能抵抗他的诱惑。但是,那个风雨凄切的夜晚,怀孕的卡秋莎眼见那个蹂躏她的男子坐在头等客车的丝绒席上打牌作乐,她却被遗弃在寒冷的黑夜里,从此她"不再信仰上帝和善良",深刻感觉到自己与老爷之间不可逾越的鸿沟。黑暗的社会把她一步步逼入深渊,一个原本纯洁的姑娘竟然堕落到以香烟、伏特加、嫖客作为家常便饭,以青楼生活相炫耀的妓女,成了现存制度的牺牲品。生活本身教育了她,她的"复活"并非来自涅赫留朵夫的影响,而是在监狱中、在流放途中与难友们的接触,艰苦的劳动也逐渐克服她那畸形的职业上的种种恶习,重新有了人格尊严和做人的自信。当然,托尔斯泰也反复运用道德的力量来感化她,她每和涅赫留朵夫接触一次,对他的仇恨就减弱一分,最后是为了"爱自己的敌人"不连累他而放弃与他结婚,托尔斯泰的"不以暴力抵抗邪恶"的观点得到贯彻,而人物的形象却有点牵强了。

托尔斯泰代表了人类艺术发展的一个重要阶段,他使现实主义长篇小说达到高度成熟甚至完美,此后的艺术家们要想在这个流派领域超越他似乎不可能了。后来的另一位文学巨人海明威曾经这么形容:我与托尔斯泰较量了几个回合,结果他把我的鼻子都打掉了。确实,托尔斯泰丰富的社会阅历和高度的艺术修养,尤其他对于人类社会所怀有的崇高的奉献精神,都是后人难以企及的。

第十三讲　波德莱尔与《恶之花》

波德莱尔(1821—1867)是19世纪中叶法国最著名的诗人,也是西方现代主义文学的先驱,他的代表作《恶之花》被视为象征主义的开山之作。

象征主义是最早产生的现代主义流派,也是波及面最广、影响最大的流派。象征主义这一词来自古希腊,原指一块木板分成两半,双方各执其一,在见面的时候拼在一起,表示友谊的信物,几经演变,它的意义已经变成一种形式作为另一种概念的代表,它的含义已经涉及事物的实质。象征主义的产生以1886年莫雷亚斯发表的《象征主义宣言》为标志,波德莱尔的《恶之花》是其第一部重要作品,他的"通感"理论为象征主义的基本概念,即在可感知的客观世界里,存在着一个更为真实永恒的世界,只有本能和直觉才能够领悟和把握这个世界。诗人能够进入这个"象征的森林",自我与世界融为一体,物我相通,完成传达神秘世界的艺术使命。后来,在波德莱尔的影响下产生了前期象征主义和后期象征主义。

生平与创作概况

波德莱尔从小生活在孤独当中,六岁的时候父亲去世,第二年母亲改嫁给一个军官。长大后的波德莱尔与继父的关系一直不好,但他的继父对他还是负责任的,想培养他进入外交界,但波德莱尔一心沉溺于创作,他与一群文人放浪形骸,在灯红酒绿的巴黎过着放荡不羁的生活。为了让他结束近乎病态的生活,继父将他送到印度,但他中途就离船,返回法国,这次旅行丰富了他的想象力。1848年在革命的高潮时,他怀着小资产阶级的热情参加战斗,但此后更加消沉,逃避社会,远离政治。他酗酒,吸毒,追求奇装异服,追求官能刺激,这除了家庭的打击之外,更重要的在于他生活在一个满目疮痍的社会之中,周围的丑恶使他极端厌恶,又没有办法逃出这个牢笼。他憎恶通俗的伪善的道德,甚至平凡真理他都很反感,对健康的自然的东西也不能接受,他本身就是与美感、道德的对立中寻找欣赏的对象。1867年波德莱尔在贫病交加中走完了他46年充满着矛盾、痛苦、反抗和颓废的一生。

这是一个天才的诗人、翻译家、评论家,还写有小说。他最初以艺术评论享誉文坛,发表有画论《1845年的沙龙》和《1846年的沙龙》,他还独具慧眼地对雨果、巴尔扎克等不同流派的作家进行评论,留下了《浪漫主义艺术》评论集。他最早翻译了美国作家艾伦·坡的作品并给予很到位的评说。

1857年波德莱尔出版了唯一的诗集《恶之花》,但这部诗集当时不但没有给他带来广泛的声誉,反而使他受到猛烈的攻击,并遭到起诉,结果以违反公共道德被处以罚款,所以在1861年再版的时候不得不删除了六首"淫诗",直到1949年禁令被解除才又重新把那六首诗加了进去。他还有散文诗集《巴黎的忧郁》《人为的天堂》。

《恶之花》

波德莱尔的代表作《恶之花》从出版到现在已经超过一个半世纪了,仍然是赞赏与批评并存。当年法国文坛骂他的人说他腐朽、颓废,但赞扬的人如雨果就非常激动地说他给文学带来了新的战栗;瓦雷里说他达到了光荣的顶点,法国诗歌终于走出了困境;他的一些后继者,如兰波甚至把他奉为真正的上帝。

诗篇的开头有一个代序《致读者》,其他分为六章。

《致读者》中这样说"愚蠢,谬误,罪恶,贪婪,占据着我们的头脑,刺激着我们的肉体,犹如乞丐养活它们身上的虱子,我们居然哺育我们可爱的悔恨"。人们热衷于丑恶的事物,每天都在向地狱迈进一步,还有一个最难看、最丑恶、最污秽的怪物在吞噬着人群,那就是"无聊"。

第一章:《理想与忧郁》

这个部分有85首诗。按照上帝的旨意,诗人诞生在这个烦恼的世界,在天使的保护下他快乐地成长,之后他像信天翁一样经常出没于暴风雨之中。这部分有一首著名的《通感》,诗人认为,大自然像一座庙宇,象征着森林用亲切的目光在观察着人,像冗长的回声在远处混成一片,味、色、音相互应答。

第二章:《巴黎的场景》

这里有 12 首诗。诗人投身于苦难的巴黎,通过一只从笼中逃出来的天鹅对美丽湖泊的怀念,他仿佛看到了被无尽的欲望吞噬的流浪者们,看到那些像花朵一般枯萎的孤儿,看到那些被遗忘在荒岛上的水手、囚犯……一个老头穿着破烂的衣服,身体变成直角,拄着拐杖,步履蹒跚地走在肮脏的雾蒙蒙的凄惨的街道上,这个幽灵一样的老头竟然一连出现了七个,诗人十分震惊。黄昏是罪恶的帮凶,随着夜色的到来,恶魔开始活动,娼妓和小偷也干起他们的勾当来。黑夜过去,太阳升起,暗淡的巴黎像一个辛勤工作的老头似的睡眼朦胧,一手抓起了工具。

第三章:《酒》

这部分共有 5 首诗。在此诗人创造了幻影——人间天国,在古老的市政中心,在一盏红色的路灯下,经常有拾破烂的人出现,疲惫不堪,他们常年伏身在巨大的巴黎所吐出来的一堆堆垃圾上,为了消除这些老头们的怨恨,上帝出于仁慈,创造了睡眠,人们还可以喝酒,在一个孤独的人看来,美女、金钱都比不上酒,只有酒才能使人飘飘欲仙,忘却现实的烦恼。

第四章:《恶之花》

在这里诗人求助于邪恶,共有 16 首诗。诗人有时感到身上像喷泉似的血流如注,可是摸遍全身却找不到伤口。他借酒来麻痹自己的恐惧,可是酒却使他的眼睛更亮、耳朵更尖。他转而求助于爱情,爱情却如同针毡,到头来他还要为那些残酷的姑娘提供吃喝。诗人觉得放荡和死神是两个好姐妹,他呼喊:"长着污秽胳膊的放荡,你何时要埋葬我?死神啊,你又何时来临?"

第五章:《反抗》

共有 9 首诗。诗人绝望了,他走上反叛的道路。他请求撒旦可怜他长久的苦难,最后当诗人踏遍人间的道路,不能摆脱烦恼时,只有走最后的道路,那就是死亡。

第六章：《死亡》

这部分共有 6 首诗。诗人要坐着死神这位老船长的船起航，死亡才是安慰，是生命的目的，也是唯一的希望。即使天空和海洋漆黑一团，死亡仍然使我们心中存有光明，不管前面是天堂还是地狱，在未知的前方便可找到"新奇"。

这样，诗人就由上帝的旨意诞生到这烦恼的世界，到他结束生命，去追求另一个世界的无限境界，他徒劳的生命也就结束了。这就是《恶之花》的大致内容。

艺术特点

这部诗集在艺术上的特点从题目上就可以看到，诗人要写的不是美而是恶，这也是诗人长期受到攻击的最大原因。我们来看一看他的这首《腐尸》：

  爱人，想想我们曾经见过的东西，
  在凉夏的美丽的早晨；
  在小路拐弯处，一具丑恶的腐尸
  在铺石子的床上横陈，

  两腿翘得很高，像个淫荡的女子，
  冒着热腾腾的毒气，
  显出随随便便、恬不知耻的样子，
  敞开充满恶臭的肚皮。

  太阳照射着这具腐败的尸身，
  好像要把它烧得熟烂，
  要把自然结合在一起的养分，
  百倍归还伟大的自然。

  天空对着这壮丽的尸体凝望，
  好像一朵开放的花苞，
  臭气是那样强烈，你在草地之上
  好像被熏得快要昏倒。

  苍蝇嗡嗡地聚在腐败的肚子上，

黑压压的一大群蛆虫
从肚皮里钻出来,沿着臭皮囊,
像粘稠的脓一样流动。

这些像潮水般汹涌起伏的蛆子
哗啦哗啦地乱撞乱爬,
好像这个被微风吹得膨胀的身体
还在度着繁殖的生涯。

这个世界奏出一种奇怪的音乐,
像水在流,像风在鸣响,
又像簸谷者作出有节奏的动作,
用他的簸箕簸谷一样。

形象已经消失,只留下梦影依稀,
就像对着遗忘的画布,
一位画家单单凭着他的记忆,
慢慢描绘出一幅草图。

躲在岩石后面、露出愤怒的眼光
望着我们的焦急的狗,
它在等待机会,要从尸骸的身上
再攫取一块剩下的肉。

——可是将来,你也要像这臭货一样,
像这令人恐怖的腐尸,
我的眼睛的明星,我的心性的太阳,
你、我的激情,我的天使!

是的!优美之女王,你也难以避免,
在领过临终圣事之后,
当你前去那野草繁花之下长眠,

在白骨之间归于腐朽。

那时,我的美人,请你告诉它们,
那些吻你吃你的蛆子,
旧爱虽已分解,可是,我已保存
爱的形姿和爱的神髓!①

　　这是一首著名的诗,是作者送给他非常爱的一个女人的,这个被称为"黑色维纳斯"的女人与诗人相伴长达20年,身体的每一部分都给诗人带来过长久的激情,波德莱尔称她是自己的回忆之母。美人们对于青春的消逝是非常害怕的,但是诗人却描写了一具又脏又臭的尸体,并说自己的爱人未来也会如此,这样的描写多么惊世骇俗!著名的雕刻家罗丹曾说过,波德莱尔竟然对着这可怕的尸体想像是他的情人,这种骇人的对照构成了惊人的诗篇,一面是期望永久不死的美人,一面是正在等待美人残酷的命运。对一个腐尸作淋漓尽致的描写,并与一个美人联系起来,这在文学史上是罕见的。显然这是《恶之花》的第一个特点。

一、恶之美

　　波德莱尔对于美学观念作了全新的理解,要明白的是诗人并不是从道德的角度认为恶的就是美的,而是从美学的角度认为,丑恶的东西可以成为艺术上美的表现对象,这就是艺术的奇妙所在。我国著名诗人闻一多的《死水》就具有这样的艺术效果,他并不是认为像死水这样的东西是美好的,而是从美学意义上来讲,丑恶的东西也可以作为美学的描写对象。这里表现了一个失去了宗教信仰的诗人对于自身的探索,波德莱尔毫不掩饰地显露了自己的灵魂,他挣扎着在痛苦中寻找光明,他追求美,有在精神上上升的意愿,但得到的却是失望,于是他更加的沉沦、悔恨、迷茫。作者在这里让我们看到上帝不会给他希望。

　　《恶之花》敞开了他自己的精神世界,也展示了他极度厌恶的客观世界,以清醒的意识描绘了主客观世界的"恶",并使之上升到了生命的意义当中。比如这首《腐尸》,对一具尸体的描绘不禁使人厌恶,但是人人不免于死亡,诗人要人们正视命运,从中寻找生命的意义,这比虚饰要深刻得多。《恶之花》中的恶是丑恶的东西,又是痛苦的代名词,恶给人带来厌恶、颓废和对残废的恐惧。他写恶,不是为歌颂恶,而为了观察恶,诅咒恶,从而达到对美的追求,对畸形的现实世界充满批判,对有限的生命不失热爱和留恋,对于灵与肉的结合有着强烈的追求,他

---

① [法]波德莱尔著,钱春绮译:《恶之花》,第70～72页,北京:人民文学出版社,1991。

要让最卑微的事物有更高贵的命运,这也是波德莱尔诗歌的价值所在。

二、通感

这是艺术上的第二个重要特点。作者从神秘的宇宙观出发,把事物的相互感应象征作为诗歌创作的理论基础。

在《感应》中,诗人写道:

> 自然是一座神殿,那里有活的柱子,
> 不时发出一些含糊不清的语音;
> 行人经过该处,穿过象征的森林,
> 森林露出亲切的眼光对人注视。
>
> 仿佛远远传来一些悠长的回音,
> 互相混成幽昧而深邃的统一体,
> 像黑夜又像光明一样茫无边际,
> 芳香、色彩、音响全在互相感应。
>
> 有些芳香新鲜得像儿童肌肤一样,
> 柔和得像双簧管,绿油油像牧场,
> ——另外一些,腐朽、丰富、得意扬扬。
>
> 具有一种无限物的扩展力量,
> 仿佛琥珀、麝香、安息香和乳香,
> 在歌唱着精神和感官的热狂。①

象征绝不只是有修辞的意义,而变成了世界本来的属性。大自然是一个神秘的世界,在这个世界中有着声音、色彩,融成一片创造的生机,互相象征,向人们发出各种各样的信息,只要和大自然合为一体,就能从声音中看到色彩,从色彩中闻到香味,从一个事物感受到另一个事物的存在。波德莱尔就这样为象征主义的创作提供了理论观点,按照诗人的观点,诗人不应该满足于事物表面的意义,而应该抛弃再现、模仿,深入到神秘世界的内部,到达事物内部的高度契合的象征世界。诗人只是一个翻译者,而并不是发现什么。

通感(感应)的理论其实并不神秘,如果从心理学角度看,感应、通感,现象本

---

① [法]波德莱尔著,钱春绮译:《恶之花》,第21~22页。

身并不神秘,这只是人们心理上高度敏感的一种生理现象,而这种现象也并不是没有现实基础的,有些事物如色与香之间本来就有着很密切的联系,在人们的心理上能引起固定的联想,所以人们在特定的条件下对外部事物也会有特定感受。比如《恶之花》中的《人与海》,人与海是相通的,海是深沉的,忧郁的,这与人的心理相通,海成了人的象征。人与海的关系也是现实中的不知悔改的、斗争的人与人的关系的象征。诗人认为外界事物与人的内心之间有着神秘的契合的关系,波德莱尔常用具体的景象来暗示内心微妙的活动。这与浪漫主义诗人所写的大海是有所不同的,浪漫主义是直接抒发感情,他们物我一体,在现实中感到孤独,但在自然中却会有一处归属感。到了波德莱尔就不是这样了,他要在这孤独中发掘自我。

此外,用有形象征无形、用具象描绘感觉,也是《恶之花》的艺术特点。如描写内心孤独悲哀的感觉,就用可触摸的具象来写自己难以捉摸的内心的主观感受。他写巴黎:"骚动喧嚣的城,噩梦堆积的城,幽灵在光天化日之下拉扯行人",戏剧性的场景比况感觉中的黑暗;写一个老妇人的悲哀:"她的眼睛是注满泪水的井",悲哀用可感知的形象表达了出来;他说人的沉思是"惆怅微笑在河水涟漪之间",是"在桥洞下睡倒的夕阳";他说"死亡"是驾着船向"郁黑如浓墨"的大海驶去的"老船长"。丰富的意象,新奇的比喻,包含着深刻的寓意,为以后的象征主义发展奠定了浑厚的基础。

其实,波德莱尔虽然生活在恶中,他爱的却是善,只不过他活得太孤独太消沉了。他把恶转化为具有道德力量的善,病态之物却让人获得美感,这使得《恶之花》有化腐朽为神奇的力量,将丑恶的意象赋予美的升华,恶成为表现美的媒介,这也正是《恶之花》不朽的地方。到了20世纪,"丑""恶"题材进入人们的视野,扩张了艺术表现的领域,波德莱尔被推为象征主义运动的始祖一点也不为过的,他是属于20世纪的、属于未来的。

第十四讲 T.S.艾略特与《荒原》

艾略特的诗作在数量上并不大,但它们屹立在地平线上,好像是升起在大海上的礁岩的顶峰,并且谁也无法否认地形成了一座里程碑。

——这是1948年艾略特由于"对于当代诗歌作出的卓越贡献和所起的先锋作用"而获得诺贝尔文学奖时的授奖辞。艾略特是后期象征主义的杰出代表,也是20世纪重要的文学批评家和戏剧家。他给欧美诗歌带来了新的表达方式和新的鉴赏标准,甚至改变了一代人的文学趣味。

T.S.艾略特(1888—1965)祖籍英国,但他出生于美国,从小受过系统的古典文化的教育。1906年进入哈佛大学学习哲学,1910年留学法国,听过伯格森讲课。后来到英国牛津大学做研究,完成了博士论文。第一次世界大战阻止他回到美国接受博士学位。从此,他就留在了英国,1927年加入了英国籍。

他的诗作反映了第一次世界大战前后西方社会的精神虚脱状态。

形式主义批评理论

艾略特是英美新批评的奠基人,他在《传统与个人才能》《批评的功能》《哈姆雷特和他的问题》等论文中阐述了他的现代主义理论。

"非个人化"理论

艾略特主张,诗要对个人的情感作最少的要求,而对诗歌的艺术技巧作最大的要求。诗人只有不断地放弃自我的体验,才能表现出更有价值的东西。他有这样的名言:"诗不是放纵感情,而是逃避感情,不是表现个性,而是逃避个性。"①只有这样,才能把一己的痛苦转化为丰富的奇异的具有共性的感受传达出来。因此,诗人不要认为作品是在表达自己,因为日常生活体验到的情绪可能根本不具备诗的属性。而有的情绪在诗歌中具有意义但在诗人生平中并不起什么作用,作品与作者的个人生活和个人情绪没有什么关系,因此,读者不要企图从诗人的生平中去寻找诗人人格的线索。只有自我的不断牺牲、人格的不断放弃,才能获得艺术上的不断进展。

"客观对应物"

艾略特对形象的象征性使用了一个如今广泛流传的术语:"客观对应物。"②一个形象可以在诗人与读者的脑海中引起相近似的联想,如果像浪漫主义诗人那样直抒胸臆,很难形成共同的情感体验。诗的根本功能还在于情感,应该为情感找到一条不同的出路——将主观抒情转化为客观象征,为思想与情感找到外在的象征物或曰"相称物"。因此,他常常把诗中的人物置于戏剧性的场景中来流露情感。

艾略特"对应物"观点比波德莱尔等早期象征主义的"象征"的内涵更为深广。"客观对应物"往往不是单个形象,而是一系列物像组成的象征体系,更加突兀与跳跃,更耐人寻味,读者往往需要对整体意象加以领会和综合才能把握,这增加了阅读的联想深度。

思想知觉化

用知觉表达思想,把思想还原为知觉,使读者通过对具体形象的领悟来对作品作出情感反映,再上升为理性认识;领悟抽象的思想能够像闻到玫瑰花的香味一样地具体可感。艾略特认为,只有这样,可感知的思想才具有大公无私的性质,诗人才真正完成了逃避感情、逃避个性的过程,完成了"非个性化"的转化过程。

---

① [英]托·斯·艾略特著,卞之琳,李赋宁等译:《传统与个人才能》,第 10~16 页,上海:上海译文出版社,2012。
② 同上,第 180 页。

无法理喻的时代与难以解读的《荒原》

20世纪20年代是一个对理性科学怀疑、对传统道德文化失望、对大规模战争恐惧、对经济危机焦虑、对人生未来担忧的时代。一切曾经有过的文明与理性,都成了废墟,成了荒原。艾略特《荒原》的出现,为西方世界带来了颤栗和冲击,也带来了晦涩与难解,就像这难以理喻的时代一样。连诗人自己都说,在写《荒原》时,"我甚至不在乎懂不懂得自己在讲些什么"。《荒原》语言的破碎,结构的凌乱,意境的荒凉,与战后欧洲的破败以及精神的崩溃相对应,也与诗人追求的现代艺术手法相吻合。

但《荒原》是一部划时代的作品,无论是内容还是形式,都给英美诗歌带来了新的气象,以至于后来的人们认为,长期以来的众多西方文学,只不过是在艾略特这幅巨大的"荒原"壁画上添加些细节与人物。这些说法虽然夸张,但《荒原》确实统治了西方半个多世纪。

《荒原》的基本结构

《荒原》分为五章,每一章的题目都有象征意义。

第一章《死者的葬仪》共76行,题目来自英国教会的送葬仪式。死亡与空虚是这章的基调,它要表现的意思有两层:现代人的生活无异于送葬;从宗教的意义上来说,葬仪是使死者灵魂得救,这与现代人之不要灵魂形成对照。诗人用了一系列奇特的意象,比如四月在常人看来是春暖花开的时节,诗人却说它是"最残忍的一月"、种在花园里的尸体、干瘪的根茎喂养微弱的生命,西方社会的荒原景象凸现在这些凄凉的物象上。这里还展现了上流社会男女的无聊空虚、感情枯竭,预示着未来的渺茫。

第二章《对弈》共96行。通过引用莎士比亚、维吉尔、弥尔顿等人的作品,将人类过去的文明与高尚同今天的颓废没落相对照,尤其批判了现代人的纵情声色、百无聊赖。这里有两个场景,一是在卧室里的上流社会的夫妻的相互猜疑,一是在下层社会酒吧里的女子在与同伴谈论私情、打胎以及如何对付退伍回来的丈夫。标题取自一位英国剧作家的戏剧,讲的是一个姑娘请来邻居与婆婆下棋,好与公爵偷情。这里的"对弈"有"性的游戏"之义。

第三章《火诫》139行。先写泰晤士河的今昔对比,往昔的欢乐繁华没有留下痕迹,现代的人们寻欢作乐、玩世不恭、肉欲横流。接着具体地描写一个女打字员与一个青年之间发生性关系后的无动于衷:男青年找到回去的路走了,女打字员想着终于完事了,并随手放一张唱片在留声机上。现代人要改变这种精神荒原,惟有在宗教中忏悔、弃绝一切尘世欲念,才能获得拯救。标题"火诫"的意思是佛主劝告门徒禁欲,过一种神圣的生活,最终达到涅槃的境地。

第四章《水里的死亡》仅有10行。"水"是情欲的象征,意思是说人欲横流必然导致人类的毁灭。昔日腓尼基水手由于沉溺性欲而葬身大海,现代人却仍不思改悔。

第五章《雷霆的话》共113行。诗歌又回复到一片干涸的荒原景象,诗人用了三个对应物来表现荒原:耶稣死于去埃摩斯途中,满山荒凉,没有一滴水;寻找圣杯的青年骑士误入凶险的教堂,女巫企图对他进行最后的诱惑;东欧和俄国革命后,各国衰微,在空旷而萧条的世界呼喊。人们在绝望中仰望天空,雷霆说话:舍予、同情、克制。雷霆过后,伦敦桥倒塌了。西方社会的罪孽太深重了,只有皈依上帝才能得救。

有欲无情的现代人

在此,艾略特让我们看到,现代人精神贫瘠,生命力衰竭,沉溺于各式各样的欲念之中而不可自拔,根本没有信仰与精神追求。《荒原》对现代世界的绝望和批判尤其集中在对情欲泛滥的谴责上。几乎每一章中都有对往昔美好情感的追忆和对眼前醉生梦死现状的揭示。比如第三章中,当一个少女失去贞操,作出的是这样的反映:

> 她回头又在镜子里照了一下,
> 不很理会那已经走了的爱人;
> 她的头脑让一个半成形的思想经过:
> "好吧,算完了件事:幸亏完了。"
> 美丽的女人堕落的时候,又
> 在她的屋子里来回走,独自
> 她抚平了自己的头发,又随手
> 在留声机上放上一张片子。[①]

[①] 黄宗英编:《赵萝蕤汉译〈荒原〉手稿》,第81页,北京:高等教育出版社,2013。

这是整个社会的缩影,放纵情欲,又如此地无情无义。情欲在此已经不仅仅是男女私情,而是人生庸俗与卑微的象征,是社会普遍堕落的象征。

多重意象叠加

象征性的意象是《荒原》的重要艺术手法,而且是众多意象的叠加。但它不是几行诗包含若干意象,而是多行,甚至数十行才构成一个意象。各个意象之间没有情节的关联,只是象征的意义大致相通。比如第一章的基调是荒芜、死亡、空虚,为了表达这一主题,诗人呈现了四月荒地上的丁香、迟钝的根芽、干枯的礁石等一组意象,还有没落贵族女子对早年生活的回忆、闲聊,年轻恋人过往的美好初恋与眼前荒凉死寂的对照,算命女人纸牌上淹死的腓尼基水手、独眼的商人、虚幻的城市、冬晨的烟雾、伦敦桥下的人群如同进入地狱,有人在询问去年种下的死尸有没有发芽……各个意象间并没有时间或地点上的承启,也没有情节上的关联,但每一个意象都能够唤起读者相类似的感觉,使之产生大致相近的联想,那就是绝望与恐惧。

《四个四重奏》

这是艾略特后期的代表作,他也因此而获得1948年的诺贝尔文学奖。

它由四首诗组成:《烧毁的诺顿》《东科克》《干燥的萨尔维奇斯》和《小吉丁》,每首诗都能够独立,而放在一起又浑然一体。它仿照四重奏音乐的结构,每一奏都有五个乐章组成。四首诗的标题又是四个地名,而且都与诗人的生平有关,所以有人认为它带有自传性质。它是诗人人到中年,追忆往昔的时光,沉思时间与永恒的关系,从哲学、宗教、历史的角度探讨人生的意义的诗篇。这里,诗人试图超越《荒原》的绝望情绪,寻求希望和真理。

在这里,"时间"是艾略特紧紧抓住的主题。他让四个地点分别处于春、夏、秋、冬不同的季节,又让四个季节对应着生与死、创造与毁灭的轮回,并形成气、土、水、火四个基调。通过对时间的深沉思考,表明了诗人对于理想境界的执着追求。

这部作品不像《荒原》那么令人费解,而且表现形式也更为均衡与古典,所以争议很小。

第十五讲　卡夫卡与《变形记》

弗兰茨·卡夫卡(1883—1924)是奥地利著名作家,也是西方现代主义小说的奠基人,他的创作对现代主义的各流派都有着影响。这是一个性格敏感、体弱多病的犹太青年,他的一生痛苦多于快乐。早年,迫于父命,不得不放弃喜爱的文学去学法律,而且一生都笼罩在"父亲的阴影"之下。到了爱情季节,因为身体和心理原因多次订婚又多次解除婚约。在这个世界上,他始终找不到认同:论民族血统,他是犹太人,在基督教世界不是自己人,可作为没有入帮的犹太人,他又不被犹太人认同;论国籍,他是奥地利人,但他说的是德语,不完全属于奥地利人;他自认为是作家,可还要在保险公司任职员;"在自己的家里,我比陌生人还陌生"。多层的隔阂、多重的压力,使他没有依附,孤独、忧郁与不幸始终伴随着他。由于品尝最多的是失望与痛苦,所以他作品中主人公们都陷于一种身不由己的敌对境遇之中,与恐惧不安为伍,始终找不到归宿。

当卡夫卡离开这个充满苦难的世界后,众多思潮流派奉之为宗师,人们通常认为他是表现主义大师。所谓表现主义是20世纪20年代中期盛行于西方的现代主义流派,它首先出现在绘画领域,后来在音乐、文学、戏剧、电影领域里得到重大发展。表现主义是对以莫奈为代表的印象主义画派的悖逆而出现于绘画界的,表现主义认为,仅仅像印象主义那样注重客观事物的描绘,也就是复制世界是没有任何意义的,主张突破事物的外表、摆脱外在的印象、表现内在的实质,"表现,而不是再现",他们往往以夸张与扭曲现实形象的手法表达心灵、心理的真实。在文学领域,表现主义提倡揭示深藏在内部的灵魂,探讨带有哲理意义的问题,抒发作者的主观感受——恐惧感、孤独感、灾难感、无所归属感等等。表现主义戏剧普遍关注"机器文明"对人的个性的摧残、人性异化等问题,美国的尤金·奥尼尔为现代主义戏剧的奠基者,卡夫卡是表现主义小说的鼻祖。

卡夫卡构建了一个属于他的独特的艺术世界。为了表现存在的痛苦与世界的非理性,"卡夫卡式"的作品往往情节荒诞,时空迷离。人物及其经历莫名其妙,常常陷入一种难以名状的压抑和窒息境地,周遭充满敌意,却怎么也找不到异己的力量来自何方,因而不管如何努力也克服不了临头大难,只能永远在危机四伏的绝望境地挣扎。

令人赞叹的是,卡夫卡的作品一方面表现他的非理性的感受,构造了"荒诞"的世界,另一方面,在小说中又矗立着让人甚至可以触摸到的"现实"的世界,他以令人难以置信的艺术功力,自如地出没于这两个世界之中。他的小说从情节到人物是寓言式的,而构造出的氛围和喻意却是与真实世界相吻合的。读卡夫卡的作品,得出的结论无疑是荒诞与异化,而在阅读的行进之中,你会强烈地感到真实与合情合理。比如那个醒来变成甲虫的旅行推销员,面对这现实中难以形容的变化,他只是嘀咕了一声:我这是怎么啦,马上想到的是要出差、想方设法起床、怕别人怀疑自己贪污、全家人都指望自己养活呢等等,一个现实中的小人物形象站立起来了,尽管作者将他置身于如此荒诞不经的境地。将荒诞的世界与现实世界有机地融合一体,把合理的东西与不合理的东西凝聚成不可分割的整体,这是卡夫卡式的难以超越的艺术世界。

卡夫卡的困境也是现代人共同的困境,在卡夫卡那里,异化的人类命运得到了哲学与文学的高度融合与再现。

《地洞》

短篇小说《地洞》的主人公是一只没有名字的小动物,它建造了一个不错的地洞来储存食物,看起来完全可以维持生命,但它却总是胆战心惊地面对这个世界,害怕自己处于危机四伏的巨大的灾难之中,不能摆脱笼罩在这个世界上的不安全感,于是,它没有片刻的宁静,疑虑重重,提心吊胆,不停地安置物品,东搬西挪,无休无止地在建筑防御工事,而且建了拆,拆了建。永无休止的恐惧使得它心力交瘁,惶惶不可终日。小说显示,这个小动物的不幸与外界的威胁无关,它的矛盾和冲突都来自内心,由它天生不幸的性格所决定。一方面,它需要隐蔽,需要躲过外界的注意;另一方面,洞内还有敌人,一旦遇见,它就得立即逃遁,彻底暴露在光天化日之下。这种心理造成了洞口掩护装置的致命弱点,使它并不具备真正的保护作用,而只是一种象征性的安慰。

在卡夫卡笔下,地洞象征着每个人都可能在劫难逃。"我"这个为自己精心营造了一个地洞的小动物,对自己的生存处境充满了警惕和恐惧,"即使从墙上掉下的一粒砂子,不弄清它的去向我也不能放心",然而,"那种突如其来的意外遭遇从来就没有少过"。这里,我们似乎看到了异化了的作者的自我:生活的境遇对卡夫卡个人的影响极大,在第一次世界大战前后,家庭因素与社会环境,造成了他与社会、与他人的多层隔绝,使他终生生活在痛苦与孤独之中。于是,时时萦绕着他对社会的陌生感、孤独感与恐惧感。但是他还是在追求着,还在造自己的地洞。地洞也是人处于恐怖灾难下的生活状态象征,"我造好一个地洞",这句话暗示了自己的精神追求。结尾"一切如故"也可以理解为卡夫卡自我的生存状态象征:文学创作亦如造地洞,可能对异化的世界无济于事,然仍旧超然于物外,笔耕不止。

《诉讼》

这是一部充满"卡夫卡式"的作品,情节荒诞离奇,时间地点模糊不清,人物处于任人摆布的神秘莫测的境地。小说的主人公约瑟夫·K是银行的襄理,在他30岁生日的早晨,莫名其妙地突然被法院逮捕了。但这个逮捕令很奇特,没有宣布罪行和罪名,他可以照常生活、上班。K自知无罪,决心弄出个水落石出,于是四处求人帮忙,并在法庭慷慨陈词,申明自己无罪,但没有任何收效。律师愿意帮忙,但九个月过去了仍然没有写出申诉状。他去请教牧师,牧师晓谕他:真理是存在的,但通往真理的途径困难重重,要想闯过难关找到真理是不可能的。就这样,K无论多么努力也到不了最高审判机构去说明自己的清白。最后,他是在还没有弄清自己到底犯了什么罪的情况下,被两个穿着黑礼服的刽子手杀死在乱石场。

一方面,小说揭露了官僚机构的腐败与草菅人命,说明个人要想摧毁这个庞大的吃人机器断然不可能的。但另外一方面,它深刻地揭示出真理的可望而不可及。在这个荒诞的世界中,人是那么渺小,明明知道自我的清白,却永远抵达不了申冤的目标。个人永远挣脱不了异化世界所强加的悲剧命运。

在我国的翻译界,曾经根据这部小说的英文译名 *The Trial* 把它译为《审判》,其实,作品只描写了"诉讼"的过程,根本没有"审判"。

《城堡》

这是卡夫卡最后一部作品,讲的是主人公 K 为了进入城堡拜见伯爵而徒劳努力的故事。

一个冬天的早晨,K 孤身一人踏着白雪向城堡走去,为的是请求当局批准他在城堡附近的一个村庄安家落户。城堡已经清晰地出现在前面的小山丘上,可他走啊走,走到暮色降临,也没有能靠近它一步。于是,他冒称是城堡的土地测量员,先在村庄里住了下来。第二天,他找了向导,再向城堡走去,一天下来,仍然没有能够靠近城堡。此后,他日复一日地作着靠近城堡的努力,却没有任何进展。城堡明明知道他不是什么测量员,但仍给他配了两个助手。正当 K 无计可施时,城堡里的部长送来了一封信,告诉他与城堡的联络方式。人人似乎都知道伯爵,但谁都没有见过他。K 就这样无谓地等待着,每次去城堡都是空跑,最后,与城堡一切联系的可能都断绝了。

小说没有写完,到 20 章就中断了。但据卡夫卡的好友布洛德回忆,卡夫卡曾经告知这部小说的结尾:那个名义上的土地测量员将得到部分的满足,他将不懈地斗争到筋疲力尽而死,村民们将围集在死者的床边,这时,城堡当局传谕:虽然 K 提出在村中居住的要求缺乏合理的依据,但考虑到其他某种情况,准许他在村中居住和工作。

小说的主题仍然是"卡夫卡式"的:试图以种种方式表达主人公的失败。作者要告诉读者的是,人们所追求的一切,不论是自由、安定,还是法律、真理,都是存在的,但这个荒诞的世界处处是重重障碍,有的是有形的,有的是无形的,无论你怎样努力,也到达不了真理的彼岸。特别残酷的是,每当当事人觉得前进了一步时,往往是更远地离开了目标。而且,他们不清楚不幸来自何方,只能徒劳无益地挣扎着。

这是一部典型的表现主义小说。"城堡"既不是具体的城市,也不是哪个国家,只是一个抽象的象征物。它象征着荒诞的世界,象征着给人们带来幻灭的现实,象征着可望而不可及的目标。作者着重描写的并非是这个象征物本身,而是主人公对它的精神体验,那种不可名状的虚脱感、无能为力感。

《乡村医生》

这既是一部卡夫卡自称给他带来巨大满足的作品,也是他创作的最为荒诞的作品之一。小说写一位乡村医生要到十英里外的村子里给一个病重的少年出诊,结果荒诞的事情一个接着一个:这个大雪纷飞的夜晚,驾车的马莫名其妙地死了,医生却意外地发现两匹大马在自己的猪圈里;还遇到一个马车夫,马夫对女佣心怀不轨,拒绝与医生同行;医生一路上脑海里总是闪现马夫强暴女佣的意识流;病人胯骨处伤口溃烂,手指般大小的红色蛆虫不时往外爬,但却恳求医生让他死去;医生感觉孩子没救了,而孩子的家人和亲友却认为动了手术就会妙手回春,他们扒光了医生的衣服,把他按到病人的床上,靠近病人的伤口,并关紧了门;孩子认为医生缩小了死亡时睡床的面积,恨不得挖出医生的眼睛,医生设法让他睡着,自己连衣服也来不及穿,跳上马车逃走了;最后医生感觉到的是"受骗了":他永远回不了家,曾经很不错的业务完蛋了,马车夫在他家蹂躏女仆,自己一把年纪了还在严冬里赤身裸体,大衣挂在车后头却够不着,而那些手脚灵活的病人也不肯帮助他。

小说弥漫着神秘与荒诞的气息,医生冒着风雪出诊却上当受骗,而且永远回不了家,一次本该非常理性的行动,却一再为非理性所充斥:猪圈里突然出现的马、神秘的马车夫、病人家属的怪诞行径、病人奇异的伤口、医生的消极行为,等等。小说的寓意也在这荒诞的氛围里隐隐约约地显现:这个世界又何尝不是一具无可救药的机体?人类已经病入膏肓,一如卡夫卡在现实中的肺结核病状,人们常常以为医生是理性与万能的,殊不知出诊的医生如此地非理性与不堪,甚至他自己最后也失去了赖以生存的一切,成为无家可归的流浪者。这个世界疾病丛生,似乎再也找不到医治的良方了。

《变形记》

《变形记》反映的是主人公在重重压迫之下掌握不了自己命运以致异化的悲剧。格里高尔·萨姆沙是长年累月奔波在外的一家公司的旅行推销员,一天早晨醒来,发现自己变成了一只甲虫,全身长出很多细脚,无论如何也翻不了身,起不了床。这使他十分惊慌,担心失去工作,他还得赶早班车出差呢。他的父母与妹妹对他的已经不是人的声音大为震惊,公司秘书怀疑他贪污公款也赶来了,他拼命挣扎着用牙齿咬开了房门,所有的人都吓坏了。母亲悲伤地晕倒了,父亲用拐杖把他打了进去,只有妹妹对他还有些怜悯,给他送食物、打扫房间,但渐渐地也厌倦了,他的父亲更是用苹果将他砸伤。格里高尔变形后,家里唯一的生活来源切断了,家里人不得不另找门路谋生,靠出租房屋来增加收益。变形后,他的虫性日益增长,喜欢吃腐烂的东西,倒挂在房顶上,然而更为可悲的是,他还保持着人的心理和思维特点,能够时时体察到自己给家人带来的巨大灾难和家里人对他的厌倦,这双重的痛苦使他痛不欲生。一天,他被妹妹的小提琴声吸引爬了出来,引起一片混乱,房客要求退租,妹妹终于对父母说:一定得把他弄走。其实,他毁灭自己的欲望比其他人都更强烈,他已经好久不进食了。在所有的亲人弃绝他之后,他悄然死去。全家人松了一口气,他们轻松愉快地去郊外散心,开始了新的生活。

卡夫卡与格里高尔

1912年11月24日卡夫卡在给他的第一个未婚妻菲莉斯的一封信中写道:"《变形记》是一个格外恶心的故事,……它现在已经稍稍过半,一般来说,我对它也并非不满,然而其恶心程度是无底的,而这样的东西,你看见吗?是从这么一颗心中跑出来的,而你就住在这颗心里,不得不将就地住着。别为我悲伤。因此,谁知道怎么回事,我写的越多,我自身越解脱……"从这段话里面,可以看出,作者在写《变形记》时释放的是自己真实的、一些一直压抑着自己的心灵的东西,他是为了解脱自己,为了不永远在"这样的心中住下去"。

从某种意义说,格里高尔就是卡夫卡的写照,《变形记》中描写的某些场景也就是卡夫卡家庭的缩影。卡夫卡试图在作品中重塑一个自己,一个以父亲的教育和儿子的服从而产生的人。卡夫卡很爱他的父亲,也希望得到父亲的鼓励,他曾经说,父亲对他哪怕是一个手势或者一个微笑,他都要感动半天。他这样描写他父亲的微笑:他的微笑是一种静静的、满意的、赞许的微笑,它使接受者深感幸福。在作品中,格里高尔正是在父母无声的注视下,拼命地用嘴扭开钥匙的,父亲的形象极为粗暴,母亲就温和得多,她是卡夫卡的保护伞,尽管在父亲的威力下显得很弱小。父母的这种对比在作品种很多,比如清晨叫门。母亲是轻的一下叩门声,接着是很温柔的声音:"格里高尔。"而在卡夫卡和母亲的谈话后,立即就插入了父亲的问话,父亲也叩了一下门,也很轻,但用的是拳头。而且是喊道:

"格里高尔,格里高尔,你怎么了?"格里高尔掀被子,下床。下床就分了好几步。先是试着下身先下,结果方向错了,撞得很疼;接着又上身离床,最后却以害怕告终;格里高尔又试着来回晃,晃了一半,公司里来人了,是秘书、主任。不被信任所带来的羞耻感,让格里高尔痛下决心,把自己甩出了床。格里高尔由于内心深处对父亲怀着敬畏,甚至于是恐惧,当他听到父亲说要找锁匠时,就拼命用嘴扭开钥匙,以至于嘴里流出了棕色的液体,弄伤了什么地方都没有在意。他幻想回到家庭的生活中去,重新担起家庭的重担,但事实恰恰宣告格里高尔与家庭之间已无法融合,在家人眼里,他只不过是只甲虫,当耐心逝去以后,格里高尔在家庭成员心目中就彻底死去了。

异化者的恐惧

卡夫卡创造了象征的世界来表现被异化的人的困境,《变形记》中的格里高尔被生活压得喘不过气来,天空永远是灰暗的,与世界隔着窄小门缝,身处无可名状的绝望和令人羞愧的寂静,还要用触角去饱尝羞辱,包围他的是冰冷的情感,让人恐怖。格里高尔的背后隐藏着卡夫卡式的无奈、痛苦、忧郁。

在变形之前,格利高尔始终是生活在他人的世界中,他的老板,他的差事,他在家庭中的儿子的角色。儿子的角色本来是带着浓厚的情感色彩的,而在这里,格利高尔获得的只有还债的责任和维持一家生活的义务。因此在家这个圈子内,人物已经被外化了,变成了他者。于是当格利高尔变成了甲虫后,父母和妹妹便再也不认同他,他也永远被赶出了自己的家庭。没有自我,没有个性,甚至人性都被抽去和剥夺了。格里高尔以甲虫的身份清晰地洞察了他身边的一切,看到一个真实的自己,一个注定悲剧结局的自我。

卡夫卡说:"不断运动的生活纽带把我们拖向某个地方,至于拖向哪里,我们自己是不得而知的。我们就像物品、物件,而不像人。"这是卡夫卡的恐惧,也是格里高尔的恐惧,又何尝不是异化世界里的人类所共有的恐惧?

主体的荒诞与细节的真实

人变成甲虫可谓匪夷所思,卡夫卡通过象征的手法,真实地折射出重负下的人生境况。试想一下,在扭曲与挤压的现实世界,人失去了之所以为人的主体意识,成为"非人",那么变成甲虫或者别的什么又有什么区别?

荒诞而不荒谬,依据的就是真实性的细节描写。《变形记》中多处显示出细节描写的细腻真实。"有一天,他花了两个小时的劳动,用背把一张被单拖到沙发上,铺得使它可以完全遮住自己的身体,这样,即使他弯下身子也不会看到他了",为了使家人不因为自己的外形而受到惊吓,格里高尔想得那么周到;"他觉得整个房间竟在四周旋转,就掉了下来,跌落在大桌子的正中央",这准确地反映了格里高尔为家人对待自己的如此冷酷残忍而深感绝望的心态;"从窗外的世界透进来的第一道光线又一次唤醒了他的知觉。接着他的头无力地颓然垂下,他的鼻孔里也呼出了最后一丝摇曳不定的气息",为了减轻家人的恐惧,"他消灭自己的决心比妹妹还强烈呢"。一个小人物就这样在希望与失望乃至绝望的矛盾中、在渴求亲情与遭遇寡情的痛苦寂寞中死去,这正是现实中众多小人物共同的命运,作品也因此具有了普遍的意义。

第十六讲　普鲁斯特与《追忆似水年华》

马塞尔·普鲁斯特(1871—1922)是西方现代文学的前驱者,他1913年出版的《追忆似水年华》第一部《在斯万家那边》标志着意识流小说的诞生。1922年,普鲁斯特在去世前终于完成了300万字的《追忆似水年华》,直至1927年,7部15卷才全部出齐。它们分别是《在斯万家那边》《在少女们身旁》《盖尔芒特家那边》《索多姆和戈摩尔》《女囚》《女逃亡者》《重现的时光》。

意识流小说

所谓"意识流"原是西方心理学上的术语,最初见于美国心理学家威廉·詹姆斯的论文《论内省心理学所忽略的几个问题》,他认为人类的意识活动是一种连续不断的波动,意识并不是片断的衔接,而是流动不息的;20世纪初的法国哲学家伯格森提出"绵延"的概念,强调生命冲动的连绵不绝,他说:"真实存在于意识的不可分割的波动之中",强调直觉的重要性;奥地利精神分析学家弗洛伊德提出无意识结构理论,他们都对意识流文学的发展产生过重大影响。

意识流小说打破了传统小说的逻辑结构,故事的叙述再也不是按时间进展依次循序直线前进,而是随着人的意识活动、自由联想来组织故事。意识流小说中故事的安排和情节的衔接,一般不受时间、空间或逻辑、因果关系的制约,往往表现为时间、空间的跳跃、多变,前后两个场景之间缺乏时间、地点方面的紧密的逻辑联系,过去、现在、未来或交叉或重叠,当然自由联想也不是毫无依据或漫无边际。这种小说常常是以一件当时正在进行的事件为中心,通过触发物的引发,人的意识活动不断地向四面八方发散又收回,经过不断循环往复,形成一种枝蔓式的立体结构。

意识流方法并不纯粹指技巧和形式,有时甚至是作者看待世界的方式。

《追忆似水年华》

这是一部被誉为"天书"式的作品,连一些法国读者也认为,只有在早晨头脑清醒的状态下才能读得下去。它不同于以往的长篇巨著比如巴尔扎克的小说那样有一以贯之的人物、情节,而是由叙述者将许多不连贯的回忆片段一环一环地看似随意地描绘出来,展现的是一幅遥远而朦胧的画面。小说写的是一个生于优裕而备受溺爱的环境中的带有神经质的孩子,如何缓慢地成长,并逐渐意识到自我与周围世界的存在,体验着精神的迷惘与苦闷,在 30 年的"似水年华"中感受到无穷的悲欢苦乐。

作品采用的是第一人称叙述的手法,一开头将读者置于莫名其妙的时间与空间之中,叙述者(后来我们知道他的名字与作者一样,也叫马塞尔)的思绪也飘忽于形形色色的时空当中。他躺在床上,思绪像潮水般涌来,慢慢地,记忆的线头飘落到他在"贡布雷"度过的童年生活上。随着叙述者的联想,一个沉睡在他头脑中的世界苏醒,历历往事鲜活了起来。故事从斯万家与盖尔芒特两家先后展开,叙述者在孩童时代就爱上了篱笆后面的小姑娘希尔贝特·斯万,继而又迷恋上盖尔芒特公爵夫人,后来与阿尔贝蒂娜同居,她却不辞而别,并在一次意外的事故中死亡。他进出一个又一个贵族沙龙,与一个又一个少女交往,试图从她们的身上找到阿尔贝蒂娜的身影,但都不能如愿。他有艺术家的敏感和写作的欲望,却难以给自我的人生和职责找到意义。时间在吞噬着亲人们的生命,侵蚀着他的精神与魅力,使他越来越迷惘。最后,他终于认识到,通过创作能够找回生命的本质和意义,只有作品能够把逝去的年华永远地挽留住。

作家与叙述者

普鲁斯特在《追忆似水年华》的最后一部《重现的时光》中以小说家的身份一再强调:生活中的作家的自我往往是外在的虚假的,与内在的本质的自我很不一样,文学作品是另一个自我的产物,是一个不为人知的、在生活中没有露面的自我的产物;从一部有价值的作品中可以发现真实的本质的自我。他仿佛在提醒人们,如果要想了解更为真实的普鲁斯特,应该到他的作品中去寻找。

确实,虽然作品中的主人公与现实中的普鲁斯特有不少明显的差异,但从这部以第一人称叙述者的经历为线索的小说中,我们可以看到作家的某些本质方面。小说中的叙述者"我"与作家有着同样的名字"马塞尔",并一心想成为小说家,整部作品可以视为他实现这一愿望的过程。而且他的经历与普鲁斯特十分相似:在书中,叙述者童年是个敏感而带有神经质的男孩,有着强烈的恋母情结,特别害怕孤独地面对黑暗,由于体质虚弱,大人们最终放弃了对他的管束,使他在溺爱与放纵中自由自在地成长。作家也是出身于富裕之家,父亲事业有成,母亲高雅温和,他从小体弱多病,受到母亲无微不至的关怀,这关怀包括文化素养和精神特质。在小说中只有母亲的形象几近十全十美,她寄托着作家对母亲的无限爱戴。当然,过于宠爱也加剧了主人公近乎病态的心理,他无法忍受最细微的不和谐和轻慢,某些轻微的不快在常人那里很快成为过眼烟云,而在他敏感的心里却会留下抹不去的阴影。书中的一个镜头很能够证明这一点:一天晚上,客人斯万的到来,打断了母亲对他的睡前吻别,父亲宣布:"放开你的母亲,你不是早就跟妈妈道过多少回晚安了吗?这些个名堂,真可笑,快上楼去!"可是,马塞尔一直不放弃对母亲的要求,父亲最终也不得不在他的压力下让步,他甚至额外地得到"妈妈那天晚上就呆在我的房子里"的满足。普鲁斯特的美好时光不是在现实中,而是在童年的岁月里,在他的记忆中,这也可以看作为什么他终其一生要苦苦追寻那失去的时光的原因。

童年时代的度假地和父亲老家的乡村生活,对未来作家的影响是久远的,他塑造了"贡布雷"这个乡间小镇,寄托自己的难以忘怀的情感历程。巴黎,是他上学与交际的场所,他在这里成长为一个优雅礼貌的漂亮少年,开始结识一群少女,也有他一见钟情的姑娘,她们进入了《在少女们身旁》的素材。普鲁斯特最早进入的是音乐、绘画等艺术界,培养出高雅的审美情趣,那些高级沙龙和贵族府邸成为小说中主人公常常出入的地方。他的翩翩风度与出众才华很受上流社会的青睐,他也乐于周旋其中,《追忆》中创作的以盖尔芒特为代表的沙龙世界是他社交活动的记忆。但作家在高级沙龙里有时会发出"失控的疯笑",使那些风雅人士很不以为然。这时,他是一个有着敏锐眼光的旁观者,一个上流社会缺陷的揭发者,艺术家的真诚气质最终使他与那些附庸风雅的人们区分了开来。

现实中的普鲁斯特是同性恋,但他在作品中却让主人公始终是个异性恋者,并且让他爱上数个女子,有人认为,那些少女仅仅是作家男友的改头换面而已。其实,普鲁斯特本人有着复杂的趣味,上流社会的交际不仅使他交结众多男性朋友,也使他养成了与女主人保持"骑士爱"的习惯,他对美丽的少女有着真切的兴趣。

普鲁斯特的家境富庶,使得他能够不必工作而随心所欲地生活,他一直没有离开过父母,当他32岁父亲去世、34岁母亲又去世时,他承受着严重的心灵创伤,"妈妈去世时带走了小马塞尔"。直到这时,他才真正进入成熟的年代,正像他在作品中所说的"唯一真实的乐园是人们失去的乐园",他被逐出了童年的伊甸园,于是他开始了重建乐园的工作——多种形式的写作。为了提醒自己,他在小说中塑造了好几个闲聊家,他们有着良好的修养和出色的感悟能力,完全可以创造出优秀的作品,却无不在审美、闲聊、无望的爱情和失败的婚姻中耗费了生命,比如斯万,比如盖尔芒特夫人。小说中的马塞尔终于告别社交界,去完成艺术家的使命——争分夺秒地写作,永远地挽留住即将逝去的时间。这也是作者本人的写照。

记忆碎片的凝聚

这是一部没有情节、只有回忆的作品。这回忆也不是通常意义上的对过去事物的有意识地追忆,而是不由自主的回忆,是当前的一种感觉与记忆之间的偶然相遇,触发了心灵的深处。我们的过去存活在滋味、气息之中,如同普鲁斯特所说的"一杯茶、散步场上的树木、钟楼等等"。《追忆似水年华》的整部作品就是建构在叙述者偶然的一次著名的味觉体验上。

1. 小玛德莱娜点心

"在很长地段时间里,我都是早早就躺下了"。小说的一开头就是叙述者躺在床上时眠时醒地回忆着什么,但思绪的线头纷乱地游荡在空间,模糊而缥缈。突然,他儿时度假的贡布雷清晰地出现在了脑海中,这个他喜爱而早已忘记的小村镇的出现,是一块小玛德莱娜点心的作用:

> 带着点心渣的那一勺茶碰到我的上颚,顿时使我浑身一震,我注意到我身上发生了非同小可的变化。一种舒坦的快感传遍全身,我感到超尘脱俗,却不知出自何因……然而,回忆却突然出现了:那点心的滋味就是我在贡布雷时某一个星期天早晨吃到过的"小玛德莱娜"的滋味,我到莱奥妮姨妈的房间里去请安,她把一块"小玛德莱娜"放到不知是茶叶泡的还是椴花泡的

茶中去浸过之后送给我吃。见到那种点心,我还想不起这件往事,当我尝到味道,往事才浮上心头。①

气味和滋味会在形销之后长期存在,它们脆弱、虚幻却更有生命力,寄托着对于往事的回忆、期待和希望。叙述者一旦辨认出这种形似海贝的点心的味道,整个贡布雷就带着他当年的全部感受从茶杯中浮现出来。一块小玛德莱娜点心支撑起了《追忆似水年华》的回忆大厦。"贡布雷"是整部小说的起源,叙述者每年都到贡布雷姨妈家过逾越节,从这里他开始了对身外世界的探究,斯万家与盖尔芒特家对小男孩的想象产生了异乎寻常的诱惑,他在这里开始了初恋,也开始了对世界的辨别与对自我的认识。叙述者一环套一环的回忆由此一发不可收拾。

2. 主观真实论

普鲁斯特在巴黎大学学习的时候听过伯格森的课,对于其"真实存在于意识的不可分割的波动之中"的理论心领神会,形成了他自己的"主观真实论":用感觉而不是理性去表现客观世界。在普鲁斯特看来,艺术之所以成为艺术,并不在于描写对象本身的意义,而在于作家对这事物的感受,"哪怕是最微不足道的、毫无意义的东西,只要被感受到、得到再创造,这就再也不是微不足道的了,就成为整个生命,成为艺术"。《追忆似水年华》没有吸引人的故事和曲折的情节,也没有传统意义上的典型人物,作家所极力营造的是看不见、摸不着、却又无处不在的人物——时间,他所做的工作就是赋予对时间的感觉以一定的艺术形式。

随着小玛德莱娜点心的触发,叙述者马塞尔的整个童年时代在脑海中再现,一幕幕生与死,爱与失恋,幸福与空幻的图景交织地呈现在眼前,最后,他的一切思绪聚集到一个焦点,他体会到同时出现在回忆之中的、可望而不可及的许多往事的瞬间,看出了时间在亲友们躯体上所起的作用。在生命即将结束时,他高兴地感觉到,通过回忆,生命可以继续下去,他终于理解到自己就是作家,他的作品便是自我漫长的回忆历程。那些埋藏在心灵深处并且显然已经消失的岁月,它们仍然生活在我们的躯体里,是我们存在的一部分,通过回忆便能够抓住它,把它变成和我们目前的整体凝聚在一起的东西。就像他的导师伯格森所说,"过去"渗透在"现在","现在"又蕴含了"未来";每一个瞬间都是一个完整的世界,都

---

① [法]普鲁斯特著,李恒基、徐继曾译:《追忆似水年华Ⅰ在斯万家那边》,第47~49页,南京:译林出版社,1990年。

是永恒的宇宙,囊括一切。

普鲁斯特完全用"心理时间"来安排小说的结构,过去、现在与未来相互渗透、随意穿插,以此来渲染内心无意识的活动。作家驾驭了时间,把时间作为主宰这部小说的精神人物,小说的题目可以直译为"寻找失去的时间",最后一卷也可直译"找回了失去的时间"。作家的意图很明显,他要告诉我们:时间在吞噬着我们的肌体,但你完全可以战胜它,那就是运用文学的智慧和想象把自己的回忆扩大、再扩大,使作品中的时间包含着比现实更为充实的内容。作品中的"现在"丰富了生命中的"现在",造就了永恒的"现在",人在空间中的位置就得到了无限的延长。时间这个恶魔被打败了,你超越了时间。

爱情中的人们

《追忆似水年华》中大量的篇幅描写爱情,主要是叙述者马塞尔与他的女友之间的爱情体验。作者既显示出爱情具有激动人心的魅力,也冷酷地指出爱情的虚幻与难以实现,"爱情本身与我们对爱情的看法之间的差别判若天壤",主人公们相遇相悦、离怀别苦、冷淡而终,因为两个性格各异的人是永远也不可能真正吻合的。

爱情,成为作者揭示人物性格和人与人之间关系的最好舞台。

1. 马塞尔

对主人公马塞尔来说,爱情是一种充满好奇的人生探索。激发他产生爱情的并非都缘于欲念,而是对于一个未知世界的追寻,当他爱上一位女性时,他就急切地想拥有她的全部秘密,而当了解了她的特性,甚至对她的过去也已经一目了然时,他又会感到说不出的失望。马塞尔有过两次很投入的爱情,一是与希尔贝特,一是与阿尔贝蒂娜。

与希尔贝特首次相遇于粉红色的山茶花篱前,他们两个都还是孩子,由于双方家长的在场,只能用眼神交谈,可是,也就是从第一次交换眼神起,他们之间就有认识上的差异,这段爱情的空幻由此决定:

> 我望着她,我的目光起先不是代替眼睛说话,而只是为我的惊呆而惶惑的感官提供一个伏栏观望的窗口,那目光简直想扑上去抚摸、捕捉所看到的躯体,并把它和灵魂一起掠走……我的目光不自觉地变得蛮横起来,硬是强迫她注意我,认识我!她却把目光朝前一看又往边上一瞟,看到了我的外祖父和我的父亲。她一定以为我们不值一理,所以她扭过脸去,冷淡而傲慢地

侧身,使自己的容颜不留在我们的视线之内。①(《在斯万家那边》)

后来他们在巴黎香榭里公园又相逢,一起玩耍,但终于没有成为恋人。马塞尔感到自己始终是在单相思。多年后,希尔贝特已与别人结婚,马塞尔也早已对这个初恋情人没有了感觉,他们再次相逢,谈起第一次交换的眼神,发现从一开始就误解了对方:希尔贝特传达的是她喜欢他,希望与他约会,并"用露骨的方式"指出了地点;而马塞尔从她的"凶狠的眼神"中只读出轻蔑与侮辱。其实,即使没有这初遇的误解,他俩也不能成为心心相印的恋人,因为他们本性上存在着差异,马塞尔骨子里头对于希尔贝特身上某种放肆甚至堕落的天性是排斥的,虽然他并非是一个道德家。

在阿尔贝蒂娜身上,马塞尔试图找寻与自己完全不同的特性,"在巴尔贝克海滩,在我们每天的相会中,每次看见她我都会大吃一惊,因为她一天一个模样",但为了完全得到阿尔贝蒂娜,他故意做出冷漠的样子,而且制造喜欢她的女友的假象来激起她的嫉妒,仿佛只有她嫉妒才能够使他确信她对自己的爱。他过于敏感,总是不断地审视着爱着的女人,不能真正为欲念牵制,而且他似乎更爱意念中的女人,"一朵海边的玫瑰花",而不是愿意委身于自己的那个实体,他说:

"一个妙龄少女使人联想到一个海滩,联想到教堂一尊雕像的头发,一幅古老的铜板画,每当她出现的时候,人们总会想到一幅令人爱不释手的美丽图画,但这个令人神往的联想是很不牢固的。如果你和那个女人整天生活在一起,你就再也看不到使你对她产生爱情的任何东西了。"②(《盖尔芒特家那边》)

他同时又说,只要一分离,嫉妒又会把他们聚集到一起。后来马塞尔不堪嫉妒的折磨而将阿尔贝蒂娜囚禁在自己家里,派人跟踪监视她,迫使阿尔贝蒂娜出走,由"女囚"成为"女逃亡者",并死于意外事故。他终于认识到"无论我们的社会地位如何,无论我们有着怎样的明智的预见性,我们确实无法左右另一个人的生活"。

其实,爱情中的马塞尔所追求的不是对象本身,而是为了弥补自我的缺憾,他爱上一个女人,不过是将自己灵魂的一种状态投射到她的身上,因此,重要的不是那个女子的价值,而是那种状态的深度。比如他起先认为阿尔贝蒂娜俗不

---

① [法]普鲁斯特著,李恒基、徐继曾译:《追忆似水年华Ⅰ在斯万家那边》,第142页。
② [法]普鲁斯特著,潘丽珍、许渊冲译:《追忆似水年华Ⅲ盖尔芒特家那边》,第346页。

可耐,其貌不扬,但因为她"不可捉摸",周身笼罩着神秘的光晕,便爱恋了起来;而且,爱情的对象被占有之后,只要怀疑依然存在,爱情就可以保持不衰。说穿了,爱恋的实际对象是谁并不重要,她是公爵夫人、是裁缝或是妓女都无关紧要,因为爱情的本质不是实物,它仅存在于情人的想象之中。

2. 斯万

小说中对斯万的爱情心理有着淋漓尽致的描写。

斯万是位风度高雅、情趣精美的绅士,但却爱上了半拉子贵族女子、水性杨花的奥黛特,并且居然娶了她,让人似乎难以理解这荒唐的爱情。但是,通过作者对斯万潜意识的挖掘,我们终于看到他的审美情趣的矫揉造作与不切实际,一个本质的斯万浮出了水面。

一开始,斯万并不看好这个女人,倒不是因为她的轻浮,而是"要想中他的意,她的轮廓未免太鲜明突出,皮肤未免太纤细,颧骨未免太高,脸蛋未免太瘦长。她的眼睛倒是好看,但是大得仿佛在自身的重量下往下低垂,压着脸上的其余部分,使她总显得身子不舒服或者情绪不佳"。他终于还是爱上她,对于她实际上的并不美丽怎么弥补呢?原来斯万素来有一种特殊的爱好,就是喜欢从艺术大师们的绘画中去发现身边现实中的人们的特征。奥黛特并不美,他却把她与意大利文艺复兴时期的名画家波堤切利的塞福拉相比拟:

> 他瞧着她,那幅壁画的一个片段在她的脸庞和身体上显示出来;从此以后,当他在奥黛特身旁或者只是在想她的时候,他就总要寻找这个片段;虽然这幅佛罗伦萨画派的杰作之所以得到他的珍爱是由于他在奥黛特身上发现了它,但两者间的相像同时也使得他觉得她更美、更弥足珍贵。①(《在斯万家那边》)

以前当他纯粹从体态方面打量她的时候,总是怀疑她的脸、她的身材、她整体的美是不是够标准,这就减弱了他对她的爱;而现在他有某种美学原则作为基础,这些怀疑就烟消云散,那份爱情也就达到了肯定;此外,他本来觉得与一个不是太符合他的美学标准的女人亲吻总有些不甘心,现在,这女人既然与一件艺术馆中的珍品挂上了钩,能够亲吻和占有这个女人,那就是一件美妙无比的事情了。

斯万的爱情实际上建立在虚幻的基础上的,他希望她是美人,因为他爱她。

---

① [法]普鲁斯特著,李恒基、徐继曾译:《追忆似水年华Ⅰ在斯万家那边》,第223页。

可他又忍不住要产生怀疑,因为她确实不美。如此,一个虚荣、自欺欺人而心地既脆弱又善良的斯万站立起来了。

3. 阿尔贝蒂娜

阿尔贝蒂娜在作品中占据了很大的篇幅,但她似乎从来没有独立地出场、生存过,只有在叙述者想起她的时候,她才从黑暗中走出来,也才具有生命,尽管她时时被想起。在马塞尔的幻想与欲望的碎片编织下,她的形象被赋予了很多抽象的观念,而且越到后来越充满误解与偏颇,从而构成一个与她本人相去甚远的阿尔贝蒂娜。

他们的爱情注定是一场悲剧。阿尔贝蒂娜的形象在叙述者的意志中有过多种形态,也就是说,她的悲剧经历了几个阶段:马塞尔第一次逗留巴尔贝克是悲剧的酝酿时期,在巴黎相交时是悲剧的萌芽时期,在他第二次逗留巴尔贝克时悲剧得到发展,她在巴黎遭到囚禁是悲剧的顶峰时期。

阿尔贝蒂娜第一次出现在他面前时淹没于一群姑娘之中,她推着自行车走在海滩上,是个无法接近的行列中的一分子,对于充满倾慕的叙述者来说,她如同一长列壁画中的一幅,与世隔绝,神秘而无法进入,而且她是玫瑰篱笆中的一朵,并不具有个体的意义。他极力要把她从灿烂的群星中分离出来,经过画家的介绍与她接近、熟识,他渐渐发现了一个与初次见到的海滨之花相去甚远的侧面:和蔼可亲,下巴上有颗具有雄辩力的美人痣,喜欢用副词表达情感,这时的阿尔贝蒂娜在他心目中是贞洁的,因为她拒绝了他表示亲近的意愿。

阿尔贝蒂娜在巴黎与他相见时,主动吻他,而且表示可以进一步发展两人的关系,这使他很快地推翻了对她的初次印象:阿尔贝蒂娜不那么纯真与圣洁了,她过去对于情感的付出那么吝啬,而今却又过度慷慨,使得他感到失落无比,而且他发现她是个天生的说谎者,他想与她分手。其实这是因为"一个人只爱他未曾拥有的东西,一个人只爱他所追求不得的东西",平凡而普通的阿尔贝蒂娜与他的追求产生了距离。他们第二次在巴尔贝克见面,马塞尔无法忍受意念中别人与她的亲热,出于强烈的醋意,他把阿尔贝蒂娜带回了巴黎,并且锁在家中。

阿尔贝蒂娜与马塞尔共同的生活是一座火山,因为他的心中充满着嫉妒、狂怒、好奇、爱情和荣誉,而且时时在喷发。阿尔贝蒂娜在爱情中充当着某种概念而不是实体,当她身上那层被海浪映衬下的神秘光环为现实所掀开之后,爱情不复存在了。阿尔贝蒂娜出走后死于意外事故,未必不是一种解脱。

所有的这些人物的塑造都深深地烙上了意识流技法的印记。

第十七讲 乔伊斯与《尤利西斯》

詹姆斯·乔伊斯(1882—1941)是出生于爱尔兰的意识流小说大师,他一生的创作并不多,意识流小说的只有三部,但他在20世纪文学史上的地位却很醒目。《尤利西斯》一书酝酿了十多年,动手写作又花了七年,1922年刚刚问世就两度对簿公堂,在很多著名作家的声援下,终于被判定是一部"出于真诚的动机,采用新的文学方法写出的作者对于人类的观察"的作品,被禁十一年后得以正名。

一位做医生的英国读者说:"我想大胆预言:在一百个人中,看完《尤利西斯》的人不超过十个。在十个看完的人中,五个人会看得很吃力。除了作者以外,我可能是惟一从头到尾看完两次的人。我从本书学到的心理学及精神病学,比在神经学研究所十年的收获还多。"[①]这段话传达给我们两个信息:第一,《尤利西斯》不那么好读;第二,它里面包含着很多属于弗洛伊德心理学范围的内容。

《尤利西斯》

神话原型结构

《尤利西斯》这一书名是从荷马史诗《奥德赛》的主人公奥德赛的拉丁名幻化而来的。《奥德赛》对《尤利西斯》的影响是深层次的。神话史诗不仅为作者在创作时提供了一个参照框架,帮助小说获得内在的秩序和连贯性,更重要的是,小

[①] 约瑟夫·柯林斯:《精微的疯狂:评詹姆斯·乔伊斯著〈尤利西斯〉》,载:[美]查尔斯·麦格拉斯编:《20世纪的书:百年来的作家、观念及文学:〈纽约时报书评〉精选》,第54页,北京:生活·读书·新知三联书店,2001。

说以《奥德赛》为神话原型,意在赋予平庸琐碎的现代城市生活以悲剧的深度,借用荷马史诗的原型意义和原型结构,表达现代人寻找失落的自我的意愿。

乔伊斯感到他所生活的时代是荷马时代的再现,因而小说的三部十八章在人物、情节线索、结构和细节上与荷马史诗形成了对应平行的关系。他把主人公布卢姆在都柏林一天的活动与尤利西斯的十年漂泊相比拟。在创作过程中,作者把荷马史诗中的人名、地名、情节分别作为章节的题目,在连载过程中保持了这些标题,但在发表整部作品时略去了。三部的题目分别是《帖雷马科》《尤利西斯的漂泊》《回家》,这与史诗《奥德赛》的三个部分《帖雷马科》《漂泊》《回乡》完全对应。人物设置上也存在着平行关系:小说主人公布卢姆与史诗英雄奥德赛相对应;大学生斯蒂芬与奥德赛的儿子帖雷马科对应;布卢姆太太玛莉恩对应奥德赛忠贞守节的妻子潘奈洛佩。

这两部作品在情节线索上也遥相呼应。长篇史诗《奥德赛》记述了历时10年的特洛伊战争结束后,希腊联军中英勇善战的伊大嘉国王奥德赛在返回家乡的过程中长年漂泊、历经艰险的故事。第一部分《帖雷马科》叙述奥德赛之子帖雷马科摆脱向他母亲求婚的人阻挠,外出寻访离散多年的父亲。第二部分题为《漂泊》描写奥德赛的流浪与历险。第三部分《回乡》记述了奥德赛回到伊大嘉后,与儿子帖雷马科一起除掉求婚者,一家人团圆相聚的经过。

同《奥德赛》一样,《尤利西斯》第一部分叙述了斯蒂芬离开居住的塔楼,外出寻找精神上的父亲。小说的第二部分与奥德赛漂泊的主线相呼应,记述了布卢姆和斯蒂芬一天之中在都柏林各处的奔波游荡。第三部分与史诗中《回乡》部分相应,记述布卢姆与斯蒂芬一同回家的情景。

只不过,乔伊斯让我们看到,远古的神话已经变成了平凡、乏味、庸俗甚至肮脏的现代都市生活,史诗中的英雄也已经被平庸、猥琐、精神病态的人物所替代。

找寻精神家园

"回乡"是人类最古老也最动人的情感,也是永恒的文学母题。乔伊斯继承了《奥德赛》的"回乡"情结,描写现代人寻找失落的精神家园的故事。

《尤利西斯》展现的是1904年6月16日早晨8点到第二天凌晨2点45分将近19个小时中三个都柏林人的生活。

小说中第一个出场的是青年艺术家斯蒂芬·迪达勒斯,他因为母亲生病,从巴黎返回了都柏林,在一所小学教历史。母亲死后,他一直处于悲哀与懊丧之中,少年时期,母亲弹钢琴要他跳舞,他因为"恋母情结"感到羞愧而躲在桌子底下,现在又由于没有听从母亲的遗言而抱恨终身,而且对父亲产生了内疚。这是一个愤世嫉俗的虚无主义青年,他对艺术和理想的追求在现实中屡遭挫折,而爱尔兰社会的保守、狭隘也使他感到压抑和窒息。他耽于幻想,精神上无所依托,他渴望找到一个精神上的父亲来解脱内心的压力。

第二个出场的人物是布卢姆,这是一个靠兜揽广告为生的中年人。他其貌不扬,身材矮胖,脸色苍白,看上去莴莴糊糊,而且性功能衰退,而妻子却是个水性杨花、肉欲旺盛的人。布卢姆特别怕老婆。妻子玛莉恩是位小有名气的歌手,风流漂亮,收入也比丈夫多。一清早,布卢姆就在厨房里为躺在床上的太太准备早餐,还把妻子情夫博伊兰的来信交给妻子,然后开始了他在大街上一天的游荡。他心里一直放不下玛莉恩与情夫的事,甚至在幻觉中仿佛亲眼看到了他们通奸的场景。他精神世界显得极度空虚,并渴慕着某种灵魂可以依托的东西。幼男多年前夭折,给他留下难以愈合的创伤,他渴望寻找到精神上的儿子以弥补内心的失落。

晚上,这两个精神上飘零无依的人终于相遇了。斯蒂芬穷极无聊,醉倒在一家妓院,试图排遣苦闷的布卢姆也来到妓院。布卢姆为斯蒂芬解围,悉心照料他,内心产生了父亲对失去儿了的渴望,他们各自找到了精神上的父亲与儿子。

第三个出场的是布卢姆的妻子玛莉恩,这是个与奥德赛的忠贞的妻子大相径庭的人物。她是一个完全被性欲本能支配,床第之欢仿佛是她生活的全部内容。她少女时就有不少风流韵事,结婚后背叛自己的丈夫,和不止一个男人偷情。小说中有一章她自始至终处于半睡半醒的状态,丈夫、情夫、初恋的对象出现在她的梦中,而且在幻想着与未谋面的诗人、教员谈情说爱。她虽然水性杨花,对丈夫一点也不忠实,但又很安于现状,觉得现在像布卢姆这样知识丰富、有教养、为人忠厚的男人几乎找不到了。而且,她还依恋大自然,在潜意识中留存着美好的感情,对儿子的夭折深感哀伤。当布卢姆深夜把斯蒂芬带回家时,她刚刚送走了情人。丈夫将希望斯蒂芬加入他们家庭生活的想法告诉她时,这位放荡的女子竟然在朦胧中感到一种母性的满足,她甚至憧憬着与丈夫恢复夫妻生活,他们互相给予,像初恋时一样。

总之,这三个人都是现代生活中的精神漂泊者,在丧失了精神家园以后,他们感到无家可归,都在努力地寻求着寄托。只不过布卢姆是在现实层次上开始自己的精神漫游,斯蒂芬则更为理性,带有哲学的思辨色彩,玛莉恩表现的是一种带有一定的盲目倾向的本能层次的寻找。布卢姆和玛莉恩经过了艰苦的精神漂泊的过程,他们都对斯蒂芬抱有一定的期望,希望通过他来改善这个家的情形,重现往日的欢乐。但斯蒂芬的态度模棱两可,似乎在犹豫。他们都在迷茫中看到了一线生机和希望,但都没能真正回归精神家园。

整个西方世界又何尝找到了心灵的归宿?

20世纪的奥德赛的命运

布卢姆虽然在外表上不具备古代英雄的体魄,但在精神上继承了奥德赛漂泊流浪的苦难命运。

他是出生于匈牙利的犹太裔爱尔兰人,忠厚、善良而谨小慎微。作为犹太人,他在社会上遇到种种歧视,处处感到自己是个局外人。他平时说话做事小心谨慎,唯恐得罪人。自己丧失了性功能,妻子又如此地放荡,这些使他羞愧难当,整天的思绪常常"流"到妻子与情人交欢的情景上去。他的抽屉里藏着色情照片,还时常偷女人的内衣。他丢掉了尊严,也扭曲了人性,灵魂是病态的。小说描写了布卢姆的一段白日梦:他忽而梦见自己休掉了妻子,当上了都柏林市长甚至国王;一会儿他又梦见博伊兰肆无忌惮地来到他家与妻子干出丑恶勾当,而他像奴仆一样在旁伺候……这些都揭示出他孤独无助、苦闷彷徨甚至荒诞的心态。

这是一个现代生活中没有英雄气概的懦夫,但他又是一个好人。他为人本分、善良、关心他人,向往美好的生活。在家里,作为儿子,他怀念亡故的父母;作为父亲,他痛惜儿子的夭折,关心女儿米莉的成长;作为丈夫,他爱妻子并能宽厚待之;在社会上,他力所能及地多做善事。短短一天中他为死去的朋友送葬,又为其遗属慷慨解囊,搀扶不相识的盲人青年过马路,看望难产的友人,解救醉酒后被人殴打的斯蒂芬。他还喜欢思考和议论问题。比如面对一群嘲笑他的酒客,他说出"侮辱与仇恨,那不是人应该过的日子。男人和女人谁都知道,那是和真正的生活完全相反,而应该是爱,是仇恨的反面"等铿锵有力的话。

布卢姆虽然平庸,可也在努力地寻找生活的支点。他时常怀念他与妻子初恋时的场景,怀念儿子未死之前他们家庭幸福美满的生活。这些昔日的回忆又促使他萌生重建一个真正属于自己的家的渴望。他在生活中以自己微薄的力量不断追寻着、行动着。当斯蒂芬深夜醉酒打架时,布卢姆救助了他,并给予他父亲般的关怀。他把斯蒂芬接回自己家,把他当作失去的儿子,希望以此重新恢复这个家往日的安宁和欢乐。

小说的结尾没有明确交待布卢姆的美好愿望是否实现,但在不懈地追寻中,他毕竟有所收获:斯蒂芬内心中对他朦胧地产生了一种儿子对父亲的感觉,妻子最后在睡梦中又回忆起当年与他热恋的情景,觉得丈夫要比博伊兰更可靠。而且在积极寻找的过程中,布卢姆渐渐地找回了他作为一个男人、丈夫和父亲的感觉和自信。

艺术特色

乔伊斯说过,比脉搏跳动一次还要短的每一瞬间与六千年是一样持久的。《尤利西斯》之所以能在不到 19 个小时的活动中表现"史诗"性内容,正是他视点内转,使人物在内心意识活动中获得心理时间所允许的极大限度的绵延的结果。

内心独白

乔伊斯运用意识流手法的一个显著特点是每个角色的内心独白(意识活动)不仅内容不同,而且各有其鲜明的风格。每个人的意识活动都运用与其年龄、生活特点相适应的语言和思维方式来表现。

布卢姆的思路虽然有许多出人意料的地方,但一般都脚踏实地,既通人情世故,又富有幽默感,语句简短明快;斯蒂芬是个诗人,喜欢玄理,思想就复杂得多,往往引经据典,深邃奥博,爱用诗的形象语言;玛莉恩性格爽朗随意,大大咧咧,她的思绪忽东忽西,无头无绪,连成一片,在长达儿十页的意识流动中,同一个"他"字一会儿指丈夫,一会儿指情人,一会儿指过去认识的男朋友,一会儿又指明天可能来的斯蒂芬。

辐射式的意识流

乔伊斯运用意识流手法的另一特点是,无论他笔下的人物意识活动和潜意识活动多么复杂、凌乱、来无踪去无影,但总有一个或隐或现、有形无形的中心,有一条体现作品主题的主导线索,将复杂的意识和情节紧密组织在一起。作品的叙述从这条主导线索向外蔓延放射,把对过去的回忆、对现实的反应、对未来的幻想、对美的向往、对丑的厌恶等等思绪交织在一起,然后再回到主导线索上进一步向纵深发展,在貌似混乱的流动中能够领会到作者苦心孤诣的安排。

当布卢姆徘徊街头,出入酒肆,停坐海边时,他所做的事情,所看到的东西,所听到的声音,所闻到的气味,无不激发他无穷遐想,而在这纷乱如麻、奔腾如潮的意识流动中,有几件事情始终占据着他的思想,这就是儿子的灭亡、父亲的自尽及妻子的不忠所造成的空虚感、恐惧感,以及作为一个犹太人、异族人、局外人的孤独感和卑微感。他在报社印刷所观看排字工排字,思绪又无端地飘向他死去的父亲和犹太人的历史、家教和东方故园,酒吧里的歌声使他想起了夭折的儿子和女儿。他漫步各处,睹物生情,揭示了一个屈辱而善良的人物有时真诚有时猥琐的内心世界。

玛莉恩的意识流凌乱而热情奔放,虽然不受时间、空间和逻辑的制约,但她的经历、教养、气质在跳跃的思绪中逐渐显露出来。她整天寻欢作乐,但也有很真切的情感。她热爱大自然:

> 啥也比不上大自然　蛮荒的山啦　大海啦　滚滚的波浪啦　再就是美丽的田野　一片片庄稼地里长着燕麦啦　小麦啦　各种各样的东西　一群群肥实的牛走来走去　心里好舒坦呀①

儿子的早夭也使她哀伤不已:

> 我估摸埋葬他的时候不该给他穿上我边哭边纺织的那件小羊毛线衣……我心里很清楚　我再也不会生养啦②

她回忆丈夫求婚的情景也很感人。这些没有标点的大段的意识流也有一条贯串的线索:她坦荡、浪漫,也不失善良。

直接引语、截句

作家退出小说,人物越过了叙述者,没有经过任何中介而直接展现在读者面前,这也是乔伊斯的特色。这使得"故事"与"意识"之间没有间断,意识叙述与行为叙述融为一体,从而使人物与事件都更为真实。比如布卢姆给妻子准备早餐的那一段,既有他的内心独白,又有妻子的咕哝,对过去时间的回忆,又回到现实中来,彼此间没有什么过渡,转换极流畅。

为了表达纷乱飘忽的思绪和感触,乔伊斯常常用高度省略和截短的句子表现突兀奔腾的思绪。或句子成分残缺不全,或句子结构频繁变换,前言不对后语,超越语法常规,形成乔伊斯意识流文字的独特风格。

理解《尤利西斯》的语言其实是个难题。作者除了运用英文外,还用了法文、意大利文、希腊文、拉丁文、阿拉伯文、梵文等多种语言,还有不少方言、俚语,也许作者想借此创造独特的生活与文化氛围。

乔伊斯还创作了《一个艺术家青年时代的写照》和《芬尼根守灵夜》两部意识流小说,后者更为晦涩难懂,乔伊斯将意识流的实验推到极致,被研究者们视为"天书"。

---

① [爱尔兰]乔伊斯著,萧乾、文浩若译:《尤利西斯》(下),第242页,南京:译林出版社,1994。
② 同上,238页。

第十八讲　伍尔夫与《到灯塔去》

英国意识流小说大师维吉尼亚·伍尔夫(1882—1941)出身于伦敦的文学世家,父亲斯蒂芬爵士是位著名的评论家和传记作家。她没有受过通常意义上的学校教育,是在家庭的藏书、父亲的熏陶以及与家中进出的文化名流的交谈中完成学业的。良好的教养,使她知识渊博,感悟敏锐,精神世界的探索成为她创作的主要内容。自童年时代起,她就出现抑郁症状,后来不时发作,她的文学创作没有停止过,但几乎每完成一部小说,她的精神病症就会发作一次。与伦纳德·伍尔夫结婚后,夫妇两人创办了霍加斯出版社,出版了包括 T.S.艾略特在内的许多名作家的作品。进入 20 世纪 40 年代后,伍尔夫的病情日益恶化,她于 1941 年 3 月 28 日在离家不远的地方投河自杀。

现代主义理论的卫士

伍尔夫是一个"先锋"意识很强的女作家,除了创作实验性的意识流小说外,她还为维护意识流小说理论跟现实主义小说理论家们进行论争。她认为现实主义的作家往往注重"物质主义",是一些编织坚实可靠和酷似生活的故事的"工匠",她推崇以乔伊斯为代表的"精神主义者",认为他们的创作方法才能够捕捉到"心灵的火焰"。她在《现代小说》一文中推出了著名的论断:

生活并非一组匀称排列着的轻便马车的车灯;生活是一圈明亮的光晕,是从我们的意识萌生起到其结束为止始终包裹着我们的一个半透明的封套。表现这种变幻的、未知的和未加界定的精神状态,无论它可能呈现出怎样的违情背理或者错综复杂,并且尽可能地少掺杂异物和外部杂质,难道不正是小说家的任务吗?①

作家要写他"想"写、而不是"必须"写的东西。而人的切身感受往往是没有情节、没有喜剧、没有悲剧、没有俗套的爱情穿插,因为真实的生活绝不可能从生到死被安排得井井有条。伍尔夫所极力主张的"真实"是变幻无常、捉摸不定的,它忽而存在于尘土飞扬的道路上,忽而存在于街头的一片纸上,忽而存在于阳光下的一朵水仙里;总之,真实就是把一天的日子剥去外皮之后剩下的东西,它存在于你的心灵和精神之中,与你的各种感觉、体验及无意识融合在一起。

《到灯塔去》

理想境界的象征——灯塔

伍尔夫的《到灯塔去》带有很强的自传性,小说中的重要人物拉姆齐夫妇是以她的父母为原型创造的。它的情节非常简单,结构上分为"窗口""时光流逝"和"灯塔"三部分。

第一部分"窗口"篇幅最长,小说中的所有重要人物都在这里登场,时间是一次世界大战以前。9月份的一个下午和晚上,拉姆齐夫妇及其子女、宾客聚会在海滨别墅,在讨论第二天是否要到灯塔去。客厅的窗口划分出窗内与窗外两个世界。窗内是拉姆齐夫人和她的小儿子詹姆斯,她正在为灯塔看护人的孩子织毛袜;她向儿子保证,只要天气允许,他们明天就到灯塔去,孩子听了兴奋不已。窗外,莉丽正试图画下隐约可见的母子的形象;散步的拉姆齐先生听到夫人对儿子的许诺,严厉地走过来说,第二天天气肯定不好,不能到灯塔去。这使大家很扫兴,儿子更是伤心失望。拉姆齐夫人则安慰着儿子:也许明天天气会好的。

第二部分"时光流逝"篇幅非常短,却概括了10年的时光。从形式上看,是记叙一个晚上在黑暗氛围中的事,但过去10年间许多晚上发生的悲剧性事件在人们的心中涌现了出来:拉姆齐夫人因病突然去世,儿子安德鲁战死疆场,女儿也难产而死。10年后的别墅几乎成为废墟,到处破烂不堪。这部分写得如同一

---

① 伍厚恺:《存在的瞬间》,第131页,成都:四川人民出版社,1999。

首散文诗,叙述着时间的无情与人生的无常。

第三部分"灯塔"有两条叙事线索。第一条线索是莉丽重新拾起那幅10年前未完成的画作,在思念拉姆齐夫人的同时,也关注着拉姆齐先生一行到灯塔去的行动。第二条线索是拉姆齐先生带领他的女儿凯姆和儿子詹姆斯到灯塔去。詹姆斯终于实现了10年前的梦想,更重要的是儿女与父亲之间的隔阂在这次航行中消除了,拉姆齐先生的心情也为之开朗起来。在他们的小船到达灯塔的同时,一直目送他们的莉丽也获得了灵感,终于完成了酝酿10年的画作。

在伍尔夫的笔下,灯塔有多重的含义:

> 詹姆斯望着灯塔。他能够看见那些粉刷成白色的岩石;那座灯塔,僵硬笔直地屹立着……这就是那座朝思暮想的灯塔啰,对吗?
>
> 不,那另外一座也是灯塔。因为,没有任何事物简简单单地就是一件东西。那另外一座灯塔也是真实的。有时候,隔着海湾,几乎看不见它。在薄暮时分,他举目远眺,就能看到那只眼睛忽睁忽闭,那灯光似乎一直照到他们身边,照到他们坐着的凉爽、快活的花园里。①

灯塔独自屹立在一块孤独的岩石上,任凭海浪的冲击拍打,任凭时间的冬去春来,始终岿然不动,她象征着孤高、坚毅,也象征着生活的和谐与统一。故事结尾时,拉姆齐一家历尽沧桑,终于到达灯塔,莉丽久未完成的画作也最终完成。缺失的格局得以整合,伤感的心灵获得慰藉。同时,灯塔还是人生的理想境界的象征,凭借拉姆齐夫人的母性情感和拉姆齐先生的男性力量,他们终于完成了登上灯塔的航程,抵达了人生的彼岸。

血肉丰满的人物

1. 拉姆齐夫人

拉姆齐夫人是小说的中心人物。她已年过半百但风姿犹存,近视,夸张,喜欢做媒;她温柔善良,慷慨大方,无私地帮助别人;她全身心地照顾8个儿女、安慰丈夫。那种慈爱的性情及其人格力量是消解矛盾与困惑、创造和谐气氛的灵丹妙药,即便在她死后也还在影响着人们。她仿佛是其他所有人物精神上的灯塔,人们总是自觉或不自觉地接受她的统率。在他人的眼里,她总是那么光彩照人,不知疲倦地在关爱着别人。其实在内心深处,她也有着难言的寂寞和惆怅。

---

① [英]弗吉尼亚·伍尔夫著,瞿世镜等译《达洛卫夫人·到灯塔去》,第400页,上海:上海译文出版社,1997。

她常常会被莫名的低沉情绪笼罩,她对别人的奉献有时是为了在别人的赞美声中感受自身的价值,甚至是为了填补内心的空虚。在宾客满堂的餐桌上,她一边极力营造着欢快的气氛,一边会突然自问"我把自己的生活怎样了呢?"对周围的一切顿时感到陌生起来,看着丈夫时甚至疑惑自己"怎么会对这个人发生感情或者爱上他"。

在喧嚣的日常生活中,拉姆齐夫人扮演着社会为女性规定的角色:家庭里的贤妻良母和社交场中的优雅主妇。只有在夜深人静的时候,意识慢慢地才回归到自我。她朦胧地意识到应该有一种属于自我的生活——不和孩子、丈夫分享的生活。但她毕竟是维多利亚时代的女性,她对丈夫的迁就甚至超过了对儿女的呵护,而正是她的这种自我牺牲精神助长了丈夫的男权专制和自私心理。在别人的赞叹声中,她感到满足和陶醉。

伍尔夫将自己对母亲的理解写进了这个人物。

2. 拉姆齐先生

小说中,拉姆齐先生是作为与拉姆齐夫人相对照的形象出现的,他善于思考,充满理性。一开始,他严格冷峻得给人以暴君的印象。当拉姆齐夫人给予孩子允诺时,他毫不留请地击碎儿子去灯塔的希望与幻想,与妻子的温婉形象形成巨大差异。但随着叙述的展开我们发现,他智力超群,一丝不苟地追求真实,对哪怕是善意的谎言也不能容忍。他虽然对孩子严厉得近乎苛刻,但关注着妻子最细微的情绪波动,自己也常常为悲观的情绪所困扰。妻子死后,他失去了人生的精神抚慰,但仍然坚毅地生活着,并且在 71 岁时最终率领儿女完成了去灯塔的夙愿,孩子们对他也终于由敬畏转而爱戴。

他们夫妻之间的互补与融合,是通过到灯塔去的航程来完成的。人生的沧桑与心灵的磨砺,使拉姆齐先生的性格渐渐归于简朴,再不是那样高高在上,不可亲近,父与子两代人终于达成了精神的沟通。其实,这也是伍尔夫对自己父亲的一种新的理解。小说第一部中对拉姆齐先生的近乎漫画式的描绘,包含着作者对父亲的怨愤情绪,渐渐地,她像这家的小女儿凯姆一样,虽然反抗父亲的暴政,但却清晰地记得同他一起在书房时何等地温暖;而在船上航行时"她是多么安全,只要他坐在那里",女儿终于认识到,父亲是"最诚恳、最真挚的人,最好的人"。完成了父亲这个形象的塑造,伍尔夫的郁结心理也得以纾解。

3. 莉丽

《到灯塔去》以莉丽完成她的画作来结束全书,可以说明这一人物在小说中的重要性。书中的很大部分情节是通过她的视角来展现的,她的意识活动提供着对主要人物的判断和认识。实际上,莉丽是整个小说世界的一个聚焦点。

当然,这是一个个性鲜明的独立人物,她代表着维多利亚时代之后的新的一代,在对父辈进行审视和批判,并构建自我的新人生。从某种意义上来说,她是维吉尼亚·伍尔夫本人的化身。书中莉丽创作那幅油画的过程与伍尔夫创作《到灯塔去》的历程有许多契合之处,比如莉丽完成绘画作品时是44岁,而伍尔夫写完小说也确实是44岁,这当然并非巧合。她体现了小说家本人那艰难的心路历程,以及对理想信念的不懈追求。可以说,莉丽这一形象是深刻理解伍尔夫不平凡一生的一把钥匙。

莉丽非常倾慕于拉姆齐夫人的魅力,画出夫人与儿子坐在窗前的画像,是她10年来的执著追求,为了完成这一意愿,她始终在探求着拉姆齐夫人的真实形象。只要仔细阅读作品就能够发现,只有她对拉姆齐夫人的态度颇为独到,无论在夫人生前抑或死后,她都没有那种虔诚与心醉神迷。她时时感觉到拉姆齐夫人的巨大影响,但总是极力抗拒着它们的诱惑,试图保持自己的本色。在拉姆齐夫人的眼里,莉丽是执著的、孤僻的,她拒绝夫人要强加给她的"家庭天使"的角色,拒绝婚姻,这毋宁说是为了保持精神上的独立。这种内在的反抗意识,正是伍尔夫自我对来自以父亲为代表的家长意志的反叛:

> 她想,拉姆齐夫人已经隐没、消失了。现在我们可以超越她的愿望,把她那种带有局限性的老式观念加以改进。她已经后退到离我们越来越远的地方……现在你不得不对她说,事情的发展全部违背了您的心愿。[①]

伍尔夫曾经说过,如果父亲活得再久些,她会什么也写不出来。书中的拉姆齐夫人对莉丽说,女人不会作画,也不应该写书。伍尔夫认识到,人在思想上被父母缠住不放时,"把他们写出来则是必要的措施",在创作中伍尔夫的心灵终于得到升华。莉丽也一直在试图回忆拉姆齐夫人的形象,直到最后才"大功告成",终于画出了在她心头萦绕多年的幻景。这是一种痛苦的解脱方式,莉丽在绘画领域中实现了自我的人生价值,正像伍尔夫在小说领域一样。

也许,小说的真正主人公应该是莉丽。

---

① [英]弗吉尼亚·伍尔夫著,瞿世镜等译:《达洛卫夫人·到灯塔去》,第387~388页,上海:上海译文出版社,1997。

重要作品

《墙上的斑点》

一个妇女看到墙有一个斑点,由此产生了一系列的联想。起初,她以为这是挂肖像用的钉子留下来的痕迹,由此她联系着过去的住户可能是怎样的人家。可是,接着她又分辨不出这个斑点到底是什么,就想到人生的无常与认识能力的贫乏。后来,她以为那可能是自己在壁炉上面留下的尘土,便想到赫赫有名的特洛亚城竟然被这样的尘土严严实实地埋没了。她又觉得这个斑点好像是一个凸出的圆形,由此联想起古冢,想到自己像多数英国人那样多愁善感,并且感觉到自己在散步的时候会自然地想起地下埋着的白骨,一会儿又从古冢想到退伍上校如何进行考古活动,以及他就要完成论文时突然中风病倒……女主人公完成沉浸在白日梦中,直到听到有人说去买报纸,才回到现实。她仔细上前辨认,原来墙上的斑点是一只蜗牛。

在这部作品里,客观现实已经失去了它的实际意义,仅仅成为人的意识活动的支点,人物的意识和感觉才是最重要的。伍尔夫一直追求着这样的艺术:透过生活的外壳去挖掘人物的内心奥秘,进而对人物的本质进行把握。这里,女主人公的一系列杂乱无章的自由联想,朦胧地显示出她对陈腐、窒息生活的厌倦和对不受拘束的自由生活的向往,她的性格、修养、人生经历、现状与未来也隐隐约约地显现了出来。

《雅各的房间》

这是伍尔夫的第一个长篇小说,也是她在文学创新方面第一次较大规模的探索与实践。小说情节很简单,叙述一个叫雅各的年轻人短促的一生,由一连串的生活片段构成。他的父亲死于航海,自幼由母亲抚养,在海边度过童年。长大后到剑桥大学求学,在同学家度假,被同学的妹妹暗恋。后来到了伦敦,读了大量的古典文化的书籍,写过一些短篇文章,先后与两个情妇交往。嗣后去欧洲大陆旅行,来到希腊,陶醉于古典艺术之中,并邂逅了桑德拉,产生了爱情。游历后返回伦敦。作品暗示他英年早逝于第一次世界大战。

这部作品可以比喻为五彩缤纷的万花筒。它几乎看不到传统小说的基本要素,没有人物的诸如家世、婚姻、死亡等人生历程,也没有故事情节与重要事件,只是人物的若干生活片段的连缀,而且相互间没有因果与逻辑关系。也许可以称之为"印象的拼图":雅各对世界及他人的印象和他人对雅各的印象。其他人物在雅各的身旁浮光掠影地出现,又默默地擦身而过。对话只有只言片语,常常是断断续续,甚至陷于沉默。众多的意象随意地呈现着,象征着人物心灵形态的破碎与分裂。

这部小说 1922 年发表后,立即引起文坛的争论。《看得见风景的房间》的作者福斯特对小说的形式赞不绝口,而另外一位作家贝内特则持否定的态度,认为雅各的塑造是令人失望的,伍尔夫的实验是失败的。伍尔夫随即于 1923 年写了《贝内特先生和布朗太太》予以回击。

《贝内特先生和布朗太太》

在这部小说中,伍尔夫颇为风趣地用简短的故事来论证自己的观点:在一列火车的车厢里,有个素不相识的老妇人"布朗太太"坐在人群中间,她同时被 4 个小说家所注视,他们分别是贝内特、威尔斯、高尔斯华绥和伍尔夫。伍尔夫注视着她,想象着她的内心活动以及她的旅伴之间的关系,并编造了关于她的故事,将她在不同的场景中加以描绘;乌托邦社会改革家威尔斯马上会在车窗上给布朗太太设计一个更美好的世界;阶级论者高尔斯华绥会设法确定她所属社会阶层和生活环境,着手安排文明秩序;而贝内特先生有注意外部细节的癖好,定然会去描写她所在的车厢、她身上的廉价胸针和补过的手套,以及她父亲的工资和母亲的身体状况等等。伍尔夫由此得出结论:他们 3 人关注的都不是布朗太太本身,不是她的内心、灵魂和生命,而是着眼于她身外的那些与她的丰富心灵毫不相干的东西。

传统作家关注房子,现代主义作家关注住在房子里的人。在伍尔夫等意识流作家眼里,"一日之内,成千上万个念头闪过你们的头脑;成百上千种情绪在你们心中交叉、冲突、消失,惊人地杂乱无章",传统的刻划与描述方法怎么能够满足现代读者的要求呢?

《达洛卫夫人》

伍尔夫在日记里说:"在这本书里,我要表达的观念多极了……。我要描述生与死、理智与疯狂;我要批判当今的社会制度。"[①]这部小说有两条情节线索:

---

① 见伍尔夫《日记》1922 年 6 月 18 日;引自昆丁·贝特:《弗吉尼亚·伍尔夫评估》,第 2 卷,第 99 页,屈拉特-格拉纳特出版社,1982。

"神智清醒者"达洛卫夫人为晚宴作准备到晚会结束的过程以及"精神错乱者"复员战士赛普蒂默接受治疗到自杀的过程。两个人物一直到最后也没有碰面,两条情节线索始终没有交汇。

1923年6月的一个早晨,达洛卫夫人走出家门,为晚上的宴会做准备。作者没有展示她这天的所作所为,而是通过她的回忆与联想,将她的过去、她的性格、她与其他人的关系等不受时空限制地叙述出来,让读者看到,这个上流社会的女子内心的渴望与寂寞。中午12点,赛普蒂默夫妇前去见医生,赛普蒂默的病态心理是通过他的妄想性幻视、幻听等错觉描写显现的。战争结束5年了,他仍然不能摆脱心灵上的阴影,充满着对死去的战友的记忆。

小说时而停留在某个人物身上,从一个人物跳跃到另一个人物;时而停留在时间的一个点上,展现同一时间、不同空间的两个人物的不同活动与思想。当作者的笔要从一个人物跳到另一个人物时,议会大厦上那个大本钟会把读者带回到现实,然后再转到另一个人的意识流中去。主观的心理时间与客观的物理时间形成鲜明的对照。

2002年获得奥斯卡金像奖的影片《时时刻刻》(*The Hours*)主要就是围绕着这部小说展开的,作者伍尔夫也成为了影片中的主人公之一。

第十九讲　劳伦斯与《查特莱夫人的情人》

D.H.劳伦斯(1885—1930)是20世纪英国文学大师,他在小说、诗歌、戏剧方面都有大量创作,主要的成就是小说。这位作家一生坎坷,文运不佳,他在生活与艺术中苦苦地追求理想的境界而始终不得,于贫病交加中走完了45年的艰难人生。

劳伦斯的小说是自我人生观的写照,他的自身经历与作品密切相关。他出生于英国中部诺丁汉郡的一个矿工家庭,父亲受的教育不多,为人有着工人的率直与朴实,而母亲受过良好的教育,当过教师,会写诗,她对婚姻很不满,加上生活的艰难,与脾气粗暴的丈夫格格不入,而且从心底里瞧不起丈夫,夫妻间常常发生冲突。父亲在井下干活劳累,妻子不但不体贴,反而联合孩子鄙视他,这从另一个方面加深了父亲的坏情绪。母亲把全部希望都寄托在子女的身上,她特别希望劳伦斯能够出人头地,摆脱父辈的命运。劳伦斯不负母望,获得奖学金进入诺丁汉高级中学,后又升入大学。从童年到青年,来自母亲的爱深深地影响着劳伦斯的感情和心理,他偏向母亲,反感父亲,甚至在潜意识里对父亲有着一种莫名的仇视。这种与母亲异乎寻常的感情也影响了他的爱情与婚姻,他曾经与中学时代的女友订婚,因母亲不喜欢而在6年后终于与她分手;1912年他爱上一位教授的妻子弗丽达,两人私奔,于两年后结婚。他们从此浪迹天涯,过着并不富裕的生活。劳伦斯终身在寻找着逃避现代工业文明的理想乐土,足迹遍布多个国家,但都付诸东流。他把自己的理想和不懈追求全都凝聚在文学中,奉献出不朽的精神财富。

自传体小说《儿子与情人》

这是劳伦斯早期最著名的作品,也是一部自传体小说。他的童年与青年在此得以再现。主人公保罗的父亲毛瑞尔是个井下的矿工,母亲出身稍高些,当新婚的激情过去之后,母亲发现丈夫不过是个贪杯、粗俗的平凡工人,开始厌恶他并慢慢发展成仇视对方。书中说,保罗甚至从母亲的乳汁里都能够吮吸到她对父亲的憎恶。对丈夫完全失望后,母亲将全部的希望先是寄托在保罗的哥哥身上,当哥哥不堪重负客死他乡后,保罗成为了母亲的希望所在。他是在对父亲的恨与对母亲的爱的感情状态下成长起来的。

一个男人的毁灭与一个男人的成长

在《儿子与情人》中可以清晰地看见一个男人(父亲)的毁灭和一个男人(儿子)的成长;而这种毁灭和成长都和母亲有关。

莫瑞尔是一名典型的矿工,他10岁就开始下矿井,这决定了他一辈子大部分时光要在矿井中度过,也决定了他的矿工式的家庭生活。年轻的莫瑞尔在浪漫的爱情中显得生气勃勃,热情潇洒,是一个讨人喜欢的男人。可在更多的时候,他是一个出言不逊、行为粗鲁、缺乏气质和知识,并经常喝得醉醺醺地对家庭不负责任的坏丈夫和坏父亲。劳伦斯只是偶尔让莫瑞尔一边高兴地哼着曲子,一边干一些雕刻或修补的活计,让他身上有一些丈夫和父亲的光芒。

在劳伦斯的时代,矿工们为了微薄的报酬而不得不成年累月地在黑暗、潮湿的坑道里干着非人的苦工,每时每刻冒着生命的危险。他们的人性逐渐被这种非人的劳作所剥夺,变得粗暴、蛮横,只有酒才能使他们暂时忘却忧愁和疲劳,只有在家里粗声恶语才能发泄他们心头郁积的怒气。莫瑞尔是当时英国千千万万矿工中的一个,他每天早晨唱着忧伤的歌爬进矿坑,晚上又喝得烂醉回到家中发酒疯。他无法像一个正常人那样享受阳光的爱抚,甚至在妻子生了儿子,也没有精力去享受这份喜悦。工业文明夺去了莫瑞尔的自然本性,家庭生活则彻底地夺去了莫瑞尔作为一个男人的精神支柱。

莫瑞尔的妻子出身中产阶级,受过良好的教育,性格清高,笃信宗教,意志坚强。她追求一种高雅的精神生活,这恰好同莫瑞尔精力充沛、我行我素、沉醉于世俗之乐的性格相对立。于是,妻子和丈夫间开始了一场可怕的、血腥的、只能以其中的一个毁灭而告终的搏斗。在这场搏斗中,莫瑞尔竭尽全力地想保住自己的自尊心和男性权力;他粗暴地对待妻子,甚至想离家出走,最终却不得不放弃自己在家庭中的地位以求得和平。在与丈夫的心灵的较量中,莫瑞尔太太总是处于上风,她竭尽全力想把丈夫塑造成一个高尚的人,其结果反而把他给毁了,自己也弄得身心交瘁。

孩子们(特别是保罗)与母亲结成联盟,排斥父亲,甚至不承认他是自己的父亲。即使父亲偶尔流露出的温柔体贴(如保罗生病时候)也不被孩子理解和接受。父亲成了家庭的"局外人"。莫瑞尔被废黜家主地位以后,开始退出了儿子的生活舞台,他在儿子的成长中渐渐地衰老,他成了一个可有可无的人。在小说结尾,他变得越来越凄惨。他是一个被妻子和孩子丢弃的人,也是一个被毁灭的男人。莫瑞尔太太的自立、骄傲,以及她的冷漠最终比其他任何东西都更粗暴地剥夺了丈夫的力量和勇气。

父亲的毁灭,导致了儿子在成长的道路上的曲折与艰难。莫瑞尔太太已经不爱自己的丈夫,在经过了对丈夫的失望和与丈夫的争斗后,她将爱转移到孩子身上。其实从本质上来说,她是将丈夫也看作了她的孩子,改造丈夫不成功,她就专心塑造起儿子来。

保罗自小是个面色苍白、性情安静的孩子,非常敏感。母亲烦躁的时候,他不光能理解,而且心情也平静不下来,他的灵魂似乎总在关注她。这种感情阻碍了他正常的成长。父亲的粗暴,以及母亲对父亲的蔑视,使他从心底里憎恨父亲。他甚至每天晚上祈祷:"主啊,让我的父亲死掉吧。"他在潜意识里一直将母亲作为自己的性爱对象,并嫉妒母亲对哥哥威廉的宠爱。威廉死后,母亲长久地沉浸在悲痛之中,无论保罗怎样努力,都无法使她恢复以前的生活兴趣。最终是保罗的重病挽救了母亲,他用濒死的方式获得母爱并终于取代了哥哥威廉,成了母亲生活的全部,母子俩非常亲密地连结在了一起。

保罗在没有真正意识到自己的性觉醒时,他是自愿投入母亲的怀抱的。母亲是他的挚友,他的知己,他再也没有别的好朋友。这种关系好得不同寻常。母亲总觉得"对保罗的感情有点特别",保罗对母亲更是超越了母子之情。他没有意识到自己的角色是儿子,而不是情人。

畸形的母爱窒息着儿子

当保罗成长为一个男人时,他需要自己的情感寄托。直到同两个女子有了感情纠葛,保罗才发现母亲对他感情的羁绊。他企图在情人那儿寻找力量,找回作为一个正常男人在精神上和情感上的独立自主;然而母亲的爱如同无形的绳索勒在他的脖子上,使他几乎不能呼吸。

米丽安是保罗青梅竹马的恋人,他俩在精神上有着共同的情趣,本来可以成为很好的一对。保罗之所以不能正常地去爱米丽安,是因为母亲带给他巨大的压力。莫瑞尔太太从一开始就不喜欢米丽安,她生怕米丽安占据保罗整个灵魂,把他从自己身边夺走。为此,她对这个纯真的少女一再表现出她的嫉妒,而她的这种嫉妒总能让保罗感到心灰意冷,痛苦不堪。夹在她们两人之间,他感到消沉、绝望。但莫瑞尔太太并没有停止对保罗爱的索取,最终让保罗放弃了对母亲之外的第一个女子的爱。莫瑞尔太太这种"恋子情结"致使保罗丧失了恋爱的能力,他对母亲说:"只要你在世,我永远也不可能遇到合适的姑娘。"

保罗一直在挣扎,企图冲破母亲的束缚。他离开了米丽安,投入了另一个女人——已婚的克拉拉的怀抱。这是一个肉欲的女人,与米丽安恰好相反,她用充满性感的肉体吸引着保罗。母亲并不反对他与克拉拉的交往,因为她知道,儿子迷恋的只是这个风流女子的肉体,自己在精神上依然是儿子的统治者。处在这样的境地里,保罗极度痛苦,他感到母亲畸形的爱使他不能在精神上、感情上健康成长,然而他无法摆脱这种爱的束缚。

在保罗的成长过程中,母亲始终控制着他,使他难以像一个正常的男人一样生活。父亲的角色被挤出了他的生活圈,保罗只能在母爱织成的罗网中痛苦地挣扎着,直到母亲死去后他才有可能被解放出来。可悲的是,畸形的母爱控制儿子的时间太长了,当25年的感情支柱一下子倒塌后,儿子已经难以独立地面对这个世界了。他变得随波逐流,留在记忆中的只有那童年时代极为神圣、成年期间毁了他的母爱。

《虹》:和谐两性生活的探索

与后来的《查特莱夫人的情人》的遭遇一样,这也是一部被认为宣扬色情而遭禁的作品。小说以劳伦斯的家乡诺丁汉郡一带的矿区为背景,描写布兰温一家三代人的恋爱与婚姻的故事,探讨的是如何建立和谐的两性关系,挣脱旧传统的束缚。

第一代的汤姆本来是个农民,身上具有大自然所赋予的强健体魄,由于从来没有接触过除母亲和姐姐以外的女人,见到带有神秘色彩的波兰贵族后裔莉迪娅,他爱上了她。经过一段时间的磨合，他们找到了性生活的和谐，但双方总存在着精神和心灵上的陌生感，而且一辈子如此。劳伦斯认为，和谐的两性关系不仅体现在双方肉体的满足上，还应该体现在各自保持着自我的独立上。但是，这第一代的夫妻婚姻虽然完美，但他们的独立是彼此的陌生造成的，是低层次的幸福。

第二代的安娜和威尔两人，都有着强烈的占有对方的欲望，导致双方无休止的冲突。刚开始时，他们沉浸在性生活的快乐之中，但由于缺乏心灵的沟通和精神的感应，每个人都想当另外一个人的统治者，结果以安娜的表面上的胜利和威尔的妥协告终。这也不是劳伦斯所向往的和谐夫妻，虽然他们有着完满的性生活，但丧失了自我的个性和自然的生命力，他们只有肉体的和谐，缺乏精神意义上的独立和幸福。

第三代的厄秀拉身上寄托着劳伦斯对真正意义上的现代的爱与性的追求。她目睹了老一代人，尤其是妇女的悲剧命运，力图走出狭隘的天地，寻找新生命的"彩虹"。她也一度沉溺于肉欲之中，陷入人格分裂的痛苦，但她始终对婚姻不苟合，追求灵与肉结合的性爱。在《虹》的续篇《恋爱中妇女》中，厄秀拉终于找到了性爱与灵魂、精神相契合的幸福，那就是在保留自己个性的同时又尊重对方的个性，双方"像星星一样的平衡"。

在劳伦斯的心目中，理想的两性关系应该是灵与肉的和谐，男女双方的人格要能够既独立又完整。

《查特莱夫人的情人》

引起轩然大波的《查特莱夫人的情人》一书，是劳伦斯后期最重要的作品，它一出版就被英国当局以"色情书籍"的罪名查禁，直到32年后的1960年才被英国法庭重新判定为不违反出版法，得以公开发行。有意思的是，在开禁后的几个月内，在美国销售达600万册，在英国50天内卖出了198万册，6个月内又卖出124万册，创下了文学史上的奇迹。其实，这是一部探讨现代西方人生存状态的具有严肃而深刻意义的作品，劳伦斯所苦苦追寻的人与文明、人与自我、男人与女人之间关系的主题在这里得到了深化。

小说的背景仍然是作者的故乡。女主人公康妮在第一次世界大战期间与克利弗·查特莱男爵结婚。蜜月刚过，克利弗就重返前线，不久受重伤导致下身瘫痪，性功能丧失，康妮和丈夫过着没有性爱的夫妻生活。克利弗不久在写作上出了名,而且在看护博尔顿太太的激励下,他全身心地投入煤矿经营之中,找到了无穷的乐趣,成了一个精明的资本家。而康妮始终很苦闷和寂寞,她曾经与丈夫的剧作家朋友发生两性关系,过后是更大的空虚。惟一能够给她带来安慰的是到林中散步,观看看林人梅勒斯养的雉鸡。不久她与看林人发生了关系,康妮怀孕了。克利弗曾经暗示过妻子,希望她和别人有孩子,他可以将产业留给这个孩子;但当他知道妻子的情人是个看林人时暴跳如雷,他不能容忍看林人的孩子做他的继承人。最后,康妮坚决地离开了丈夫。小说结尾暗示,康妮和梅勒斯将幸福地生活在一起。

"下流词语"与性细节描写

《查特莱夫人的情人》遭禁的第一个原因是它运用了所谓四个字母构成的下流词语。其实此前的作家也用这些词语,只是他们只写下第一个字母,其余的三个用横线代替。而劳伦斯认为,这些人们生活中需要用的词语,与其让它们变成粗话,不如让它们登上大雅之堂,成为普通的英语词汇用来表达人们的思想和感情。

描写男女间的性生活的细节,是此书的又一"罪状"。确实,劳伦斯对性的描写很具体,但他认为性生活是人类自然生命力的象征,纯洁的性爱可以摧毁工业文明给人的天性造成的障碍,恢复生命的本原,创造全新的自我。书中对看林人梅勒斯的男性力量和康妮的自然之美有着诗意的描写:

> 她的蓝眼睛闪着兴奋的光芒,她转过身去,以一种冲刺般的奇异动作狂奔起来……她奔跑着,他只看得见一个圆圆的湿脑袋,还有那倾身飞奔的湿脊背,以及那闪着亮光的圆润屁股:一个颤抖着的美妙的裸奔女人。……他追上她,用赤裸的双臂抱住她那柔软、精光的腰身。她失叫一声,挺直了身体,把整个柔软冰冷的肉体紧贴他怀里。他癫狂地紧搂着这柔软冰凉的女性肉体,相贴相融之中,这肉体瞬即变得火一般炽热。[①]

梅勒斯将男性生命力赋予被文明社会禁锢得奄奄一息的康妮,能够使她恢复自然本性,获得属于她的幸福生活。性,在这里不是寻欢作乐,也不仅仅是生理的需要或繁衍后代的需要,而是人的自然本性回归的象征。克利弗下半身的瘫痪象征着生命激情的丧失,他专注于煤矿经营,成为机械文明的奴隶,他的内在热情和自然生命力也瘫痪了。

[①] [英]劳伦斯著,赵苏苏译:《查特莱夫人的情人》,第276~277页,北京:人民文学出版社,2004。

性爱描写在劳伦斯笔下并无炫耀或矫情的成分,而是健康人性的强烈而自然的流露。

康妮本性的回归

查特莱夫人也就是康妮原本是一个在自由生动的空气下成长起来的女子。她父母开明,从小受着"美育的非传统的教育";少年时代与姐姐到过巴黎、罗马、佛罗伦萨等艺术之都游览,在德国念书时可以选择交谈最深的男子作情人。在嫁给克利弗之前,她是自然的女儿。婚后,来到这个煤铁的黑色王国,她的活泼明媚也慢慢地被工业机器弥漫的灰尘遮盖住了。尽管丈夫丧失性能力,但刚开始她还是爱他的,在帮助他生活的过程中获得满足:"起初,她觉得很兴奋,他单调地、坚持地给她解说一切事情,她得用全力去回答和了解。仿佛她整个的灵魂、肉体和性欲都得苏醒而穿过他的小说。这使她兴奋而忘我。"可是,这"七点半过了是八点,八点过了是八点半"的单调生活,使她感到窒息;冷漠的丈夫更使她感到活守寡的空虚与寂寞。惟有大自然给她安慰,"树林像是她惟一的安身处,她的避难地"。在她的生命力被压抑到极限的时候,是梅勒斯的生动、实在的性爱给了她生路,使她复苏"野性",回到多年前的"和谐的舞蹈"的自然状态。她像一丝不挂的婴儿在暴风雨中新生了。

在追求性爱的过程中,康妮经历了从低级到高级的过程。她在寂寞中与孤身独居的梅勒斯相识,逐渐熟稔、了解,互相的欲求使他们彼此接近。这是性爱的初级阶段,康妮还未曾真正投入,她显得被动和隔膜。随着两人亲密关系的深化,他们逐渐进入性爱的第二个阶段,也就是和谐时期,他们在雨中林间小径的欢情便是这一境界的绝妙写照。而最高的境界是他们告别之夜的经历,这是劳伦斯理想中的最高性爱境界,一种灵与肉的亲密无间的融合:

> 现在,她觉得自己已经来到了她天性的真正基岩,一点羞耻之情都没有了。她是她肉感的自我,赤裸裸的,不知羞耻。她觉得洋洋得意,几乎是自高自大。原来如此!生命就是这个样子,一个人的本来面目就是这个样子!没有任何东西需要掩饰、没有任何东西需要害羞。她和一个男人一起,和另一个生命一起,共享着她这终极的赤裸。①

纯朴而充满生机的性爱,使康妮找回了自我。

---

① [英]劳伦斯著,赵苏苏译:《查特莱夫人的情人》,第309页。

第二十讲　菲茨杰拉德与《了不起的盖茨比》

司各特·菲茨杰拉德(1896—1940)的作品体现了美国年轻一代的"美国梦"的幻灭。这是一个非常投入生活的作家,他几乎参与了那个时代美国社会的赚钱、娱乐、冒险、时尚、破产等一系列事件,社会的思潮与动荡在他的婚姻和创作中留下了深深的烙印。他的思想意识与创作风格受到当时最时尚的生活方式和潮流的影响,他既是爵士乐时代的歌手,也是"迷惘的一代"的代表。

关于"迷惘的一代"

"迷惘的一代"出现于第一次世界大战后的 20 世纪 20 年代,是一些带有同样的迷惘情绪、相同主题和近似的创作方法进行写作的一群作家的总称。这一称呼出自一个长期居住在巴黎的美国女作家斯特恩之口,她指着海明威等人说:"你们都是迷惘的一代!"海明威觉得这个比喻很恰切地概括了他们一群人,于是便将"迷惘的一代"作为他的第一部长篇小说《太阳照样升起》的题词,随着这部小说的成功,这一术语也流传开来,很快就成了战后一批美国作家的代名词,也成为一个文学流派的名称。

聚集在"迷惘的一代"这个松散圈子里的是一批年轻的作家,他们有很多相似之处:他们在第一次世界大战爆发时都不到 20 岁,都投笔从戎参加战争,或负伤,或精神遭受重创,或被投入监狱,都有过惨痛的经历。战后,他们共同地对战争感到厌恶,产生深深的幻灭情绪,精神苦闷和彷徨,并且都在寻找解脱的方法。而从战场回到社会,他们不但没有认同感,相反对空洞而势利的价值观念感到失望。他们与美国的社会现实格格不入,纷纷离开本土,浪迹天涯,又不约而同地来到了巴黎,在这里的文化沙龙里用文学来表达他们复杂的思想情绪。

产生迷惘情绪的原因其实很简单,那就是他们的理想破灭。大战爆发时,他们怀着拯救国家与民主、消灭一切战争的热望奔赴战场。可是,战争留给他们的是精神的幻灭,他们感到被出卖了。无情的血腥击碎了他们的理想,他们无比愤怒。于是用笔去揭露这一切,他们的眼光格外锐利。战争的罪恶、战后的黑暗、自身的潦倒都成为他们表达的主题。战争阴影的梦魇般压在心头,使他们的作品无不充满着反战的情绪与反叛的心理,悲愤、忧伤、仇恨,凝聚成触目惊心的文字。

爵士时代的歌手

菲茨杰拉德出生于一个追求虚荣的小商人家庭。他的父亲一度有些钱,过着豪华的生活,但当经商失败家道中落后,仍然摆出一副阔绰的绅士派头,这对菲茨杰拉德的性格形成影响很大,他十分自豪地模仿着父亲,而对比较简朴的母亲有些瞧不起。随着年龄的增长,他崇尚阔气的上层社会人物的心理也一天天膨胀着,他对家乡所在西部的死气沉沉很不满,而一心向往着美国东部的时尚生活。在亲戚的资助下他得以进入贵族学校念书,但他是个"富家子弟学校里的穷孩子"。进入普林斯顿大学后,他如痴如醉地爱上了文学,他幻想着成为一名声名显赫的作家,与美貌的金发女郎出入于灯红酒绿的社交场合。第一次世界大战的炮火打碎了他的幻想,他感受到人生价值的失落与精神的迷茫,但仍然执着于文学创作。在大战时期的训练营里,他写下了处女作《人间天堂》,奠定了作为爵士时代的桂冠诗人的地位。

菲茨杰拉德称他成名的时代为"爵士时代",而且他有短篇小说集的名字就叫《爵士时代的故事》。所谓"爵士时代"是指第一次世界大战结束后到经济危机爆发前的十年时间,也就是1919年至1929年间,这是美国经济发展相对平稳繁荣的时期。战争的噩梦刚刚结束,社会的面貌却发生了巨大的变化。传统的价值标准,包括传统的道德、传统的理想、传统的宗教信仰都瓦解了。在青年人看来没有什么一成不变的价值标准,正像海明威说的,"我觉得好的就是道德,我觉得不好的,就是不道德。"唯一可以信赖的仿佛只有自我的主观感觉。于是,相当一部分青年人及时行乐,追求官能享受,提倡性解放。他们特别爱听使人官能兴奋的爵士音乐,在一派纵情声中感受着"革命"与"解放"。菲茨杰拉德把爵士时代归纳为"一切神明统统死光,一切仗都已经打完,对人的一切信念完全动摇"。

菲茨杰拉德发现,"这是美国历史上最会纵乐、最炫丽的时代,关于这个时代将大有可写"。于是,他大写特写这个令人眼花缭乱的时代。他并非像一个客观冷静的观察者那样注视和分析眼前的一切,而是爵士时代的积极参与者。他仿佛熔化在自己的作品中,他甚至说:"有时我不知道姗尔达(他的妻子)和我到底是真人,还是我的一部小说中的人物。"正因为如此,他的作品栩栩如生地再现了那个时代的社会风貌,也贴切地传达出处于灯火阑珊中的惆怅与虚空。他用严峻的道德标准衡量着爵士时代,也用温婉凄厉的笔调抒写了"迷惘的一代"对于"美国梦"幻灭的哀伤。

作家的爱情经历与作品

菲茨杰拉德的大部分作品中主人公的遭遇与他自己的生活境遇十分相像,有的甚至可以说是他自我生活的写照。他的爱情、婚姻对他的人生和创作产生了深刻的影响,尽管并非是多么积极的影响。

他于1917年应征入伍,服役期间爱上了一个法官的女儿姗尔达,并与她订了婚。战后,他回到纽约谋生,因为收入微薄,前途渺茫,未婚妻立即解除婚约,这对他打击很大。于是,他埋头写作,渴望一举成名,能够与这位上层社会的女子成婚。1920年《人间天堂》轰动一时,他终于如愿以偿地和这位"金姑娘"结婚了,这使他欣喜异常:"下午坐出租汽车,驰过绛紫色天空下两排高耸的建筑物……我纵情高呼,因为我有了我所要的一切,而且我也知道,我将再也不会这么快乐了。"

婚后的菲茨杰拉德夫妇像他小说中的人物一样狂欢纵乐,挥金如土,他们常常往返于纽约与巴黎之间,出入豪华旅馆与旅游胜地,成为交际界的名流。他终于实现了早年追求的梦想:娶了美丽的女人、过上了富裕"大人物"的日子。可是,这种狂热的生活不仅影响了他的身体和创作,也使他常常入不敷出,不得不写一些自己也为之羞愧的作品来维持奢华的生活。随着妻子的精神分裂症的时时发作,自己饮酒过度,经济上日益窘困,他也越来越生活在"灵魂的真正的暗夜里",并终于精神崩溃。菲茨杰拉德的创作只维持了十几年,44岁就离开了人间。

菲茨杰拉德的创作是他浮躁的人生经历的注解。他对成功和财富的热衷,对爱情欢乐后面的空虚与失落,对上层社会人士的又羡慕又敌视的复杂心理,都烙刻在他的作品里。

《了不起的盖茨比》

小说《了不起的盖茨比》通过完美的艺术形式描写了20年代贩酒暴发户盖茨比所追求的"美国梦"的幻灭,描绘了爵士时代空前繁荣的醉人气氛,进而揭示了美国社会的悲剧。

美国中西部城市卡罗威世家的后裔尼克厌倦了中西部的生活,到纽约当证券交易人,并在市郊长岛西卵区租了一套小屋。他的邻居便是豪华的盖茨比公馆。小海湾对面的东卵区宫殿式的大厦住着从芝加哥搬来的汤姆和黛西夫妇。黛西是尼克的远房表妹,汤姆是尼克大学里的同学。汤姆家里很有钱,但他性情暴戾,盛气凌人,黛西忧郁而美丽,她是盖茨比以前的恋人。盖茨比年轻时与黛西热恋,因家境贫寒又默默无闻,不能跟她结婚。后来他到欧洲参加第一次世界大战,黛西就嫁给富家子弟汤姆;但汤姆另有情妇,黛西并不愉快。

盖茨比如今又出现在她的眼前,他还是个单身汉,买了一座大别墅,与黛西的住处相对。他靠非法买卖发了横财,每晚举行盛大宴会,从纽约运来了各种名酒和食品招待各界朋友,想以此引起黛西的注目,恢复他俩失去的爱情。尼克有幸光顾盖茨比的盛宴,盖茨比请尼克安排他与黛西的会面。盖茨比在他的别墅与黛西第一次见了面,又激动又惶惑。她的表情告诉他可以挽回昔日的恋情。

不久,尼克陪盖茨比去黛西家作客,汤姆很反感。汤姆责怪盖茨比给他制造家庭纠纷,大骂盖茨比私自贩酒赚大钱。盖茨比隐忍着跟黛西上一辆车,尼克也跟他们一起回长岛。可是,黛西因情绪激动,开着盖茨比的车子在归途中将汤姆的情妇玛特尔撞死了;出事后她匆忙驾车逃走。玛特尔的丈夫威尔逊在汤姆的唆使下悄悄地潜入盖茨比的别墅,把正在游泳的盖茨比打死了,自己在草丛里开枪自杀。

凶杀案发生后,尼克打电话找黛西,希望她能够来看一看替她而死的盖茨比,可她和汤姆已经出门去欧洲旅行了。以前花天酒地的朋友没有一个来参加盖茨比的葬礼,只有他年老的父亲和尼克。尼克发觉是汤姆暗中挑拨威尔逊去杀死盖茨比的,感到非常愤怒。见证了盖茨比的悲剧和满眼的世态炎凉,尼克决定回老家去了。

"美国梦"的幻灭

所谓"美国梦"就是美国理想,它告诉人们,在自由平等的美国社会,机会均等,只要人人努力,人人都会成为"了不起"的上层人士,每个人都能够成功。

盖茨比就是一个爱做梦的人。他的"美国梦"比之那些对于金钱、地位的追求显得更为浪漫和诗意,那就是对于上层社会的"纯洁爱情"的追求。为了理想中的爱情,他从底层社会苦斗上来,不惜牺牲一切,要找回心目中理想的姑娘。可到头来,却"为了一个梦太久而付出很高的代价",以生命做了梦的祭品。

问题的症结首先在于,盖茨比所憧憬的美国梦的化身黛西根本不是他想象得那么纯洁高尚,甚至可以说,她只是个有着美丽躯壳的庸俗势利的女子:

> 黛西远不如他的梦想——并不是由于她本人的过错,而是由于他的梦幻有巨大的活力。他的梦幻超越了她,超越了一切。他以一种创造性的热情投入了这个梦幻,不断地添枝加叶,用飘来的每一根绚丽的羽毛加以缀饰。[①]

在盖茨比的心中,与黛西的初恋如同人间仙境,她象征着一切美好的梦想。可是,他越是给这个虚构的理想添彩加墨,越是远离现实。黛西不但不是那么纯洁可爱,而且是沾染着铜臭味道的浅俗女人,金钱与享乐是她最高的追求,"她的声音充满了金钱",[②]小说一针见血地指出。她并非不爱盖茨比,但是汤姆可以给她带来更多的财富和更稳定的地位,她在过去和现在都不会选择盖茨比。她的丑恶灵魂在她肇事后更暴露无遗:盖茨比为她承担责任并最终为她送命,她不但缺乏起码的真诚去承担罪责,而且马上逃之夭夭,连基本的人性都不具备。盖茨比把整个生命奉献给这样一个没有心肝的女人,是他的致命悲剧。

同时,盖茨比过于看重金钱的能量,以为只要有了钱就能够恢复他失去的一切,就能够重新获得黛西的芳心,这也是他的梦幻必然破灭的重要原因。他退伍后一门心事弄钱,走私发了财,开始模仿富人的排场,过起挥金如土的生活。但他对富人的内心并不真正地了解,对于他所爱的女人也根本看不清楚。他的"美

---

① [美]菲茨杰拉德著,巫宁坤等译:《了不起的盖茨比》,第 90 页,上海:上海译文出版社,1997。
② [美]菲茨杰拉德著,巫宁坤等译:《了不起的盖茨比》,第 112 页,上海:上海译文出版社,1997。

国梦"早已成为了泡影,可他致死也没有醒悟过来。

独特的叙事视角

《了不起的盖茨比》的艺术魅力连T.S.艾略特都赞赏不已。其独特的叙事视角是其结构紧凑近乎完美的一大特色。

小说以第一人称的视角,通过"我"即尼克的叙述展开故事。尼克在小说中其实讲了两个故事,一个是他自己离开家乡到东部来闯荡、结果失望而归的故事;还有一个就是盖茨比的故事。表面上看,尼克在东部的完整经历是这部小说的主线,其实它只是起到了框架的作用,盖茨比的遭遇才是主体。当然,尼克在作品中的作用是显而易见的,他与作品中的众多人物都有关联:他是黛西的远房表哥,是汤姆的大学同学,又对黛西的女友乔丹怀着朦胧的爱意;同时,他是主人公盖茨比的邻居和朋友。尼克自我的形象在小说中也颇具特点,而且和盖茨比形成对比,他冷静理智、客观而充满正义感,与盖茨比的浪漫幻想、沉溺于自我的幻境而不自知形成鲜明的对照。从尼克这一独特的视角,既目睹了盖茨比的张扬和奢华,也见证了盖次比的屈辱与悲凉;他是这个悲剧故事里的一个重要人物,同时又担当着情节发展的纽带作用和满怀正义感的审判角色。从艺术角度来说,尼克的独特视角既突出了主人公盖茨比的性格特征,也使得小说的层次更加丰富、结构更为立体、诸多人物形象更为饱满,小说的艺术功力也由此彰显。

重要作品

《人间天堂》

这是菲茨杰拉德的成名作,描写主人公阿莫瑞·布莱尔的成长过程,在一定程度上也是作者自我生活的写照。

阿莫瑞从小娇生惯养,过着优裕的生活,周游过欧洲,他的母亲一心要把他培养成惟利是图的人。他多情善感,充满幻想,渴望出人头地,爬上社会上层。他入普林斯顿大学,结识了漂亮的寡妇克拉拉,想娶她为妻,但遭到拒绝。他参加了第一次世界大战,战后,爱上美丽的罗沙林德,一段时间里她好像也对他有感情,可后来,她嫁给了比他有钱的赖德。阿莫瑞被击垮了,开始酗酒,厌恶一切。后来他又爱上一个活泼的姑娘,可即使他们的恋爱达到高潮时,他总觉得比不上与罗莎林德的爱。最后,他投资破产,分文不剩,内心无比迷惘与痛苦。

小说真实地揭示了爵士时代的社会特征,反映出青年一代对于金钱与地位的追求与失败后的精神困惑。主人公羡慕特权,但又不信任有钱人,只是想分享他们的高贵与魅力。"我讨厌穷人……我恨他们穷……与其单纯而贫困,不如腐化而有钱,这样更爽快一些",阿莫瑞如是说。这也是菲茨杰拉德的看法。

《夜色温柔》

这是菲茨杰拉德后期的一部重要作品,也是他精神上经受痛苦和磨难的反映。当时,姗尔达的精神病复发正折磨着他,加上经济破产,他只得借酒浇愁。在极其苦闷的心境下发表的《夜色温柔》,当时又没能够获得好评,从此使他一蹶不振。他去世后,人们才渐渐地发现了这部小说的真正价值,有人甚至认为它的成就超过了《了不起的盖茨比》。

小说描写一个心理学家沦落的故事。狄克出身低微,但勤奋好学,是个很有前途的精神病医生。他在行医时认识了亿万富翁的女儿尼柯尔,他们相爱并且结了婚。狄克为了治好她的病,甚至牺牲了自己的研究工作,一心一意照顾她,而且拒绝女电影明星的追求。可是,尼柯尔在病愈后,能够独立生活时,竟然爱上了别人,抛弃了狄克。狄克精神无比懊丧,只能靠酗酒来减轻痛苦,后来遭到解雇。当尼柯尔过着惬意的生活时,他却在一个地图上难以找到的小地方了却余生。

这部小说是菲茨杰拉德艺术分寸掌握得最到位的作品。虽然不像早年的作品那么剑拔弩张,但对于上流社会的势利、堕落与毫无心肝表现得最有说服力。尼柯尔的病是被冠冕堂皇的父亲强奸而造成的精神创伤;这个巨富家族之所以看上狄克,是因为他能够治疗尼柯尔的病,为她"买一个医生";当她痊愈后,作为商品的医生也就失去了价值,可以一脚踢开了。

小说弥漫着忧伤的情调,仿佛是作者在凄婉地叙说自己的悲苦。"已经在和你作伴了;夜色虽很温柔……但此时却没有一丝光明……"济慈的《夜莺颂》回荡在书中,"美国梦"已成妄想,留下一片虚空。

第二十一讲 海明威与《老人与海》

欧内斯特·海明威(1899—1961)是著名的美国现代小说家,"迷惘的一代"的代言人。他出身于讲究门第的上层社会,却一直在回避那个环境,这与菲茨杰拉德形成强烈的对比。他的身上兼有父亲酷爱打猎和捕鱼、母亲喜爱文学艺术的两种爱好。他从一个普通中学生进入了文学殿堂,在漫长的艺术道路上辛勤地耕耘,使他获得了世界性的声誉,1954年荣获诺贝尔文学奖,以表彰他精到的叙事艺术和对当代文风的积极影响。

海明威的足迹遍布欧、美、非各洲,欧洲现代各个重大历史事件中都能够看到他的身影。中学毕业后,他就开始当《星报》的实习记者,这家报馆对新闻的独特要求,诸如"用短句""头一段要短""用生动活泼的语言"等使海明威受到最初的文字训练。不久,他千方百计地参加了第一次世界大战,志愿在意大利当红十字会的司机,19岁时他在意大利受了重伤,仍然从战场上救下一个伤兵,为此,他的膝盖动了多次手术。康复后他长驻巴黎,采访过动乱中的许多欧洲国家。战后,侨居巴黎,1926年出版了《太阳照样升起》这部"迷惘的一代"的发轫之作。对于战争的反思,使他这个时期的创作呈现出独特的悲壮色彩。30年代前半期,海明威几次到非洲去射杀狮子和犀牛,到西班牙看斗牛,对于强力与死亡的赞美成为这一阶段的主题。1937—1938年,海明威参加了西班牙内战,这对他的生活态度和创作风格发生了重大的影响。第二次世界大战开始后,海明威捐出了自己的游艇给美国军队改制成潜水艇;已经是45岁的年纪,他仍然作为战地记者冲在队伍的前列。1944年底,他又两次负伤。战后在古巴哈瓦那郊区钓鱼、打猎、写作。此后,他多次与死神擦肩而过,1954年在非洲两次飞机失事,他曾在医院里津津乐道地阅读悼念自己的文章。1961年,在病痛多次治疗不见成效后,海明威步他父亲的后尘开枪自杀。

海明威说:"死亡,只是在拖延时日、痛苦之至、令人难堪这点上是坏事。"

战争与斗牛

战争与斗牛都是海明威所着重表现的主题。对于战争,他前后有过很不一样的观念。第一次世界大战摧毁了有关人和战争的传统理念,使海明威们极为迷茫。在第一次世界大战上亮相的新式武器,改变了战争的传统观念。战争的公式再也不是勇士与敌人的拼搏,而且人与杀人机器的较量。美国的将士们来到欧洲战场,他们发现,战争远不是那么浪漫,轰炸、炮击和地雷在一瞬间可以歼灭整个分队,甚至连对手的影子也没有见到。

海明威觉得,现代战争剥夺了作为一个士兵的价值,他们甚至无法像斗牛士那样在斗牛场上去证明自己的勇气,去用生命博得荣誉。更使他失望的是,所谓的为理想和爱国而战的宣传完全是骗人的谎言,将士们出生入死,不过是为集团利益卖命。战后,海明威与他的小说中的主人公们一样,带战争的后遗症,漂泊在巴黎。他用自己的笔为这些身心受创的人们造型,为他们的自尊自爱而击节。

海明威认为,无论是处于战后的困境中还是严酷的斗牛场上,不屈不挠地努力,勇敢而自尊地面对挫折,这样的人才是英雄。

"冰山"风格

海明威是个精益求精的作家。他文体的特点是喜欢用英语基本词库中的小词、常用词。他常用名词和动名词,较少用形容词和副词,即便使用,也多用 Good 一类的词;至于动词,to be 常与 there 一起使用,表示客观的状态。他的句式多为简单陈述句,并列句常用 and 连接。他学习艾略特的"客观对应物"的方法,不直接表达感情,而是描写外在的物象,使读者产生相应的联想。简洁、明快、含蓄的"海明威风格"实践着他提出的"冰山"理论。

他曾经在《死在午后》中写道:"如果一名散文作家对于他写的内容有足够的了解,他也许会省略他懂的东西,而读者还是会对那些东西有强烈的感觉的,仿佛作家已经点明了一样,如果他是非常真实地写作的话。一座冰山的仪态之所以庄严,是因为它只有八分之一露出水面。"①

海明威以简洁流畅的清新文风给文坛带了一股朴实无华的健康气息。有的评论称他引起了一场文学革命,说海明威仿佛手执一把板斧,进入充满烦琐语词的森林大加砍伐,还原了枝干的清爽——文学经过海明威的锤炼,豁然开朗起来了。同时,他采用带有"潜台词"的表达方式,将丰富的内涵寓于含蓄的形式中。海明威的丰厚情感往往蕴含在淡淡的景色描写或人物的动作之中。

海明威作品的结构也能够体现他的"冰山"风格。他从来不作长篇巨制,而只是截取故事的某个时间段,将笔力凝聚在"八分之一"上,使读者强烈地去感受那隐而不露的更深刻、也更重要的部分。他说,《老人与海》本来可以写出一千多页,他却宁愿集中地描写三天的惊心动魄,留给人们巨大的联想空间。

"硬汉子"形象

心灵受过创伤的年轻人,勇敢坚毅的斗牛士、拳击手,永不服输的渔夫、猎人,这些在迷惘中抗争的人物形象组成了海明威的"硬汉子"世界。

在"重压下"保持"优雅风度",是海明威"硬汉子"最典型的风格。面对充满敌意的境遇,从来不丧失勇气和信念,始终保持尊严,无畏地直面痛苦甚至死亡。他们孤独,倔强,争强好胜,为了自我的尊严和职业的荣誉,不惜孤注一掷,哪怕以生命作为代价。比如短篇小说《打不败的人》中的青春已逝的老斗牛士,为了保住往昔的荣誉,他迸发出令人惊异的力量战胜公牛,捍卫了"打不败"的光荣称号。又如《老人与海》中的老渔夫,坚信"人不是生来就要被打败的",你可以毁灭他,可就是打不败他。

海明威自己就是这样的硬汉子:坚韧执着,知其不可为而为之。他的艺术追求是如此,在生活实践中也是如此。打猎、拳击、斗牛甚至到战争中去冒险,这既是他的个人爱好,又未尝不是为了创作的积累。他说:"作家的工作是要告诉人们真理。他忠于真理的标准应该达到这样的高度:他根据自己经验创造出来的作品应该比实际事物更加真实。"作家的经验在海明威理解,就是亲临现场,掌握第一手资料。海明威经历了常人难以想象的凶险、暴力甚至死亡的威胁,他却用

---

① [美]海明威著,金绍禹译:《死在午后》,第193页,上海:上海译文出版社,2011。

"硬汉子"的精神去藐视它们,进而战胜它们,"世界摧毁每一个人,但之后,很多人在被摧毁的地方变得更加坚强"。

不论命运如何严酷,处境多么惨烈,"太阳照样升起!"

《老人与海》

这部只花费了海明威 8 周时间写成的名著,在他的脑海里已经酝酿了好久好久。早在 17 年前的 1935 年,有位老渔夫向他讲述自己捕到的鱼怎样被鲨鱼吃掉的故事,对海明威很有触动。第二年,他写了《在蓝色的海上》的通讯发表在《老爷》杂志上,复述了这个故事,其情节与《老人与海》中写的几乎一样。之后,他给朋友的信中透露了写一个打鱼为生的老头故事的意愿:"那老渔夫一个人在小船上同一条旗鱼搏斗了四天四夜,他没法把它拖上船,只好把鱼绑在小船边上,末了这鱼让鲨鱼给吃了……如果找到感觉,我能写得很精彩。"又过了 13 年,海明威终于写成了这本书。他保留了故事的框架,虚构了背景与细节。

这是一部中篇小说,情节极其简单。古巴老人桑地亚哥已经 84 天没有捕到一条鱼了,但他并没有灰心丧气。第 85 天,他一个人继续出海,终于钓到一条比他的船还要长几英尺的马林鱼。经过两天两夜的殊死搏斗,老人杀死了大鱼,把它绑在船边,返回渔港。可是,凶残的鲨鱼闻到了血腥味,一批批蜂拥而来抢食大鱼,老人与它们拼搏得精疲力竭。当他终于回到岸边时,大鱼只剩下一副巨大的骨架。老人累极了,躺下就睡着了,但他梦见了非洲的狮子。

海明威自豪地说,《老人与海》本来可以写成一千多页那么长,写小说里村庄中的每个人怎样出生、怎样受教育、怎样结婚生孩子等等一切过程;但他将这些琐碎的东西都剔除了,将老人简陋的茅棚、死去的妻子等一笔带过,只写一个老人、一个孩子、一片大海、一条大鱼和一群鲨鱼。老人两天两夜惊心动魄的海上搏斗,才是作者精心镂刻的所在。

老人形象的意义

海明威将生活中发生的事件提炼成富有象征性的故事,同时也就使老人的形象具有了超越个体的意义。桑地亚哥的经历近似寓言,你可以从多方面去解读与理会。有人说,这是写基督殉难精神,老人历尽苦难,在苦斗中获得了殉难精神以教育后来人;也有人说,他的遭遇是在用西方古典悲剧来阐释命运,老人犯了出海太远的错误,而这是鱼拽着他走,并不是他自觉去做的,所以是命运的悲剧;甚至有人说这是作者海明威生存状态的象征,老人捕到的大鱼象征着海明威创作的杰作,老人与大鱼亲如兄弟,正是作者与他的作品不可分割的关系,而鲨鱼呢,则象征着海明威所痛恨的批评家,即再好的杰作也会毁在苛刻的批评家手里,等等。

其实,《老人与海》是"硬汉子"精神的展现,老人是海明威式英雄主义的象征。这个寓言式的故事说明,人在与外界势力抗争的时候避免不了失败的命运,但人要勇敢地去面对它,用自己的人格的力量正视失败的命运,高傲而优雅地保持自我的尊严。失败也许是你难以逃避的宿命,但尽其所能地去反抗命运,显示出你最大的勇气和能力,始终不向命运低头,这样你就成了自我的主宰,将永远地立于不败之地。

小说中,老人与大鱼搏斗时,"每当感觉到自己要垮下去"的时候,总是鼓足勇气"还要试验一下",虽然"双手已经软弱无力","我还要试一试";"他忍住一切疼痛,抖擞抖擞当年的威风,把剩下的力气统统拼出来,用来对付鱼在死亡前的挣扎"。当鲨鱼袭来时,他清醒地知道:"这一回它们可以把我打败了。我已经上了年纪,不能拿棍了把鲨鱼打死。但是,只要我有桨,有短棍,有舵把,我就一定要想法去揍死它们。"他决心与鲨鱼斗到底,斗到死。

"一个人并不是生来要给打败的。你尽可以把他消灭,可就打不败他。"这已经成了有名的格言。人生多舛,命运难料,生活中处处存在着异己的力量,个体有时面对的是远远强大于自我的力量,既有社会上的恶势力,也有自然界的淫威,个人的失败是难以避免的。但是,重要的要有"打不败"的精神。明知会以失败告终,仍然勇敢地正视命运,将生命的意义融化在与失败命运抗争的过程中。这种思想在存在主义者们的论述中得到了弘扬。就像那个敢于面对不断从山顶上滚落下来的巨石的西西弗斯一样,他存在的意义就体现在勇敢地正视荒诞的宿命,进而用自己沉重而不失节奏的脚步去为自己的生命寻找意义。

这里,海明威已经将老人从一个饱经风霜的渔人上升到具有坚强理性和自由意志的精神上的老人,他简单的劳动也被赋予至具有庄严的哲理性的高度。老人与大鱼、鲨鱼的角斗,是人类与大自然、与强大的身外势力斗争的象征,浩瀚的大海也成了展示人类伟力的竞技场。老人几乎以生命的代价拖回的只是一副巨大的鱼骨,"他走得太远了",这是不是也是给人类一个提醒:世界上尚存在着许多我们难以驾驭的东西,我们在精神上可以超越这些,在现实中是否应该更为理智与客观?所谓在战略上藐视它,在战术上重视它。

不得不说,"老人"与"海"都那么意味深长!

重要作品

《太阳照样升起》

这是海明威的第一部长篇小说,由此他成为了"迷惘的一代"小说的代言人。小说描写的是第一次世界大战造成了一代人精神和肉体上的创伤。

"一战"的硝烟刚刚散去,一群参战的美国青年流亡到巴黎,刻意地在探索着人生的出路。主人公杰克不但精神上受到战争的蹂躏,身体上也深受打击,失去了性功能。他与勃莱特相爱很久,可是已经无法突破恋爱的关系;但他比其他人更能够克制自己的情绪,面对难堪的处境,能够保持自尊,并没有一蹶不振或抱怨人生,他是"海明威式"的硬汉子形象之一。小说中的另一个人物科恩曾经是个拳击冠军,但他不能面对现今的处境,总是生活在幻想中,他企图通过放纵自己来冲淡痛苦,把希望寄托在对勃莱特的虚幻的爱情上,拒绝承认她不爱自己的现实,后来惨败在斗牛士手下。勃莱特也是战争的受害者,她充满魅力,酗酒调情,生活放荡,吸引着很多男人。她是一个没有什么精神追求的女人,为了可能的一大笔遗产而与粗暴的迈克订婚。但她也有着难言的痛苦,她惟一的真爱是杰克,要不是战争,他们本来是一对很好的伴侣。

小说中的青年斗牛士罗梅罗是海明威所推崇的英雄,不论在斗牛场上,还是在生活中,他始终保持着镇定自若的优雅气度。他在斗牛场上能够抓住机会赢得荣誉,在爱情上也勇敢地面对现实。当勃莱特与他发生恋爱纠葛又将他打发走时,他没有像科恩那样悲悲戚戚,而是说走就走,像对待公牛那样对待生活中的不测。

《永别了,武器》(《战地春梦》)

这是一部直接描写战争的小说,主人公的经历有很多与海明威相似。第一次世界大战中,美国青年亨利志愿来到意大利军队服役,在前线认识了英国籍护士凯瑟琳。在一次炮击中,亨利腿部负伤,在凯瑟琳的精心照料下恢复了健康,他俩也真诚地相爱了,他们渴望着战后能够结婚。亨利在回部队的路上,因为有外国口音而被意大利宪兵误认为是德国间谍要枪毙他。他找机会逃跑,找到了凯瑟琳,两人一起逃到了瑞士。在那里,他们度过了一段最幸福的时光。后来,凯瑟琳因生孩子大出血,母子俩都离开了人间,留下亨利一个人孤零零地在这个世界上。小说结尾,亨利绝望地徘徊在雨中,他不知道要去哪里,但他清楚地知道一点:他跟战争,跟武器,永别了!

小说的反战主题非常醒目。战争扼杀了人的精神,毁灭了人们的爱情和幸福。主人公亨利说:"什么神圣、光荣、牺牲这些空泛的字眼儿,我一听就害臊,我可没有神圣的东西,也没有什么光荣的东西,至于牺牲,那就像芝加哥的屠宰场,不同的是把肉拿来埋掉罢了。"小说将残酷的战争与温馨的爱情交织在一起描写,使小说的情调既哀怨感人又充满力度,其对白的简洁有力也为人们称道。

《乞力马扎罗的雪》

这是一部极为精致的小说,故事很简单:作家哈利陪同他的情人海伦来到非洲打猎,不慎把腿擦破,因为得不到及时必要的治疗,患上坏疽症,小说就是描写他生命的最后一天。海明威运用了意识流的创作方法,通过回忆、联想、幻觉、梦境等交融,在有限的时间段里包涵了哈利的整个人生的主要经历。

哈利可以说是《永别了,武器》中的亨利命运的继续。他憎恶战争,在战场上掩护开小差的士兵。战后,他开始了写作的生涯,但什么也没有写成,有的只是对于战争的惨痛回忆与难忍的孤独。于是,他借酒浇愁,在与富有女人的纠缠中打发日子。眼见自己所有的才能就要彻底消磨在与贵妇们的角逐中了,他感到惊悚:"难道就这样了结不成?"为了振作精神,他决定到非洲射猎,想从此真正站立起来。偶发的事件使他命在旦夕,他那交织着绝望与希望的矛盾心理,在海明威的渲染下,显得格外哀怨凄凉。

这部短篇小说从非洲最高峰的乞力马扎罗雪山开始,又在这座山被阳光照耀得白得令人难以置信的方形山顶的雪景中结束。它显然不是象征死亡,而是象征哈利精神的复活。而且小说中特意提到在山的西高峰这个"上帝的神殿"处,有一具已经风干了的豹子的尸体,作者发问:豹子到这么高寒的地方来寻找什么?书中没有正面回答,但可以想象,豹子显然不是来寻找死亡的,而是对于高峰的向往,对于艰难的征服。它是死亡,也是永生。就像最后,哈利在弥留的幻觉中越群山、穿暴雨,终于看到了巅峰的雪景,他在精神上获得了新生。

《丧钟为谁而鸣》(《战地钟声》)

这是一部描写西班牙战争的小说。主人公乔丹是美国一所大学的西班牙语老师,志愿参加西班牙内战,被派往敌后,在一小股游击队中过了三天三夜,完成了炸毁一座桥梁的任务。这是异常危险的任务,但是,乔丹自觉地去执行,他懂得任何一个局部的战斗对于全面胜利是必不可少的。任务完成后,他身负重伤,仍然架起卡宾枪向敌人瞄准,为的是在生命的最后时刻给敌人以打击。

在乔丹这个人物身上,一定程度上克服了《太阳照样升起》中的杰克和《永别了,武器》中的亨利身上的那种孤独与迷惘的情绪,而有了更为明确的战斗目标,自我与他人也有了更多的融合,精神境界显得更崇高。但是,全书仍然笼罩着淡淡的悲哀气息,那座需要炸毁的桥梁,本来对发起总攻有着重要的战略意义,可在很多人为炸毁它而献出生命后,才知道敌人已经获悉了计划,炸桥梁已经失去了意义,也就是说主人公与很多战友作了无谓的牺牲。

这部小说的题词用的是一位英国诗人的一段话,也表达了海明威的开阔胸襟:

没有人能自全,没有人是孤岛,每人都是大海的一片,要为本土应卯,……

不论是你的、还是朋友的,一旦海水冲走,欧洲就要变小。

任何人的死亡,都是我的减少,作为人类的一员,我与生灵共老。

丧钟在为谁敲,我本茫然不晓,不为幽明永隔,它正为你哀悼。①

---

① [美]海明威著,刘春芳、李岩峰译:《丧钟为谁而鸣》,第1页,北京:人民文学出版社,2013。

第二十二讲　萨特与《苍蝇》

　　萨特(1905—1980)是哲学家,创立了自成体系的存在主义哲学;是文艺评论家,写有著名作家波德莱尔、福楼拜的传记,并提出"介入文学"的概念;更是一个文学家,既是小说家,又是戏剧家,创造了著名的"境遇剧",他的文学作品是他的哲学著作的形象图解。萨特的存在主义哲学是无神论的、人道主义的,在半个多世纪的时间里,他写下50多部著作和数以百计的文章,把存在主义哲学推向了高峰。

　　萨特反对"艺术为艺术"的纯艺术观点,主张文学要介入它的时代。在《什么是文学》一文中,提出了这一纲领性的文艺思想:写作即揭露,揭露即改变。因为散文作家的写作就是说话,"说话就是行动",而行动就意味着改变。他是一位杰出的政治思想家和勇敢的斗士,他写政论文,办杂志,是20世纪知识分子良心的象征。40年代投笔从戎,在反法西斯的战争中曾经被捕;50年代谴责美国干预朝鲜、反对苏联操纵匈牙利事件,并且宣布退出共产党;60年代参加罗素组织的起诉越南战争法庭,并且作为法庭庭长起草了对美国战争罪行的判决;他支持法国学生运动,抗议苏联入侵捷克斯洛伐克,他是1968年"五月风暴"的两面旗帜之一(另外一面旗帜是《爱欲与文明》的作者马尔库塞);70年代积极支持工人罢工与学生运动,巴黎街上出现过他签名的大字报"我们控诉共和国总统";甚至受我国"左"倾思潮的影响,认为对知识分子进行再教育很有必要;70年代末反对苏联入侵阿富汗,等等。萨特身体力行着"自由选择"的理念,1964年获得诺贝尔文学奖时,他以"拒绝一切来自官方的荣誉"而拒绝领奖。所以在他去世时,巴黎举行了自雨果之后最大的葬礼,法国的总统、总理和各界人士为了尊重他的意志都以个人的名义参加了送葬的行列。

总之,萨特的一生是战斗的一生,是肯定与否定相结合的一生,他不断地在纠正着自己的错误,体现了一个伟大的思想家的心路历程。

存在主义

"存在先于本质"

这是萨特存在主义的第一原理。萨特这样解释:"我们说存在先于本质的意思指什么呢?意思就是说首先有人,人碰上自己,在世界上涌现出来——然后才给自己下定义。"①他举例说,一个工匠要造一把裁纸刀,他首先要在头脑中有一个制造方案,设计成蓝图,依一定的工艺流程生产出来。早在它被生产出来之前,工匠对它的性能、用途等都心中有数了。所以我们可以说,裁纸刀的本质,早在它被生产出来之前,就已经存在于人的意识之中了,这就叫"本质先于存在"。

人的情况却不是这样。人既不像植物那样,一切特性都事先在种子中就规定好了,也不像裁纸刀那样事先设定好用场。在人之外,不存在一个万能的工匠,在人出现之前,也不存在某种先天的本质。人来到这个世界,如一张白纸,他只能根据自己的意愿,在自己往后的生活中,不断地造就自己,不断地获得本质。所以萨特说:"人不外是由自己创造的东西。"这就是"存在先于本质"的含义。

萨特反对任何形式的决定论,把人从"先天""命定"的观念束缚中解放出来,强调人的主观能动性、人的活动自主性,号召人们自己掌握自己的命运,勇于造就自己,这是萨特的人生哲学高于前人之所在。

"人是自由的"

这是萨特存在主义的核心理论。

驱逐了上帝,否认了人性,取消了决定论,就剩下赤裸裸、无牵无挂、自由自在的一个人了。由此,萨特推出他的人生哲学的理论核心:"人是自由的",他甚至这么说:"人被判自由这种徒刑。"他认为,传统的人生哲学总是把自由看作人的一种属性,或人的一种权利,这实际上是把自由看作人之外的一种附属品,

---

① [法]萨特著,秦天、玲子编:《萨特文集Ⅲ》,第257页,北京:中国检察出版社,1995。

把自由与人的存在分割开来了,势必把自由看作可有可无的东西。而人的存在与人的自由是紧密结合的,存在与自由可以看作同义词。一个人要么是自由的,要么就根本不存在。与其说"人是自由的",不如说"人就是自由",只要你存在于这个世界上,你就不得不自由,你没有任何选择的余地!在这一点上,你又是那么地不自由,所以他说,人被判自由这种徒刑。

自由就是个人选择自己行动的自由,而这种自由是绝对的,不受任何外界因素的制约——这种思想对于法西斯铁蹄蹂躏下的不自由的欧洲大陆人来说,是一种鼓舞,它激励人们选择反抗之路,为争取自由而斗争。然而自由与孤独同在,与烦恼为伍;没有了上帝,没有了先天的准则来指导你,你必须独自挑起你自己的生活重担,不仅要对自己负责,而且要对一切人负责,自由与烦恼形影相随。自由也是人的一种负担。

"他人就是地狱"

这是萨特在他的戏剧《禁闭》中提出的格言。剧中描写三个生前各有罪过、死后各有企求的鬼魂在地狱中的勾心斗角、争风吃醋,到了你死我活的地步。每个人都成为别人的陷阱和刽子手,"他人"构成了"自我"难以容忍的生存境遇。

在萨特看来,人与他人的关系,实质上是一种"主奴"的关系。每个人都是一个绝对自由的主体,都想保持自己的自主性,而总把他人看作是物,是客体,是奴隶。在他人的眼光之下,我则成了"物"。尤其可怕的是,我会逐渐按他人的目光来评判自己,并按照他人的要求来伪装自己,就像儿童在大人的眼光下扮演"好孩子"的角色一样,人们都在表演着各种"不老实"的角色。

设想,我与他人相处时,我怎么会甘心情愿地成为他人的奴隶呢?别人又怎么肯俯首帖耳地当我的奴隶呢?"一方面我试图从别人的手里解放我自己,另一方面'别人'也在设法从我的手里解放他自己,一方面我打算奴役别人,另一方面别人也打算奴役我。"我与他人之间就是这样勾心斗角、尔虞我诈,处在用永无休止的矛盾之中,这不就像地狱一般?——这反映了当代社会中的人与人之间关系的冷漠、隔阂。

"他人就是地狱"这句话常常被误解。萨特后来解释说:"有人以为我的本意是说,我们与他人的关系总是毒化了的,总是地狱般的关系。然而我要阐明的却是另一回事。我的意思是说,要是一个人与他人的关系恶化了,弄糟了,那么,他人就是地狱……世界上确实有相当多的一部分认识生活在地狱里,因为他们太依赖别人的判断了。但这并不是说,和别人就不可能存在另一种关系。"这就是说,如果你恶化了与他人的关系,你就得承担地狱之苦;如果你过分依赖别人的判断,在别人的眼色下行事,你必然会陷入精神的地狱;如果你不能正确地认识自我、修正错误,而是作茧自缚,那么你也就为自己制造精神牢笼,你就是自己的地狱。

"人无非是自己行动的总和"

面对这样孤独、烦恼、令人沮丧的人生,萨特特别担心人们会得出消极的结论,他一再强调,他的哲学不是导向悲观,而是要积极面对它。他呼吁:处于冷漠的世界、面对凄惨的人生,人唯一能做的事情就是行动,只有行动才能显示人的存在。"人实现自己有多少,他就有多少的存在。因此,他,就只是他的行动的总和"。他的哲学就是"行动哲学",如果你光说不做,那么你什么也不是,永远是个零。"不冒险,无所得!"甚至知其不可为而为之。这不能不说是一种积极的人生态度。

萨特的无神论的存在主义哲学回答了百孔千疮的社会境遇下的人们对生存的疑问,其人生口号"造就你自己"打动了千百万青年的心,成了他们的精神支柱。他的存在主义的触角,深进了社会科学的各个领域,甚至日常生活的各个角落:咖啡馆、夜总会、歌剧院、电影院。在文学界,他的影响更是深远的,除了以他为代表的存在主义文学外,新小说派、荒诞派戏剧、垮掉的一代、黑色幽默小说等流派都深受他的影响。

文学创作

境遇剧

这是萨特创造的一种剧名。所谓"境遇剧"也称为"自由剧",它与传统戏剧的最大区别在于"境遇"。这里的境遇,不仅是指人们赖以生存的客观环境、生活道路中的各种遭遇,更重要的是指人与人之间的关系。

萨特说,既然人在一定的境遇里是自由的,既然他在一定的境遇里能够自由地选择自己,那么戏剧就必须表现简单的、人的境遇,以及在这些境遇中选择自身的自由。他要求作家在戏剧舞台上展现人物的境遇,以及在这特定的境遇里所进行的"自由选择"。萨特构思时,总是将剧中人物置于危机四伏、生死攸关的极限境遇之中,调动一切艺术手段来渲染人物对于生存环境的恐惧和惶惑,让他们面对这种境遇进行生存选择。他让我们看到,人们被抛掷在这恶心的境地里,为不幸的意识所纠缠,很难泰然处之。要生存就得挣扎,要自由就得反抗,如果听之任之,就会被荒谬的世界所吞噬。

《禁闭》

这是一部独幕剧,主要有三个人物:加尔森,专栏作家,生前虐待妻子,在反法西斯战争爆发后坚持发动的和平主义观点,拒绝当兵,被抓住枪毙了;艾丝黛尔太太,出身贫寒,为了养活弟弟,嫁给了一个上了年纪的阔佬,六年后爱上了另一个男人,生了一个女孩,她拒绝私奔,并淹死了亲生女,情夫痛苦地自杀,她也因肺病身亡;伊奈丝小姐,邮局职员,沉溺于与另一个女子的同性恋中,因煤气中毒而死亡。三个鬼魂被安排在同一个房间里,冲突由此展开。这里没有刽子手,没有地狱里常见的可怕刑具,但三个人的互相折磨与追逐形成了精神的牢狱。他们各自既想隐瞒生前的丑事,又想窥视别人的隐私。伊奈丝同性恋禀性难移,爱上了艾丝黛尔,而色情狂艾丝黛尔一味地在追求加尔森,加尔森根本看不上她,更愿意接近有头脑的伊内丝。三个鬼魂纠缠在一起,谁也不放过谁,都把别人的痛苦当作自己存在的依据,谁的愿望也别想实现。伊内丝说:"我活着就是要别人痛苦,我是一把火,是烧在别人心头的一把火,当我独自一个人时,我便熄灭了。"不堪忍受的加尔森大声叫喊:"我宁可遍体鳞伤,宁可被鞭子抽,被硫磺烧,也不愿使脑袋受折磨。"

萨特通过这样一幅精神地狱的可怕图景告诉人们,地狱不是上刀山下火海,不是撕裂人体的酷刑,而是"使你脑袋受折磨",是他人无休止的精神摧残。"他人就是地狱"由此得到充分的阐释。

《恭顺的妓女》

这部独幕剧的故事发生在美国南方某城市的一家旅馆里。妓女丽瑟在火车上目睹了几个喝醉了的白人男子不但调戏她,而且要把她身旁的两个黑人扔出窗外,一个黑人奋起自卫,被白人开枪打死,另外一个黑人逃跑了。逃走的黑人找到她,希望她能够为自己出庭作证,因为白人正在追捕他,怕惹是生非的妓女被他说服了,答应作证,但拒绝把他藏在自己的家里。杀人犯汤麦斯的表哥弗莱特也在寻找丽瑟,他设下圈套,要她作伪证,说是黑人要强奸她,白人才开枪的。如果不肯在伪证上签字,就要告发她卖淫,但她拒不服从。然而,弗莱特的父亲、参议员克拉克却用狡猾的手段达到了目的,他先是叹息杀人犯的母亲的不幸,博取丽瑟的同情,继而又用国家民族的名义欺骗她,使她觉得如果作了伪证就会获得远方的老妇人的感激,她在迷惑中被迫签了字。可是,杀人犯汤麦斯被释放后,并没有人来感激她,丽瑟清醒了,也愤怒了。当求生的黑人又找上门来时,她友善地对待他,并且把他藏在浴室里。她打发走了搜查者,帮助黑人逃走,并且对弗莱特举起了手枪。最后,在弗莱特的花言巧语面前,她倒在了他的怀里。

从思想内容上看,这是一部揭露性很强的剧作。剧中黑人说,当一些素不相识的白人聚集在一起议论的时候,就意味着一个黑人将要送命。弗莱特称黑人是魔鬼。作品把批判的矛头直指上层社会、种族歧视。

作为存在主义的重要作品,它围绕的仍然是"自由选择"这一基本原则。主人公丽瑟在各个时刻的选择是全剧的命题。黑人第一次出现在她的房间,她想明哲保身,仍然答应作证,这是一次出自内心的选择,是真正的"自由选择",但却拒绝把他藏起来,这也是合情合理的,因为尽管是妓女,她仍然有着白人的高傲和特权。当弗莱特要挟她作伪证时,她置之不理,500元高价也不能收买她,这是她真正的选择。参议员诱骗她,她心软地作了伪证,这是她做出的违心选择。黑人再次出现,她不但帮助他藏起来,而且还保护他逃走,这又是发自内心的选择。

通过丽瑟的几次不同选择,萨特试图说明,在荒诞的社会里,人们有时不得不做出对自己有利的选择。"选择"离不开具体的"境遇"。虽然是妓女,丽瑟没有失却善良与同情心,所以常常能够自由地选择。但也正是因为妓女的地位,她需要生存,在不得已的情况下也做了些违心的选择,这是合乎常情的。她的良知与行动之间的矛盾是荒诞的境遇造成的。

《墙》

这是一部著名的短篇小说,它以第二次世界大战前夕西班牙民族战争为背景,描写了这样一个故事:

伊皮叶达与两个战友被法西斯长枪党拘捕入狱,法西斯分子逼迫他们交出藏在伊皮叶达表兄家里的朋友格里,三个人都决心不出卖朋友,他们被草草判处死刑。在等待被枪毙的夜里,伊皮叶达内心感到厌倦,但也莫名其妙地亢奋,他不愿意多说一句,也不给恋人留下只言片语,他感到死神已经把他与这个世界隔开了。

次日凌晨,两个难友被枪毙了,伊皮叶达最后一次被带到审讯室,他仍然拒绝回答,但他最后决定与敌人开个玩笑,便随意编谎说:格里藏在墓地里。想到他们要抬起墓石、掘开墓穴,在墓地里找来找去,最后懊悔而归的景象,伊皮叶达觉得十分好笑。可是,万万没有想到,格里因为与表兄吵架,离开了他家,鬼使神差地竟然藏在墓地里!结果长枪党党徒把他搜了出来,当场击毙。伊皮叶达听到这个消息后浑身战栗,继而狂笑不已,对这个荒诞的世界发出令人毛骨悚然的嘲笑。

小说的结尾也是小说的高潮。生死未卜,纯系偶然。偶然即荒诞,死亡是所有荒诞的最后一幕。墙里墙外,生与死不过咫尺之间。人是越墙而死,还是留在墙内生,没有任何理性的依据。格里本来可以活下来,却越墙而死了;伊皮叶达已经做好了牺牲的准备,却因为无意中的话而活了下来。这应验了存在主义者的观点:人生是一系列偶然事件的总和。这里,善与恶、英雄与懦夫之间也没有明确的界限。主人公伊皮叶达并非理想的英雄人物,只是萨特的存在主义典型,他的行动体现了自由选择的公式:不受外界的干涉,由自己决定自己的行动。格里为什么跑到墓地去,也使人不得其解,只能归结为他的选择。

《苍蝇》

与《哈姆雷特》比较

莎士比亚的戏剧《哈姆雷特》与萨特的戏剧《苍蝇》都讲述了"王子复仇"的故事,然而文艺复兴时期的复仇王子与 20 世纪萨特心目中的复仇王子已很不一样,尽管他们的命运原本是十分相似的。从这里我们可以看出,作家们不同的艺术见解和个性将会使文学呈现出多么丰富奇异的景象。

《哈姆雷特》的故事众所周知,它取材于 13 世纪的《丹麦史》,讲述的是一个王子为父王复仇的故事;《苍蝇》改编于希腊悲剧之父埃斯库罗斯的三联剧《俄瑞斯忒斯》,也是一个王子替父亲报仇的故事。虽然哈姆雷特的父王被害于近期,俄瑞斯忒斯的父亲在他童年时候就被谋杀,但他们的人生经历和命运极为相似——早年的生活和谐宁静:哈姆雷特父慈母爱,天真乐观,学院式的人文主义教育使他对未来充满信心;俄瑞斯忒斯三岁时逃脱了杀父仇人的魔爪,在雅典的自由环境里成长为一个纯真善良的青年。眼前的现实却令人绝望:奸王当道,母后助虐,是非颠倒,民不聊生。巨大的职责从天而降:弑杀篡位者,扭转乾坤,既为父复仇,又伸张正义。"怎么办?"这既是两个王子面临的抉择,更是莎士比亚与萨特各自独特的艺术观念的显现。在现实主义诗人莎士比亚的笔下,哈姆雷特的形象已经跳出了当时流行的"复仇剧"中那个格斗、流血的骑士,成为一个文艺复兴时期的人文主义的悲剧形象；同样的，存在主义者的萨特也在古代神话之中灌注了20世纪的现实内容，把他的主人公塑造成一个法西斯主义阴霾笼罩下的法国所期待的英雄。在他们的笔下，哈姆雷特与俄瑞斯忒斯演绎了不同类型的"王子复仇"。

复仇计划形成的差异

"复仇"是哈姆雷特与俄瑞斯忒斯的贯穿动作，无论是哈姆雷特还是萨特都赋予了他们完整的复仇过程，复仇计划的形成是他们的第一个动作，两者的差异首先在这里显现。

哈姆雷特的复仇计划并不是一开始就具备的。父死母嫁的突变使他震惊和悲伤，他只是感到这一切太不正常了。这个阶段的哈姆雷特是忧伤的、悲观的，他想到了死，但并没有准备复仇，直到看见父亲的鬼魂，听到父王被害真相，他才开始酝酿复仇的计划。他毕竟是一个受过现代文明教育的大学生，鬼魂的话是否可信？他不断进行试探，机智地安排了一场"戏中戏"，证实了自己的推断，明确了复仇的目标，哈姆雷特决心独自承当起重整乾坤的责任。他失去了心灵的和谐，脚却落到了坚实的土地上。

俄瑞斯忒斯的复仇计划的制定并不像哈姆雷特那么积极主动，更多的是为形势所左右，有种"逼上梁山"的味道。他是希腊英雄、前阿耳戈斯国王阿伽门农的儿子，他的父亲在特洛亚战争胜利后返回家中，被母亲克吕泰涅斯特拉及其情夫埃癸斯托斯杀害，但他在三岁就逃脱了父亲的仇人的魔爪，在雅典自由的空气里长大，尽管他知道自己的身世，也对父亲的被害感到悲愤，但他的哲学教师十五年来一直喋喋不休地教导他息事宁人，他生活的环境也远离尘嚣。如今他才智超群，"家财万贯，又仪表堂堂"，未来"完全可以在一座著名的大学城里讲授哲学或建筑学"。他来到故国阿耳戈斯，仅仅是为了游览和考古，为了在脑海里"装满许许多多的宫殿、庙宇和寺院"，绝不是为了复仇，更不要谈明确的复仇计划了。

萨特让他的主人公面对这样一个特定的环境："血迹斑斑的墙壁，数百万的苍蝇，屠宰场的腥味，鼠妇般的酷热，空荡荡的街道，一尊神像满面血污，活像个被谋杀的人；一些被吓得魂不附体的可怜虫，躲在家里捶胸顿足……"这就是本该由他继位的王国！自从父王被害以后，以苍蝇为象征的灾难始终没有离开过阿耳戈斯，俄瑞斯忒斯的潜意识里有种强烈的寻根欲望，越走进近王宫，内心越难以平静，无家感深深地蚕痛着他，在自己的故国他只是一个游荡的虚无缥缈的幽灵,没有体验过活人灼热的感情,他渴望"到什么地方去欢乐",那种"赤裸的双脚沉重地踩在地上,在碎石上擦破了皮肉"式的生命之重,他为在自己的国土上找不到往事、找不到悔悟,甚至找不到痛苦而深深地感到内疚。

姐姐的命运是俄瑞斯忒斯思想激变的催化剂,并最终使他下定复仇的决心。身份是公主的姐姐厄勒克特拉在奸王统治的阿耳戈斯像个最下等的女仆被使唤殴打,她之所以能够坚强地活下来,就是为了等待着弟弟的到来,对仇人以眼还眼以牙还牙的那一天。阿伽门农的血液终于在他的身上沸腾起来了,他要告别无瑕的"过去的形象","变作一把利斧,将这顽固的城墙劈作两半",用承担全城罪恶和悔恨的方式获得城邦公民权。

虽然俄瑞斯忒斯不像哈姆雷特那样一开始就立志复仇,他的抉择显得有些突兀、被动,但他一旦决心已定,就格外坚韧不拔,义无反顾,这又是哈姆雷特所难以比拟的。

行动过程中的差异

复仇行动中的哈姆雷特与俄瑞斯忒斯差异更为显著:一个为了"他者的意志"被动应战,赍志而没;一个为了自我的意愿而主动出击,获得了自由。

哈姆雷特留给人们的忧郁沉思、优柔寡断的定格形象,就是在他的行动过程中形成的。按照一般的逻辑,在装疯试探、演戏证实后,哈姆雷特应该立即举剑复仇,杀死奸王,而且他是有机会这么做的。但是哈姆雷特却一再犹豫。作为思想者的哈姆雷特对世界的认识是不断深入的,而作为战士的哈姆雷特行动是延宕的,最后,他复仇步骤的完成,不是自我计划的实现,而是受制于对手,由克劳狄斯所支配的。几个月的思考换来的行动,并非是自己拟定的方针,而是偶然因素触发的结果,哈姆雷特在比武中揭露了克劳狄斯的罪恶阴谋,并与之同归于尽。他艰难的复仇使命完成了,但只是取得了道义上的胜利,并没有能够重整乾坤。这一曲悲剧告诉人们,处于新旧交替时代的斗争是如此的惊心动魄,但斗争的一方尚不能战胜另一方。

复仇行动过程中的俄瑞斯忒斯却格外沉着与果断,他毫不犹豫、"没有失手"地刺中了篡位者,而且决不后悔:"为什么后悔?我做的是正义的事。"他对奸王说:"正义是人类的事,我不需要某个上帝来教训我,杀死你这个卑鄙的无赖,摧毁你对阿耳戈斯人的统治是正义的事,让阿耳戈斯人恢复尊严感是正义的事。"他又补了一刀。当他的姐姐劝阻他前去刺杀"再也不能加害于我们"的母亲时,他仍要决然地行动:"我对我所做的一切决不后悔,"他成了自我的主宰。

难以置信的是，复仇后的俄瑞斯忒斯处在了这样的境地：姐姐因为亲生母亲的死深深悔恨而站到了他的对立面；市民由于恐惧而用石头打他；天神感到难以控制人类而谴责他。俄瑞斯忒斯为自己的选择承当起了全部的后果，他义无反顾地前行，苍蝇紧紧地追在他的后面，阿耳戈斯城获得了拯救。他自豪地宣布："我尽了我的职责，这种行动是高尚的。我要像摆渡的人背着旅客过河一样，肩负着这种职责，把它带到彼岸，才算了结。然而，它越是沉重，我就越高兴，因为它是我的自由……这毕竟是我的路。"他拒绝天帝要他赎罪："我不是罪人，你决不能让我去赎我所不承认的罪孽。"他规劝姐姐不要受神祇的愚弄而要服从自我的判断；对于天帝的召唤，他的回答是这样的："我超乎寻常，违背情理，既无辩白，也无别的依靠，只有靠我自己。但是，我不会回到你的法律管束之下……我不会回到你的大自然中去，大自然里已划出成千条道路，条条都通往你那里，但是我只能走我自己的路，因为，我是一个人，朱庇特，每个人都应该闯出自己的路。"这个王位的合法继承人，他自己也觉得配得上当国王，但却选择了做一个既无土地又无臣民的国王——一个内心自由的人。

莎士比亚与萨特观念的差异

两个王子在相似命运面前的不同思想与行动，与其说是人物性格的差异，不如说是作家不同的世界观使然。

人文主义者的莎士比亚处于资产阶级尚未壮大到夺取政权的时期，他有改变现实的决心，能够剖析丑恶的人性，但只局限于在思想领域里进行改革，却难以提出改变现实的途径和方法，因而他的哈姆雷特更多地在追求古典的和谐、人格的完美，不断地在用人文主义的尺子丈量自我的内心、鞭笞是非颠倒的环境。思考着的哈姆雷特是敏感的，智慧的，条理清晰的，而行动着的哈姆雷特却是犹疑的，延宕的，力不从心的，这体现在他复仇方法上的"过于审慎的顾虑"、复仇时机把握时的优柔寡断。父王被弑、母爱沦丧、友谊泯灭、爱情枯萎，分别成了克劳狄斯、母亲、雷欧狄斯和娥菲利娅一齐向哈姆雷特包围过来，这对于中世纪才获得解放的羸弱的人文主义知识分子来说，是难以驾驭的。哈姆雷特的忧郁，是时代的忧郁，也是莎士比亚的忧郁。

处于第二次世界大战之中的萨特，充分认识到世界的荒诞，但他没有导向悲观，而是试图给荒诞之中挣扎的人们指出道路：自我选择。他特别强调人的"行动"，期待人们在选择中掌握自己的命运，用自己的行动来决定自我人生的价值。

因而他的俄瑞斯忒斯是一个坚信自己行动的正义、勇敢地承担责任的存在主义英雄,萨特让他处于危机四伏的极限境遇:国王淫乱、民众沉沦、苍蝇充斥,到处是"屠宰场的腥味",这正是当年法西斯统治下的法国上下苟且偷安的现实写照。俄瑞斯忒斯选择了抑恶扬善的积极行动。他是孤独的,也是自由的,并最终战胜了荒诞的境遇,成了天神也控制不了的英雄。萨特试图告诉人们:人获得什么样的本质决定于你自己做怎样的选择,命运掌握在你自己手中。

由此,哈姆雷特王子与俄瑞斯忒斯王子成了两个很不相同的典型。

第二十三讲　加缪与《局外人》

　　阿尔贝·加缪(1913—1960)是法国小说家、戏剧家、评论家,与萨特齐名的存在主义文学大师。加缪出身贫寒,父亲原籍法国,为谋生到了当时属于法国殖民地的阿尔及利亚,在加缪一岁时父亲就战死于第一次世界大战,他是由西班牙裔的母亲抚养成人的。因为自幼生活在劳动阶级中间,他的思想较为激进,青年时期就加入了共产党,1937年因为不满法共对阿拉伯人的政策而退党。第二次世界大战期间,他一面作新闻记者一面写作,积极参加地下抵抗运动。他在40年代创作了大量的作品。1957年,加缪"因为他的重要的文学创作以明澈的认真态度阐明了我们同时代人的良心所面临的问题"而获得诺贝尔文学奖。可惜的是,1960年加缪外出旅游不幸遇上车祸而丧生,年仅47岁。

关于加缪

在苦难与阳光之间

　　加缪贫苦的童年和辉煌的晚年,都生活在阳光普照的地方。童年时代,他沐浴于地中海的灿烂阳光之中,而普罗旺斯明媚的阳光照耀着他最后的日子。苦难与阳光是加缪一生取之不尽的精神源泉。加缪最喜欢用的一些词语是"世界、痛苦、大地、人们、荒漠、荣誉、贫困、夏天、阳光、海洋"。他一生都在渴望阳光——自然的阳光和思想的阳光。对阳光的热爱使他对黑暗无比痛恨,不管是什么形式的黑暗。他清醒地看到了20世纪最大的悲剧在于:从无限的自由出发,最终到达无限的专制主义。他终身都在反抗,只要阳光还在,他的灵魂就永生。在《正面与反面》中,加缪忧伤而坚定地宣扬着自己的理想:"为了改变天生的无动于衷的立场,我曾置身于苦难与阳光之间,苦难使我不相信阳光之下一切都是美好的,而在历史中,阳光则告诉我,历史并非一切。"

加缪视文学创作为至高无上的使命,在接受诺贝尔奖时,他深情地说道:"在这二十多年疯狂的历史中,在这个时代巨变中,和我同时代的人们一样绝望得迷惘的我,只有一件事情支持着我:一种深藏在内心的感情,因为今天的写作是一种信奉,而信奉并不只是为了写作,所以写作成了一种荣耀。"

加缪是存在主义者吗?

加缪一贯反对别人给他加上的存在主义标签,但是诺贝尔文学奖的颁奖词依然称他为存在主义者,而且他的哲学思想和艺术观点没有超出存在主义的总的范畴。存在主义并不是一种理论体系严密的流派,而是一种包容了各种各样思想的一种思潮。从《局外人》到《鼠疫》,加缪表现了一些存在主义哲学的基本观点:世界是荒谬的,现实本身是不可认识的,人的存在缺乏理性,人生孤独,没有意义,等等。

当然,加缪的存在主义不是萨特式的存在主义,存在主义也并非萨特的专利,况且萨特也曾经拒绝过存在主义这个称谓。加缪反对存在主义这个标签主要也是为了和萨特划清界限,因为当时的舆论界基本上认为所谓存在主义就是萨特式的存在主义。加缪与萨特的思想有分歧,但也有不少共同点,尤其是荒诞的思想,和面对荒诞的态度,虽然加缪不强调自由选择。萨特与加缪另一重大区别在于萨特强调行动,而加缪老在犹疑不定,在他的小说中,除了《鼠疫》外,行动几乎没有什么意义,特别是《局外人》中更为明显。加缪和萨特都反对虚无,宣扬反抗,然而加缪的反抗和萨特的反抗是不同的,加缪的反抗更多的是精神上的,即不在于你怎么做,而在于你怎么想,有点精神胜利法的味道,但这种方式使反抗成为一种绝对可能的东西;而萨特恰恰相反。

与萨特的友谊与决裂

加缪与萨特从好友到公开决裂,是法国文学史上的一桩著名事件。

早在1942年加缪的小说《局外人》一问世,萨特马上发表文章予以高度评价。1943年,萨特的《苍蝇》彩排时,两位文学大师相见,从此加缪成了萨特和波伏瓦的好朋友,他们有共同的政治和思想主张、相似的创作倾向,能够互相欣赏和吸引对方。

但是，1946年后，他们俩在对待革命和历史以及对苏联的态度问题上发生了分歧，分歧的根源在马克思主义，萨特战后受马克思主义影响，而加缪一贯反对马克思主义，尤其反其历史主义。萨特是个哲学家，更多的被理念所缠绕，他比加缪抽象得多。加缪的哲学思想更多来源于感性生活，直接体验，这一点在加缪的散文里体现得最为明显，他深深热爱的阿尔及利亚对他而言就是这种感性生活的代表，他一生都没有放弃地中海式的生活方式的理想。《西西弗神话》和《存在与虚无》是两本截然不同的书。同样是荒谬，萨特通过一系列的论证说明你不可能不荒谬；而加缪却说，我就在这儿，这就是荒谬。萨特的荒谬意识来源于逻辑判断，加缪的荒谬感可能则来源于现实生活的体验。

关于"反抗"的问题加深了两人鸿沟。1951年加缪的《反抗者》出版，其中关于哲学、道德和政治观点都与萨特的看法相悖。加缪宣扬"纯粹的反抗"，即反对革命暴力，这与萨特所追求的"选择""行动"是对立的。1952年，萨特主编的《现代》杂志上发表了《阿尔贝·加缪与反抗的灵魂》一文，措辞激励尖刻。此文萨特并未审阅，而加缪认为是萨特幕后指使，便直接写信给萨特进行反驳，而且刊载在《现代》上，两位好友公开决裂，从此再也没有见面。

其实，他们两者的分歧更多的是在思想内部。加缪眼中的社会是不合理、压抑和冷漠的。人们在这个社会中只能以失败和坠落告终。萨特更多的是认为个体自然状态中的"恶"造成了社会的荒诞，两者是存在主义相互矛盾又相互补充的两方面。正是由于两者对于各自观点过于地深刻与坚定，不可调和的对立就难免了。

与命运抗争的西西弗

《西西弗神话》是加缪的一部哲学随笔，它阐明了这样的观点：荒诞并非一种已知的原始状态，而是意识与它对外界反映之间"分离"造成的结果。如果坐以待毙，一点也不能阻止荒诞的滋生和蔓延，只有积极主动地抗争，向荒诞挑战，才能消除荒诞，获得平衡与自由。

西西弗是希腊神话中残暴的国王，因为蔑视众神，死后被罚推石上山。但石头接近山顶的时候又滚下来，于是只得重新再推，如此循环不息，没有终止。后来人们常常以"西西弗的石头"来比喻不断重复而又毫无希望的艰苦劳作。

加缪从这个神话出发进行理性思辨,阐述他的关于人的主观理性与不合理的客观世界之间的分歧,建立了他的荒诞哲学体系。这首先表现为对人的生存状态产生怀疑:起床,坐有轨电车,在办公室或工厂工作四个小时,吃饭,乘坐有轨电车,四小时工作,吃饭、睡觉;周一,周二,周三……总是一个节奏。人们一旦对这种平庸无奇的生活节奏产生怀疑,便会领悟出像西西弗上山、下山,上山、下山的荒诞感。

　　但是,荒诞只是加缪认识世界的出发点,而不是终结。他不仅看到了那个徒劳推石上山的西西弗,更看到了迈着沉重而匀称的脚步下山的西西弗,由此得出结论:"征服顶峰的斗争本身,足以充实人的心灵。应该设想,西西弗是幸福的。"西西弗对于自己的命运有清醒的认识,意识到推石上山的荒诞性,但他不屈服于命运,而是勇敢地承担起这一苦役,以表示对众神的蔑视。他充满激情地往复于山上山下,既充实了生活,也战胜了惩罚,从而主宰了自己的命运。

　　从荒诞出发,超越荒诞,起身反叛,从而获得自我拯救。加缪对未来回答"不",但对生活回答"是!"

《局外人》

　　加缪写于1942年的《局外人》已经成为存在主义文学的经典作品。

　　小说中的事件发生在20世纪40年代初,也就是说和写作的年代几乎是平行的,这就使作品带有浓厚的现实主义色彩。故事的地点是阿尔及尔;主人公默而索是一个公司的年轻职员。小说一开始写到他收到母亲病故的电报,因为他收入低微,无力赡养母亲,老人早被送进了养老院。默而索对母亲的死是淡漠的,他冷冷地来到母亲昔日生活的马朗沟养老院,院长问他是不是看看母亲的遗容,他表示不必。他觉得世间的一切都是无所谓的,此时此刻,唯有看门人送来的牛奶加咖啡才使他有了暖洋洋的感觉。在母亲下葬时,尽管母亲在养老院新结识的老友们凄然泪下,他却没有为母亲落一滴泪。第二天他遇见了过去的同事玛丽,两人一起去游泳和看滑稽电影,之后还和玛丽在自己房间里过了夜。作品描写默而索的生活环境总是没有什么变化,它显得非常单调,默而索的日常生活也跟着这种单调缓缓而又急速地进行。后来,默而索以一种凡事无所谓的态度帮助邻居雷蒙向毒打过雷蒙的人报复。过了一天的中午,默而索揣着雷蒙的手枪来到一个清泉边,由于天气炎热而感到神情恍惚,默而索误杀了一个对他并无恶意的阿拉伯人。默而索被抓了起来，并被判死刑，受审的过程让默而索感到一丝观众般的解脱感，检察官滔滔不绝的指控是他这段时间最大的收获。最后他拒绝了神父的引导，认为生活无可留恋，死虽然可怕，却让他在感伤中找到了解脱，他选择了死。

自我意识与社会意识

全书分为两个部分，第一部分从默而索的母亲去世开始，到他在海滩上杀死阿拉伯人为止，是按时间顺序叙述的故事。这种叙述毫无抒情的意味，而只是默而索内心自发意识的流露，因而他叙述的接二连三的事件、对话、姿势和感觉之间似乎没有必然的联系，给人以一种不连贯的荒谬之感，因为别人的姿势和语言在他看来都是没有意义的，是不可理解的。唯一确实的存在便是大海、阳光，而大自然却压倒了他，使他莫名其妙地杀了人："我只觉得太阳扣在我的头上……我感到天旋地转。海上泛起一阵闷热的狂风，我觉得天门洞开，向下倾泻大火。我全身都绷紧了，手紧紧握住枪。枪机扳动了……"

在第二部分里，牢房代替了大海，社会的意识代替了默而索自发的意识。司法机构以其固有的逻辑，利用被告过去偶然发生的一些事件把被告虚构成一种他自己都认不出来的形象；把始终认为自己无罪、对一切都毫不在乎的默而索硬说成一个冷酷无情、蓄意杀人的魔鬼。因为审讯几乎从不调查杀人案件，而是千方百计把杀人和他对待母亲之死及他和玛丽的关系联系在一起。所以在读者看来，有罪的倒不是默而索，而是法庭和检察官。

局内与局外

加缪曾经把《局外人》的主题概括为一句话："在我们的社会里，任何在母亲下葬时不哭的人都有被判死刑的危险。"这种说法隐藏着一个十分严酷的逻辑：任何违反社会的基本法则的人必将受到社会的惩罚；这个社会需要和它一致的人，背弃它或反抗它的人都在惩处之列。一个正常生活的人竟然被看成是一个违背社会伦理，是不正常的疯子，这就是社会的悲哀。

默而索是"局外人"还是"局内人"？

默而索是一个超脱的人。他是职员，有自己的住处，他与女人交往等等，说明他选择了与寻常人一样的生活方式，看上去与"局内人"没有什么区别。但是，他并不认可"局内人"的生活态度，他不愿意像大多数人那样扮演着违心的角色以适应社会的需要，他的一切行动都听凭于内心驱使，尽管这内心的力量是随心所欲甚至是不可理喻。他不想哭就是不哭,哪怕是母亲的葬礼。正是在这种内心力量的驱动下,他最终走向了死亡,成为了真正的"局外人"。

正人君子们深深的迷恋在局内,无知而愉快地活着,或有知而违心地活着;默而索不愿意,社会便抛弃了他,默而索的死亡无可避免。然而,默而索宣布:"我过去曾经是幸福的,我现在仍然是幸福的。"

荒诞

人们常常用《西西弗神话》来解释《局外人》,而开此先例的正是萨特。他最早把这两本书联系在一起,认定《局外人》是"荒诞的证明",是一本"关于荒诞和反对荒诞的书"。加缪在《西西弗神话》中列举了荒诞的种种表现,例如:人和生活的分离;演员和布景的分离;怀有希望的精神和使之失望的世界之间的分离;肉体的需要对于使之趋于死亡的时间的反抗;世界本身所具有的、使人的理解成为不可能的那种厚度和陌生性;人对人本身所散发出的非人性感到的不适及其堕落,等等。从"荒诞"视角来看,默而索的消极、冷漠、无动于衷、执着于瞬间的人生等表现顿时具有了一种象征的意义,小说于是从哲学上得到了阐明。当加缪指出"荒诞的人"就是"那个不否认永恒、但也不为永恒做任何事情的人"的时候,我们是不难想到默而索的。尤其是当加缪指出"一个能用歪理来解释的世界,还是一个熟悉的世界,但是在一个突然被剥夺了幻觉和光明的宇宙中,人就感到自己是个局外人"的时候,我们更会一下子想到默而索。"荒诞的人"就是"局外人","局外人"就是具有"清醒的理性的人",因为"荒诞,就是确认自己的界限的清醒的理性";于是,默而索成为了西西弗一样的局外人。

默而索在大家的眼光中是局外人,在自己的眼光中也是。不同的是大家眼里的局外人是好笑和不可理喻的,而在默而索自己看来,局外人的存在又是那么的合理。当然,他自己没有嘲笑或是怀疑,仅仅是旁观而已,仍然被局内人戕害。现实世界的荒谬性不言自明。

智者

加缪在为美国版《局外人》写的序言中说:"他远非麻木不仁,他怀有一种执着而深沉的激情,对于绝对和真实的激情。"这话是不错的。我们甚至可以说默而索是一位智者,因为加缪在《西西弗神话》中写道:"如果智者一词可以用于那种靠己之所有而不把希望寄托在己之所无来生活的人的话,那么这些人就是智者。"

主人公与客观世界之间存在着不相容的关系。默而索是一个对客观世界的一切都感到杂乱,荒谬的人,时时处处感到孤独、苦恼。他是一个公司的小职员,孤零零地生活在世界上,虽然有母亲,但由于自己无力赡养,只好早早地送进养老院。当他母亲离开人世,默而索失去唯一的亲人时,他并不感到有所失,对此漠然处之。无论是他参加母亲的葬礼,还是后来持枪击杀阿拉伯人,在作品里反复出现"天气很热""太阳在天上越来越高,晒得我两脚发烫""开始感受到太阳的压力,炎热在迅速增长"。照理,晴朗的天空,光辉的太阳,它们所带给人类的是光明、愉快和幸福,但是默而索用存在主义的眼光来观察,感觉迥然相反。这美好的大自然对于他也是荒谬的,不可理解的,它们同样使人类痛苦。

同时,作家又写了默而索对工作和生活环境的感受,用来加深这些论点。他所工作的地方刻板,使人窒息,除了繁琐的公文外,没有其他生活乐趣。他所居住的小天地也同样杂乱无章,那里的人同样是浑沌的,这一切就是默而索眼中的世界。他和神父的争辩,显示一个信奉存在主义的人的意识,他不相信什么上帝,他也不接受一切外界干预,自己的一切行动都由自己自由选择,他对自己的行动从来没有后悔的表示,"但是我对自己有把握,对一切有把握,比他有把握,对我的生命和即将到来的死亡有把握"。默而索走近真实却远离了人群,体验到"这个世界如此像我",而且会不时朝"我"射出荒诞的子弹。

默而索显然是那种靠"己之所有而不把希望寄托在己之所无来生活的人"中的一个,他是智者。

艺术风格

文学与哲学的结合——这体现在默而索与神父的唇枪舌剑的辩论中。人生的一些根本问题、作者有关的存在主义思想,通过默而索的雄辩得以昭示。

奇异的第一人称手法——照理,一个杀人犯叙述自己的故事时,往往要为自己辩护,可默而索连自己的行动都没有解释,仿佛是另外一个人在谈论着他,他完全是外在的,因而更为客观与冷峻。

拘谨的口语与典雅的文学语言——主人公对待社会的冷漠态度使他的口语平板无味,在几个重要的事件上,比如母亲的死亡与葬礼、是不是与情人结婚等常人视为人生的关键问题,默而索却刻板地说无所谓。到了被定罪,他开始意识到自身的存在,语言越来越典雅,反映出越来越丰富的内心感受。

日记式的文体——叙述者在第一部分仿佛写日记。小说的第一句:"今天,妈妈死了。"开始了记叙,下面基本上按照时间顺序讲下来。但它又不是严格的日记体,因为没有标明日期。这也许与加缪曾经从事过新闻工作有关,显现某种实录感。

《鼠疫》

创造"平庸之恶"一词的汉娜·阿伦特曾说:有一种加缪式的英雄主义,那就是平凡人因为朴素的善良而做出非凡的事情来,指的就是《鼠疫》中的人们。

这是一部寓言式的小说。1937年阿尔及利亚的第二城市奥兰市发生鼠疫,死亡降临到人们的身边。面对这场灾难,每个人都在进行着选择。市政职员格朗在生活与事业上屡遭挫折,怀着同情心积极参加救护工作;巴黎来的记者朗贝尔本来一心惦记着留在巴黎的情人,但也终于意识到在这个时刻不能只想着自己,留下来参加救援行动;神甫本来还在卖力地布道,而无辜孩子的死动摇了他的宗教信念;知识分子塔鲁是一个看透荒诞世界的人,面对可怕的灾难,他的反抗意识被唤醒了,自愿参加了救护队,找到了内心的平衡。此外,还有一个希望鼠疫蔓延的商人科斯塔,他大搞投机倒把,想发横财。

医生里厄是这场悲剧中的英雄,他最早认识到鼠疫的凶恶实质,向人们提出警告,并且不辞劳苦地参加抢救工作,置个人的安危于度外。他承受着妻子死于外地的创伤,脚踏实地地工作了七个多月,终于带领市民控制住了鼠疫。

象征意义

这部小说的象征意味很浓,写的是鼠疫,涉及的是重大的哲理、道德和政治问题,表现的是不向荒诞屈服的思想。加缪在日记中这样写道:"全国人民在忍受着一种处于绝望之中的沉默的生活,可是仍然在期待着。"在此,鼠疫是法西斯的象征,也是荒诞的现实和存在的象征,甚至可以看作是每个人都可能的生存困境。因此,《鼠疫》对于困境中的人性的深入观察与塑造,对于绝望中的人类如何团结协作进而战胜荒诞,使之具有了价值。

在加缪看来,任由法西斯专制横行的世界更是荒诞不经的世界,他在小说中设置了一场对其"反抗"哲学的考验。幸福与反抗、历史与当下产生了复杂的冲突与纠葛:历史需要反抗,若反抗则必然需要牺牲幸福。主人公里厄说:"人不能又治病,同时又知道一切。那我们就尽快治愈别人吧。这是当务之急。"加缪与他的人物一起回避了艰难的选择,抓住了眼前的工作。小说中的人们再也不是对现实的丑恶漠然置之,而是奋起抗争。每个人都承担起对周围世界的责任,大家团结起来向这个荒诞的世界开战,最终战胜了邪恶。

极限境遇中的人们

《鼠疫》中的人们面对这一极限境遇纷纷做出来了自己的"选择"。

医生里厄自始至终奔走在疫情的第一线,没日没夜地救治病人,他为反抗鼠疫付出来沉重的代价,以致妻子临死之前都没能见上一面。书中,加缪让他和另外一位主人公塔鲁一起承担着小说的叙述者的任务。在里厄的叙述中,我们看到了加缪的某些观点:"人并不是一种理念。"他在与鼠疫抗争的过程中摒弃个人幸福而选择了社会义务、英雄主义,但也不否认别人有选择"当下的个人幸福"的权利,他说:"世界上没有任何东西值得人们为它而舍弃自己之所爱""选择爱情,毫无羞愧可言""但是我不知道为什么,我也抛弃了我之所爱"……这既表现了加缪的迷茫和困惑,也通过里厄的表述"人不能够又治病,同时又知道一切",进而不去追究理念而是积极行动,这未必不是加缪的艰难抉择。

志愿者塔鲁与里厄并肩作战,让里厄感到不是孤军奋战,他同样是小说中的主人公。在与鼠疫的殊死搏斗中,他与里厄结下了兄弟般的情谊;塔鲁也是小说的叙述者,里厄的叙述过程中不断地引用塔鲁的笔记。塔鲁与里厄的价值观及行为取向并非一致,里厄低调地脚踏实地的努力,而塔鲁反对英雄主义,憎恶"父亲"原则,他认为英雄主义会造成社会的"合法"的谋杀,他追求的是"超越了人类的东西"。其实,在抗疫的实际过程中,他四处奔走,积极发动志愿者组成防疫组织,冒着生命危险与鼠疫搏斗,并最终献出了自己的生命。在这个人物的塑造上,加缪试图把塔鲁世俗化,甚至把他"里厄化",并最终赞同了塔鲁的选择。

从《局外人》到《鼠疫》

不管是《局外人》还是《鼠疫》,都表露了加缪的存在主义的基本观点,即世界是荒谬的,现实本身是不可知的,人的存在缺乏理性依据,人生是孤独的、没有意义的。加缪自己说:《局外人》写的是人在荒谬的世界中孤立无援,身不由己。而《鼠疫》这部后期的代表作则显现出作者思想观念的一些转变。默而索与里厄医生面对着同样荒谬的世界时,态度完全不同:默而索冷淡漠然,麻木不仁,对于母亲的逝世和自身的死亡都抱着局外人的态度;里厄医生则不一样,对于不知从何而来的鼠疫时,虽然也感到孤独绝望,但他清醒地意识到自己的责任,在艰难的与病菌搏斗的过程中,他感受到友谊、爱情的幸福,并为能够找到战友而充满力量,他舍身忘我地投入于抗击鼠疫的行动,是对局外人默而索的超越。

加缪从对生活的悲观否定出发,最后采取了一种积极乐观的态度,我们甚至可以说,加缪似乎回到了传统的人道主义作家们为人类的出路寻求答案的路径上。

第二十四讲　尤奈斯库与《秃头歌女》

　　1950年5月1日巴黎"梦游人"剧场上演了尤奈斯库的《秃头歌女》，它完全以"反戏剧"的面目出现，置情节的逻辑发展、人物的心理真实、语言的严密周全于不顾，用极为荒诞的方式来表现人与人之间的隔膜与冷漠，使当时仅有的三名观众惊愕不已。这次著名的演出宣布：一种情节支离破碎、舞台形象莫衷一是、人物对白语无伦次以及题目主旨令人费解的荒诞戏剧诞生了。

　　欧仁·尤奈斯库（1912—1994）是出生于罗马尼亚的法国作家。他说自己走上戏剧创作的道路是因为反感于传统戏剧，他要与那些"令人难受"的"虚假的东西"背道而驰。他在自己的理论著作《意见与反意见》《在生活与梦想之间》中，主张"把一切推向极端"，以夸张的效果来揭示当代社会的危机与荒诞。他特别反对将艺术当作意识形态的承载物，他的作品表现出来的荒诞并非像萨特或加缪那种上升到哲学意境的荒诞，而往往把日常平庸的事物加以极度夸张，使之达到荒谬的程度，让观众去体会和感受与自我很接近的荒诞人生，进而受到震撼。

荒诞派戏剧

　　20世纪50年代，尤奈斯库《秃头歌女》的上演及贝克特《等待戈多》在1952年的上演，标志着荒诞派戏剧的诞生，而且很快由法国波及欧美。荒诞派戏剧是存在主义哲学在戏剧领域中的表现，"荒诞"一词在哲学上指个人与环境的脱节。

英国戏剧评论家马丁·艾思林在1962年出版了《荒诞派戏剧》,使之成名。

荒诞派戏剧家提倡纯粹戏剧性,通过直喻把握世界,他们放弃了形象塑造与戏剧冲突,反对戏剧传统,摒弃结构、语言、情节上的逻辑性、连贯性,用象征、暗喻的方法表达主题,用轻松的喜剧形式来表达严肃的悲剧意蕴。舞台上出现的往往是支离破碎的直观场景、奇特怪异的道具、颠三倒四的对话、混乱不堪的思维,以此来表现现实的丑恶与恐怖、人生的痛苦与绝望,达到一种抽象的荒诞效果。荒诞派戏剧是20世纪西方文学中最有影响的戏剧流派。

《秃头歌女》

艺术匠心

《秃头歌女》中根本没有歌女,更不要说什么"秃头歌女"了。剧作家本来的意图是创作一部不遵守任何戏剧艺术规律、没有任何情节、只是把毫无意义的话串通一起的戏剧,就像中学生课间休息时换换脑子的那些无意识的顺口溜一般。有一天排演时,一个演员说错了一句台词,把"金发女教师"说成了"秃头歌女",于是,尤奈斯库就拿来作为这出戏的题目,一部产生深远影响的戏剧就这么神话般地产生了。

但是,不要以为尤奈斯库的成名作是这么随意产生的。尤奈斯库是荒诞派剧作家中发表论文较多的一位,形成了他的一套成熟的荒诞哲学体系。他在《戏剧经验谈》中反对塑造有血有肉的戏剧人物,反对体验派的表演方式,反对让戏剧担负哲学、神学、政治、教育等方面的使命而成为"意识形态的输送车"。他极力主张情感的极度夸张,以喜剧甚至闹剧的手段来表现荒诞的人生,同时他又称自己的戏剧是"悲剧性闹剧",在貌似胡闹的底里,游动着对无奈人生的悲戚。

尤奈斯库说,当今世界上"语言支离破碎,面目全非,文字落地如石块,或如死尸"(《出发点》)。于是,不论叫"金发女教师"还是叫"秃头歌女",都是些陈词滥调,是荒诞世界的外化的符号。

无意识的形态之下流动着真诚的艺术匠心。

支离破碎的情节

没有布景,台上只有几件家具,这是一个英国中产阶级家庭的起居室。开场,史密斯先生与史密斯太太坐在台上,他们一个看着英国的报纸,一个缝着英国的袜子,在没话找话,说着些无意义的东西。史密斯太太把晚饭所吃的东西从头到尾历数一遍,谁吃了多少,每个菜味道的好坏,无聊地闲扯着,从葡萄酒的产地说到医学问题,说到一个叫包比·华森的熟人死了,说着说着,好像死人的妻子和亲戚都叫包比·华森,而且弄不清楚到底是谁死了。要不是女用人玛丽上来说"你们的客人马丁夫妇在门外",这场胡扯不知什么时候收场。

马丁夫妇上场后坐在起居室,开始了一场对话。他们好像互相之间并不认识,走到一起仿佛是偶然的,两个人互相聊了半天发现,他们是坐着同一辆火车来的,而且两个人在伦敦住在同一条街上、同一幢楼里、同一套房间,睡在同一张床上,这时他们才恍然大悟:原来他们是一对夫妻,而且还有一个两岁的女儿。可是,女仆的有关孩子的哪只眼睛是红的一句话,又推翻了他们好不容易通过逻辑推理确定的夫妻关系。史密斯夫妇上来,大家没话找话地聊着,这时门铃响了,打开门没有人,门铃又响,打开门还是没有人,最后走进了一位消防队长,他到处找火,不但要扑灭自然的火焰,而且连人们心中的火也要扑灭。消防队长给大家背了一首拉封丹的寓言《狗和牛》,于是大家轮流背诵寓言。两对夫妇争先恐后地抢着说,差点动起了手。突然声音中断,灯光复明。马丁夫妇坐在了开场时史密斯夫妇的位置上,说着与史密斯夫妇完全相同的话,戏剧结束。

剧中人物的对话不仅是无聊的,而且十分荒唐,开始时话语还类似句子,接下去句子就肢解为一些音节,还出现了可笑的重复、绕口令式的独白、胡诌的诗句,最后混成一片叫喊。语言不再是通常意义上的交流思想的工具,而成了单纯的生理现象。剧中根本无情节可言,结尾与开端几乎没有区别。

深刻的寓意

世界是荒诞的——世界的存在本身就不可理喻,挂钟 9 点钟敲 17 下,一个半小时后又敲了 29 下。而且这荒诞的世界一片黑暗。消防队长的出现是个精心的安排,他不但要扑灭外在的一切火,而且要熄灭人们内心的热情之火,这似乎在告诉人们,这世界不会有光明存在,也不会有光明。

人的异化——自己对自己、对他人都成为另类。剧中说起一个叫包比·华森的人,谈着谈着,所有的人都叫这个名字,每个单独的人的本质已经混淆,难以辨认了。夫妻之间的关系也已经异化到如此的程度,需要靠谈话与回忆来推断双方的关系,这比同床异梦更为可怕。夫妻之间尚且如此,那么人与人的关系可想而知了。后来,因为人类逻辑推断的不可靠,是不是夫妻又成了疑问。结尾处,史密斯夫妇与马丁夫妇掉了个儿,而且开始说起了同样的话,这显示出人们已经失去了自我,自我与他人已经没有了明确的界限,人格可以互换,人与人的沟通已经完全不可能了。

笑,净化灵魂——有人评论说:语言与行动脱节,叫人发笑,自自然然的行动又碰上荒唐的语句,叫人发笑,慢慢地,笑变成了不自在,观众不禁要想,这难道不是每天发生在我们身上、发生在我们周围的事吗?人们走出剧场,也许会变得小心翼翼,担心自己也会说出同样发笑的话来。其实,这出看似荒诞不经的戏剧,是现实中没落沮丧、焦躁不安情绪的反映。尤奈斯库以反戏剧的形态达到警示世界的目的。

重要作品

《椅子》

这是一部独幕短剧,写住在一个孤岛上的一对 90 多岁老夫妻,自称得到了有关人生的秘密消息,于是在家里迎来了许多尊贵的客人,进来一位就搬一张椅子,进来一对就添两张椅子,结果满舞台上都是空椅子,挤得两位老人没有了立足之地。他们预告要请一位演说家来替他们宣布人生的秘密信息,然而这个演说家竟然只会高叫几声——原来是个哑巴。最后老夫妻俩双双从窗口跳入了大海,他们关于人生的秘密也成为不解之谜。

关于《椅子》尤奈斯库有过这样的解释:"这出戏的主题不是老人的信息,不是人生的挫折,不是两个老人精神上的失败,而是椅子本身。也就是说,缺少了人,缺少了上帝,缺少了物质,是说世界的不真实性,形式上的空洞无物。戏的主题的虚无。"这里所说的虚无,便是物对人的压迫,指人的不存在。老人们的自杀是压抑与害怕的结果,他们被无数的椅子夹在中间,没有了赖以生存的余地。椅子(物)成为世界的中心,老人(人类)已经异化为物的奴隶,生存已经失去了意义。而老人心中的秘密宣泄不出,象征着人生的探索与追求都是徒劳无益的,演说家为哑巴则表明,人与人之间的无法沟通。

《犀牛》

尤奈斯库的另外一部重要的三幕剧《犀牛》,在当时西德的杜塞尔大连续上演了 1000 多场,成为戏剧史上的奇迹。它所揭示的问题与卡夫卡的《变形记》可谓异曲同工,但更为触目惊心。

在外省的一座小城,有一天突然跑来了一头犀牛,人们议论纷纷,大家就该不该变成犀牛展开了辩论。刚开始很多人不以为然,但几天后,社会名流、红衣主教、很多老百姓都争先恐后地变成了犀牛,只有一个出版社的校对坚持不变,结果他的情人和朋友都加入了犀牛的队伍,只剩下他孤零零一个人。他虽然在绝望地叫喊:"我要坚持到底!"但内心充满了悔恨。

与《变形记》一样,这里涉及的也是人的异化问题,但《犀牛》有新的突破,它表现的不是变形的人的孤独感和绝望感,而是不变形的人的无能为力与追悔莫及。在《变形记》中,那个可怜的小职员是被迫变形的,象征了灾难的不可抗拒,说明主人公精神上并没有堕落到不能自拔的地步,它表明的是人和社会的矛盾尚未尖锐到人类甘愿随波逐流的地步。晚了半个世纪的《犀牛》却不同了,两次世界大战后的西方充满着悲观情绪,世界的荒诞、个人的渺小从来没有像现在这么醒目,人类对于这个世界已经无能为力了。于是,人们精神的普遍堕落成为主题。这里,不管是达官贵人,还是平民百姓,在没有外界逼迫的情况下,都向往变形,追求变形,而且无不以变形为美,这难道不是人类精神堕落的象征?人们美丑不分,是非不分,心甘情愿地丧失人格,这比《变形记》有了更为辛酸的含义。

第二十五讲　贝克特与《等待戈多》

萨缪埃尔·贝克特(1906—1989)是爱尔兰裔的法国作家,1969年因其作品"具有希腊悲剧的净化作用""使现代人从精神贫困中得到振奋"而获得诺贝尔文学奖。早年,贝克特从事于小说创作,1952年从《等待戈多》开始,他进入了戏剧创作阶段。从此,他和他的人物一起走进了一个与世隔绝的自我地狱,在黑暗中艰难而执着地爬行,寻找着那似乎永远也寻找不到的人生意义。

贝克特出身于爱尔兰的一个犹太家庭,中学时代就酷爱戏剧;从都柏林大学毕业后应邀到巴黎高等师范学院和巴黎大学任教,结识了意识流小说大师乔伊斯并深受其影响。"二战"期间巴黎沦陷,他参加过地下抵抗组织,战后开始小说创作。战争的灾难给他带来深深的创伤,使他的小说带有悲观厌世的情绪以及反现实主义的创作倾向。他的作品很少涉及真实的社会场景和社会问题,而是致力于揭示人类生存的困惑、焦虑、孤独和哀伤,展示失去自主意识的人物的悲凉。他的小说很少有连贯的情节和引人入胜的故事,往往以一些生活的碎片和幻象来阐释他的哲学理念,他早年的创作可归于意识流小说的范畴。

《等待戈多》是贝克特从小说创作进入戏剧创作的分水岭。他是一个颇有理论追求的剧作家,他主张:"只有没有情节,没有动作的艺术才算得上是真正的艺术。"他的剧作往往把情节和动作减少到极低的程度,几乎没有通常意义上的故事和戏剧冲突,人物形象也是支离破碎的。然而,像《等待戈多》这样的仅剩语无伦次的对话与荒诞场景的戏剧,能够在法国连演三百多场而经久不衰,就是因为贝克特以其独特的艺术手法折射出荒诞不经的社会现实,刻画出一代人的生存状态和他们内心的恍惚不安与焦虑。可以说,贝克特用他那振聋发聩的艺术手法,为人类的荒诞处境作了独特的呈现。

《等待戈多》

《等待戈多》没有什么像样的剧情。在荒野的一棵枯树旁,弗拉季米尔(狄狄)和爱斯特拉冈(戈戈)两个流浪汉在荒野里等待一个叫戈多的人,他答应来找他们。但到底谁是戈多,跟他们在什么时候什么地点见面,连他们自己也闹不清楚。他们苦苦地等待着,为了排解莫名其妙的等待所带来的烦躁心态,俩人前言不搭后语地谈着话,并有事没事地做出一些无聊的动作,以此来打发枯燥乏味的时间。结果戈多没有等来,却来了一个叫波卓的人和一个叫幸运儿的人。幸运儿屡次宣布戈多一定会来,但是直到第一幕的最后,主人公们还是没有见到戈多,只见到一个孩子,自称是戈多的使者,他说戈多今天来不了了,但明天一定来。第二幕是第一幕的"有变化的重复",同样的地点,同样的时间,同样的背景,只是树上有了四五片叶子。同样的几个人物,只是波卓瞎了,幸运儿聋了,同样是那个孩子来宣布,说戈多今天来不了了,但明天一定会来……全剧就在一片凄凉中结束。

主题:等待 虚妄 绝望

此剧的主题无疑是等待。剧中弗拉季米尔说:"咱们不再孤独啦,等待着夜,等待着戈多,等待着……等待。"神秘的戈多(法文 Godot)究竟是谁?是上帝(Gott)?还是死亡(德文 Tod)?其实这已经没有什么区别了,既然生活被贝克特描写得地狱般可怕,那么等待戈多与其说是在等待着能够解救人生痛苦的希望的到来,期望着未来能发生点儿什么事,给这沉闷、痛苦、厌烦、孤寂的生活带来哪怕些微的变化,不如说是期待苦难的终结。

戈多不论是上帝还是死亡,都意味着终结。在没有希望的境地里挣扎、煎熬、苟延残喘,没有比终结更好的解脱了,但他们自己没有力量使终结早日到来——想自杀的尝试因为找不到工具而失败,只有把希望寄托在戈多身上。等待是支撑着他们在龌龊的境地里活着的唯一动力。然而,这样的并不过分的乞求却根本不可能实现,在虚无的等待的积累中,希望成为了虚妄。等待在这里已经具有了多种含义:它意味着碌碌无为的人生;它象征着虚无缥缈的理想;它预示着悲剧的永远不会终结。这就不难理解,为什么《等待戈多》在一个监狱里上演时,得到囚犯们那么强烈的呼应与反响。

希望之为虚妄,绝望油然而生。两个流浪汉的盲目等待是现实中的人们惶恐不安、悲观绝望心态的比拟,他们搞不清楚于过去、无所适从于现在、对未来又迷惘无助。剧中两次出现的两个流浪汉企图自杀的情景,既令人捧腹,更令人心碎。求死,不成;求生,更加渺茫。在这个没有上帝的世界里,戈多不会降临,狄狄与戈戈想要结束这荒诞的等待,也无能为力。他们将熬过一个又一个漫漫黑夜,更可悲的是,他们在空无的世界里抓不到任何东西,无论是救星还是对手,像鲁迅先生所说的,他们陷入了"无物之阵",他们的呼唤永远听不到回声。

语言:中断　诗意　哲理

《等待戈多》中没有合乎语法逻辑的语言和对话,往往是剧中人物的一句话之后,接下来便是与之矛盾的另外一句话,而且没有一句话像传统戏剧那样在推动剧情的发展,或显示人物的性格。比如戈戈问狄狄:"咱们走不走?"狄狄回答:"好,咱们走吧。"可两个人坐着谁也不动,行动否定了自己的语言。虽然人物好像不断地在说话,但前言不搭后语,造成了语言的一次次中断;论其反传统,首倡其导的便是语言方面的革新。《等待戈多》中各人物的语言皆是语无伦次,人物之间的对白也都是文不对题,答非所问的:

　　爱斯特拉冈　你干嘛不帮帮我?
　　弗拉季米尔　有时候,我照样会心血来潮。跟着我浑身就会有异样的感觉。(他脱下帽子,向帽内窥视,在帽内摸索,抖了抖帽子,重新把帽子戴上)我怎么说好呢?又是宽心,又是……(他搜索枯肠找词儿)……寒心。(加重语气)寒——心。(他又脱下帽子,向帽内窥视)奇怪。(他敲了敲帽顶,象是要敲掉沾在帽上的什么东西似的,再一次向帽内窥视)毫无办法。[①]

贝克特故意让语言中断,打破了语言固有的理性结构,摆脱了上下文的限定,而使其孤立。戈戈与狄狄的感情很好,两人也是相互依存的,文中多处都可以看出他们之间不寻常的亲密关系,比如弗拉季米尔说:"你是我的唯一希望了。"可就是在如此好关系的两个人的对话中,还是如同陌生人一般,毫无沟通的

---

① [爱尔兰]塞·贝克特:《等待戈多》,载施咸荣等译:《荒诞派戏剧集》,第5页,上海:上海译文出版社,1980。

可能。贝克特在剧中尽情地表达了自己对于语言的怀疑与否定,否定了语言在沟通思想方面的功能,削弱了以往对话在促进了解方面的功用。

剧中人物一句话之后,接下来的便是与之矛盾的另一句话,后者总是对前者的否定。然而,贝克特在打破语言的窠臼时,也没忘了语言方面的修饰,剧中的语言表现出了非常浓重的诗一般的节奏与意象:

  弗拉季米尔 是修养问题。
  爱斯特拉冈 是性格问题。
  弗拉季米尔 是没有办法的事。
  爱斯特拉冈 奋斗没有用。
  弗拉季米尔 天生的脾性。
  爱斯特拉冈 挣扎没有用。
  弗拉季米尔 本性难移。
  爱斯特拉冈 毫无办法。①

这些语句读起来的确富有诗意,显示作者语言方面的独到功力。虽然语言在这部戏剧中呈现出了如此的弱化倾向,但我们同时也看到贝克特的闪现智慧的火花的对话:

  弗拉季米尔 (若有所思地)最后一分钟……(他沉吟片刻)希望迟迟不来,苦死了等的人。②

波卓的这段独白更为精采:

  你干嘛老是要用你那混帐的时间来折磨我?这是十分卑鄙的。什么时候!什么时候!有一天,难道这还不能满足你的要求?有一天,任何一天。有一天,难道他成了哑巴,有一天我成了瞎子,有一天我们会变成聋子,有一天我们诞生,有一天我们死去,同样的一天,同样的一秒钟,难道这还不能满足你的要求?(平静一些)他们让新的生命诞生在坟墓上,光明只闪现了一刹那,跟着又是黑夜。③

正像爱斯特拉冈所说的,"一切东西都在徐徐流动",而"从这一秒钟到那一秒钟,流出来的决不是同样的脓"。就是在这些偶尔而为之的只言片语中,

---

 ① [爱尔兰]塞·贝克特:《等待戈多》,载施咸荣等译:《荒诞派戏剧集》,第 21 页。
 ② [爱尔兰]塞·贝克特:《等待戈多》,载施咸荣等译:《荒诞派戏剧集》,第 5 页。
 ③ [爱尔兰]塞·贝克特:《等待戈多》,载施咸荣等译:《荒诞派戏剧集》,第 115 页。

我们获得了某些哲理。人物与我们还存在一丝沟通的可能,甚至可以给我们以启示。

几个意味深长的意象

网舞——"过去他会跳圆舞、快步舞、民间舞、西班牙舞,甚至还会跳水手舞。他会快乐地跳跃。现在他最多只会这样了。你们知道他管这叫什么?""网舞,他以为自己陷入了罗网。"这其实是许多人的感觉。曾经有过的无忧无虑的感觉,随着年龄的增加而逐渐丧失,一旦被无数的清规戒律所包围,就失去了"快乐地跳跃"的能力,自我遭受蚕食,而陷入人生的"罗网"之中,难以自拔。

帽子——从一开始弗拉季米尔不停地将帽子脱下来朝里面看、在寻找着什么东西,到幸运儿戴上帽子便会思想,再到弗拉季米尔和爱斯特拉冈不停地交换着三顶帽子。每个人都想找到一顶适合自己的帽子,看看别人戴在头上似乎都挺不错,但到了自己头上却又发现并不合适。这象征着对自我的疑虑和不信任。我们总以为自我以外有更高明的思想和意志,因而不停地在接受他人的思想,也不停地在更换着崇拜的目标,结果发现到了手的东西不过尔尔,远不像我们所期待的那样。别人的意志有时是自己的桎梏,所以萨特号召人们不要在乎"他人的目光"。

萝卜——当爱斯特拉冈要一根胡萝卜时,弗拉季米尔掏出来的全部是萝卜,直到最后一根才是一根胡萝卜,爱斯特拉冈把它全吃了;后来爱斯特拉冈要一根红萝卜,而弗拉季米尔掏出来的全是白萝卜,直到最后才有一根红萝卜,爱斯特拉冈又把它给吃了;但爱斯特拉冈喜欢的仍然是胡萝卜。如果上次他不是一下子把那根胡萝卜全部吃掉,也许现在还可以有一口胡萝卜吃。假如不是那么稀少,假如不是那么贪图一时的快乐……现代人总是在猎奇追新,现代社会在超前消费、透支消费,等待着我们的未来可想而知。

绳子——"我问你难道我们没给系住?""系住?""系住。""你说'系住'是什么意思?""拴住。""拴在谁身上?谁被拴住了?""拴在你等的那个人身上。""戈多?拴在戈多身上?多妙的主意!一点不错。"其实,两个流浪汉身上并没有什么绳子,不像波卓和幸运儿之间的那根牵着的绳子,但他们却被无形的绳索束缚着。虽然戈多不像波卓对待幸运儿那样呼来呵去,但他们却更加俯首帖耳地按照看不见的主子的指令行事,甘愿做奴隶。戈多是谁已经不重要了,重要的是他牢牢地控制着人们的思想,约束着人们的行为方式。这无形的制约远比有形的惩罚来得森严可怖。更可悲的是,人们还心甘情愿地在乞求着被统治,盼望着"做稳奴隶"的时代的到来。

重要剧作

《剧终》

全剧4个人都是病人：主人公汉姆双目失明、瘫痪，终日坐在轮椅中；他的父母都失去了双腿，各自坐在一个垃圾桶里，不时伸出脑袋向儿子要东西吃；为主人公推轮椅的仆人患着只能站不能坐的怪病。室内一无所有，像地狱般阴森可怕，室外光秃秃地死一般沉寂。戏剧的唯一动作是仆人推着轮椅在屋内转动，主仆二人的对话构成情节。儿子对父母的态度表现出施虐者的残忍性，他眼看着母亲就要死在那只垃圾桶里，父亲哭的力气也没有，他却无动于衷。主人公说："结局在开始就以出现，然而还在延伸。"仆人在下场时说："一切都完了。这是剧终。"汉姆既瞎又瘫，父母没有双腿，象征着人类在这个世界面前寸步难行，只能困守在这无边无际的凄凉境地里倍受煎熬。《等待戈多》中毕竟还有时间与等待，这里却只有病魔和垃圾桶，意味着只有死亡。

《啊，美好的日子》

这是两幕剧：第一幕，在万里无云的碧空下的一个光秃秃的平原上，女主人公维妮已经半截埋入小丘，但她仿佛没有意识到自己的悲惨境地，从早晨醒来到晚上合眼之间，一直在对着小丘后面只露出头部的丈夫絮絮叨叨。她显得很快乐，梳妆打扮，赞美着"又是一个美好的日子！"第二幕，维妮被埋到了脖子，只有头部露在外头，她好像更快乐了，但已经不能动作，只能用嘴和眼睛表达感情；没有人与她交流，只好"对自己倾诉内心的寂寞"；于是她回忆起自己也闹不清楚的往事，并唱起了一首轻佻的情歌。结尾时，瘫痪的老头艰难地向她爬去，却怎么也爬不上维妮的土丘。

一个被埋在小丘上，不能动弹，一个住在"洞"里，很不灵便地爬着，已经懒得说话，死神已经逼近。如此凄惨的时刻，女主人公却把它看成是美好的日子，这是多么大的讽刺！剧中人物的精神是何等的麻木，他们意识不到人生的卑贱与痛苦，在无聊、空虚和死亡的威胁面前，仍然不厌其烦地重复着日常的琐事，甚至不忘记抹口红，他们的生命仅仅靠着习惯与本能在维持着。在凄厉的境地发出的嬉笑，仿佛从地狱传出歌声一样，这是何等的荒诞！它渲染的是比眼泪和控诉更为浓烈的绝望。

《最后一盘磁带》

　　衰老、邋遢的老克拉普眼睛近视,耳朵又背,酒精中毒而且瘫痪残废。为了打发光阴,他整天呆在空荡荡的房子里听自己年轻时的录音。他一边吞食香蕉,一边在磁带停顿的地方加以评论。他对比了过去与现在、生命的青春岁月与死亡,感觉到自己就要完蛋了。可他还在幻想着与一个骨瘦如柴的老妓女的影子谈情说爱,陶醉于逝去的年华里,试图忘却当前的绝望处境。录音放完了,在一片沉默中剧终,也是死亡临近的象征。老人可以借助机器保留过去的痕迹,却不能够战胜自然的永恒法则,死亡是不可避免的。

第二十六讲　海勒与《第二十二条军规》

约瑟夫·海勒(1923—1999)是美国黑色幽默小说最重要的作家,他的《第二十二条军规》是黑色幽默的代表作品,也是美国当代文学的典范之作,被誉为"攫获了整整一代人的思想及想象力",成为欧美各高校文科学生的必读书目。

海勒早年生活艰辛,中学毕业后当邮差,他在19岁的时候参加了"二战"中的美国空军,当上了一名投弹手,在欧洲执行过60多次轰炸任务。战后,他进入大学,后成为大学教师。同时他开始创作小说,1961年,耗费了八年心血的《第二十二条军规》出版,确立了他在美国以至世界文学史上的地位。随着美国在越南战争中越陷越深,越来越多的青年效仿书中的主人公逃避兵役,也使这部作品也越来越畅销。如今,"Catch-22"已经进入英语字典,成为人们表示困境与苦恼的专用词。

黑色幽默小说

黑色幽默是20世纪60年代在美国兴起的一个现代主义小说流派。海勒的《第二十二条军规》、冯内古特的《第五号屠场》是这一流派的代表作。

所谓"黑色幽默"是指用轻松、喜剧的形式表达痛苦、悲剧的内容。"黑色"与"幽默"本来是两个互不相干的概念,"黑色"是沉闷、痛苦、绝望甚至死亡的象征,往往指可怕而沉闷的客观现实,"幽默"又是指用自由的意志、积极的个性以及怪诞的形式对这个现实采取的嘲讽态度。这两者加在一起,如同将哭与笑混合在一块,形成了阴森凄凉、悲观绝望的幽默。因此,人们也常常称之为"荒诞的幽默""病态的幽默""绞刑架下的幽默"。

  黑色幽默是现实的产物。荒谬的世界造成人的异化,使西方社会普遍地精神虚脱。而美国的20世纪五六十年代对外穷兵黩武,社会矛盾重重,知识分子清醒地看到道德沦丧、人性扭曲,内心危机感日益深重。一些敏锐的作家企图把强烈的主观感受转化为客观的东西,采用"一只脚踏入疯人院"的风格来表达对于现实的愤怒和对于未来的期待。为了把内心无形的恐惧变成有形的大笑,他们将置身于事物中的自己变成旁观者,面带笑容地讲述着残酷的故事,用自我的解嘲来化解人生的渺小感卑微感,在轻松的外表下掩饰着无可奈何的痛苦心理。

  反战情绪的宣泄是黑色幽默小说的主要内容。如冯内古特在小说《第五号屠场》中视战争为"屠场",宣布了战争的无理性、荒谬和灭绝人性。那些上战场的士兵,无论是侵略者的德国兵还是英美联军中的士兵,他们都被"国家"这个神圣的字眼所迷惑,所谓光荣、神圣、正义、爱国,不过是打发这些无知的孩子上战场,也就是把他们送入战争这个"绞肉机器"。因此,黑色幽默小说中的主人公常常是些"反英雄"的形象,他们或古怪神秘,或丑态百出,或狂妄自大,或愚昧无知,仿佛个个都得了神经分裂症似的。这些荒诞不经的漫画式的人物,正是作家们对环境与时代的影射,是对扭曲人性的抗议。

荒诞的情节,松散的结构

  《第二十二条军规》的主要情节非常简单:第二次世界大战末,在意大利厄尔巴岛以南八英里的地中海的一个美国空军基地——皮亚诺萨小岛上,轰炸手约塞连上尉像只惊弓之鸟,在一片混乱、荒谬与恐怖中,他置一切权威、信条于不顾,为保存自己的性命而进行着几近疯狂的努力。在这个岛上,他生活的唯一目的就是逃避作战飞行。于是,他一次又一次地装病住进医院,因为他发现唯有这里才是最好的藏身之地;为了保住性命,他跟一切所谓的英雄主义行径抗争搏斗。最后,他终于开了小差,逃到了瑞典。

  小说着力描写了皮亚诺萨岛这个小小的世界。这里的一切都不可理喻、令人绝望。这里发生的荒唐事一个接一个:关于作战飞行次数的规定没有一点严肃性,可以被任意增加;一个大活人被宣布已经死了,而一个明明已死的人在官方的名单上却还活着；那个梅杰少校只有当自己不在屋子里的时候才允许部下进屋去见他；根据规定，只有从来不提问题的人才可以在开会时提问。为逃离这个荒唐的世界，保全自己的性命，主人公作了种种努力。可是约塞连每作一次挣扎都只不过发现自己被束缚得更紧，就像有一条绳索紧紧地箍在他的脖子上，你越挣扎它就箍的越紧。这条绳索就是"第二十二条军规"。

《第二十二条军规》结构松散。它共有42章，没有传统小说的开头、高潮和结局，每章与每章、每节与每节甚至每段与每段之间都存在着极大的不连贯性，似乎每章都能当"第一章"。这如同七巧板，谁能断定哪一块是"第一块"呢？因为不论先摆哪一块，都可以完成拼摆，所有拼对完毕，便是一幅作者表达思想的完整图画。

同样，这部小说中人物多，事件多，却没有一条完整的情节发展线索，也没有突出的人物形象。乍看起来，杂乱无章，分析时似乎不知该从哪里入手。但是当我们仔细地对小说中的人物和事件进行一番梳理后，不难发现该书的结构犹如一块石子扔进水里所激起的一连串的同心圆似的水波，而石子落水的那一点则是圆心，它带动着水波发展的所有方向。这种放射式的结构使整本小说呈现一种动态，而那带动全书浑然一体的旋转起来的圆心便是第二十二条军规。因此，尽管小说的人物纷杂，情节显得颠三倒四，但是这个漩涡的中心是固定的。有了这个不变的中心，当我们再耐心地把那些人物和事件进行梳理、拼凑，一幅荒谬阴暗的美国社会图像便会越来越清晰地呈现在我们眼前。在这部小说里，海勒显然以美国军队来比喻他眼中的整个美国社会，通过揭露它内部的肮脏、腐败和堕落，使读者能够看清这个社会的本质。

无处不在的"第二十二条军规"

"第二十二条军规"（"catch-22"）是作者海勒凭空虚构的一个词（美国军规其实只有二十一条），它体现着说不尽、道不明的丰富意蕴。

关于第二十二条军规的实质，约塞连和丹尼卡医生进行的一次谈话对它作了一个很好的解释。约塞连问丹尼卡医生：

"奥尔是不是疯子？"

"他当然是疯子，"丹尼卡医生说。

"你能让他停飞吗？"

"当然可以。不过,先得由他自己来向我提出这个要求。规定中有这一条。"

"那他干吗不来找你?"

"因为他是疯子,"丹尼卡医生说,"他好多次死里逃生,可还是一个劲的上天执行作战飞行任务,他要不是疯子,那才怪呢。当然,我可以让奥尔停飞。但,他首先得自己来找我提这个要求。"

"难道他只要跟你提出要求,就可以停飞?"

"没错。让他来找我。"

"那样你就能让他停飞?"约塞连问。

"不能。这样我就不能让他停飞。"

"你是说这其中有个圈套?"

"那当然,"丹尼卡医生答道,"这就是第二十二条军规。凡是想逃脱作战的人,绝不会是真正的疯子。"①

在这段对话里,海勒没有用 regulation(规则)或 rule(规章)等常用词来表示"军规",而是用了 catch 这个词,而 catch 一词本身就有陷阱、圈套的意思。海勒就是利用这个词的双关意思来表明,所谓"第二十二条军规"实际上就是一个圈套,一个任何人都难以挣脱的圈套,不管你怎样努力也休想从它的束缚中逃脱。这是因为这个圈套的奥秘就在于:第一,作为一条军规,军人必须无条件服从;第二,它运用了自相矛盾的推理逻辑,任何想对它提出异议的人都不知该从何处入手。其结果是不论飞行员是否提出停飞要求,一概必须执行飞行任务。飞行大队指挥官卡思卡特上校可以擅自增加飞行次数,可约塞连们却不能拒不执行,因为军规规定军人必须执行上级的每一条命令。如果约塞连们违抗上校的命令,那么倒霉的只能是他们自己。

在了解到这条军规的实质后,约塞连感到"它订得真是简单明了至极""各部分配合得好极了""还具有椭圆形的精确"。这真是一个妙不可言的圈套,足以使任何人陷入无法摆脱的困境。

"第二十二条军规"的厉害之处在于它虽然不是白纸黑字写下的条文,但却又无处不在。无人弄得清它,但却无人不感到它的存在。当它化作具体内容时则诡诈多端,可却没有人能奈何得了它,就像约塞连感觉到的那样:

第二十二条军规不存在,对此他确信无疑,可那又有什么用呢?问题在

---

① [美]约瑟夫·海勒著,杨恝等译:《第二十二条军规》,第51页,南京:译林出版社,1997。

于每个人都以为它存在,而更糟糕的是,它没有什么实实在在的内容或条文可以让人们嘲弄、驳斥、指责、批评、攻击、修正、憎恨、谩骂、啐唾沫、撕成碎片、踩在脚下或者烧成灰烬。①

就是这并不存在的"第二十二条军规"可以置人于死地,使你不能有半点违抗。更为可怕的是它成为了一种象征的权威,一切私人生活都在它的管辖之下。比如约塞连对一个妓女说要娶她,而她却说,没人要娶她;如果有人要娶她,他一定是疯了;如果他疯了,她就不能嫁他;如果她想嫁人,那她一定是疯了,如果她疯了,就没人会娶她。作者用戏谑的口吻告诉人们,"第二十二条军规"的势力太强大了,它无处不在,谁也休想逃脱它的魔爪。

海勒在一次采访中说:"我要让人们先开怀大笑,然后回过头去以恐惧的心理回视他们所看过的一切。"

战争中的小丑们

这是一个疯狂的世界,各色各样的骗子、小丑正各显神通,把飞行员的生命玩弄于手掌中,利用他人的生命发横财。

卡思卡特上校

中队长卡思卡特上校是个权利崇拜狂,他"为人机警圆滑,事业一帆风顺"。他人生所有细胞都运用在往上爬这一目标上。他喜怒无常,性格矛盾,"有一股子冲劲,但又容易泄气;他处世泰然自若,但又时常懊恼;他自鸣得意,但对自己的前程又没有把握;他强壮如牛,但又有些虚张声势,而且还很自负"。他既为36岁就是上校而沾沾自喜:"有成千上万和他年纪相同,甚至比他大一点的人,还都没有爬到少校这一级";可也为36岁还是上校而沮丧不已:"一些和他年纪相同,或比他年轻的人,已经是将军了,这又使他很痛苦,感到壮志未酬,气得直咬指头"。于是,他用看似狡诈其实愚蠢的方式为自己当将军的念头铺路。

他对上司奴颜婢膝,视下属为工具,"一脚踢开大队司令部以外的所有官兵",是个欺软怕硬的"恶棍"。为了讨好虚荣的佩克姆将军,他甚至连上帝都用

---

① [美]约瑟夫·海勒著,杨恝等译:《第二十二条军规》,第491页,南京:译林出版社,1997。

上了,在飞行员执行轰炸任务前,他命令随军牧师带领他们祷告:"上帝保佑让炸弹落得更加密集",因为这样可以"从空中拍出更清晰的照片"刊登在《星期六邮报》上,让自己与将军一起出名。更为恶毒的是他不顾飞行员的死活,无休止地增加飞行次数,明目张胆地将司令部规定的每个飞行员 40 次的飞行任务一次次上升,直到 55 次,而且谁要是违抗"或许会毙了他",以此来显示自己的指挥"才能"。当主人公约塞连看破他们的伎俩时,他视这害群之马为眼中钉,先是试图拉约塞连入伙,要把他作为英雄送回国来为自己唱赞歌,约塞连拒绝后,他马上威胁要送约塞连进军事法庭。

这是官僚机构中滥用职权谋取私利的典型象征。

沙伊斯科普夫少尉

战争的爆发对于沙伊斯科普夫少尉来说"颇是桩喜事",因为他对战争,尤其是阅兵有着病态的热爱。他在军队里上升得飞快,其唯一的才能就是指挥机械性的队列操练。有战争爆发"他便有机会天天穿上军官制服,冲着一群群小伙子——上战场送命之前,每周便有一批落入他的手掌,以军人特有的清脆快速的嗓音"发号施令。他极有野心,一丝不苟,最关心的是在阅兵比赛中获胜以及把与他过不去的士兵"置于死地"。

为了一鸣惊人,他晚上对含情脉脉的妻子视而不见,一个劲儿地摆弄巧克力糖制作的小兵人和塑料牧童,"极熟练地"把它们排成十二个人一列的队伍。有时,为了有活的模特,竟然把光着身子的妻子赶得在房间里"飞步行走"。为了改变三次比赛最后一名的状况,他甚至想用"一根长长的二英寸厚、四英寸宽且风干了栎木桁,把每列的十二人一条直线钉在上面",只是因为用这种方法"就必须在每个人的腰背部嵌入一个镍合金旋转轴承"以做九十度转体,这实在难以实现才作罢。就是这样一个疯狂的白痴,最终发明了在队列时不摆动手臂的花招,一举在检阅中夺魁,被誉为"军事天才"而平步青云,直至当上了将军。

这是美国军界僵化与混乱的象征。

布莱克上尉

"这家伙个子虽大,却心胸狭窄,心情忧郁,脾气暴躁"。布莱克靠整别人起家,专事造谣生事,危言耸听。他官位不高,能量却非同一般,作为一个情报官,他充当着官僚机构的耳目。自从他在晋升上输给了梅杰上校后,他如鲠在喉,一直在想方设法找机会报复。当他造谣说梅杰是共产党也没有能够扭转局势时,他想到了使自己扬名的好主意,就是"宣誓效忠运动"。布莱克要求每个人在做任何事情之前都要宣誓效忠祖国,而且是"签字效忠":

> 所有参战官兵只有签字效忠后,才能从情报室领取图囊;第二道签字过后,从降落伞室领取防弹衣和降落伞;再过了机动车辆军官鲍金顿中尉的第三道签字关后,这才获准从中队坐上其中的一辆卡车赶往飞机场。每次转身,他们必须过一道签字效忠的关。①

于是这个中队忙于签字、宣誓、唱《星条旗》,将本来很严肃的事演变成充满虚情假意的发誓赌咒一般。具有讽刺意味的是,这一所谓忠诚祖国的运动,不但没有提升国旗国歌的威严,反而把这些神圣的东西糟蹋倒不如一盘饭菜的地步。那些端饭碗的战士"正在向国旗宣誓,以便可以获准坐下吃饭",他们赶紧唱《星条旗》的目的"为的是唱完后好用桌上的盐、胡椒粉和番茄酱"。

其实布莱克所追求的根本不是什么对国家的忠诚,而是要拉大旗作虎皮,耀武扬威一番,来整整梅杰上校。他直言不讳地说:重要的是要他们不停地宣誓,"至于他们是否心诚,这无关紧要",所以连为什么宣誓和什么叫宣誓都不懂的孩子们也被拉来宣誓。

这是借庄严的名义实施愚民政策的象征。

米洛中尉

在战争年代这个才20岁的伙食管理员堪称是真正的英雄。他本来是个地位低微的飞行员,他看准时机,自告奋勇地当上了食堂管理员;于是,开始用改善伙食为诱饵,将飞行大队一切掌握在自己手里,随心所欲地来穿梭于世界各地,大赚其钱,而且脸上始终是一副憨厚老实的模样。

所谓的正义、真理、爱国等等不过是米洛之流的幌子,发财致富才是真正的目的,战争给他们提供了极好的机遇。米洛掌握着好几架飞机,生意越做越大,成立了国际化的"M & M 果蔬联合公司",不但美国参加,连美国的对手德国也是其成员,在米洛看来,只要有钱赚,"德国人就不是我们的敌人":

> 不错,我们是在同他们打仗。不过德国人也是咱们辛迪加联合体里声誉很好的成员。作为我们的股东,我们有责任保护他们的权利。也许是他们挑起了战争,也许他们的确杀了成千上万的人,可他们付起帐来却比我所

---

① [美]约瑟夫·海勒著,杨恝等译:《第二十二条军规》,第135页,南京:译林出版社,1997。

知道的我们的一些盟国痛快得多。①

金钱才是衡量一切的标准,这就是米洛的逻辑。只要人人有一份好处,谁也不对他持有异议。更为荒唐的是,他与美军签订了一份合同,由他去轰炸德军的一座大桥,费用由美军负担,他赚取6%的利润;同时,他又与德军签订了一份保护该桥的合同,用高射炮来对付自己策划的美国方面的攻击,他从中同样能够得到6%的利润,每击落一架美军飞机,德方还另外付他1000美元的奖金。一次美军要扣押为他运输货物的4架德国飞机,他气急败坏地骂执行者"不要脸",说自己"一辈子没听说过这么卑鄙的事"。他甚至建议,今后战争应承包给私人企业,政府不必费事,企业也可以赚钱,可谓两全其美。一次他做买卖赔了本,公司岌岌可危,他竟然和德国签订了合同:调动美国飞机将美军驻地炸得面目全非,他从德军手里获得了暴利。

正因为手里有了钱,米洛成了国际上的头面人物:他当了巴勒莫的市长、奥兰的王储、巴格达的哈里发、大马士革的教长、阿拉伯的酋长,甚至被传言为能够呼风唤雨的人物,在非洲的丛林中竖起了他的巨大雕像。

利润使不起眼的米洛成为了这个世界的主宰。

"反英雄"的约塞连

约塞连锲而不舍地逃避飞行、逃离战场的求生努力是贯穿全书的主要情节。

表面上看,约塞连不但不是英雄,而且是个典型的怕死鬼。为了停止飞行任务,他可谓"机关算尽"——他曾频频装病住进医院;亦曾借口对讲机出了毛病而中途返航;也曾主谋把肥皂水放在食物里使飞行员都泻肚子可以不要飞行;还曾半夜蹑手蹑脚地去移动地图上的轰炸线。在执行对阿维尼翁的轰炸任务时,同机战友死去,血溅在他的军服上,他吓得魂不附体,回来后就把衣服脱个精光,赤条条地到处溜达,把枪挂在屁股后面倒退着走,等等。但是,就是这个无足轻重的小人物,却有着独立思考的能力,他亲眼目睹了这个疯狂的世界中人们的行径,明白了自己若战死绝不是为了什么正义的战争而牺牲,只是为那些没有人性的战争骗子送命,因此他觉得逃避战场是正义的行径。

---

① [美]约瑟夫·海勒著,杨恝等译:《第二十二条军规》,第306页,南京:译林出版社,1997。

其实，只要仔细分析一下就能够看到，约塞连是整个飞行大队中惟一清醒的人，他敢于怀疑，勇敢地对抗没有人性的上级。他并非一开始就这么消极怠战的，他也曾经是一个积极爱国的青年，在战斗中表现勇敢，还得到一枚勋章。渐渐地他看到，周围的一切太令他失望了："我抬头一看，就只看见人们拼命捞钱，我看不见上帝，看不见圣人，也看不见天使。我只看见人们利用每一种正直的冲动，利用每一出人类的悲剧，拼命地捞钱。"他的战友死的死，伤的伤，发疯的发疯，而催命的飞行次数还在不断地增加。他感到为这些人去送命太不值得了，于是想方设法地要活下去，并终于"开小差"逃往瑞典。

约塞连的逃跑实际上是在与荒诞的环境作斗争。他自己说："我并不是在逃避我的责任，而是在面对它。"他有过"光荣"的机会停止作战回国，而且可以"衣锦还乡"，但他逃跑了，因为卡思卡特们要把他作为英雄送回国，他就得出卖良心为荒诞的战争和这些丑陋的上司们唱赞歌，这不是他的内心选择。

不愿充当毫无人性的战争机器中的润滑油，充满自我求生的热望，处于疯狂的世界中能够识破疯狂并作出自我选择，约塞连身上的这种清醒的意识和自由的意志，是《第二十二条军规》中其他人物所不具备的。海勒通过塑造这样一个与英雄人物迥异的形象，不但瓦解了传统意义上的正面主人公，而且让约塞连在荒诞的世界里保持自我的独立意志，作出理性的选择，使之成为了一个反英雄意义上的英雄。

第二十七讲 加西亚·马尔克斯与《百年孤独》

加西亚·马尔克斯(1927—2014)是哥伦比亚当代最伟大的作家,也是拉丁美洲魔幻现实主义的领袖人物。1967年出版的杰作《百年孤独》使他成为世界文坛瞩目的人物,并由此获得1982年的诺贝尔文学奖。1996年,在瑞士《周末》评选的"在世的伟大作家"中,他名列榜首。

马尔克斯生于一个叫作阿拉卡塔卡的小镇,童年是在外祖父母家里度过的。他的外祖父是退休的上校,对他非常疼爱,而外祖母是个讲故事的能手,每每在夜间给他讲可怕的故事,那种恐怖的感觉给未来的小说作家留下深刻的印象,而外祖母使用的生动简练的句子如碑文一般令他着迷,"我笔下的人物注定这样讲话",他后来说。外祖父家里还氤氲着某种神秘魔幻的气息。他的姨妈笃信鬼神,感到自己快要死了,总是躲进自己的屋子编织着裹尸布,而他的外祖母则相信死去的人的灵魂是永生的,为了不使这些亡灵感到孤独,于是在家里专门辟出两间空房间,经常在里面与它们对话。阿拉卡塔卡镇带着孤独而忧郁的色彩永远地留在了未来作家的脑海里,对他的审美情趣的形成起着潜在的影响。

在外祖父母良好的教育下,马尔克斯7岁就通晓《天方夜谭》中的所有故事,到了中学阶段已经阅读了很多世界名著。他大学读的是法律,但也同时开始了文学创作。由于对法律不感兴趣,他上了一年大学就辍学了,开始当记者。他的第一个短篇小说集《周末后的一天》就获得哥伦比亚全国文艺家协会奖;第一部长篇小说《枯枝败叶》引起拉美文学界的普遍关注,它已经显示出魔幻现实主义的色彩。从此,他把"幻想与现实融为一体,勾画出一个丰富多彩的想象中世界"(诺贝尔文学奖授奖辞)。

魔幻现实主义

魔幻现实主义是拉丁美洲特有的一种文学流派,在20世纪50年代至70年代极为兴盛。它的主要特征是把现实与幻想结合在一起,一方面与传统现实主义的精神相一致,暴露残酷黑暗的拉美现实、抨击军事独裁统治者们,反映民生疾苦;另一方面采用现代主义的创作手法,大量运用神魔诡异的神话传说,写得隐晦曲折。

拉丁美洲是世界版图上一块充满神奇的地域,第一次世界大战后一直动荡不安。经过民族解放运动,各国名义上获得了独立,实际上大多是政治寡头把持政权,实行军事独裁,像阿根廷的庇隆这样的统治者,大到一个国家小到一个庄园都拥有。他们为所欲为,鱼肉百姓,甚至设私刑、绑架、暗杀。人民的生命都没有保障,更不要说作家的创作自由了。那里的现实本身就带有了超出我们想象的魔幻性,这种现实也给作家提供了一种创作的基础。公开、率直地揭露社会弊端显然为当局所不容,于是,用超自然、超现实的创作方法来反映拉丁美洲的错综复杂的历史和现实,成为许多作家的选择。

拉丁美洲自己也有很奇特的文学传统,他们固有的印第安民族文学和古代的玛雅文化对其影响很大,神话、民间的传说、巫术,传统艺术中特有的魔幻、怪诞的成分对作家的想象力是有很大刺激的。魔幻现实主义以其怪诞、神奇、夸张的特点而著称,它与西方现代主义文学中常常出现的"变形"的表现方式异曲同工,都是用象征、暗示、幻景等艺术手法再现现实本身的荒诞、变态,但与西方现代主义不一样的地方在于,它表现的不仅仅是个人内在的情绪,而且是社会、民族与文化的多种体验,具有更丰富的现实主义精神。

魔幻现实主义作家除马尔克斯外,还有很多著名作家。最早的作家阿斯图里亚斯是1967年诺贝尔文学奖获得者,也是第一个得到世界承认的拉丁美洲作家,他是一位危地马拉作家,他的第一部典型的魔幻作品《总统先生》描写一个杀人魔王式的统治者,借古喻今,标志着魔幻现实主义的形成。秘鲁作家略萨的《潘达雷翁上尉和劳军女郎》揭露军界的黑暗,著名的小说《胡莉亚姨妈和写书人》,是自传性质的,他于2010年获得诺贝尔文学奖。还有阿根廷作家博尔赫斯,他的创作和才能更是超越了魔幻现实主义。

马尔克斯的"马孔多"

"马孔多"是马尔克斯生活的阿拉卡塔卡镇附近的一个庄园,它绿树葱郁,是一个重要的香蕉种植区,大量的优质香蕉从这儿远销美国、英国和德国。从童年时期起,马尔克斯经常听到马孔多这个著名庄园,它已经深深地刻在了未来作家的心中,后来成为他《百年孤独》中那个神秘村镇的名字。

其实,马孔多第一次进入马尔克斯作品的时间更早,那是 1955 年发表的短篇小说《伊莎贝尔在马孔多的观雨独白》,描写马孔多久旱之后突然天降暴雨,三天未止,伊莎贝尔感到腹痛难忍,预感到灾难将要降临,果然她的肚中有异物蠕动,庞大的植物从她肚子里萌芽长大,毒蘑菇从她腋下生长,苔藓在她周身蔓延,她大声呼救,没有人回应。这部充满奇特想象的小说表达的是灾难深重的人们的感受。从此,"马孔多"以神奇的面孔锲而不舍地一次次进入马尔克斯的小说领域,成为他精神世界的载体。

《百年孤独》

小说从何塞·阿卡迪奥·布恩迪亚和表妹乌苏拉的结婚开始。亲友们反对这桩婚事,因为此前,乌苏拉的姑母与布恩迪亚的叔叔结婚后,生出一个长着猪尾巴的孩子。但两个年轻人还是结了婚。乌苏拉害怕自己也会生出长尾巴的孩子,一年多也不与丈夫同房。村里人嘲笑布恩迪亚,说他无能。一次在斗鸡时布恩迪亚赢了邻居阿吉拉尔,后者恼羞成怒,以乌苏拉不与他同房一事当众羞辱他,布恩迪亚一气之下用长矛刺死了阿吉拉尔。此后,阿吉拉尔的阴魂经常上门来纠缠,他们决定远走他乡,村里的一些人也跟随着他们。

他们走了两年多,在一个杳无人烟的地方停了下来。刚到此地时,布恩迪亚做了一个梦,梦见这里忽然平地立起一座城池,它的名字叫"马孔多",于是,他们决定在此扎根,与村民们一起建立村镇,起名就叫"马孔多"。马孔多从此慢慢繁荣起来,他们的家族在这里生活了 100 多年,一直延续到了第七代。

神奇的七代人

多年以后,布恩迪亚突然发了疯,人们把他捆在院子里的一棵栗子树上,他居然又活了半个多世纪才死。他的妻子乌苏拉身体健壮,活了100多岁,为他生了两男一女。大儿子何塞·阿卡迪奥生在他们来马孔多的途中,成人后与他们家的帮工、会算命的女人庇拉·特内拉发生关系,生了一个儿子叫阿卡迪奥,内战时被政府军枪毙了。布恩迪亚的小儿子叫奥雷良诺,他是第一个在马孔多镇出生的孩子,后来与政府派来的镇长的女儿雷梅苔丝结婚,但他在婚前就曾与特内拉发生过关系,生了一个儿子,取名奥雷良诺·何塞。一天晚上,雷梅苔丝突然暴死。布恩迪亚的女儿叫阿玛兰塔,他们还收养了一个叫雷蓓卡的孤女,她有吃泥土和石灰的怪癖,长大后爱情很不如意,后来嫁给了何塞·阿卡迪奥。第三代中除了特内拉生下的阿卡迪奥和奥雷良诺·何塞外,还有奥雷良诺在内战时期按古老风俗与17个女人生了17个儿子,都叫奥雷良诺。第四代都是被政府军枪毙的阿卡迪奥的后代,女儿非常漂亮,叫俏姑娘雷梅苔丝,两个孪生遗腹子是何塞·阿卡迪奥第二和奥雷良诺第二,这兄弟俩长得一模一样,也同样地放荡,而且与同一个女人厮混。家族的第五代都是奥雷良诺第二的孩子,一个女儿叫雷梅苔丝,也叫梅梅,另有一个女儿叫阿玛兰塔·乌苏拉。梅梅的儿子奥雷良诺·布恩迪亚爱上了姑姑阿玛兰塔·乌苏拉,他们结婚后生下了一个带有猪尾巴的孩子,这第七代也是最后一代,母亲产后出血而死,婴儿被蚂蚁拖到洞穴里吃掉了。这一切应验了关于这个家族历史的手稿上的话:"这个家族的第一个人将被捆在树上,而最后一个人将被蚂蚁吃了。"

马孔多被从天而降的飓风卷得无影无踪,这里又是一片荒芜的沼泽,仿佛100多年来什么也没有发生。

百年

布恩迪亚家族从第一代到第七代传递了百年,马孔多由建镇到从地球上消失也是百年。在作者的笔下,人生和历史都是循环反复的过程:布恩迪亚家族的第一代害怕生出长猪尾巴的孩子,到最后终于生出了长尾巴的孩子,完成了一次大循环;马孔多从最初的开发,经过内战、香蕉热、大罢工,到后来一场大暴雨又回到了初建时的落后与荒芜,直至被飓风吹得不见了踪影,也完成了一个大循环。

这一百年,从零开始,又回到了零,正像老族长乌苏拉所说的,"时间像在打圈圈","世界好像老在打转转"。这仿佛是这个家族的命运,无论这个家族中的成员如何苦苦挣扎,终究逃脱不了衰亡的命运,就像那个羊皮书上的密码所预示的一样。这其实也象征了拉丁美洲历史的停滞与徘徊。政治上的昏聩,经济上的贫苦，观念上的陈腐，使拉丁美洲人民饱受外来的侵略，丧失主权，任人摆布。就像马孔多人一样，他们排斥现代文明，吉卜赛人的磁铁与放大镜使他们反复上当；在党派斗争中被充当工具，32次起义都失败了仍然不觉悟；经济上附庸着外国公司，辛苦得来的财富源源流入殖民者手中。百年轮回往复，停滞不前，正像马尔克斯认为的那样，"拉丁美洲的历史也是一场巨大然而徒劳的奋斗的总结"，它的百年历史并没有摆脱贫穷、落后、愚昧的困境。

这就是"百年"的含义。

孤独

孤独是《百年孤独》中的人物精神上普遍存在的问题。布恩迪亚家七代人尽管"相貌各异，肤色不同，个子有差异，但他们的眼神中，一望便可辨认出这一家族特有的、绝对不会弄错的孤独精神"。孤独是他们的共性，也是他们行动的最大障碍。

马孔多封闭、孤独的环境造成了一代一代人的落后、愚昧、孤独。生活在这个圈子里，人们的语言、行为、性格，甚至名字都是重复、循环的。拉丁美洲人有儿子继承父亲姓名的习惯，布恩迪亚家族的人世世代代重复着同样的名字。名字叫阿卡迪奥的大多感情冲动，有闯荡精神，而叫奥雷良诺的则离群索居，头脑出众。一切都在机械地重复、循环，时光在兜圆圈。后代过的日子与先辈毫无二致，伴随着他们的是无尽的孤独，在孤独中求生，在孤独中死去。

比如阿玛兰塔，这个家族第二代的一位女性，在她的身上这个家族的孤独病症表现得最典型、最严重。作者通过对这个人物的描写，告诉人们孤独症是如何折磨着布恩迪亚家人的心灵，吞噬着他们的情感和生活的欲望。患了孤独症的男人也许还可以到外界去发泄，那么患了孤独症的女人只能留在家中，让孤寂的心热衷于与死神约会了。阿玛兰塔一生没有婚嫁，孤独是她唯一的伴侣。少女时代，阿玛兰塔曾对意大利人皮埃特罗有过一段如痴如醉的暗恋，这是她一生中唯一一次强烈的感情流露。当她的情敌雷蓓卡被何塞·阿卡迪奥所引诱，退出竞争后，阿玛兰塔成功获得了皮埃特罗的爱情。但当皮埃特罗向她求婚时，阿玛兰塔却毅然拒绝，皮埃特罗在绝望中自杀了。怯懦与恐惧永远涨满阿玛兰塔孤独的心，每当她的真情自然流露而又快收到回报时，家族的孤独症和对爱情的恐惧症就会拦阻她，这使她一辈子都没有得到她心底渴望的东西——爱情。

奥雷良诺上校曾经是一个革命家，发动过32次武装起义，逃脱了14次暗杀、73次埋伏，有一次在临枪毙的最后一分钟脱险。当他走完战争的冷酷、残暴和荒谬的怪圈回到马孔多后,他变成了一个精神空虚的人。"他作了最后的努力,在自己心中寻找善良的感情已经发霉的地方,可是找不到它",他曾经爱过的妻子雷梅苔丝"在他心中也只剩下一个陌生姑娘模糊的形象""他在爱情的沙漠上邂逅许多女人,他和她们在沿海地带撒下了不少种子,但是他的心里却没有留下她们的任何痕迹"。他"逐渐明白,安度晚年的秘诀不是别的,而是跟孤独签订体面的协议"。于是,他闭门独居,余生消磨在做小金鱼的单调的劳作中。

还有雷蓓卡自丈夫死后就闭门不出;阿玛兰塔预知自己的死期便永远织着尸布;俏姑娘雷梅苔丝纯洁得在现实中无法生存而飞向了天边;就连那个当年与布恩迪亚斗鸡争吵被刺死的鬼魂也耐不住孤独,终于又找上门来,常常与老邻居彻夜深谈……整部作品就沉浸在无边的孤独、郁闷而忧伤的气氛中。孤独使落后更落后,落后使孤独更孤独,这是一种恶性循环。

不在孤独中爆发,便在孤独中灭亡。布恩迪亚家族是在孤独中灭亡的,马孔多是在孤独中消失的。但加西亚·马尔克斯希望拉丁美洲人民结束孤独进而结束苦难的历史,他说:"孤独的反义词是团结",他希望遭受百年孤独的家族不要再第二次出现,"一切将永远不会重复"。

魔幻与现实

"魔幻"是这部小说最显著的特征。

在马孔多世界里,人鬼混杂,生与死并没有截然的界限,那个阿吉拉尔的鬼魂经常出现,乌苏拉几次看见他在用芦苇堵刀口,后来又跟踪他们来到马孔多,两个冤家竟然成了促膝谈心的好朋友。人们能够预测死亡的时间,阿玛兰塔因为知道自己的死期而精心地编织裹尸布,并答应村人为他们死去的亲人捎信。那个半人半神的吉卜赛人死了以后难耐寂寞又回到马孔多,在布恩迪亚家继续研究炼金术,他在100年前就能够预测这个家族的命运。人的生与死被赋予了超自然的奇异性,孩子在母亲的肚子里就会哭泣,美丽的姑娘裹着床单飞向天空,被枪杀者的血能够穿越街巷、拐着弯寻找回家的路,为的是向母亲报信等等,无不充满神奇。

夸张、象征、比喻等多种手法的运用,也加深了小说的魔幻性质。为了显示独裁者的残忍,那辆装着被杀害的罢工者尸体的列车居然长达200节,要用3个车头牵引。一场大雨会连续下4年11个月零2天,村子几乎毁灭。奥雷良诺第二与情人做爱时会把极其旺盛的生命力带给家畜和动物,使家中财富剧增。而马孔多人染上的健忘症是那么厉害,连最熟悉的东西都叫不上名字……所有这些描写既是艺术方法的运用，也有着强烈的现实批判意义，比如遍布全村的健忘症就象征着拉丁美洲遭受迫害的历史即将被人们遗忘，寄托着作者深深的忧虑。香蕉工人惨遭屠杀、党派争斗等都以变形的方法写进了书中。

"变现为幻想而又不失其真"，是马尔克斯和许多魔幻现实主义作家的创作原则。

重要作品

《枯枝败叶》

这是一部描写20世纪30年代哥伦比亚一个小镇生活的中篇小说。它采用的是侦探小说的写法，以一个臭名昭著的大夫的死为悬念，从不同人物的视角和他们的内心独白来表现时代的变迁。

马孔多渐渐繁荣起来，由一个荒芜的地方变成了兴旺而和平的村庄，但是，随着"香蕉热"的兴起，这里发生了急剧的变化，先是财富剧增，旋即破败不堪，落下了无数的"枯枝败叶"——垃圾一样的堕落的人们，他们喧宾夺主，取代质朴的马孔多人成为这里的主人，和平乐园被打破了。

大夫是个典型的"枯枝败叶"，他拿着一封来历不明的介绍信，赖在上校家一住就是8年，饱食终日，而且勾引女人，他将上校家的女佣梅梅搞到手，使她两次怀孕又逼她两次堕胎，与她同居多年却根本不体贴她。一天，梅梅突然失踪，镇上传说是被大夫害死的。大夫对负伤的村民毫无同情心，不予治疗，结果引起公愤。他从此惶恐不安，总害怕村人加害于自己。后来他上吊死了，全镇人兴高采烈地奔走相告，他们要让这个坏蛋暴尸街头以解心头之恨。但是，没有想到有人为他装殓入棺。于是，大家都在探究：这是谁干的？

上校是老马孔多人的代表，他善良、正直、倔强，同大夫形成强烈的对比，他早就看穿了大夫的荒诞丑陋的本性，而且预计到他将来会死无葬身之地，但还是答应了大夫的请求，在大夫死后为他举行葬礼。

这篇小说可以说是《百年孤独》的前身，它弥漫着浓重的孤独气息。小说采用了意识流的创作方法，通过上校、他的女儿、他的外孙三个人的意识活动从不同的角度来见证马孔多的历史和眼前的这个故事，写得较为隐晦。

《没有人给他写信的上校》

"上校"是马尔克斯的一个情结。他深爱的外祖父是个退役上校,很多作品中的上校也都坚忍不拔,正直而善良。这部小说里的上校是个古稀老人,他在焦急而自信地等待着寄养老金的信件。他年轻时参加过保卫共和国的战争,荣获上校军衔。现在与生病的老妻相依为命。15年来,支撑他的是每个星期五的到来,他一直等待着联合政府答应付给退役军官的养老金的发放。到了星期五,他一准早早来到码头,激动地看着邮船靠岸,期待着有好消息到来。可是,十几年过去了,他总是扫兴而归。有时,他真想在邮局待到下个星期五,免得让妻子看到他又空手而归。他相信"总有一天会来信的""我们的号码是1823"。

可是,这希望是那么渺茫,他的同伴一个个在等待中离开了这个世界。上校还在等待着"下一个星期五"。妻子责备他"幻想不能当饭",他却说"但可以充饥"。家里快揭不开锅了,上校宁愿饿着也不愿向人告贷,他们只得拿石头来煮——怕别人看到家里断炊。上校如此自尊加倔强,从不低下高贵的头,人瘦得皮包骨头,明明有病总说没事;上街卖钟,一见人却说是修钟的,又抱了回来;不得不将亡儿的唯一遗物——一只公鸡拿去卖,却又难以启齿等等。

老人的悲剧是社会的悲剧。作者很看重这部作品,说是他"写得最好的小说"。

《家长的没落》

这部情节离奇的长篇小说花费了作者8年时间,它无情地鞭挞了拉丁美洲的独裁者。共和国总统尼卡诺尔100多岁了,长着石头爪子,情妇多得生出5000个早产的儿子。他疑心极重,动辄杀人。有一次遇刺,他竟然将侍卫将军烤熟了端上饭桌。他找来替身装作死去,人们以为暴君丧命,欢欣鼓舞,冲进总统府鞭打尸体,他的侍妾将总统府抢劫一空,儿子们欢呼"自由万岁",结果人们遭到空前的报复。一方面他杀人如麻,显示着无上的权力,另一方面他又无能之极,连念书、拿刀叉这样的日常事情都不会做。他的国家都由自己的内戚把持着,民不聊生,一片荒凉。一天,他的夫人和太子外出,被60多条狗吃掉了,为了捉拿凶手,他到处密布特务,无故杀人,导致三军哗变。他宣布戒严,杀戮一切不满者,使得尸横遍野,瘟疫蔓延。外国驻军吓跑了,走的时候连草皮、住宅都拆分编号,用集装箱运走了,全国如月球表面一样成为荒原,不可一世的"家长"留下一具被兀鹰啄得面目全非的尸体。

这部小说荒诞、夸张，却淋漓尽致地抨击了穷凶极恶的当权者。

《霍乱时期的爱情》

这部爱情小说离《百年孤独》的发表已经过了 20 年，写得一点也不"魔幻"，它以明快清晰的语言描写了一个动人心弦的爱情故事：费尔米纳是一位西班牙移民的女儿，她美丽纯洁，报务员阿里萨疯狂地爱上了这个正在求学的姑娘，一连给她写了几十封情书，每天都在公园的树下偷看她。姑娘被他的情书打动，也对他产生了感情。但她的父亲认为这大逆不道，而且他不能忍受阿里萨是个私生子，武断地将女儿送到远离家乡的舅父家去，但当姑娘到达的时候，情书也到达了。3 年后，费尔米纳出落得更为标致，朝思暮想的阿里萨向她求婚，却遭到拒绝，她认为一切的一切只不过是梦想而已。后来她嫁给了出身名门的医生乌尔诺维，他为防止霍乱的蔓延而努力工作。他们生儿育女，共同生活了 50 年，但维持他们关系的并非爱情，而是义务和责任。

阿里萨一直没有成家。早年，对费尔米纳的纯真爱情遭到拒绝后，他心理日益扭曲，开始寻花问柳，与很多女人胡搞。当费尔米纳失去丈夫之初，他又迫不及待地向她求婚，但又一次遭到拒绝，这使他格外沮丧。但他没有灰心，而是多方面地照顾她，帮助她，终于打动了她的心，当他再次求婚时，尽管她的女儿反对，亲友们也不理解，但她最后还是投入了他的怀抱。这对老恋人在半个世纪之后，终于品尝到了真正的爱情。

马尔克斯说，写作《霍乱时期的爱情》的那两年是他一生中最快乐的时光。据《霍乱时期的爱情》的中译本译者杨玲说，马尔克斯的父亲就是报务员，他父母的爱情确实像书中的主人公一样，是受到他爷爷的阻拦，而且还把他母亲带出家乡到处旅行，只为了躲避马尔克斯父亲的追求。他们俩靠着电报来联系感情，马尔克斯的父亲不断地发电报、写情诗，最终坚定了他父母爱情的信念，两个人终于生活在了一起。假如说写《百年孤独》的马尔克斯像高高在上的上帝一样用怜悯的目光在俯看人类社会，在用神来之笔描绘社会和人类的历史，那么写《霍乱时期的爱情》的马尔克斯则回归到充满七情六欲的人性层面，他把欢乐与轻松写进了作品，使这部描写中断了 51 年 9 个月零 4 天的爱情故事充满了诗意与温情。

《苦妓追忆录》

2004 年，马尔克斯以出人意料的方式发表了中篇小说《苦妓追忆录》，他在出版前的最后一刻改写了最后一章,让那些盗版者们措手不及,尽管他说那是出于艺术创作的需要。

　　故事开始于20世纪50年代中期,讲述一个老记者为了庆祝自己的90大寿,特地找来了一个14岁的处女圆房,以示自己雄风犹存。没想到上床之后,他发现少女已被鸨母用了药,整夜昏睡不醒。老头子看着身边少女的青春胴体,不仅打消了得其贞操的念头,而且发现自己竟然爱上了她。这令他大感惊奇,因为对一辈子寻欢作乐的他来说,爱情的产生堪称平生的头遭。他轻轻吻着她,温柔地看着她,还对她唱起了往日的情歌,而她却一直长睡不醒。他回忆起自己的一生,虽然与不计其数的妓女寻欢,但从未意识到自己还能从妓女们身上寻得真爱,"如果你得不到爱,那么性留给你的只有安慰",他感悟到。这姗姗来迟的爱情,带给他的不再是愉悦,而是一种痛苦甚至嫉妒。他终于意识到,岁月将要夺去的不是生命,而是爱。他甚至觉得,90岁的门槛可以"让我把自己在烤架上翻个个儿,开始好好地烤烤另一面,过好另外的90年"。

　　虽然死亡已经临近,但生命的暮年也许是一生最甜美时刻的到来,这部作品表达的是年近80岁的马尔克斯对人生的感悟。患有疾病的马尔克斯已经开始取消一切活动,专注于回忆录《沧桑阅尽话人生》的写作。《苦妓追忆录》中充满着深刻的怀旧之情,也弥漫着激扬的人生哲理,90岁的主人公顽强的生命活力和对美好爱情的向往,是晚年的马尔克斯对生命一如既往的探索,正像另一位哥伦比亚作家弗朗哥所说:"加西亚·马尔克斯打乱了令我们衰老的生物钟,通过其笔下的老寿星指出,人的年龄并非为其实有,而是来自于他的感受。"

后　　记

　　好友马庆洲老师嘱我将多年前的《外国文学专题研究》修改补充一下出第二版，深感荣幸。我预想的是在原来十八讲的基础上加上20世纪的几位大家；然而在选取的过程中，那些花费我心力研究和讲解过的文学大师们让我难以割舍，于是扩展成了现在的规模，有了二十七讲。

　　这本书可以说是我三十多年教学和研究的一个总结。我清楚地记得第一次登上大学讲台时的战战兢兢：第一学期只让上四节课，讲的是巴尔扎克和狄更斯；第二学期可以讲八个学时了，把批判现实主义的思潮和代表作家完整地讲完……之后，一个学期接着一个学期；一波学生走了又来了新的一波。我的西方文学课程锤炼得越来越圆熟，更重要的是我越来越自信和从容了。今天，我终于可以对三十多年前的那个忐忑的我说一句：伙计，你干得还不错！

　　在此，我要特别致谢马庆洲老师。我们既是校友更是谈天论地的朋友；记得马老师说过，他到清华大学出版社编辑出版的第一本书就是本人的拙作；之后又陆陆续续多次烦扰马老师。在如此喧嚣繁杂的年代，能够得一二文友知己，何其幸哉！马兄，谢谢您！

　　我还要感谢清华的讲台和清华的学子们，是你们让我的人生充满了压力和进取的动力。现在，我把我课程的主体呈现出来，我同样要感谢未来的读者们，你们将会让我久久的自豪！

张玲霞
2022年2月